INGRID WALTHER

MADAME BEAUMARIE

und der Sommer in der Provence

INGRID WALTHER

MADAME BEAUMARIE

und der Sommer in der Provence

GMEINER

KRIMINALROMAN

MIX
Papier | Fördert gute Waldnutzung
FSC® C014496

Besuchen Sie uns im Internet:
www.gmeiner-verlag.de

Im Ehnried 5, 88605 Meßkirch
Telefon 07575/2095-0
info@gmeiner-verlag.de

1. Auflage 2024

Lektorat: Claudia Senghaas, Kirchardt
Herstellung: Mirjam Hecht
Umschlaggestaltung: U.O.R.G. Lutz Eberle, Stuttgart
unter Verwendung eines Fotos von: © emicristea / istockphoto.com
Druck: GGP Media GmbH, Pößneck
Printed in Germany
ISBN 978-3-8392-0629-4

Sämtliche Personen in diesem Roman sind frei erfunden. Jede Ähnlichkeit mit lebenden Personen ist rein zufällig. Von den Schauplätzen des Romans sind einige der Phantasie der Autorin entsprungen, andere sind ganz real. Es bleibt den Lesern und Leserinnen überlassen, den Unterschied herauszufinden.

»Großartiger Beginn der Science Fiction Serie einer begabten jungen Autorin. Ganz in der Tradition von Stanislaw Lem und dennoch mit einem ganz eigenen Sound.«

Philipp Hamilton im *Guardian* im Mai 2008

*

»Science Fiction vom Feinsten. Band 3 der Frauenland-Reihe von Faye Browne stürmt weltweit die Bestsellerlisten und wurde bereits in 20 Sprachen übersetzt.«

Anton Steidle in der *ZEIT* im August 2010

*

Soeben ist der letzte Band der Science Fiction Serie von Faye Browne erschienen. Es ist kaum zu glauben, dass die von unbekannter Hand ermordete Autorin diesem Werk ihren Segen gegeben hat – beziehungsweise »hätte«. Das Buch erweckt eher den Eindruck, als hätte der Verlag nach Brownes Tod einen talentlosen Ghostwriter beauftragt, mittels »künstlicher Intelligenz« ein Plagiat aus Versatzstücken früherer Bände zu »komponieren«.

Sophie Carton in *Le Monde* im Juli 2017

INHALT

TEIL 1
NEUSTART

1

»Bist du dir sicher, dass es hier eine große Buchhandlung gibt? Dieser Ort ist doch tiefste Provinz!«

»Absolut sicher, meine Liebe. Du wirst dich noch wundern. Wir sind fast da!«

Charles Florentin saß am Steuer seines dunkelblauen Peugeots und blickte amüsiert und erwartungsvoll auf die neben ihm sitzende Florence. Es bereitete ihm immer ein Vergnügen, sie zu überraschen.

Einer dieser langweiligen Orte hier im Süden, in dem ich um keinen Preis leben möchte, dachte diese gerade. Außer den schlichten alten Steinhäusern mit blau gestrichenen Türen und Fensterläden sah sie hier vor allem moderne Einfamilienhäuser, geparkte Autos und natürlich das übliche *Café et Tabac* mit einigen wackeligen Tischchen davor. Man konnte sich nicht vorstellen, dass dieser Ort viel zu bieten hatte. Charles war allerdings gerade dabei, diesen Eindruck zu entkräften. Der Buchhändler aus Avignon, ehemaliger Direktor des Papstpalastes sowie Experte für das Luberon, lenkte den Wagen in eine Straße, in der alles auf einen kleinen Platz zustrebte. Dort waren an diesem schönen Julitag schon überraschend viele Menschen unterwegs. Dem immer aufmerksamen Blick von Florence fielen sofort die braunen Papiertüten mit türkisfarbigem Aufdruck auf, die sie in ihren Händen trugen. Eine Frau saß auf einer steinernen Bank, versunken in die Lektüre eines Buches. Neben ihr war eine Familie mit drei Halbwüchsigen gerade dabei, Bücher aus ihren Tüten zu holen und sich diese gegenseitig zu zeigen.

Charles schien die Gedanken von Florence gelesen zu haben.

»Dieser von dir soeben als langweilig bezeichnete Ort hat wie fast alle provenzalischen Dörfer etwas Eigenes, ja Besonderes vorzuweisen«, dozierte er »et *voilà* – wir befinden uns direkt vor der allseits bekannten und wunderbaren *Librairie Mistral*, einer der größten Buchhandlungen von Frankreich.«

Er hatte einen Parkplatz gefunden und deutete mit seiner linken Hand auf ein eindrucksvolles, gelb gestrichenes Gebäude, das mit einem großen, blau gerahmten Eingangsportal und ebenso blau gestrichenen Fensterläden allen anderen Gebäuden den Rang ablief.

»*Magnifique!*« Florence bedauerte auf der Stelle, dass sie hier eine andere Mission zu erfüllen hatte, als in Büchern zu schwelgen. Neben der Eingangstür ein hoher Turm aus Büchern, offensichtlich aus Holz geschnitzt, darüber, in ebenfalls blauer Farbe und in einem kühnen Schriftzug der Name des Geschäftes direkt auf die gelbe Mauer gemalt.

»*Librairie Mistral*«, wiederholte sie den Namen der Buchhandlung. »Ein Mistral ist allerdings, wie ich schon oft feststellen durfte, ein doch eher unangenehm stürmisches Wettergeschehen. Aber vielleicht wollte man mit dieser Namensgebung eine Einladung aussprechen, es sich bei Sturm und Regen drinnen mit einem Buch gemütlich zu machen.«

»Kann sein«, antwortete Charles, »der Name dürfte aber eher zu Ehren eines Nobelpreisträgers für Literatur hier prangen. Frédéric Mistral war Provenzale mit Leib und Seele und hat diese Gegend geradezu hymnisch besungen.«

»Und ich habe zwar irgendwann von ihm gehört, aber noch nichts gelesen«, stellte Florence trocken fest. »Na ja, einem Pariser Kind werden offensichtlich andere Literaturgrößen nahegebracht als einem Kind, das in der Provence aufwächst.«

Florence Beaumarie, vor nicht allzu langer Zeit noch eingeschworene Pariserin, war beeindruckt. Allerdings waren es heute ganz andere Gründe als ihr sonst durchaus vorhandenes Interesse an Büchern, die sie hierher geführt hatten. Erst vor Kurzem hatte sie sich dazu durchgerungen, ihre Wohnung in Paris zu vermieten, und war nach Avignon gezogen, in eine etwas kleinere, sehr hübsche Wohnung mitten in der Altstadt und in dem Haus, in dem auch Charles wohnte. Es war ein Glücksfall gewesen. Seine Schwester war im vergangenen Jahr ausgezogen und hatte einen bekannten Pianisten geehelicht, den sie im Übrigen durch Florence kennengelernt hatte. Florence übernahm auch den Großteil der Möbel, welche vom exzellenten Geschmack einer künstlerisch begabten Frau mit einem gewissen Hang zur Exzentrik zeugten. So war ihr die Mühe, eine Wohnung neu einrichten zu müssen, erspart geblieben.

Da weder sie noch Charles den gewohnten unabhängigen Lebensstil ganz aufgeben wollten, hatten sie sich für getrennte Wohnungen entschieden. Ihre Wochenenden würden sie ohnedies so oft wie möglich in Charles' Landhaus im Luberon verbringen.

Hinter ihnen lag ein Zeitraum von etwas mehr als eineinhalb Jahren, in dem sie abwechselnd für einige Zeit zusammen in Paris und in Avignon gelebt hatten. Es hatte ihnen gefallen, aber Charles hatte feststellen müssen, dass er sein Antiquariat nicht für so lange Zeit vernachlässigen konnte. Noch dazu, wo ihm mit seiner Schwester seine verlässlichste Mitarbeiterin abhandengekommen war.

In Florence war in der Zwischenzeit jener Gedanke gereift, den ihr Charles damals, als sie an einem Neujahrstag im Krankenhaus lag, in den Kopf gesetzt hatte. Sie hatte lange an einem Konzept herumgetüftelt, und jetzt hatte sie in Avignon ihr eigenes Detektivbüro eröffnet. Dort wollte sie sich vor allem solchen Kriminalfällen widmen, bei deren Aufklärung die offiziellen Stellen nicht weitergekommen waren oder die zum Leidwesen der Betroffenen ad acta gelegt worden waren.

Gleich zum Auftakt hatte sie einen etwas kuriosen Fall angenommen. Sie hatte jedoch einer Pensionsbesitzerin, bei der sie einmal übernachtet hatte, die Bitte nicht abschlagen können und sich unverzüglich auf die Suche nach jener Person gemacht, die ihren geliebten Hund auf dem Gewissen hatte. Schon nach drei Tagen hatte Florence einen ehemaligen Schüler von Madame Robert, der sich wegen einer vermeintlichen früheren Ungerechtigkeit an seiner Lehrerin hatte rächen wollen, als Täter entlarvt.

Bald darauf hatte sie ihren nächsten Auftrag bekommen, und das war der Grund dafür, warum sie heute mit Charles schon um 9.30 Uhr am Vormittag hier in Banon, knapp eineinhalb Autostunden von Avignon entfernt, gelandet war.

Erst gestern hatte sie von Alice Picard, der Inhaberin der Buchhandlung *Librairie Mistral*, einen Anruf erhalten. Dort waren sämtliche Bücher einer englischen Bestsellerautorin von Science Fiction Romanen aus den Regalen verschwunden, und Alice Picard hatte Florence angefleht, sich der Sache anzunehmen. Die Autorin, Faye Browne, war ein Star in der Science Fiction Szene. Seit längerer Zeit lebte sie schon in dieser Gegend, in einem Haus in Simiane-la-Rotonde, ganz in der Nähe von Banon.

Als die Buchhandlung nach dem vergangenen Wochenende geöffnet wurde, war der Bücherdiebstahl entdeckt worden. Ein Mysterium, das der dringenden Aufklärung bedurfte! Die Polizei wollte die Buchhändlerin noch nicht einschalten, und auch vor der Autorin hätte sie diese unangenehme Angelegenheit am liebsten verheimlicht. Faye Browne war nämlich zu diesem Zeitpunkt ohnedies in keiner guten Stimmung. Hatte sie doch eben erst eine Lesereise durch die Normandie vorzeitig abgebrochen, weil aus ihrem Hotelzimmer in Deauville ihr Laptop mit nicht gesicherten Arbeitsdateien gestohlen worden war. Sie hätte es jedoch Madame Picard nie verziehen, wenn sie dahintergekommen wäre, dass diese ihr etwas verheimlicht hatte.

Florence, die fand, dass sie kurz nach der Eröffnung ihres Detektivbüros nicht allzu wählerisch sein durfte, hatte sich der Sache angenommen. Sie hatte der Buchhändlerin für den nächsten Tag ihr Kommen angekündigt, und Charles hatte sich angeboten, sie zu fahren, da sie selbst noch kein Auto besaß.

Mittlerweile hatte Charles sie direkt vor der Buchhandlung abgesetzt und versprochen, dass er in einem Café in der Nähe notfalls so lange auf sie warten würde, bis der Fall gelöst wäre.

Florence sah sich um. Ein großes Plakat an der Tür der Buchhandlung kündigte eine Veranstaltung mit Faye Browne an, die in knapp zwei Wochen stattfinden sollte. Spätestens bis dahin also musste sie eine Erklärung für das Verschwinden der Bücher gefunden haben. Entschlossen drückte sie die Klinke der Eingangstür.

2

»Bonjour! Sie müssen Madame Beaumarie sein, ich habe Sie an einem Foto erkannt, das ich in einem Zeitungsartikel über Sie im Internet gefunden habe.«

Die Frau, die offensichtlich auf Florence gewartet hatte, hatte diese Worte in einem leisen und gleichzeitig erregten Ton gesprochen. Florence nickte.

»Ich bin Alice Picard, die Inhaberin dieses Ladens. Ich habe soeben eine furchtbare Entdeckung gemacht. Bitte kommen Sie!«

Sie deutete ins Innere der Buchhandlung, wartete keine Antwort ab und ging Florence voraus. Der blieb nichts anderes übrig, als ihr zu folgen und sich einen ersten Eindruck von ihrer Auftraggeberin zu machen: etwa 50 Jahre alt, genauso groß wie sie selbst, ziemlich kräftig, sehr kurz geschnittenes, gewelltes schwarzes Haar, weiße Bluse, schwarze Hose und eine große knallrote Brille in einem kantigen Gesicht mit hoher Stirn. Eine, die weiß, was sie will und das auch bekommt, war das Erste, das Florence zu ihr einfiel.

Im Augenblick wirkte Madame Picard allerdings verstört. Gerade verschwand sie hinter einem Bücherregal, und als Florence sie eingeholt hatte, deutete sie auf zwei Holzstühle und ließ sich noch vor ihrem Gast auf einen davon niederfallen.

»Pardon, Madame Beaumarie. Bitte nehmen Sie Platz. Ich bin völlig fertig.«

Sie zog einen Schlüssel aus einer Tasche ihrer Hose, beugte sich nach vor und hielt ihn Florence vor die Nase.

»Das ist der Schlüssel zu unserem Raum für Veranstaltungen«, verkündete sie mit gesenkter Stimme. »Und Sie werden es nicht glauben, wenn ich Ihnen erzähle, was ich dort soeben entdeckt habe.«

Erwartungsvoll sah sie Florence an und führte ihre andere Hand zur Stirn, wo sie dramatisch verweilte. Ehe Florence antworten konnte, fuhr sie fort.

»Nein, das erraten Sie nie. Ich kann es ja selbst noch nicht glauben. Faye Browne liegt dort auf dem Boden. Tot! Und auf ihr und um sie herum die vermissten Bücher! Ich habe den Raum sofort wieder abgeschlossen und auf Sie gewartet. Ich wusste ja, dass Sie hier in Kürze eintreffen werden. Bitte nehmen Sie den Schlüssel und sehen Sie selbst.«

Blitzschnell sondierte Florence die Lage. Sie war hierhergekommen, um das mysteriöse Verschwinden der Bücher von Faye Browne aufzuklären, und diese waren offensichtlich wieder aufgetaucht. Sollte sich Madame Picard nicht getäuscht haben, dann war ihre Reise hierher hinfällig geworden. Was immer mit Faye Brown geschehen war, dies aufzuklären musste sie der Polizei überlassen.

Der Schlüssel schwebte noch immer vor ihrer Nase in der Luft.

»Sind Sie ganz sicher, dass Faye Browne tot ist?«, fragte Florence.

Madame Picard nickte heftig und ließ endlich die Hand mit dem Schlüssel wieder sinken.

»Dann müssen Sie sofort die Polizei verständigen!«

»Das ist mir klar«, antwortete Madame Picard nun in einem sachlicheren Ton. »Sie ist aber unübersehbar tot, und ich glaube nicht, dass es ein Unfall war. Die Tote wird sich ja nicht selbst mit ihren Büchern zugedeckt haben. Ich würde sagen, ihr Schädel ist eingeschlagen worden, und ich habe eine Menge Blut gesehen. Wenn ich von ihrem Tod nicht überzeugt wäre, hätte ich natürlich sofort einen Arzt verständigt.« Ihr Tonfall war schon wieder schärfer geworden. »Es ist mir durchaus bekannt, was man in so einem Fall macht. Ich lese Kriminalromane! Schließlich habe ich mehr als genug davon hier im Laden. Ich weiß auch, dass niemand den Schauplatz eines Verbrechens betreten kann, wenn einmal die Polizei da ist. Deshalb wollte ich Ihnen Gelegenheit geben, den Tatort selbst in Augenschein zu nehmen. Ich ging davon aus, dass eine Expertin wie Sie daran interessiert wäre. Wer weiß, was unsere Provinzpolizei alles übersieht. Tun Sie mir den Gefallen und schauen Sie sich das an!«

Abrupt erhob sie sich von ihrem Stuhl. »Kommen Sie schnell. Meine Mitarbeiterinnen sind alle beschäftigt. Noch weiß niemand, was hier vorgefallen ist.« Dann ging sie voraus ohne sich noch einmal umzudrehen.

Später einmal gestand Florence sich ein, dass es nicht nur der Befehlston von Madame Picard gewesen war, der sie dazu veranlasst hatte, ihr zu folgen. Die Vorstellung, diesen ungewöhnlichen Tatort noch vor der Polizei in Augenschein nehmen zu können, war einfach zu verführerisch gewesen.

»Dieser Raum wird derzeit nicht benutzt, weil es einen Wasserrohrbruch gegeben hat und alles erst wieder trocknen musste.« Madame Picard überließ Florence den Vortritt. Florence schien keine Wahl zu haben. Nachdem sie gemeinsam den Raum betreten hatten, schloss Madame Picard die Tür sofort wieder hinter sich ab.

In einer Hinsicht hatte sie jedenfalls recht gehabt. Faye Browne, die erfolgreiche Autorin, deren verschwundene Bücher Florence hierher gebracht hatten, war mit Sicherheit tot. Sie lag auf dem Rücken mit dem Kopf zur Tür. Eine große Blutlache hatte sich um ihr weißes Haar ausgebreitet, und dieses sah beinahe wie ein Heiligenschein aus. Neben ihrem Kopf lagen ein umgestürzter Sessel sowie eine Leiter, die halb von der Wand gerutscht und dann irgendwo hängen geblieben war. Auf dem leblosen Körper und um ihn herum waren die Bücher verstreut, einige zerfetzt und aufgeschlagen, die meisten aber geschlossen und unbeschädigt. Die Titelbilder schienen sich zu gleichen. Die erstarrten und weit geöffneten Augen der Toten waren zur Decke gerichtet. Die Leichenstarre hatte bereits eingesetzt, und ein unangenehmer Geruch hatte sich in dem recht großen Raum verbreitet. Es war ein schockierender Anblick und auch für Florence eine herausfordernde Situation. In ihren mehr als 40 Jahren Tätigkeit im Polizeidienst hatte sie nur ein einziges Mal einen frischen Tatort gesehen. Als rechte Hand des Leiters ihrer Polizeidienststelle war sie zwar oft genug an der Aufklärung eines Mordfalles beteiligt gewesen, hatte jedoch nie zu einem Einsatzteam gehört.

Madame Picard jedenfalls schien mittlerweile schon wieder erstaunlich gut mit der Situation zurechtzukommen.

»Furchtbar, so eine begabte junge Frau. Tot, mit nicht einmal 40 Jahren«, stellte sie fest und trat einen Schritt näher an die Tote heran.

»Sind das die Bücher, die verschwunden waren?«, hörte sich Florence fragen.

»Danach sieht es aus«, antwortete Madame Picard, »vermutlich alle 40 vermissten Exemplare. Warten sie mal. Das hier sind …«, sie trat näher und begann zu zählen.

»41«, sagte Florence gedankenverloren.

»Na, Sie sind aber schnell«, bemerkte Madame Picard, den Blick noch immer auf die Bücher und die Tote gerichtet. Dann schüttelte sie irritiert den Kopf und zeigte auf ein Buch, das auf der Brust des Mordopfers lag, vermutlich genau über dem Herzen. »Das hier muss ihr neuestes Buch zu sein. Ja, tatsächlich. Der Titel lautet *Le Dernier Secret.* Ich kenne es nur aus der Ankündigung des Verlages, denn aus dem hat sie diesmal ein besonderes Geheimnis gemacht, das sie sich nur leisten konnte, weil sie eine Bestsellerautorin war.« Schon wollte sie sich danach bücken.

»Vorsicht, nichts berühren«, rief Florence.

»Ja, ich weiß«, antwortete Madame Picard ungeduldig. »Aber schauen Sie! Bei all diesen Büchern hier handelt es sich um Bände aus ihrer erfolgreichen *Feuerplanet*-Serie und ihrer aktuellen *Endzeit*-Trilogie. Das neue Buch sollte der letzte Band dieser Trilogie sein. Es war im Katalog nur als spannende Fortsetzung ohne weitere Inhaltsangabe angekündigt, was unüblich ist. Außerdem nur auf einer Viertelseite. Ihre letzten Bücher sind immer ganz groß vorangekündigt worden. Also, jetzt sagen Sie schon etwas, Madame Beaumarie! Dies hier ist doch eindeutig der Schauplatz eines Mordes!«

Florence hatte inzwischen ihre Fassung wiedererlangt. Madame Picard lag natürlich richtig. Hier deutete alles darauf hin, dass ein Mord verübt worden war. Es war höchste Zeit, die Polizei zu rufen. Wieder zögerte sie, ließ die Frage von Madame Picard unbeantwortet und begann stattdessen ihrerseits Fragen zu stellen.

»War der Raum abgesperrte, als Sie die Tote gefunden haben?«

»Ja, das war er. Er war immer abgesperrt, wenn er gerade nicht in Gebrauch war. Damit keine Kunden hineingehen. Es war ja nichts für sie drinnen.«

»Und Sie hatten den Schlüssel?«

»Der lag in einer Lade neben der Kasse. Alle meine Mitarbeiterinnen wussten das, und dort habe auch ich ihn heute heraus geholt.«

»Wie viele Mitarbeiterinnen haben Sie denn?«

»Insgesamt fünfzehn, einige arbeiten in Teilzeit. Gestern waren drei da, und dieselben sind auch heute wieder hier.«

»Hätte Faye Browne wissen können, wo der Schlüssel ist?«

»Ich wüsste nicht, woher. Ein großes Geheimnis haben wir andererseits auch nicht daraus gemacht. Es waren ja auch nie wertvolle Sachen in dem Raum. Derzeit eigentlich nur Reste vom Arbeitsmaterial und den Werkzeugen der Handwerker, die den Rohrbruch repariert und den Raum renoviert haben.«

Sie deutete auf zwei große schwarze Plastikcontainer mit Deckeln, neben denen einige Kupferrohre, ein Hammer und ein Meißel lagen. Ein Kübel mit weißer Farbe direkt daneben war umgekippt, und ein Teil der Farbe war über den Boden verteilt.

»Schauen Sie, Madame. Da haben wir ja auch schon die Tatwerkzeuge. Es sieht doch ganz danach aus, dass sie erschlagen worden ist. Es würde mich nicht wundern, wenn eines dieser Rohre oder sonst ein Werkzeug die Tatwaffe wäre, und wahrscheinlich ist derjenige, der ihre Bücher verschwinden hat lassen, auch ihr Mörder.«

»Das wird die Polizei feststellen, die Sie jetzt schnellstens rufen sollten, Madame Picard.«

Erneut reagierte diese nicht auf die Aufforderung.

»Ich verstehe überhaupt nicht, wie Madame Browne hierhergekommen ist«, bemerkte sie. »Wie Sie sehen, haben wir den Raum fast vollständig ausgeräumt, damit die Handwerker das Problem beheben können. Nur die Sessel haben wir gestapelt drinnen gelassen. Dort hinten unter der Plastikplane. Die zwei, die hier herumstehen, stammen auch von dort. Ich wüsste nicht, wer sie hier aufgestellt hätte. Die Handwerker waren zuletzt vor einer Woche hier und werden erst nächste Woche wiederkommen. Bevor sie ausmalen muss ja noch alles trocknen.«

Sie deutete auf die zwei Stühle, von denen einer neben und einer direkt vor der Toten stand. »Wir brauchen die vielen Sessel hier herinnen für die Lesungen, und genau in drei Wochen sollte hier die Buchpräsentation von Faye Brownes neuem Buch stattfinden. Dann wäre auch der Raum wieder benutzbar gewesen.«

Es war schon erstaunlich, wie Madame Picard mit dieser Situation umging. Von ihrer anfänglichen Aufregung war nur mehr wenig zu bemerken. Vielleicht, überlegte Florence, war dies der Lektüre der in ihrem Haus vorrätigen Kriminalromane zu verdanken. Möglicherweise hatte das in ihr sogar den seltsamen Wunsch hervorgebracht, das, was sich zwischen den Buchdeckeln abspielte, selbst einmal zu erleben. Florence musste plötzlich an jene Feuerwehrleute denken, die einen Brand legen, um endlich einmal zum Löscheinsatz zu kommen.

Da hätten wir ja schon ein erstes Mordmotiv, dachte sie und schalt sich sogleich selbst dafür. Hatte sie denn im Moment nichts Besseres zu tun, als absurde Hypothesen aufzustellen?

Jedenfalls war dies hier der Schauplatz eines Verbrechens und deshalb auch höchste Zeit für sie, diesen wieder zu verlassen. Die Polizei würde ohnedies nicht erfreut darüber sein, dass Florence Beaumarie als Erste den Tatort in Augenschein genommen hatte. Am liebsten wäre sie jetzt einfach wieder verschwunden und hätte so getan, als wäre sie nie hier gewesen.

»Es kann sich immer noch um einen Unfall handeln«, sagte sie, um der Buchhändlerin den Wind aus den Segeln zu nehmen.

»Das glauben Sie doch selbst nicht, Madame Beaumarie.« Jetzt hörte sich Madame Picard beinahe amüsiert an. »Aber wenn Sie wollen, werde ich jetzt nach draußen gehen und die Polizei anrufen. Ob unser Ortsgendarm gerade erreichbar ist, weiß ich nicht. Die nächste größere Station der Police nationale befindet sich in Manosque, und das kann dauern, bis die hier sind. Sie können sich also Zeit lassen. Schauen Sie sich ruhig hier noch ein wenig um. Ich passe draußen auf, dass niemand hereinkommt.«

Es klang, als würde sie eine Kundin dazu auffordern, es sich in einer Abteilung ihres Ladens gemütlich zu machen.

Schon stand Florence alleine in dem Raum, und obwohl es ja nicht mehr nötig war, prägte sie sich noch einmal die ganze Szene ein. Seltsam war, dass die Füße der Toten nackt und weit und breit keine Schuhe zu sehen waren, und auch, dass die Bücher am Körper oder ganz in der Nähe ihres Körpers lagen und kein Spritzer Blut darauf zu entdecken war. Noch einmal sah sie sich die Lage der Toten genau an. Kopf in Richtung Tür, Füße zur gegenüberliegenden Wand gerichtet. Sie lag nicht mehr als zwei, drei Meter von einem Bücherregel entfernt, das sich an der Wand befand. In großem Bogen ging Florence jetzt um die Tote herum. Dann lehnte sie sich ganz leicht gegen das Regal und stellte fest, dass es wackelte. Dennoch konnte es nicht umfallen, denn auf der einen Seite war die Befestigung zwar gelockert, die andere Seite schien aber bombenfest zu sitzen. Sie drehte sich um und hatte nun eine ganz andere Perspektive auf die Szene. Das Blut am Boden kam eindeutig aus dem Hinterkopf der Toten, an der Vorderseite ihres Körpers entdeckte sie keine Verletzungen. Ihr knielanger karierter Rock war ein Stück nach oben gerutscht und entblößte makellose, bis hin zu den Oberschenkeln schlanke und schön geformte

Beine. Diese Dame war nicht nur sehr erfolgreich, sondern auch sehr attraktiv gewesen, und sie dachte an die berühmte englische Schauspielerin Tilda Swinton, die diese tragische Szene wohl genauso dargestellt hätte.

»Es hätte vielleicht doch ein Unfall sein können«, sagte sie noch einmal zu Madame Picard, obwohl sie ebenfalls bereits vom Gegenteil überzeugt war. Die hatte inzwischen ihr Telefongespräch erledigt und lugte zur Tür herein.

»Das glauben Sie doch selbst nicht, Madame Beaumarie! Aber ich sehe, der Fall interessiert Sie natürlich. Wenn Sie wollen, sagen wir der Polizei einfach nicht, dass Sie da waren, und Sie ermitteln im Geheimen weiter. Meinen Auftrag dazu haben Sie bereits in der Tasche!«

Energisch schüttelte Florence den Kopf. Gerne hätte sie sich auf diesen Vorschlag eingelassen, aber natürlich entschied sie sich dafür, auf die Polizei zu warten und den Grund ihrer Anwesenheit zu Protokoll zu geben. Sie konnte eine möglicherweise doch noch notwendige Zusammenarbeit mit den zuständigen Beamten nicht von vorneherein auf eine unmögliche Basis stellen.

»Na gut.« Madame Picard schüttelte resigniert ihren Kopf.

»Ich habe Lucas, unseren Ortsgendarmen, schon erreicht. Es wird mindestens zehn Minuten dauern, bis er hier sein kann. Er wird auch gleich die Police nationale in Manosque informieren. Wenn die nicht spuren, werde ich ohnehin noch zusätzlich jemanden mit der Aufklärung dieser schrecklichen Tat beauftragen. Und ich sage es ein letztes Mal: Am liebsten hätte ich Sie für diese Aufgabe gehabt. Als Bestsellerautorin, die im Nachbarort lebte, war Faye Browne gewissermaßen eines unserer besten Pferde im Stall.«

Damit war alles gesagt, und gemeinsam gingen sie zum Eingang der Buchhandlung in Erwartung der Dinge, die nun auf sie zukamen. Das Sonnenlicht, das sie blendete, machte den Kontrast zu der düsteren Szene im Inneren des Gebäudes noch deutlicher. Bald würde auch hier draußen nichts mehr so wie zuvor sein. Schweigend erwarteten sie den Ortsgendarmen, jede mit ihren eigenen Gedanken beschäftigt.

3

Zwei Stunden später waren Florence und Charles wieder im Auto unterwegs in Richtung Avignon. Es war alles so gekommen, wie Florence es erwartet hatte. Erst war der Ortsgendarm in Begleitung des Arztes eingetroffen, eine halbe Stunde später eine ganze Equipe von Polizisten, Tatortspezialistinnen sowie eine Pathologin. Der Gendarm hatte Florence wenig Beachtung geschenkt, der leitende Beamte aus Manosque auch nicht viel mehr. Er war leider ein arroganter Idiot, wie Florence sofort feststellen musste. Er hatte sie mit Herablassung behandelt und so getan, als hätte er ihren Namen noch nie gehört, was lächerlich war. Die zwei spektakulären Kriminalfälle, die in der Provence erst vor Kurzem nur dank ihrer Hilfe aufgeklärt werden konnten, hatten unter Garantie in allen Dienststellen die Runde gemacht. Er hatte sie behandelt, als wäre sie eine wichtigtuerische kleine Privatdetektivin, die keine Ahnung von der Polizeiarbeit hatte, und nach einer sehr kurzen Einvernahme hatte er sie nach Hause geschickt. Madame Picard hatte er zum Vorwurf gemacht, dass sie sich im Fall der verschollenen Bücher nicht an die Polizei, sondern an eine Detektivin gewandt hatte. Er hatte sich sogar zu der Aussage verstiegen, dass Faye Browne noch am Leben sein könnte, wenn die Buchhändlerin diesbezüglich korrekt gehandelt hätte. Die zu diesem Zeitpunkt bereits anwesende Pathologin hatte die ganze Szene mit gerunzelter Stirn beobachtet.

Mit höchst gemischten Gefühlen hatte Florence bald darauf das eindrucksvolle Geschäft verlassen, das nicht nur bis oben hin voll mit Bücherregalen war, sondern nun auch der Schauplatz eines Mordes geworden war. Dass es entweder Mord oder Totschlag war, hatte die Pathologin bereits amtlich bestätigt.

»Du hast das Richtige gemacht«, sagte Florence jetzt aufmunternd zu sich selbst. »Du hättest doch nicht gleich zu Beginn deiner neuen Tätigkeit alle Prinzipien und Regeln, die du deinem Unternehmen gegeben hast, über den Haufen werfen können.«

Sie blickte zu Charles, der am Steuer seines Wagens saß. Ihn durfte sie keinesfalls ein weiteres Mal in die Aufklärung eines Verbrechens mit hineinziehen. Die strenge Trennung von Beruf und Privatleben war ebenfalls etwas, das sie für sich als Regel festgelegt hatte, und sie hatte ihn gebeten, das zu respektieren.

»Es tut mir wirklich leid, dass du heute im Café so lange auf mich warten musstest«, sagte sie jetzt zu ihm. »Es ist doch alles etwas anders gekommen als erwartet.«

»Ich bin schon gespannt, ob es dabei bleibt, Florence. Ich

kenne dich doch, der Fall Faye Browne wird dir ab jetzt nicht mehr aus dem Kopf gehen.«

Florence wollte schon protestieren, aber dann besann sie sich. Sie wollte und konnte weder sich selbst noch ihm etwas vormachen.

»Du hast natürlich recht«, sagte sie. »Es ist mir wirklich schwergefallen, Madame Picard eine Absage zu erteilen. Die war auch ziemlich sauer. Ich kann aber nicht gleich am Anfang die Prinzipien meines neu gegründeten Büros über den Haufen werfen. Dazu gehört, wie du weißt, dass ich nur Fälle übernehme, bei denen die Polizei nicht aktiv wird oder die sie als ungelöst ad acta gelegt hat. Die Suche nach dem Mann, der den Hund von Madame Robert vergiftet hat, war so gesehen ein guter Einstieg in meine neue Tätigkeit.«

»Allerdings«, antwortete Charles, »und noch dazu von dem zu erwartenden Erfolg gekrönt. Du bist einfach eine geniale Ermittlerin, Florence.«

»Danke, Charles. Wie lieb von dir, von nun an können wir gerne über alles Mögliche reden, aber bitte nicht mehr über Kriminalfälle.«

»Wie du meinst, Florence. Probieren wir es aus. Es gibt hier in der Nähe ein von mir sehr geschätztes Restaurant. Einige Zeit lang hatte es einen schlechten Pächter, der es heruntergewirtschaftet hat, aber seit einem Jahr wird es wieder ganz ausgezeichnet geführt. Es ist in einer ehemaligen Schule untergebracht, und ich bin hungrig. Sollen wir versuchen, im *La Vielle* École für Mittag einen Tisch zu bekommen?«

»Aber gerne! Ich habe heute wirklich nichts anderes mehr zu tun, und du hast mich neugierig gemacht. Ich bin schon hungrig!«

»Dann fahren wir jetzt einfach hin und hoffen schon einmal, dass es dort noch ein Plätzchen für uns gibt.«

Gut gelaunt bog er gleich darauf in eine kleine Nebenstraße ein.

»Wir nehmen diese Abkürzung«, sagte er, »dann sind wir vielleicht sogar noch schneller dort.«

Da hatte er sich allerdings geirrt, denn bald darauf tuckerte er ganz langsam einem Agrarfahrzeug hinterher, und es gab weit und breit keine Gelegenheit zum Überholen. Charles schien das jedoch nicht zu stören. Er lächelte versonnen, als trotz des geschlossenen Fensters ein intensiver Duft in ihren Wagen strömte.

»Lavendelernte«, sagte er. »Jetzt wirst du eine Vorstellung davon bekommen, wie unglaublich so eine Wagenladung voll Lavendel duftet.«

Er kurbelte das Fenster herunter, und tatsächlich: Ein Duft von höchster Intensität strömte in den Wagen, und Florence schloss einfach die Augen und gab sich lilafarbenen Träumen hin. Als sie diese wieder öffnete, hatte die Realität ihre Träume eingeholt, denn nun lagen links und rechts von ihrem Weg blühende Lavendelfelder, und vor ihnen erhob sich ein Dorf, dessen Häuser den Eindruck erweckten, als strebten sie auf gekrümmten Wegen alle dem höchsten Punkt eines Kegels zu, der von einer Art Festung gekrönt war.

»Simiane-la-Rotonde«, sagte Charles, »gleich sind wir bei dem Restaurant.«

»Simiane-la-Rotonde?« Die Stimme von Florence kam als fragendes Echo. »Das ist doch der Ort, in dem Faye Browne ihr Haus hatte.«

»Ach ja?« Charles klang überrascht. »Wenn ich das gewusst hätte, hätte ich dir nicht ausgerechnet diesen Ort für unsere Mittagspause vorgeschlagen.«

Florence runzelte die Stirn.

»Aber ich habe dir doch heute Morgen erzählt, dass Faye

Browne in Simiane-la-Rotonde ein Haus besitzt. Kann es sein, dass du deswegen mit mir hierher zum Mittagessen gefahren bist?«

»Wo denkst du hin, Florence? Das war mir vollkommen entfallen! Wir sind wegen des Essens hier und außerdem, weil Simiane ein ausgesprochen reizvoller Ort ist. Das ist doch eine herrliche Gegend, oder? Wir sind schon fast da!«

»Wahnsinnig schön, Charles.« Florence war beeindruckt. Dann musste sie lachen. »Wenn du mir von dieser Gegend eine Postkarte geschickt hättest, hätte ich es allerdings ziemlich kitschig gefunden. In der Realität ist es aber nur schön.«

Einer Postkartenidylle glich auch das Restaurant, das am Fuße von Simiane-la-Rotonde lag. Charles fuhr durch das offene breite Eingangsportal und stellte das Auto auf dem gepflasterten Parkplatz ab, der sich neben einem lang gestreckten, eingeschossigen Gebäude befand. Dahinter eine Wiese mit alten Obstbäumen und dem Gastgarten, dessen Tische alle schon besetzt waren. Eine freundliche ältere Frau kam ihnen entgegen, und Charles fragte, ob nicht doch noch ein Tischchen für sie frei wäre.

»Im Freien leider nicht mehr, Monsieur Florentin«, antwortete ihm die Frau, »wir sind hier draußen schon voll, und unter den Frühapfelbaum kann ich derzeit keine Gäste setzen, denn sonst fallen ihnen die Äpfel auf den Kopf. Ich kann Ihnen aber drinnen einen schönen Tisch am offenen Fenster anbieten.«

Charles sah Florence fragend an, und als sie nickte, folgten sie der Frau, die offensichtlich die Chefin war, nach drinnen, wo noch sämtliche Tische frei waren und vieles an den früheren Zweck des Gebäudes erinnerte. Ein hohes Lehrerpult, von dem aus im Stehen unterrichtet worden war, und eine Bank für die Schulkinder waren flankiert von einem Schaukasten, der einst vielleicht ausgestopfte Tiere und andere Lehrmittel beinhaltet hatte, jetzt aber mit Trinkgläsern und Geschirr bestückt war. Über jedem Tisch baumelte an einer langen dünnen Schnur ein bunter Buchstabe, sodass das ganze Alphabet über den Tischen einen kleinen Reigentanz aufführte. Eine lange Theke zog sich über die Rückseite des Raumes, und dahinter war durch eine offene Tür die Küche sichtbar. Eine gemütliche Dorfschule, dachte Florence und musste an ihre Grundschulzeit in Paris denken, in der es überhaupt nicht gemütlich zugegangen war. Wahrscheinlich trügt auch hier der Schein, dachte sie und wandte sich wieder der Gegenwart zu.

Die war soeben in Gestalt des Wirtes in Erscheinung getreten. Er wischte sich seine Hände an einem an die Schürze angeketteten Handtuch ab und begrüßte Charles, der ihm Florence vorstellte. Gleich darauf war er wieder in der Küche verschwunden, wo er jene Speisen aus regionalen Zutaten zubereitete, die Florence bald darauf ins Schwärmen brachten. Seine Frau hatte ihnen einen Fensterplatz zugewiesen, und nach einer hausgemachten Gemüseterrine verspeisten sie beinahe andächtig ein Freilandhuhn mit einer äußerst schmackhaften Fülle und warfen sich anerkennende Blicke zu. Sie bevorzugten es, während des Essens nicht zu sprechen.

Was für ein Prachtexemplar von Mann mir da ganz unerwartet in den Schoß gefallen ist, dachte Florence sich nicht zum ersten Mal und war plötzlich ganz froh darüber, dass sie nicht schon wieder einen Kriminalfall am Hals hatte.

Zum Dessert hatten sich beide für eine einfache Tarte Tatine entschieden, die, wie ihnen die Wirtin mitteilte, mit den Äpfeln jenes Baumes hergestellt worden war, unter dem sie ihre Gäste heute leider nicht platzieren konnte.

Diese war noch nicht ganz verzehrt, als eine kleine Gruppe von Leuten das Lokal betrat und zwei Tische von ihnen entfernt Platz nahm.

»Die Bürgermeisterin von Simiane«, flüsterte Charles Florence zu. »Sie wird manchmal der Buchhandlung in Banon untreu und kommt zu mir nach Avignon, um sich mit alten Büchern von Autorinnen und Autoren aus der Gegend einzudecken. Ich habe ja vieles, was anderswo schon vergriffen ist.«

»Psst«, sagte er bald darauf, »sie sprechen vom Mord an der Autorin.« Als die Wirtin mit den Getränken an den Tisch der Bürgermeisterin trat, blickte diese auf: »Haben Sie schon gehört, dass Faye Browne heute Morgen tot in der *Librairie Mistral* aufgefunden worden ist? Angeblich ermordet.«

Die Wirtin hatte das noch nicht gewusst. Sie zeigte sich erschüttert, nahm einen Sessel, setzte sich zu der Gruppe an den Tisch und ließ sich erzählen, was die Bürgermeisterin und ihre Bekannten über die Geschichte wussten.

Es war nun unvermeidlich, dass Florence und Charles alles mithörten, und Florence fügte sich den Umständen und lauschte mit gesteigertem Interesse. Schließlich kann ich mir hier nicht die Ohren zuhalten, rechtfertigte sie sich vor sich selbst.

Die Bürgermeisterin war gut informiert. Sie sprach vom Besuch eines jungen Polizisten heute Vormittag in ihrem Büro, der sich danach erkundigt hatte, wo Madame Browne in Simiane genau wohne.

»Ich habe ihm ihre Wohnadresse genannt, und mehr wollte er gar nicht wissen. Ich war überrascht, dass Faye Browne schon wieder von ihrer Vortragsreise im Norden zurück gewesen war. Dann habe ich den Kollegen in Banon angerufen, und der hat mir erzählt, was passiert ist. Ich hatte Faye Browne noch auf ihrer Lesereise in der Normandie vermutet, aber angeblich soll sie schon seit drei Tagen zurück gewesen sein.« Sie wischte sich mit der Hand über die Augen, und nun klang ihre Stimme weinerlich.

»Wenn sie nur nicht immer so eine Geheimniskrämerin gewesen wäre! Ich kann es einfach nicht glauben, dass Faye nie mehr hier mit mir essen wird.«

Die Wirtin legte der Bürgermeisterin den Arm um die Schultern und zog sie tröstend an sich. Als diese sich beruhigt hatte, drehte sie sich um und erblickte Charles. Sie sprang auf, blieb aber an ihrem Platz.

»Oh, Monsieur Florentin«, rief sie. »Sie sind auch hier. Ich hatte Sie noch gar nicht bemerkt. Ich dachte, dass wir die Einzigen hier herinnen sind. Bitte entschuldigen Sie die Störung. Sie haben ja gehört, was passiert ist. Natürlich ist Ihnen der Name Faye Browne auch ein Begriff.«

»Ja, Madame Delecour, das ist er natürlich.« Auch Charles war aufgestanden, und beide kamen sich in der Mitte entgegen. Die Tischgenossen von Madame Delecour blickten ihr neugierig nach und steckten dann wieder ihre Köpfe zusammen.

»Wollen Sie sich einen Augenblick zu uns setzen?«, fragte Charles. »Ich möchte Ihnen gerne meine Freundin, Florence Beaumarie, vorstellen. Sie ist von Paris zu uns in den Süden gezogen.«

»Gerne.« Schon waren sie zu Florence an den Tisch getreten.

»*Enchanté*, Madame Beaumarie. Ich muss gestehen, dass Sie keine Unbekannte für mich sind. Als eine, die natürlich alle nur erreichbaren Tageszeitungen liest, ist mir nicht entgangen, was über Ihre Heldentaten in Avignon in den letzten Jahren berichtet worden ist. Sie sind also jetzt endgültig in den Süden gezogen? Ich vermute, dass mein Lieblingsbuchhändler, Monsieur Florentin, daran nicht ganz unschuldig ist.«

»Damit liegen Sie richtig.« Florence deutete auf einen leeren Stuhl an ihrem Tisch. Die Bürgermeisterin nahm das Angebot an, und während sich die beiden Frauen sofort angeregt unterhielten, musste Charles feststellen, dass er nur mehr eine Statistenrolle spielte. Als Florence von ihrem neu eröffneten Detektivbüro berichtete, kam Madame Delecour wieder auf das Thema Faye Browne zurück.

»Da wären Sie eigentlich genau die Richtige, um den grässlichen Mord an meiner Freundin Faye aufzuklären. Es ist so furchtbar, was passiert ist, und ich habe größtes Interesse daran, dass der Mörder baldmöglichst gefunden wird. Am besten von Ihnen.«

»Das wird leider nicht möglich sein.« Florence blieb bei ihren Grundsätzen. »Das ist ein Fall für die Polizei.« Diesen Satz hatte sie heute bestimmt schon fünfmal ausgesprochen.

»Ach, die Polizei«, antwortete Madame Delecour mit einer wegwerfenden Handbewegung. »Wenn Sie damit Commandant Poullain aus Manosque meinen, dann können Sie den gleich wieder vergessen, denn er dürfte für die Ermittlungen zuständig sein, und er ist leider absolut unfähig und hat keinen guten Ruf.«

Florence nahm diese Information, die sie heute schon zum zweiten Mal hörte, zur Kenntnis, fragte aber nicht weiter nach und blieb bei ihrer Feststellung, dass sie für diesen Fall nicht zuständig sei.

»Ich könnte Ihnen aber einiges über Faye erzählen, das sonst niemand weiß.«

Bevor Florence wegen der verschollenen Bücher der Autorin nach Banon gereist war, hatte sie sich noch den

Wikipedia-Eintrag zu Faye Browne angeschaut. Der war nicht sehr informativ gewesen. Immerhin hatte sie erfahren, dass die Autorin unverheiratet war und zwei Kinder – Zwillinge – hatte. Einen Link zu einem Interview mit einer Journalistin aus Paris, das vor fünf Jahren erschienen war, hatte sie ebenfalls entdeckt. Bei diesem Gespräch hatte Faye Browne ihre Kinder zwar kurz erwähnt, ansonsten aber konsequent darauf hingewiesen, dass sie vor allem über ihre wissenschaftliche Arbeit sprechen wolle und ihre Science Fiction Bücher nur ein Abfallprodukt dieser Tätigkeit seien. Ihr Privatleben habe niemanden zu interessieren. So hatte Florence also nichts über die Kinder der Autorin, aber einiges über ihre Arbeit erfahren. Faye Browne musste tatsächlich eine äußerst disziplinierte und ehrgeizige Frau gewesen sein, denn das Werk, das sie verfasst hatte, war umfangreich. Ihre wissenschaftlichen Studien waren in so bekannten Zeitschriften wie dem französischen Magazin *Futura* und dem internationalen Wissenschaftsmagazin *Nature* veröffentlicht worden, aber auch in Populärmagazinen gab es zahlreiche Beiträge von ihr. Als Zukunftsforscherin hatte sie sich unter anderem mit dem Klimawandel auseinandergesetzt und stand in Kontakt mit bekannten Protagonistinnen der Umweltbewegung. Das sogenannte »Abfallprodukt«, ihre Science Fiction Romane, waren internationale Bestseller.

»Faye hat versucht, hier in Simiane möglichst zurückgezogen zu leben«, sagte die Bürgermeisterin. »Dennoch haben es immer wieder Journalisten geschafft, sie ausfindig zu machen. Mit ihrem großen Erfolg und ihren kühnen Thesen hat sie sich aber sicher auch Feinde geschaffen. Wenn es um ihre Anliegen ging, hat sie nie ein Blatt vor den Mund genommen.«

Florence hätte genug Fragen an die Bürgermeisterin gehabt, hielt sich aber zurück. Sie erfuhr von Madame Delecour ohnedies auch ungefragt noch einiges über die Ermordete, und bevor sich diese wieder zurück zu ihren Leuten begab, senkte sie ihre Stimme und beugte sich näher an Florence heran.

»Jetzt verrate ich Ihnen etwas, das sonst noch niemand weiß. Faye hat seit einiger Zeit wieder einen Freund gehabt, und der hat eigentlich überhaupt nicht zu ihr gepasst. Ein attraktiver Mann, ohne Zweifel, aber alles andere als ein Intellektueller. Mehr etwas für das Bett als für hochgeistige Gespräche. Ein bisschen wie in *Lady Chatterley*, wenn Sie wissen, was ich meine.«

Florence gab dazu keinen Kommentar ab, aber Charles, der alles mitgehört hatte, stieß einen kleinen glucksenden Laut aus und hielt sich gleich darauf die Hand vor den Mund.

Als er Florence später vor ihrer Wohnungstür ablieferte, verabschiedete er sich mit den Worten: »Das mit Lady Chatterley ist schon ein Ding. Ich glaube, dieser Roman ist gerade neu verfilmt worden. Apropos Film, falls du etwas Ablenkung von dieser Geschichte heute brauchst, könnten wir am Abend zusammen ins Kino gehen. Du kennst unser altes Filmtheater noch nicht, und derzeit gibt es lateinamerikanische Wochen und einige sehr schöne Filme.«

»Aber gerne«, hatte ihm Florence geantwortet. »Ich kann im Augenblick jede Ablenkung von einem Mordfall, der mich nichts anzugehen hat, gebrauchen.«

Charles hatte das nicht kommentiert und auch in den folgenden Tagen den Mord nicht wieder erwähnt.

4

»Welcher Teufel hat mich denn geritten, dass ich mir das in meinem Alter antue?«

Zwei Wochen später saß Florence Beaumarie am Schreibtisch ihres neu eingerichteten Büros in Avignon und hatte den Eindruck, am völlig falschen Platz zu sein.

Das Gefühl der inneren Leere, das sie gerade erfasste, kannte sie. Meist stellte es sich ein, wenn ein Kriminalfall ad acta gelegt worden war und die damit verbundene Anspannung von ihr abfiel. Lange Spaziergänge halfen, aber auch Schreiben. Sie dokumentierte ihre Fälle in den grünen und roten Schreibheften der Marke *Clairfontaine*, rot für die ungelösten, grün für die gelösten Fälle. Was diese Hefte betraf, war sie eigen. Sie ließ sie niemanden lesen, und auch Charles, der sehr neugierig gewesen wäre, war nicht davon ausgenommen. Heute lag der Fall allerdings anders, es gab nämlich weder gelöste noch ungelöste Kriminalfälle in ihrem neu eingerichteten Büro und deshalb auch keinen Grund, etwas zu dokumentieren.

Als sie vor einigen Wochen von Paris nach Avignon gezogen war, war sie in einer angeregten, ja nachgerade euphorischen Stimmung gewesen. Sie hatte noch einmal ein neues Kapitel im Buch ihres Lebens aufgeschlagen. Der Reiz des Neuen hatte seine Wirkung entfaltet. Jetzt hatte sie aber das Gefühl, in einem Roman gelandet zu sein, der nicht nach ihrem Geschmack war. Er handelte von einer Privatdetektivin ohne Aufträge und von der Besitzerin einer wunderbaren Wohnung in Paris, in die eine dreiköpfige Familie mit einem Fünfjahresvertrag eingezogen war.

Am gestrigen Abend, an dem Charles in einem Kreis alter Schulfreunde seinen 65. Geburtstag gefeiert hatte, hatte sich dieses Gefühl noch verstärkt. Die meisten dieser Leute hatten sie nicht interessiert, und sie war von Anfang an an die Falschen geraten! Ein wohlhabender Anwalt hatte sich ihr als Tischnachbar aufgedrängt und ihr zu verstehen gegeben, dass er ihr Detektivbüro hier in der Stadt für eine schlechte Idee hielt. »Das hat Ihnen bestimmt Charles eingeredet, Madame«, hatte er gesagt, »er ist ein alter Romantiker und bezieht seine Ideen gerne aus Romanen.«

Sie hatte es zugelassen, dass ihr Champagnerglas unentwegt nachgefüllt wurde und war am nächsten Morgen erst aufgewacht, als Charles bei ihr anrief. Üblicherweise trafen sie sich jeden Morgen in ihrem Stammcafé und frühstückten gemeinsam. Heute hatte er vergeblich auf sie gewartet. Sie hatte sich auf ihre Kopfschmerzen ausgeredet, sich entschuldigt und rasch wieder aufgelegt. Dann hatte sie eine Schmerztablette genommen, sich eine große Kanne Kaffee gemacht und war direkt in ihr Büro marschiert.

Vor ihr auf dem Schreibtisch lag eine lange To-do-Liste. Eine Ansammlung von Aktivitäten, wie sie gerade dachte, die nur dazu da waren, den Schein zu wahren und vorzutäuschen, dass hier etwas Sinnvolles geschah. Ihre Kopfschmerzen meldeten sich erneut. Sie nahm eine zweite Schmerztablette, trank ein Glas Wasser, und dann war es plötzlich wieder vorbei.

»Florence, du hast genug in Selbstmitleid gebadet«, sagte sie mit halblauter Stimme zu sich selbst. »Fang einfach mit irgendetwas an!«

Ganz oben auf ihrer Liste stand: »Geburtstagsgeschenk für Chantal besorgen«, und das musste ohnedies sein. Chantal war die Tochter von Charles und eine junge

Trompeterin mit beachtlicher Karriere. Vor einigen Jahren war Florence mit Chantal im Zug nach Avignon ins Gespräch gekommen, und es war Chantal, die Charles und Florence zusammengebracht hatte. Derzeit war sie noch in Paris, aber in drei Tagen sollte sie hier in Avignon ihr erstes Konzert als Solistin geben. Sie hatte am selben Tag wie ihr Vater Geburtstag, und beide Geburtstage mussten nachgefeiert werden. Schon öfter hatte Chantal davon gesprochen, dass sie gerne einmal Schnorcheln ausprobieren wollte, und deshalb hatte Florence beschlossen, ihr eine Schnorchelbrille und einen Gutschein für einen Schnorchelausflug an die *Côté d'Azur* zu schenken. In der Auslage eines Geschäftes hatte sie kürzlich einen großen Glasbehälter mit kleinen transparenten und bunten Fischen aus Kunststoff entdeckt. »Wir schwimmen gerne in der Badewanne« war darauf gestanden, und Florence hatte die Vorstellung gefallen, wie Chantal, umspült von diesen Fischen, schon mal in ihrer Badewanne Schnorcheln übte. Sinn für Humor hatte sie ja.

Florence schnappte sich ihre Tasche, verließ das Büro, kam aber nicht weit. Beinahe wäre sie mit einer Frau zusammengestoßen, die direkt vor der Haustür die Türschilder studierte. Mit einem »Pardon« eilte sie an ihr vorbei. Gleich darauf ertönte hinter ihr eine Stimme.

»Madame Beaumarie, Madame Beaumarie! Bitte warten Sie!«

Sie drehte sich um, und erst jetzt erkannte sie die Frau. Es war Madame Picard, die Inhaberin der Buchhandlung von Banon. Im Gegensatz zu ihrer recht strengen Aufmachung neulich im Geschäft war sie an diesem heißen Tag sommerlich luftig gekleidet. Geblümtes, wadenlanges Kleid, Espadrilles, eine Sonnenbrille ins Haar geschoben. Auch jetzt ließ sie ihren Worten sofort Taten folgen. Sie kramte in ihrer großen Strohtasche und streckte Florence in einer triumphierenden Geste ein Buch entgegen.

»Das müssen Sie unbedingt lesen, Madame Beaumarie. Das ist das neue Buch von Faye Browne!«

Florence bat Alice Picard in das Büro.

»Sehr schick hier«, sagte die Buchhändlerin, als sie sich am Schreibtisch des Büros gegenübersaßen. »So ähnlich habe ich mir ein Detektivbüro tatsächlich vorgestellt.« Dann zeigte sie auf die Wand hinter Florence. »Nur eines fehlt noch, wenn Sie mir die Bemerkung erlauben, Madame: Die große Pinnwand, auf der die laufenden Fälle mit Bildern und Verbindungslinien dokumentiert werden. Da die Wand hinter ihrem Schreibtisch aber noch vollständig leer ist, darf ich wohl davon ausgehen, dass sie noch freie Kapazitäten für einen neuen Auftrag haben.«

Natürlich war Madame Picard gekommen, um Florence noch einmal um die Übernahme des Falles Faye Browne zu ersuchen, denn der Leiter der Police nationale in Manosque hatte noch keinerlei brauchbare Ergebnisse geliefert.

»Sicher haben Sie mitbekommen, Madame Beaumarie, dass Commandant Poullain den Mord meinem Mitarbeiter Ernest Durant anhängen wollte und noch immer will. Die Zeitungen waren ja voll davon.«

Florence ließ sich mit ihrer Antwort Zeit. Natürlich hatte sie verfolgt, was über den Fall Faye Browne berichtet worden war und auch, dass es sehr rasch eine Verhaftung gegeben hatte. Ausgerechnet Ernest Durant, der jüngste Mitarbeiter der Buchhändlerin und Sohn ihrer besten Freundin, war bereits einen Tag nach der Entdeckung des Mordes von Commandant Poullain festgenommen worden. Er war erst vor kurzer Zeit auf Wunsch von Faye Browne zu ihrem neuen Ansprechpartner in der Buchhandlung auserkoren worden und sollte für sie die Buchpräsentation vorbereiten. Nach ihrer Ermordung waren auf dem einzigen Exemplar ihres noch unveröffentlichten Romans, das man auf ihrer Leiche gefunden hatte, außer ihren eigenen nur die Fingerabdrücke von Ernest Durant gefunden worden, und da er für den Tatzeitpunkt kein Alibi vorzuweisen hatte, hatte Commandant Poullain ihn festgenommen. Als er sich dann beim Verhör auch noch verstockt zeigte, stand für Poullain fest, dass Durant – trotz eines fehlenden Tatmotivs – der Mörder war. Die fetten Schlagzeilen zu diesem raschen Ermittlungserfolg hatten Poullain sehr erfreut. Bereits am nächsten Tag musste er jedoch den Verdächtigen wieder aus der Haft entlassen, denn zwei junge Frauen, mit denen dieser recht vergnügt und weit entfernt vom Tatort die Nacht verbracht hatte, hatten ihm ein Alibi gegeben. Auf die Frage, warum er das nicht selbst getan hat, gab er an, dass er die Damen nicht hatte kompromittieren wollen. Auf diese Weise hatte sich der rasche Erfolg von Poullain schlagartig in Luft aufgelöst.

»Ich habe einige Zeitungsartikel gelesen«, sagte Florence dann. »Danach sieht es so aus, als hätte Commandant Poullain nach dem Flop mit der Verhaftung von Durant kein besonderes Engagement mehr für den Fall Faye Browne gezeigt. Sind Sie denn von der Unschuld Ihres Mitarbeiters überzeugt, Madame?«

»Das bin ich! Absolut! Ich kenne Ernest seit seiner Geburt. Er war von klein an eine Leseratte und hat wohl mehr Zeit in meiner Buchhandlung verbracht als irgendein anderer Mensch. Außer mir natürlich! Dafür, dass er ein hübscher Bursche ist, kann er nichts. Er ist durch und durch ein Intellektueller und in praktischen Dingen etwas tollpatschig. Man könnte ihn auch als Träumer bezeichnen, aber er hat einen glasklaren Verstand und ist ungeheuer belesen. Er studiert Literaturwissenschaften und Philosophie und arbeitet nebenher in Teilzeit in meinem Geschäft.«

»Und wie erklären Sie sich, dass seine Fingerabdrücke auf das Buch gekommen sind, das man neben der Leiche gefunden hat?«

»Ach, Faye Browne war so eigen! Sie hat diesmal aus ihrem Roman ein riesiges Geheimnis gemacht. Viel mehr als bei ihren vorherigen Büchern. Niemand sollte es vorher zu Gesicht bekommen. Auch der Verlag hat es in seiner Vorschau entgegen seiner üblichen Vorgangsweise nur mit dem Titel und ohne weitere Informationen angekündigt. Erst bei der Erstpräsentation, die immerhin hier bei mir in Banon stattfinden sollte, hätte das Geheimnis gelüftet werden sollen. Es hat aber offensichtlich schon einen Vorabdruck gegeben, und Ernest war der Einzige, der ein Exemplar davon bekommen hat. Er sollte Faye Browne bei der Auswahl der Textstellen behilflich sein, und überhaupt wollte sie mit niemand anderem von uns sprechen, nicht einmal mit mir. Er hat sich daran gehalten. Bis ihm kurz vor ihrem Tod dieses Buch gestohlen wurde. Er hat sich nicht getraut, ihr das mitzuteilen, und so hat niemand davon erfahren!«

»Warum brauchte Madame Browne eigentlich jemanden für die Auswahl ihrer Textstellen?«

»Ach, sie hat nicht gerne aus ihren Science Fiction Büchern vorgelesen und die Lesungstexte immer auf das absolute Minimum reduziert. Die Besucherinnen ihrer Lesungen haben sich oft darüber beschwert. Sie brauchte da jemanden, und schon vor Ernest hat das ein anderer Mitarbeiter von mir gemacht.«

Alice Picard schob das Exemplar des noch nicht veröffentlichten Buches, das vor ihr auf dem Schreibtisch lag, zu Florence hinüber.

»Das ist also das geheimnisvolle Werk! Ich habe es erst gestern vom Verlag bekommen, da es demnächst veröffentlicht werden soll. Ich habe es natürlich sofort gelesen und ich muss Ihnen sagen, ich bin entsetzt und überrascht zugleich.«

»Wieso das?«

»Entsetzt, weil das Buch unglaublich schlecht geschrieben ist. Ich hätte vermutet, dass nicht sie selbst es geschrieben hat, wenn es nicht in ihrem angestammten und renommierten *Verlag Gerrimard* in Paris herauskommen würde. Überrascht, weil eine Stelle vorkommt, die mich irgendwie an die Art erinnert, in der wir die tote Faye Browne aufgefunden hatten.«

»Wie denn?«

Der Zeigefinger von Madame Picard tippte kräftig auf das Buch.

»Lesen Sie es bitte selbst! Es würde mich sehr interessieren, ob Ihnen die Stelle auch auffällt!«

Sie machte eine ganz kurze Pause.

»Ach bitte, Madame Beaumarie, überlegen Sie es sich noch einmal und untersuchen Sie den Fall für mich. Commandant Poullain mit seiner vorgefassten Meinung wird den wahren Täter nicht finden.«

»Ich würde gerne mit Ernest Durant sprechen. Können Sie das arrangieren?« Florence hatte Zeit zum Überlegen gehabt.

»Aber natürlich! Mir schlägt er keine Bitte ab.«

Madame Picard strahlte über das ganze Gesicht.

»Darf ich das so verstehen, Madame Beaumarie, dass Sie wieder mit an Bord sind und ich Sie engagieren darf?«

Florence nickte. Sie war zu der Erkenntnis gekommen,

dass ein Fall wie dieser wohl das allerbeste Rezept gegen ihre gegenwärtig etwas trübe Stimmung war. Sie öffnete die Schublade ihres Schreibtisches und zog einen Vertrag hervor, trug die nötigen Daten ein, und Madame Picard setzte ohne Zögern ihre Unterschrift darunter.

Dann vereinbarten sie, dass Florence am nächsten Tag nach Banon kommen und Madame Picard für die Anwesenheit von Ernest Durant sorgen würde.

5

Nachdem Madame Picard ihr Büro wieder verlassen hatte, schlug Florence neugierig das Buch von Faye Browne auf und begann sofort darin zu lesen. Schon auf den ersten Seiten wurde ihr klar, dass es eine mühsame Lektüre werden würde. Bis auf die Science Fiction Klassiker von Stanislaw Lem, die ihr ein spannendes und nachvollziehbares Szenario der Zukunft geboten hatten, war sie bisher nicht an Büchern dieses Genres interessiert gewesen. Sie mochte es nicht, wenn ein Autor oder eine Autorin alle Gesetze der Naturwissenschaften außer Acht ließ und sich eine Zukunft zusammenfantasierte, die keinen Bezug zur Realität hatte. Das schien auch bei Faye Browne der Fall zu sein. Zumindest bei diesem Buch, das ohne Zweifel schlecht geschrieben war. Von einer Wissenschaftlerin hätte sie sich wirklich mehr erwartet als solche Fantastereien. Die Passage, die angeblich eine Parallele zum Mord an Faye Browne aufwies, hatte Florence noch nicht gefunden. Nach 40 Seiten Lektüre hatte sie wieder Kopfschmerzen, und ihre Augenlider waren so schwer, dass sie sich am liebsten hingelegt hätte und wieder eingeschlafen wäre.

Das kam aber nicht infrage. Es gab genug zu tun und auch bei Charles wollte sie noch vorbeischauen. Ihr Fernbleiben beim Frühstück bedurfte einer Erklärung.

Sie klappte das Buch zu. Eines hatte der Besuch der Buchhändlerin jedenfalls gebracht. Ihre seelische Verfassung war wieder hergestellt. Die Entscheidung, den Auftrag von Madame Picard anzunehmen, war gefallen und der Vertrag unterschrieben. Wenn es kein Zurück mehr gab, schaute sie seit jeher nach vorne. Alles andere wäre sinnlos. Ihr Hirn arbeitete bereits im Autopilot am Mordfall Faye Browne. Es wurde angetrieben von der lustvollen Neugierde, die jeder neue Fall in ihr auslöste.

Bald darauf war sie in den sommerlichen Trubel von Avignon eingetaucht und auf dem Weg zum Buchantiquariat von Charles Florentin. Das Geschäft lag im historischen Zentrum der Stadt, und von ihrem Büro hatte sie es dorthin nicht weit. An der Eingangstür hing jedoch ein Schild: »*Fermé*«. Damit hatte sie nicht gerechnet, aber eigentlich passte es ihr. Sie konnte im Café gegenüber noch rasch eine Kleinigkeit essen und ein paar Seiten im Buch lesen. Es waren nur wenige Leute da, und sie suchte sich ein Tischchen im Freien. Die Erinnerung an das, was sie an diesem Ort erlebt hatte, stellte sich sofort ein. Immerhin hatte sie vor ziemlich genau zwei Sommern von hier aus eine gefährliche Befreiungsaktion für den in seinem Buchladen als Geisel genommenen Charles gestartet. Auch die Kellnerin war noch dieselbe wie damals. Sie behandelte Florence seither wie ein rohes Ei und beeilte sich, sie zu bedienen. Schon bald nach ihrer Ankunft brachte sie ihr den bestellten *Croque Monsieur* und ein Glas Wasser. Noch während sie aß, schlug Florence ihr Buch auf und begann wieder zu lesen.

»Was liest du denn da so Spannendes, Florence?«

»Chantal!« Überrascht blickte Florence auf. »Du bist schon hier, wir hatten dich erst übermorgen erwartet!«

Chantal grinste.

»*Oui, surprise*, Florence! Ich konnte früher weg. Eine Orchesterprobe ist ausgefallen.«

»Wie schön. Weiß dein Papa schon, dass du früher kommst?«

»Nein. Ich wollte ihn überraschen. Es hat mir leid getan, dass ich gestern nicht bei seiner Geburtstagsfeier dabei sein konnte, na ja für ihn, weniger für mich. Ich steh nicht besonders auf solche offizielle Feiern. Weißt du, wo Papa ist?«

»Leider nein. Ich wollte zu ihm und habe beschlossen, hier zu warten, bis er auftaucht.«

»Du hättest ihn auch anrufen können!«

Plötzlich hatte Chantals Stimme einen vorwurfsvollen Unterton.

»Natürlich, das hätte ich. Es passte mir aber gerade, hier noch rasch etwas zu essen.«

Chantal ließ sich auf den zweiten Sessel vor dem Tischchen fallen, stellte ihren großen Lederbeutel neben sich ab, stützte ihre Hände auf die Tischplatte und runzelte ihre hübsche hohe Stirn. Es war etwas in der Stimme von Florence, das sie aufhorchen ließ.

»Stimmt etwas gerade nicht zwischen euch?«

»Nein, Chantal, prinzipiell ist alles in Ordnung, aber heute habe ich deinen Papa beim Frühstück versetzt, weil ich von der gestrigen Geburtstagsfeier noch etwas angeschlagen war.«

»Aha, haben dich seine Freunde überfordert? Das verstehe ich, Florence. Er war halt einmal ein großes Tier in Avignon und fühlt sich diesen Leuten immer noch verpflichtet. Es sind ein paar echte Nervensägen dabei.«

Entspannt lehnte sie sich wieder zurück und verschränkte ihre nackten Arme vor der Brust.

Florence war dankbar für diesen Kommentar und erklärte, dass sie jetzt mit Charles noch darüber reden wollte.

»So, wie er dich noch immer verehrt, hat dir Papa schon längst verziehen«, meinte Chantal, »ich rufe ihn jetzt einmal an, damit wir wissen, wo er steckt.«

Sie wählte die Nummer ihres Papas, erreicht ihn sogleich und erklärte, dass sie bereits in Avignon sei und im Café vor seinem Laden auf ihn warte. Dass auch Florence hier war, erwähnte sie nicht. Dann hörte sie sich an, was er ihr zu sagen hatte, und schloss das Gespräch mit den Worten »Dann sehen wir uns also später zu Hause. Kopf hoch Papa. Das geht schnell vorbei.«

»Papa ist beim Zahnarzt, und was die Zähne betrifft war er schon immer sehr wehleidig«, erklärte sie. »Ihm ist heute beim Frühstück ein Zahn ausgebrochen, und sein Zahnarzt hat ihn jetzt zu Mittag eingeschoben. Es wird wohl noch einige Zeit dauern. Er war gerade etwas angespannt, deshalb habe ich nicht gesagt, dass ich hier mit dir sitze.«

»Dann lasse ich ihn das erledigen und melde mich gegen Abend bei ihm. Der Arme hat heute also schon doppeltes Pech gehabt. Erst mit mir und dann mit seinem Zahn. Vielleicht hat ihn aber sein zweites Unglück sein erstes vergessen lassen.«

»Ach, ruf ihn doch einfach etwas später an. Er hat bestimmt Verständnis für deine Situation. Alles Weitere könnt ihr ein andermal in Ruhe besprechen. Ich muss jetzt los. Ich werde mich um ihn kümmern. Was liest du denn da?«

Die Augen von Chantal, die eine große Leseratte war, waren zwischendurch immer wieder zu dem Buch gewandert, das aufgeschlagen vor Florence auf dem Tischchen lag.

Florence klappte das Buch zu und zeigte auf den Titel: *Le Dernier Secret!*

»Ein brandneuer Band von der Science Fiction Autorin Faye Browne, der noch gar nicht erschienen ist. Sie ist letzte Woche in der Buchhandlung von Banon ermordet aufgefunden worden. Ich ermittle jetzt in diesem Mordfall. Wusstest du davon?«

»Nein, das wusste ich nicht. Wenn ich so intensiv probe wie vor meinem bevorstehenden Konzert, dann lese ich keine Tageszeitungen, weil mich die Nachrichten nervös machen. Aber das ist ja furchtbar! Faye Browne hat großartige Bücher geschrieben. Ich habe einige davon gelesen.«

»Im Ernst? Du magst tatsächlich Science Fiction?«

»Nur wenn die Bücher so gut geschrieben und logisch aufgebaut sind wie die von Faye Browne.«

»Seltsam. Ich finde den Aufbau dieses Romans nicht besonders logisch und ehrlich gesagt auch nicht besonders gut geschrieben.«

»Es liest eben jede ein Buch anders, Florence. Du mit deinem scharfen Polizistenverstand legst andere Maßstäbe an so einen Text an als ich. Lass mal sehen.«

Sie nahm das Buch in die Hand und schlug es an einer beliebigen Stelle auf. Dann las sie laut: »*Hongas 1000 Räd-*

chen, die sie in Betrieb hielten, surrten. Ein Zeichen höchster Aufregung. Das hier war tatsächlich eine Tür, und zwar eine aus einem Material, das so hart war, dass es Hunderte von Jahren überdauern konnte. Honga wusste, dass sie gerade vor der Entdeckung ihres Lebens stand. Jetzt hätte sie gerne Ranka dabeigehabt. Sie war der einzige Mensch, der Honga jetzt verstehen würde.«

Chantal blickte auf. »Wieso der einzige Mensch?«, fragte sie. »Sie schrieb doch gerade etwas von 1000 Rädchen, und ich dachte, dass Honga deshalb ein Roboter sein müsste. Das ist für mich tatsächlich nicht die gewohnte sorgfältige Art von Faye Browne.«

Sie schlug das Buch wieder zu. »Ach wie tragisch. Ich meine, dass sie ermordet worden ist. Sie war, glaube ich, eine sehr schöne Frau, obwohl das natürlich nichts zur Sache tut, und sie wird nie wieder so ein tolles Buch schreiben wie *Frauenland – die Eingeweihte*. Das war ihr bester Science Fiction Roman. Den solltest du lesen. Ich kann ihn dir borgen. Ich gehe jetzt. Wir sehen uns bald!«

Gerade als sie sich erhob, kam die Kellnerin an ihren Tisch. Wie Florence wusste, war sie eine alte Bekannte von Chantal. Chantal winkte ab, als diese sie nach ihren Wünschen fragte. Sie könne leider heute nicht bleiben. Schon war sie aufgesprungen, und Florence und die Kellnerin blickten ihr nach, bis sie am Ende der Straße nur mehr als leuchtend roter Fleck sichtbar war. Mit einer bedauernden Geste fragte die Kellnerin Florence, ob sie noch einen Wunsch habe, und Florence hatte den Impuls, sie nicht enttäuschen zu wollen. Sie bestellte noch einen Kaffee, ließ sich die vorrätigen Desserts aufzählen und gönnte sich eine Portion Crêpes. So viel Nachsicht mit sich selbst hatte sie normalerweise nicht. Waren es noch die Nachwirkungen der letzten Nacht oder hatte das Leben im Süden sie bereits verändert? Die Fahrt mit Charles durch die Lavendelfelder fiel ihr wieder ein. Diese Mischung aus Duft und Farbenpracht! Starke Empfindungen angesichts der Natur waren ihr früher eher fremd gewesen. Zum ersten Mal hatte sie es in voller Intensität vor zwei Jahren beim Anblick des Mittelmeers erlebt. Zu spüren, wie alle ihre Sinne gleichzeitig angesprochen wurden, war neu und beglückend gewesen. Und sogar hier in Avignon vermochte die Natur ihren ganzen Charme spielen zu lassen, legte ein besonderes Licht über die alten Mauern, ließ alle Farben weicher und gleichzeitig lebendiger wirken, dämpfte die Geräusche und hielt die Zeit für einen Augenblick an.

Sie blickte sich um. Die kleinen Tischchen vor dem Café waren mittlerweile alle besetzt, und dessen Gäste zollten diesem Sommertag ihren Tribut. Ein Gläschen Champagner schon zu Mittag war keine Ausnahme. Natürlich wusste man auch hier um die dunklen Seiten des Lebens, dennoch verstand man es, einen guten Augenblick zu würdigen und in die Länge zu ziehen. Charles fiel ihr wieder ein, diesmal auf dem Stuhl des Zahnarztes. Sie konnte nur hoffen, dass für ihn die Zeit dort nicht in die Länge gezogen wurde, sondern möglichst rasch verflog.

Sie las noch ein paar Seiten in dem Buch. Eigentlich hatte es gerade angefangen spannend zu werden, und so war es gar nicht so schlecht, noch einige Zeit zum Lesen zur Verfügung zu haben. Nach den Bemerkungen von Chantal war ihre Neugierde wieder erwacht.

6

»Ich brauche hier herinnen dringend ein anderes Licht!« Der Blick in den Spiegel versetzte Florence im fensterlosen Badezimmer der neuen Wohnung regelmäßig einen Schock. Das Licht war zu grell, und wenn einem nach einem langen und anstrengenden Tag die eigene alte Tante entgegenblickte, dann gab einem das schon zu denken. Offensichtlich wurde sie ihr immer ähnlicher. Tante Blanche war ihre letzte noch lebende Verwandte väterlicherseits und beinahe 100 Jahre alt. Der Vater von Florence war gestorben, als sie erst ein Jahr alt gewesen war, und die Beziehung zwischen ihrer Mutter und dieser Tante war von großer wechselseitiger Abneigung geprägt. »Du erinnerst mich an deine Tante in Deauville«, hatte die Mutter gesagt, wenn sie sich über Florence ärgerte, und erst nach dem Tod der Mutter hatte Florence die Tante persönlich kennengelernt. Sie waren nun die letzten Überlebenden einer einst großen Familie und hatten sich sofort ausgezeichnet verstanden. Einmal im Jahr besuchte Florence die beeindruckende Dame in der Normandie. Jetzt, da sie in Avignon wohnte, war der Weg dorthin um vieles länger geworden, aber es war selbstverständlich, dass sie diese Tradition beibehalten musste.

Deauville? Dort war doch auch Faye Browne zuletzt auf ihrer Lesereise gewesen, und dort war ihr im Hotel der Laptop gestohlen worden. Interessant!

Der Gedankensprung zur Tante und nach Deauville hatte sie jedenfalls wieder zu Faye Browne zurückgebracht. Bevor sie ins Bett ging, gab es noch etwas zu tun.

Sie nahm ihren Laptop, dankbar, dass ihn niemand gestohlen hatte, und machte es sich auf der gelben Chaiselongue im Salon gemütlich.

Das für sie erfreulichste Ereignis des heutigen Nachmittags waren neben dem Treffen mit einem eigentlich gar nicht besonders gekränkten Charles zwei wirklich überraschende Bewerbungen um die Assistentenstelle in ihrem Büro gewesen. Erst vor zwei Tagen hatte sie eine Annonce ins Internet gestellt:

»Neu gegründetes Detektivbüro in Avignon sucht Teilzeitassistenz. Faires Grundgehalt mit Erfolgshonorierung. Engagement, Belastbarkeit, Flexibilität, Teamgeist und Mut zu unkonventioneller Vorgangsweise als notwendige Kompetenzen. Regelmäßige Arbeitszeiten können nur bedingt garantiert werden. Personen mit Erfahrung in diesem Berufsfeld bevorzugt. Bereitschaft zu administrativer Arbeit im Büro.«

Als sie heute Nachmittag die Bewerbungen durchgegangen war, hatte sie sofort gewusst, dass diese zwei ihr nicht unbekannten Personen an erster Stelle auf ihrer Kandidatenliste stehen würden, und sie beschloss, sie noch heute anzurufen.

Als Erstes wählte sie die Nummer von Leonie Perrin, die sich sofort meldete.

»Leonie Perrin am Apparat. Ah, Madame Beaumarie! Sie haben meine Bewerbung erhalten?«

Florence hatte Leonie Perrin im Zusammenhang mit ihren Ermittlungen in zwei Mordfällen als äußerst fähige Polizistin und rechte Hand von Antoine Lambert, dem Chef der Police nationale von Avignon, kennengelernt. Dass sie sich jetzt um den Job bei Florence bewarb, war eine echte Überraschung. Florence schätzte sie auf etwa

28 Jahre. Eigentlich das beste Alter, um im Polizeidienst Karriere zu machen.

»Oui, Madame le Commissaire!« Florence hatte absichtlich eine förmliche Ansprache aus dem Polizeidienst gewählt, da sie auf Leonies Reaktion neugierig war. »Es tut mir leid, dass ich so spät störe, aber ich habe erst jetzt Zeit gefunden, die Bewerbungen durchzusehen. Die Ihre hat mich überrascht, wie Sie sich denken können.«

»Ich bin nicht mehr bei der Polizei, Madame Beaumarie. Ich hatte sozusagen ein Schlüsselerlebnis, das mich vor knapp einem Jahr aus der Bahn geworfen hat. Ich hatte mich um die Position der Leiterin der Polizeidienststelle in Digne-les-Bains beworben, gemeinsam mit einem Kollegen, von dem ich wusste, dass er bei Weitem nicht meine Kompetenzen vorzuweisen hat. Er wurde mir dennoch vorgezogen. Dasselbe kurz darauf in Aix-en-Provence. Ich weiß, dass es nicht an meinen Fähigkeiten lag, sondern daran, dass Korruption und Vetternwirtschaft hier im Süden noch immer Blüten treiben. Ich komme ja ursprünglich aus dem Elsass und bin deshalb offensichtlich für ein höheres Amt in Südfrankreich ungeeignet. Ich hatte die Nase voll. Unter Commandant Lambert, der, wie Sie wissen, absolut integer ist und mir auch das bestmögliche Zeugnis ausgestellt hat, hatte ich mich der Illusion hingegeben, dass im Polizeidienst Objektivität herrscht. Jetzt weiß ich, dass es anders ist. Jedenfalls für eine Frau. Na ja, jetzt bin ich um eine Illusion ärmer, aber es hat wie jede Veränderung auch sein Gutes. Eigentlich bin ich ja nur Polizistin geworden, weil mein Vater schon Polizist war und mein Großvater auch und sogar mein Urgroßvater, und da es keinen Bruder gab, musste ich die Familientradition fortsetzen. Jedenfalls habe ich jetzt noch das zu studieren begonnen, was mich schon immer interessiert hat: Ethnologie! Ich hatte einiges Geld zusammengespart und nebenbei jobbe ich eben.«

Florence staunte. Einen derartigen Schritt hätte sie dieser immer so korrekten und intelligenten Polizeibeamtin nicht zugetraut. Vermutlich würde sie das Studium in Rekordzeit durchziehen. Sie hatte einen sicheren Job aufgegeben, in dem sie bereits einen beachtlichen Aufstieg hinter sich hatte. Mit ihrer Erfahrung und ihren Fähigkeiten wäre sie vermutlich die perfekte Wahl für ihre Assistentin.

Florence antwortete nicht gleich, und Leonie Perrin meldete sich wieder zu Wort.

»Madame Beaumarie, Sie fragen sich vielleicht gerade, ob ich genügend Zeit und Engagement für diesen Job aufbringen kann, wenn ich gleichzeitig studiere und Ihnen mitgeteilt habe, dass mich der Polizeidienst nicht mehr interessiert. Damit meinte ich aber nur die Strukturen der Polizei. Die Ermittlungsarbeit interessiert mich nach wie vor und ich glaube, dass mir diese Erfahrungen auch als Ethnologin nützlich sein werden. Eine Zusammenarbeit mit Ihnen fände ich jedenfalls besonders spannend.«

»Sagen Sie mir bitte«, Florence war neugierig, »woher wussten Sie eigentlich, dass ich hinter der Annonce stecke?«

»Das ist einfach, Madame. Commandant Lambert wusste davon und hat mich darauf aufmerksam gemacht.«

»Ja klar. Er weiß natürlich, dass Sie die perfekte Mitarbeiterin für mich wären, und ich teile diese Meinung. Ich fürchte allerdings, dass Sie überqualifiziert sind! Meine Assistentin müsste sich nämlich auch um den Bürokram kümmern.«

»Kein Problem für mich. Es wäre schön, wenn Sie mir eine Chance geben würden.«

»Kann ich Sie noch heute zurückrufen? Ich bin sehr interessiert, muss aber fairerweise noch den Rest der Bewerbungen durchgehen.«

»Sie können mich bis Mitternacht anrufen. Solang widme ich mich ohnedies jeden Abend meinem Studium. Wenn ich nicht kellnere, was ich derzeit an drei Tagen der Woche tue.«

Am liebsten hätte Florence gleich zugesagt. Sie musste aber noch Emilian Pagnol anrufen. Den jungen Kunstmaler aus Marseille hatte sie vor eineinhalb Jahren zufällig kennengelernt, und seither war der Kontakt zwischen ihnen nicht mehr abgebrochen. Einmal hatten sie sich auch getroffen, und erst vor zwei Monaten hatte sie ihr Versprechen eingelöst und ihn mit der Schwester von Charles und deren frisch angetrauten Ehemann, Bruno Amontero, zusammengebracht. Die beiden hatten ein Bild von ihm erworben, und Reine-Marie Amontero, eine bereits etablierte und anerkannte Malerin, hatte ihm eine gemeinsame Ausstellung in Aussicht gestellt.

Als Florence ihm kürzlich am Telefon verraten hatte, dass sie noch Mitarbeiter benötige, hatte Emilian kein Wort verloren.

Seine Bewerbung hatte er jetzt mit einem persönlich formulierten Satz begonnen:

»Sie wissen, liebe Florence, wie sehr mir unser kleines gemeinsames Abenteuer damals in Marseille Spaß gemacht hat.« Der Rest der Bewerbung war förmlich und informativ abgefasst. Als seine Kompetenzen hatte er seine Kreativität genannt, aber auch seine Fähigkeit, sich jedes Bild bis ins Detail ins Gedächtnis rufen und eine Skizze davon anfertigen zu können. Sein Können als Phantomzeichner könne er jederzeit unter Beweis stellen. Außerdem verfüge er – geboren in Saint Paul de Vence – über ausgezeichnete

Ortskenntnisse, könne gut rechnen und mit dem Computer umgehen. Zum Abschluss noch einmal einige persönliche Worte: »Ich bin kein chaotischer Künstler, sondern gut organisiert. Sollten meine Bilder aber eines Tages einen Durchbruch erleben, werde ich Ihnen wieder abhandenkommen. Das steht allerdings noch in den Sternen. Einen Zusatzverdienst könnte ich – ehrlich gesagt – gut brauchen.«

Eigentlich waren beide Bewerbungen ein Gottesgeschenk, und Florence wusste bereits, dass sie sowohl auf Leonie als auch auf Emilian nicht verzichten wollte. Sie würde beiden einen 15-Stunden-Job anbieten. Den anderen Bewerberinnen musste eine höfliche Absage erteilt werden. Übermorgen! Denn morgen wollte sie nach Banon, und da könnte sie vielleicht schon Leonie Perrin mitnehmen, damit sie sich in den Fall einarbeiten konnte. Am Tag darauf dann das erste Treffen des kleinen Dreierteams!

Erst rief sie Leonie an, dann Emilian. Beide freuten sich, und als sie Leonie erzählte, dass sie schon morgen nach Banon müsse, bot diese sofort an mitzukommen.

Emilian Pagnol bestellte sie für übermorgen in ihr Büro. Auch er war mit 15 Arbeitsstunden pro Woche zufrieden.

Florence hörte, wie sich ein Schlüssel im Schloss der Eingangstür zu ihrer Wohnung drehte. Charles! Dann musste es bereits nach 20 Uhr sein. Es war Zeit für das gemeinsame Abendritual. Sie hatten vereinbart, dass sie zwischen 20 und 22 Uhr am Abend noch einmal füreinander da sein wollten. Der, der zuerst Zeit und Lust hatte, ergriff die Initiative und schaute vorbei oder rief an. Manchmal für eine ausgiebige Besprechung der Tagesereignisse, manchmal für einen gemeinsamen Fernsehabend, manchmal nur für einen

Gute-Nacht-Kuss oder für die vielen anderen Freuden des Zusammenseins.

»Du arbeitest noch?« Charles stellte eine Flasche Champagner vor ihr ab. »Alkoholfrei«, beeilte er sich zu sagen. »Ich dachte, nach dem gestrigen Abend würde uns das beiden gut tun!«

»Wunderbar!« Florence nahm ihm die Flasche ab und gab ihm einen Kuss. »Meine Arbeit ist schon erledigt, aber wie geht es deinem Zahn?«

»Ich habe es überlebt«, stellte er lakonisch fest. »Reden wir von was Schönerem. Ich freue mich sehr, dass Chantal schon gekommen ist.«

»Das freut mich auch. Setz dich doch, ich hole die Champagnergläser.«

Sie setzten sich an den Küchentisch, tranken einen Schluck und verzogen beide gleichzeitig das Gesicht.

»*Oh mon dieu*«, rief Charles, »das kann man ja nicht trinken! Die Flasche sah so vertrauenswürdig aus.«

»Ach was«, sagte Florence. »Halb so schlimm. Alles nur eine Frage der Gewöhnung. Man erwartet einfach etwas anderes, wenn man das zum ersten Mal trinkt.«

»Wenn du meinst!« Charles ergab sich in sein Schicksal. Schweigend nippten sie beide an ihren Gläsern, bis ihnen beinahe gleichzeitig die Augen zufielen. Charles gab sich einen Ruck.

»Ehe ich einschlafe, musst du mir aber schon noch sagen, was es mit diesem Buch von Faye Browne auf sich hat. Chantal hat mir erzählt, dass du gerade ein noch unveröffentlichtes Werk von ihr liest.«

Als Florence schwieg, fügte er hinzu. »Ich weiß, ich überschreite schon wieder die Demarkationslinie, die du zwischen unserem Privatleben und deinem Beruf gezogen hast, aber ehrlich, Florence, ich glaube, die lässt sich nicht einhalten. Dazu bin ich ein viel zu neugieriger Mensch und ich kann in unseren Gesprächen nicht auf Dauer ausblenden, was einen so großen Teil deines Lebens ausmacht.«

Florence nickte nachdenklich.

»Ich glaube, du hast recht, Charles. Ich habe mir darüber auch schon Gedanken gemacht und auch ich habe hin und wieder das Bedürfnis, mit dir über meine Arbeit zu sprechen. Halten wir es doch so: Wenn du Fragen zu meiner Arbeit hast, werde ich sie dir nach Möglichkeit beantworten. Von mir aus werde ich das Thema Arbeit aber lieber nicht anschneiden.«

Wie aus der Pistole geschossen kam seine Frage nach ihren Ermittlungen im Fall von Faye Browne. Sie berichtete das Nötigste und natürlich auch, dass sie Leonie Perrin und Emilian Pagnol soeben als Assistenten engagiert hatte.

»Ich wusste, dass du meinem doch schon etwas langweiligen Leben in der Provinz eine Frischzellenkur verpassen würdest«, sagte er, stand auf, beugte sich noch einmal hinunter, gab ihr einen Kuss und marschierte in seine Wohnung zurück.

Florence sah ihm nach. »Ab ins Bett mit dir«, sagte sie. »Dort kannst du noch darüber nachdenken, was es bedeutet, dass in dem Buch von Faye Browne eine mehr als 200 Jahre alte mumifiziert Leiche auf nahezu dieselbe Art und Weise aufgefunden wird wie die bedauernswerte Autorin selbst.« Mittlerweile hatte sie im Buch die Stelle, die Madame Picard gemeint hatte, entdeckt. Rasch sandte sie ihr noch eine SMS, und gleich darauf lag sie im Bett und war nach wenigen Minuten eingeschlafen

7

Leonie Perrin erschien pünktlich am nächsten Morgen am vereinbarten Treffpunkt vor der Garage, die Florence für ihr neu erworbenes Auto angemietet hatte.

Beim Anblick des Autos stieß Leonie einen Schrei des Entzückens aus.

»Sie haben ein Elektroauto gekauft, Madame Beaumarie, was für eine wunderbare Idee!«

»Na ja, es ist ein Hybrid, ich habe es durch Zufall entdeckt und gebraucht zu einem günstigen Preis bekommen. Die Besitzer sind nach Paris gezogen. Sie hatten es erst seit einem halben Jahr und haben es mir gestern übergeben.«

Sofort bot Leonie sich als Chauffeurin an.

»Damit Sie mich in Ruhe auf den aktuellen Stand Ihrer Recherchen im Fall Faye Browne bringen können, Madame Beaumarie!«

Florence hatte nichts dagegen, und wie sie es erwartet hatte erwies sich Leonie als gute Autofahrerin, der das Lenken des kleinen Renault ZOE sichtlich Spaß machte. Sie kamen überein, dass sie sich weiterhin mit einem förmlichen »Sie« ansprechen wollten, so wie sie es aus dem Polizeidienst gewohnt waren, der Einfachheit halber jedoch mit Vornamen.

Im Laufe des nun folgenden Gesprächs zeigte es sich, dass Leonie inzwischen beinahe mehr über Faye Browne wusste als Florence. Sie musste noch die halbe Nacht recherchiert haben, und Florence wurde bestärkt darin, dass sie mit ihr einen guten Griff gemacht hatte.

»Wissen Sie eigentlich, Florence, dass Faye Browne vor drei Jahren als vermisst gemeldet worden war und die Polizei mehrere Tage nach ihr gesucht hat?«

»Nein, das weiß ich nicht!«

»Ja, das war eine seltsame Geschichte. Ich habe im Internet mehrere Zeitungsberichte dazu entdeckt. Es hat sich im Département Alpes-Maritimes abgespielt. Faye Browne war am 28. April 2014 zu einem Vortrag im Rahmen einer Tagung in der Parfümstadt Grasse eingeladen gewesen und am Tag zuvor zur Eröffnung angereist. Dort ist sie das letzte Mal gesehen worden, denn sie ist zu ihrem eigenen Vortrag am nächsten Morgen nicht erschienen. Ein Skandal! Natürlich hat man nach ihr gesucht – sie hatte das Hotelzimmer für drei Tage gebucht – aber sie blieb verschollen. Erst nach einer Woche hat man sie aufgrund eines anonymen Hinweises gefunden. Eingesperrt in einer Hütte am Rande einer kleinen Schlucht in der Nähe von Cabris. Sie war in keiner guten Verfassung, unverletzt zwar, aber auch erschöpft und verzweifelt. Sie wusste selbst nicht, wie sie dort hingekommen war. Sie erinnerte sich noch, dass sie an der Eröffnung der Tagung teilgenommen und sich dann alleine auf den Weg zu ihrem Zimmer gemacht hatte. Dann war sie erst wieder in ihrem Gefängnis aufgewacht. Die einzigen Leute, die sie während ihrer Gefangenschaft gesehen hatte, waren eine Frau und ein Mann gewesen, die ihr etwas zu essen brachten. Letzterer immer mit Pistole, beide mit vermummten Gesichtern. Nach ihrer Befreiung wurde wochenlang nach ihren angeblichen Entführern gefahndet. Ich sage ›angeblich‹, denn mit der Zeit ist der Verdacht aufgekommen, dass Faye Browne die ganze Geschichte selbst inszeniert haben könnte, aus welchem Grund auch immer. Sie hat es natürlich abgestritten, und man konnte es ihr genauso wenig nachweisen, wie man Täter oder Komplizen finden konnte. Irgendwann wurde der Fall dann ohne Ergebnisse ad acta gelegt. Es hat übrigens nie ein Erpresser- oder Bekennerschreiben gegeben.«

»Eine eigenartige Geschichte«, kommentierte Florence. »Diese Episode wurde in keinem der Berichte, die ich über ihre Ermordung las, erwähnt. Leonie, großartig, dass Sie das herausgefunden haben. Sie haben offensichtlich in wenigen Stunden mehr entdeckt als die ermittelnde Polizeitruppe, die nicht gerade gut aufgestellt ist. Für das Arrondissement Alpes-de-Haute-Provence wäre es ein Gewinn gewesen, wenn Sie die Stelle in Digne-les-Bains bekommen hätten. Ich habe allerdings von dieser Fehlentscheidung profitiert. Aber zurück zu Faye Browne. Wissen Sie noch mehr über sie?«

»Faye Browne hatte einen faszinierenden Lebenslauf. Das beginnt schon damit, dass sie im Buckingham Palast aufgewachsen ist, wo ihre Eltern eine Dienstwohnung haben. Der Vater war dort Lagerverwalter, und die Mutter arbeitete als Buchhalterin in der Wirtschaftsabteilung. Faye war der ganze Stolz ihrer Eltern. Mit zehn Jahren wurde sie auf ein Eliteinternat geschickt, was sie wohl der Nähe ihrer Eltern zur Queen, aber auch ihrem brillanten Verstand verdankte. Sie hat die Schuljahre mit ausgezeichnetem Erfolg abgeschlossen und dann in Cambridge Mathematik und Philosophie studiert. Ihre akademische Laufbahn hat sie an einer kleineren Universität in England begonnen und dort in Rekordzeit ihren Abschluß gemacht. Schon als Kind soll sie Science Fiction Geschichten geschrieben haben. In Oxford hatte sie dann eine Assistentenstelle am einzigen Zukunftsforschungsinstitut von England bekommen. Dann gab es einen Knick in ihrer Karriere. Ihre Zwillinge,

John und Jackie, waren wohl nicht geplant, und der Vater ist unbekannt. Sie musste wieder für ein Jahr zu ihren Eltern ziehen und schrieb in dieser Zeit ihren ersten Science Fiction Bestseller, mit dem sie international berühmt wurde. Gleichzeitig hat sie eine neue Stelle gesucht und ist nach einem Jahr an der Universität in Aix-en-Provence gelandet. In einem Interview hat sie einmal gesagt, dass sie schon immer ein Faible für Frankreich hatte, jenem Nachbarland, dem es gelungen ist, sich aus dem veralteten Staatsmodell der Monarchie zu befreien. Sie arbeitete dort an einem Institut für Mathematische Statistik und war dann maßgeblich an der Gründung des ersten Instituts für Zukunftsforschung im Süden Frankreichs beteiligt, das durch eine Stiftung ermöglicht wurde. Sie hat sich um die Leitung beworben und diese auch bekommen. *Alors* …«, Leonie wurde plötzlich von der Morgensonne geblendet, reduzierte ihr flottes Fahrtempo, klappte ihre Sonnenblende herunter und erlaubte sich dann einen persönlichen Kommentar.

»*Incroyable*! Die hat ganz schön losgelegt. Ich beginne mit knapp 28 mein erstes Studium, und sie war in diesem Alter schon Professorin und hat Zwillinge bekommen. Alle Achtung. Das muss ja trotz ihrer besonderen Begabung wahnsinnig anstrengend gewesen sein!«

»Jedenfalls dürften die nicht geplanten Kinder ihre Karriere durchkreuzt haben«, bemerkte Florence. »Ich weiß, wie das ist, wenn man erfährt, dass man schwanger ist, obwohl man das zu diesem Zeitpunkt überhaupt nicht im Lebensplan hatte. Und ich war sogar schon 34, als mein Sohn auf die Welt kam. Karrierepläne hatte ich allerdings keine, da gab es im Polizeidienst damals null Chancen für Frauen.«

»Dann ist ihr Sohn jetzt …?«, sagte Leonie und hielt den angefangenen Satz in der Schwebe. Sie wusste ja gar nicht, wie alt Florence tatsächlich war.

»Genau 34 Jahre. Aber zurück zu Faye Browne. Wissen Sie noch mehr über sie, Leonie?«

»Das war es – fast! Sie gibt ungern Interviews. Ein einziges Mal hat sie für die *ELLE* eine Ausnahme gemacht und dabei sogar ihr Haus und die Zwillinge erwähnt. John und Jackie waren da neun Jahre alt und hatten ein englisches Kindermädchen. In allen Interviews hat sie darauf hingewiesen, dass sie diese ausschließlich in ihrer Rolle als Wissenschaftlerin gäbe und ihre Science Fiction Bücher quasi ein Abfallprodukt ihrer wahren Berufung seien. So, ich glaube, das ist alles, was ich über sie herausgefunden habe.«

»*Magnifique*, *merci* Leonie! Ich darf noch unser gemeinsames Dossier um eine Information, die ich von der Bürgermeisterin von Simiane-la-Rotonde erhalten habe, ergänzen. Danach hatte Faye Browne seit einiger Zeit einen Liebhaber, laut Madame Delecour einen attraktiven Naturburschen. Eine Beziehung, die sie vor der Öffentlichkeit geheim halten wollte!«

»Wissen Sie, seit wann genau sie diesen Liebhaber hatte?«

»Nein, das weiß ich nicht.« Florence seufzte.

»Schauen Sie, Leonie. Ich habe seit dem Tag, an dem mich Madame Picard zum Schauplatz des Mordes geführt hat, versucht, die ganze Geschichte zu vergessen, da ich alles der Polizei überlassen wollte. Natürlich habe ich die Zeitungsberichte gelesen und mich für das interessiert, was öffentlich bekannt wurde. Aber ich selbst habe nichts mehr unternommen. Ich habe Madame Picard gesagt, dass ich der Polizei nicht ins Handwerk pfuschen möchte. Erst gestern hat sich mich überredet, meine Meinung zu ändern. Weil die zuständigen Beamten weder in der Lage noch willens zu sein scheinen, die Wahrheit ans Licht zu bringen.«

»Nun ja, private Ermittlungen oder die zusätzliche Beauftragung eines Detektivbüros sind ja nicht unbedingt verboten …«

»Aber auch nicht sinnvoll, solang die Polizei gute Arbeit leistet. Das hat sie in diesem Fall offensichtlich nicht getan, und wir haben jetzt einen Nachholbedarf an Informationen.«

»Aber wir haben auch Zugang zu Quellen, die die Polizei nicht hat.« Die ehemalige Polizistin drehte sich kurz zu ihrer Mitfahrerin und lächelte verschmitzt. »Sie haben jedenfalls schon Quellen angezapft, die höchst interessant sind.«

Florence hatte das Gefühl, dass sie sich mit dieser Leonie Perrin, die ihre frühere etwas spröde Haltung ganz aufgegeben hatte, bereits jetzt wortlos verstand.

»Ja, Leonie«, sagte sie und nahm ihr Handy aus der Tasche, »deshalb versuche ich jetzt gleich, bei Madame Delecour einen Termin zu bekommen. Wie lange brauchen wir denn noch bis zu unserem Ziel?«

»In einer Viertelstunde müssten wir es geschafft haben.«

»Gut, dann rufe ich jetzt noch bei der Bürgermeisterin an.«

TEIL 2
AN DIE ARBEIT

8

Kurz vor 9 Uhr bahnten sich Florence und Leonie zu Fuß ihren Weg durch das Getümmel des Wochenmarktes von Banon.

»Jetzt hätten wir wirklich einen Einsatzwagen gebraucht!«

»Ja, ein Polizeiauto wäre bei der Parkplatzsuche praktisch gewesen«, bestätigte Florence.

»Und die Worte ›Polizei, bitte machen Sie den Weg frei!‹, werde ich auch nicht mehr brüllen können«, sagte Leonie. »Vom Einsatz meiner Trillerpfeife ganz zu schweigen.«

Florence und Leonie blieben kurz stehen. Zwischen ihnen und der Buchhandlung *Librairie Mistral* hatte sich soeben eine beinahe undurchdringliche Mauer von Marktbesuchern gebildet, die ein rasches Durchkommen unmöglich machte.

»Das lassen Sie lieber bleiben, Leonie! Tut es Ihnen schon leid …«

»Bestimmt nicht.« Leonie hatte Florence nicht ausreden lassen. »Erst jetzt wird mir oft bewusst, wie sehr auch ich diesen Corpsgeist der Police nationale schon verinnerlicht hatte. Auch ich habe Einsätze mitgemacht, die die Grenzen einer menschenwürdigen Vorgangsweise hinter sich ließen, und früher muss das ja noch viel schlimmer gewesen sein.«

Florence sah ihre neue Assistentin an. Groß, schlank, in Jeans und weißem T-Shirt, die halblangen dunkelbraunen Haare aus dem markanten Gesicht nach hinten gekämmt, mangelte es ihr nicht an persönlicher Autorität. Wenn Florence an ihre Pariser Zeit dachte, hätte sie zum Thema Polizeigewalt so manches beitragen können. Aber nicht jetzt. Sie waren schon spät dran.

»Irgendwie müssen wir aber hier dringend durch«, sagte sie, »ich will Madame Picard ungern warten lassen.«

»Okay«, sagte Leonie und dann brüllte sie: »Polizei! Lassen Sie uns durch«, und die Menge der Menschen teilte sich vor ihnen wie das Rote Meer in der Bibel. Kurz darauf standen sie vor dem Eingang der Buchhandlung, wo Madame Picard tatsächlich schon wartete und sich dafür entschuldigte, dass sie vergessen hatte, sie wegen des Markttages vorzuwarnen.

Bei der Wahl des heutigen Besprechungsraumes war Madame Picard einmal mehr ihrer unerschrockenen und unkonventionellen Art treu geblieben, denn sie hatte jenen Raum gewählt, in dem Fay Browne ermordet worden war.

»Da drinnen wartet er auf Sie«, sagte sie bevor sie die Tür öffnete. »Ich kann mir nicht vorstellen, dass er ein Mörder ist. Aber zögern Sie nicht, ihn einem ausgiebigen Verhör zu unterziehen. Schließlich soll die Wahrheit ans Licht befördert und er endgültig entlastet werden. Seine Mutter traut sich hier in Banon nicht mehr aus dem Haus, weil sie das Gerede der Leute fürchtet. Sie entschuldigen mich!«

Dass Madame Picard auch persönliche Gefühle gegenüber diesem jungen Mann hegte, der mit dem Rücken zum Raum an einem der hoch gelegenen Fenster stand, konnte sich Florence gleich darauf gut vorstellen.

Als er ihre Schritte hörte, drehte er sich um.

Wenn er ein Schauspieler wäre, dachte Florence, würde er genau diese Mischung aus schüchternem Lächeln und schuldbewusstem Blick einsetzen, um alle Herzen zu erobern, da er aber keiner ist, dürfte sein Charme echt sein.

Ernest Durant hatte ein unverschämt hübsches Gesicht, und die leichte Fehlstellung seiner durch ein schiefes Lächeln entblößten Vorderzähne verstärkte sogar noch diese Wirkung. Sein dichtes dunkles Haar war bis auf eine widerspenstige Strähne aus der Stirn gekämmt. Er trug helle Leinenhosen und ein hellblaues Hemd, dessen Ärmel bis zu den Ellenbogen hochgerollt waren. Auf seiner Stirn standen Schweißperlen, was vermutlich nicht nur auf die hohe Temperatur im Raum zurückzuführen war.

Florence hatte beschlossen, seine Reaktion auf einen Überraschungsangriff zu testen, und sprach ihn mit lauter und herausfordernder Stimme an.

»Befinde ich mich in dem Raum, in dem Faye Browne ermordet wurde, und stehe ich vor jenem Mann, der vermutlich ihr Mörder ist, der sich selbst aber für den Tatzeitpunkt ein gutes Alibi verschafft hat und dessen Fingerabdrücke auf einem Buch bei der Toten gefunden wurden?«

Ernest Durant riss die Augen auf und starrte Florence an. Sie hatte viele Verdächtige erlebt, die auf eine vergleichbare Anschuldigung mit Aggression reagiert hatten. Ihn hatte sie sprachlos gemacht. Sie warf einen kurzen Blick zu Leonie, die an ihre Seite getreten war und nun die Rolle des »good cop« übernahm.

»Bonjour, Monsieur Durant«, sagte Leonie freundlich. »Es ist nett von Ihnen, dass Sie sich für ein Gespräch zur Verfügung gestellt haben. Wollen wir uns nicht setzen?«

Sie zeigte auf einen der kleinen Tische, die sich nunmehr in dem Raum befanden. Die Renovierung war offensichtlich abgeschlossen, und nichts erinnerte mehr an die Bluttat.

Leonie hatte den Sessel neben Florence genommen, und für Ernest Durant, der ihnen stumm gefolgt war, blieb der Sessel ihnen gegenüber.

Mittlerweile hatte er die Sprache wieder gefunden. »Was wollen Sie von mir«, stieß er in einem aufgeregten Ton hervor. »Madame Picard hat gesagt, dass mich eine Madame Beaumarie treffen will, weil sie uns helfen soll, den wahren Mörder von Faye Browne zu finden. Sie hat aber nicht gesagt, dass Sie zu zweit sind, und auch nicht, dass Sie mich einem Verhör unterziehen werden. Wenn Sie mit solchen Methoden arbeiten, werde ich nichts mehr sagen.«

Florence überließ Leonie die Gesprächsführung, und diese behielt ihre freundliche Stimme und ihr Lächeln bei, ließ aber keinen Zweifel daran, worum es hier ging.

»Monsieur Durant, ich bin Leonie Perrin und die Assistentin von Madame Beaumarie. Madame Beaumarie ist Privatdetektivin in Avignon und spezialisiert auf unaufgeklärte und komplizierte Fälle. Wenn jemand in der Lage ist, die furchtbare Tat an Faye Browne aufzuklären, dann ist sie es. Das, was sie zu Ihnen gesagt hat, verdeutlicht lediglich die Situation, in der Sie sich im Moment befinden. Wir sind nicht die Polizei und können Sie weder festnehmen noch unter Druck setzen. Ihre Chefin, Madame Picard, hat uns damit beauftragt, die Wahrheit herauszufinden. Etwas, wozu die hiesige Polizei derzeit nicht in der Lage zu sein scheint. Ich gehe davon aus, dass Sie als intelligenter Mann in jeder Hinsicht und in Ihrem eigenen Interesse mit uns kooperieren werden. Als Student der Philosophie und Literatur wissen Sie sicher so gut wie wir, dass es bei der Aufklärung eines Verbrechens keine Tabus geben darf.«

Sein angespanntes Gesicht hatte sich mit jedem ihrer Worte ein wenig gelockert. Jetzt nickte er und sah seine Gesprächspartnerinnen beinahe neugierig an. Leonie übergab den Stab wieder an Florence, die nun eine freundlichere Miene aufsetzte.

»Es ist aber schon so, Monsieur Durant, dass Sie zunächst kein Alibi hatten, und erst als Sie merkten, wie eng es für Sie wird, sind Sie damit herausgerückt. Erklären Sie uns doch bitte noch einmal, warum Sie es zunächst lieber in Kauf genommen haben, eines Mordes verdächtigt zu werden.«

»Das kann man sich wohl denken«, sagte er. »Ich wollte niemanden in die Geschichte hineinziehen, schon gar nicht eine Studienkollegin, die einen eifersüchtigen Freund hat. Eigentlich hatte mich ihre Freundin gebeten, mit ihnen zu lernen. Kaum war ich dort, stand auch schon der Champagner auf dem Tisch. Angeblich hatte die Freundin Geburtstag, und niemand hatte bisher mit ihr gefeiert. Ich vertrage nicht allzu viel Alkohol, aber Spielverderber wollte ich auch keiner sein. Als die Flasche leer war, sind sie mit einer zweiten herausgerückt. Schließlich haben sie schon einigermaßen illuminiert das Selfie gemacht. Na ja, das hat sich jetzt für mich ganz unerwartet als nützlich erwiesen.«

»Und Sie sind mit den beiden Frauen nackt auf dem Bett gelegen, wie die Presse genüsslich schrieb«, ergänzte Leonie seinen Bericht.

»Ich habe keine Ahnung, wie diese Information – Gott sei Dank nicht das Bild – an die Presse durchgesickert ist. Commandant Poullain hat mir hoch und heilig versprochen, die Identität der beiden Frauen nicht preiszugeben.«

»Ein Versprechen, das er ja auch gehalten hat«. Das war jetzt wieder Florence.

»Aber uns können Sie schon verraten, wer die beiden Frauen waren!«

»Ich wüsste nicht, warum ich das tun sollte. Die Polizei hat mein Alibi akzeptiert. Wenn Sie den Mörder von Faye Browne finden wollen, müssen Sie woanders suchen.«

»Schade«, sagte Leonie. »Und damit meine ich, dass Sie sich selbst schaden!«

Seine Lippen blieben verschlossen, seine Arme vor der Brust verschränkt.

»Und wie erklären Sie es sich, dass Ihre Fingerabdrücke auf dem Buch waren, das auf der Toten lag?«

»Das hat mir die Autorin durch einen Boten geschickt.« Er wirkte wieder lockerer. »Frisch gedruckt! Ich sollte es lesen und Textstellen für ihre Lesung vorschlagen. Ich habe es am 4. Juli bekommen, zwei Tage vor ihrem Tod. Dann war ich jedoch entsetzt, wie sehr es sich qualitativ von ihren früheren Werken unterschieden hat.«

»Haben Sie ihr das gesagt?« Eine Frage von Leonie Perrin.

»Nein, natürlich nicht, das hätte ich mich nicht getraut. Außerdem fand ich die Geschichte selbst spannend und sogar berührend. Diese Honga, also die Hauptfigur, erschien mir wie ein Alter Ego von Faye Browne. Die Geschichte eines klugen und mutigen Wesens, halb Mensch, halb Roboter, das sich weder der einen noch der anderen Existenzform zugehörig fühlt.«

»Wieso Alter Ego, Monsieur?«

»So wie ich Faye Browne erlebt habe, scheint sie sich selbst nicht recht entscheiden zu können, wer oder was sie ist. Wissenschaftlerin oder Autorin, Mutter oder Karrierefrau, freundlich oder brüskierend? Wir hatten nur wenig persönlichen Kontakt und hauptsächlich über das Handy kommuniziert, aber ich habe sie als seltsam sprunghaft erlebt. Ich muss gestehen, dass ich mich ausgiebig über sie erkundigt habe, und jeder bestätigte dieses Bild.«

»Wer ist jeder?« Leonie hatte sich entspannt in ihren Sessel zurückgelehnt.

»Madame Picard natürlich. Sie hat sie als launenhaft geschildert, vor allem, wenn es um die Vermarktung ihrer Bücher ging. Dann habe ich noch mit der Lektorin der französischen Ausgabe telefoniert und sie gefragt, wie ich mich ihrer Autorin gegenüber am besten verhalten soll. ›Tun Sie nach Möglichkeit alles, was sie von Ihnen will, und lassen Sie Ihren männlichen Charme spielen‹, hat sie geantwortet und noch ergänzt, dass sie nicht ganz unkompliziert, aber eben Bestsellerautorin sei. Interessant war auch, was ich von den Leuten an der Uni in Aix über sie erfahren habe – ich studiere ja auch dort. Als Wissenschaftlerin hat sie einen guten Ruf, aber je näher man an die Leute herankommt, die mit ihr zusammenarbeiten, desto weniger lassen sie sich zu Äußerungen über sie herbei.«

»Interessant«, sagte Florence. »Haben Sie das Buch, das Ihnen Faye Browne zugeschickt hat, noch jemand anderen lesen lassen?«

»Nein, Faye Browne hat mich ausdrücklich gebeten, das nicht zu tun. Sie wollte, dass niemand vor dem Erscheinungstermin ein Exemplar bekommt, und hat nur bei mir eine Ausnahme gemacht. Ich habe es niemandem gezeigt, aber als ich es einmal als Pausenlektüre in die Buchhandlung mitgenommen habe, habe ich es dann irrtümlich liegen gelassen. Die Chefin hatte mich in der Pause zu sich gerufen, weil ich einen Buchzettel verlegt hatte. Normalerweise führt sie sich wegen eines verlegten Zettels nicht so auf wie an diesem Tag. Die Buchzettel sind Teil ihres etwas altmodischen Dokumentationssystems für die verkauften Bücher. Wenn ein Buch gesucht wird, hilft der Buchzettel. Als an diesem Tag ein Buch nicht gefunden wurde, hat Raymond Meyer der Chefin gegenüber behauptet, ich hätte den Zettel verlegt. Ich habe ewig gesucht, und als ich dann wieder zurück im Pausenraum war, war mein Exemplar von Faye Brownes Buch verschwunden.«

»Hat jemand gesehen, dass Sie es dort gelesen haben?«

»Dass ich etwas lese, haben sicher mehrere Kollegen gesehen, aber da ich einen Einband darüber gegeben hatte, konnten sie nicht wissen, was es war!«

»War auch Monsieur Meyer unter diesen Kollegen?«

»Möglich, aber warum hätte er es stehlen sollen? Er war ja lange für sie zuständig und hatte – wie sie mir sagte – eine frühere Version des Manuskripts bekommen.«

»Haben Sie es denn überhaupt zu Ende lesen können?«

»Natürlich nicht, es wurde ja vorher gestohlen!«

»Wie ist es eigentlich dazu gekommen, dass Sie die Betreuung einer so bedeutenden Autorin übertragen bekamen?«

»Das war nicht geplant, sondern ist passiert. In der Woche vor Ostern. Sie kam in die Buchhandlung und wurde von Madame Picard bedient. Aus mir unbekannten Gründen war sie in Hochstimmung, und als sie sah, dass ich mich von einer Kundin verabschiedet hatte, hat sie Madame Picard gebeten, mich ihr vorzustellen. Fünf Minuten später war Robert Meyer seinen Job als ihr Ansprechpartner los und ich hatte ihn. Einwände von Madame Picard hatte sie nicht zugelassen. Es gab keine Wahl! Immerhin ein kurzes Wort der Entschuldigung an Monsieur Meyer, der ihr das alte Buchmanuskript zurückgeben musste. Das war es!«

»Und Madame Picard hatte keine Wahl?«

»Nein, das sagte ich bereits. Sie war nicht glücklich. Ich weiß, dass sie mich mag, schließlich bin ich der Sohn ihrer Freundin. Es ist aber nicht üblich, dass Studenten und Aushilfskräfte wie ich so einen Job übernehmen. Sie hat von mir verlangt, dass ich ihr jedes Wort, das ich mit Faye Browne rede, berichte und dann jedes geplante Gespräch mit ihr vorbespreche. Das war aber gar nicht möglich, denn Madame Browne hat mich mehrmals spontan angerufen, mir auch sehr persönliche Dinge erzählt und mich gebeten, das für mich zu behalten.«

In diesem Augenblick klopfte es an der Tür, und Madame Picard kam herein.

»Ich habe eine interessante Nachricht«, sagte sie. »Wir hatten gerade einen Anruf vom *Walrus*-Verlag in London. Das neue Buch von Faye Browne kann noch nicht verkauft werden. Es ist ein Erbschaftsstreit um ihren Nachlass entstanden, und die Erben haben vorläufig die Veröffentlichung untersagt. Wir werden also die Buchpräsentation ganz abblasen müssen.«

»Die Buchpräsentation hätte trotz des Mordes stattgefunden?«, fragte Florence.

»Natürlich! Wir sind davon ausgegangen, dass das Buch herauskommt. Fertig war es ja, wie man gesehen hat. Anstatt der Lesung hätte es eine Gedenkfeier gegeben, und unser Mitarbeiter, Raymond Meyer, hat mittlerweile mit den Vorbereitungen begonnen.«

»Ich dachte, Ernest Durant wäre für Faye Browne zuständig gewesen.«

»Ja, bis zu ihrer Ermordung. Dann habe ich diese Aufgabe sofort wieder Robert Meyer übertragen.« Ein entschuldigender Blick in Richtung Ernest, dann fuhr sie fort: »Die Betreuung von Lesungen ist eine Aufgabe für sehr erfahrene Mitarbeiter. Ernest ist ein kluger junger Mann, aber dafür wäre er einfach noch nicht infrage gekommen. Ich brauche ihn übrigens jetzt im Geschäft. Ich hoffe, er konnte Sie überzeugen, dass er nicht der Mörder ist. Wenn Sie von mir noch etwas wissen wollen, fünf Minuten kann ich jetzt gerade erübrigen. Sei so lieb, Ernest, und übernimm die Kasse.«

Ernest sprang sofort auf und war auch schon verschwunden, während Madame Picard sich auf seinen Platz setzte.

»*Alors*, gibt es noch Fragen?«

»Sie waren ja dabei, als Madame Browne ihrem neuen Betreuer ein allererstes Exemplar des Buches versprochen hat. Haben Sie das Buch je gesehen?«

»Nein, habe ich nicht. Sie wollte offensichtlich, dass Ernest es niemandem zeigt.«

»Er behauptet, dass das Buch einen Tag vor dem Mord aus dem Pausenraum hier im Geschäft entwendet wurde. Sie hätten ihn überraschend zur Kasse gerufen, und da hätte er das Buch liegen gelassen. Können Sie sich an diese Situation erinnern?«

»Einen Moment, da muss ich nachdenken. Es kommt öfter vor, dass ich meine Mitarbeiter irgendwo suche.« Ihre Augen wanderten nachdenklich zur Decke.

»Doch. Ich weiß. Ernest ist etwas zerstreut. Er neigt dazu, Dinge zu verlegen. An diesem Tag hatte ich einen Buchzettel gesucht. Der Buchzettel war wichtig, und deshalb habe ich Ernest aus dem Pausenraum geholt. Er hat zuvor gelesen und das Buch irgendwo hingelegt. Mehr weiß ich dazu nicht!«

»Na gut. Könnte ich jetzt noch mit Ihren anderen Mitarbeiterinnen kurz reden?«

»Ungern. Ehrlich gesagt, bei dem Wirbel heute genügt es mir schon, dass ich Ernest entbehren musste. Aber natürlich können Sie. Schließlich habe ich Sie engagiert. Da müssen Sie wohl auch hier Ihre Arbeit tun. Gibt es schon etwas Neues?«

»Ich brauche noch etwas Zeit. Sie bekommen demnächst ihren Bericht.«

»Na gut, ich muss los. Ich schicke Ihnen noch die fünf Leute, die heute da sind.«

»Monsieur Meyer ist nicht da?«

»Der hat heute frei.«

»Dann eine letzte Frage noch: Wissen Sie, wer diese Erben sind, von denen die Lektorin gesprochen hat?«

»Keine Ahnung, vermutlich die Kinder! Faye Browne hat es vorgezogen, niemanden in ihr Privatleben einzuweihen. Ich kann Ihnen aber die Telefonnummer vom *Walrus*-Verlag in London und auch die ihres französischen Verlages geben. Es ist der Verlag *Gerrimard* in Paris. Ich schicke Ihnen die Nummer auf Ihr Handy. Wenden Sie sich bei *Gerrimard* an Sylvie Ricard.«

Schon war sie wieder weg.

9

Florence und Leonie saßen auf einer Decke, die sie im Kofferraum des Autos gefunden hatten, tranken Kaffee aus kleinen *Duralex* Wassergläsern und aßen Kekse. Es war fast 10 Uhr gewesen, als sie die Buchhandlung verlassen hatten. Bis zum Treffen mit der Bürgermeisterin von Simiane-la-Rotonde blieben noch zwei Stunden Zeit. Der Versuch, in einem Café einen Platz zu ergattern, war wegen des Markttages gescheitert. Leonie, die sich als kaffeesüchtig bezeichnete, hatte daraufhin eine Thermoskanne mit zwei Pappbechern aus ihrem Rucksack gezaubert und die Idee gehabt, irgendwo am Ortsrand ein kleines Picknick zu veranstalten. Florence, die Leonie in ihrer Liebe zu dem schwarzen Getränk in nichts nachstand, schlug vor, das Angenehme mit dem Nützlichen zu verbinden und das Haus von Faye Browne in Simiane-la-Rotonde unter die Lupe zu nehmen. Kaffee aus Pappbechern zu trinken, war ihr allerdings ein Gräuel, und so hatten sie in einem Geschirrgeschäft noch zwei Packungen dieser praktischen kleinen *Duralex* Gläser erstanden, die im neuen Büro ohnedies fehlten.

Von einem Gebüsch teilweise verdeckt wirkten sie wie zwei harmlose Ausflüglerinnen, die sich zu einem Picknick niedergelassen hatten. Sie hatten einen guten Blick auf das Haus, das Faye Browne gehört hatte und um das sich jetzt vermutlich die Erben stritten.

Über die Vorderfront des einstöckigen, lang gestreckten Gebäudes zog sich eine überdachte Terrasse, an deren Säulen sich blühende Bougainvilleen hochrankten, gärtnerisch schon ein wenig vernachlässigt, sodass lange Triebe bereits dabei waren, das Haus in der Art eines Dornröschenschlosses zu überwuchern. Mit dem traurigen Beigeschmack, dass dieses Dornröschen hier wohl nicht mehr aus seinem 100-jährigen Schlaf erwachen würde. Das Haus lag im Hinterland von Simiane-la-Rotonde und ein kleines Stück von der Landstraße abgesetzt, nach vorne offen und an den anderen drei Seiten von einem lichten Waldstück umgeben. Man musste von dort aus einen sehr schönen Blick auf die Rotonde und das ganze weite Land darunter haben. Die Rotonde selbst war eine kleine kreisförmige Festungsanlage, die den Ort krönte.

»Ich war einmal im Zuge einer Ermittlung in dieser Rotonde«, sagte Leonie zu Florence. »Wir haben damals einen aus Avignon abgängigen Jugendlichen gesucht. Allzu viel gibt es nach meiner Erinnerung da drinnen nicht zu besichtigen, aber die Aussicht ist natürlich fantastisch.«

Dann kam sie gleich wieder auf den Grund ihrer Anwesenheit hier zu sprechen.

»Was halten Sie von Ernest Durant, Florence? Ganz können wir ihn von der Liste der verdächtigen Personen wohl noch nicht streichen. Sein Alibi spricht zwar für ihn, und sympathisch wie er ist, gibt er perfekt die Rolle des Unschuldslammes. Für seine Geschichte mit dem verschwundenen Buch gibt es jedoch praktisch keine Zeugen. Die Szene im Buch, die der Mörder nachgestellt hatte, müsste er kennen. Das habe ich ihn übrigens noch gefragt, aber er behauptete, zu dieser Stelle nicht mehr gekommen zu sein, was stimmen kann oder auch nicht. Er hat gewusst, wo der Schlüssel zum Tatort liegt, und er weiß offensichtlich mehr über Faye Browne als viele andere. Sie dürfte ihm ja einiges anvertraut haben.«

»Sie haben also noch mit ihm gesprochen, während ich von Madame Picard aufgehalten wurde. Ich dachte es mir.«

»Ja, ich wollte wissen, was ihm Faye Browne noch anvertraut hat, und sie sagte ihm, dass ihr aktueller Roman ihr letztes Buch als Science Fiction Autorin sein würde. Sie hätte genug von dem Science Fiction Schrott geschrieben und so viel Geld damit verdient, dass auch ihre Erben noch reich sein würden. Es gäbe schon ein ganzes Heer von Epigonen, und denen wolle sie jetzt das Feld überlassen. Priorität Nummer eins sei für sie ab nun ausschließlich ihre wissenschaftliche Arbeit, denn immerhin stünde die Zukunft unseres Planeten auf dem Spiel, und sie hoffe, die Politik mit ihren Zukunftsprognosen doch noch zum Umdenken zu zwingen. Sie plane eine groß angelegte Initiative zur

Rettung des Planeten Erde, und sie hat Ernest sogar zum Mitmachen eingeladen.«

»Und, hätte er? Haben Sie ihn danach gefragt?«

»Habe ich, aber er hat sich nicht auf die Frage eingelassen.«

Dann blickten sie wieder zu dem Haus hinüber, das in der flirrenden Hitze in völliger Stille dalag, so als sei es das Abbild einer anderen Zeit und für immer dem Zugriff der Realität entzogen.

»Was mir bei Ernest Durant immer noch fehlt, ist ein Tatmotiv.« Leonie jedenfalls war ganz in der Gegenwart geblieben.

»Psst!« Florence legte den Zeigefinger an ihren Mund. »Dort drüben regt sich was. Es scheint doch jemand im Haus zu sein.«

Hinter der Eingangstür aus undurchsichtigem Glas zeigte sich ein Schatten, und ein großer, kräftiger, jüngerer Mann trat heraus. Er blickte sich um, so als sondierte er die Lage. Florence und Leonie zogen sich noch ein Stück hinter die Büsche zurück. Gleich darauf gesellte sich eine Frau an seine Seite. Eine Umarmung und ein Kuss auf den Mund. Ohne sich umzusehen schwang sie sich auf einen kleinen Motorroller, der für die engen Gassen von Simiane sicher besser geeignet war als jedes noch so kleine Auto. Ihre Aufmerksamkeit war ausschließlich auf den Mann gerichtet gewesen.

»Das war jetzt Madame Delecour, die Bürgermeisterin dieses hübschen Städtchens«, flüsterte Florence.

»Oh.« Leonie sah sie überrascht an. »Wem hat sie da einen Besuch abgestattet?«

»Man kann es sich denken, oder? Dass muss der Liebhaber von Faye Browne sein. Es war ja die Bürgermeisterin, die mich über ihn informiert hat. »Ein attraktiver Mann, ohne Zweifel, hat sie festgestellt und hinzugefügt, dass er etwas einfach gestrickt und mehr etwas für das Bett als für hochgeistige Gespräche sei.«

»Oh la, la«, sagte Leonie. »sieht so aus, als hätte Madame Bürgermeister mittlerweile den Liebhaber ihrer Freundin übernommen.« »Nun ja«, meine Florence, »die Umarmung war eher freundschaftlich, aber dass sie ihn aufgesucht hat, ist schon interessant.«

»Wenn es überhaupt der Liebhaber ist.«

« Das werden wir hoffentlich bald erfahren. Wir müssen ohnedies noch herausfinden, wer diese Erben sind, von denen Madame Picard gesprochen hat. Die Telefonnummer der Verlegerin von Faye Browne habe ich jedenfalls.«

»Möchten Sie noch einen Kaffee, Florence?«

»Nein danke. Ich möchte jetzt hier die Zelte abbrechen. Fürs Erste haben wir genug gesehen.«

»Dieser Mann da drinnen«, Leonie deutete auf das Haus, »wäre aber schon interessant. Wir sollten uns nicht die Gelegenheit entgehen lassen, ihn zu befragen. Wir könnten uns zum Beispiel als Journalistinnen ausgeben.«

»Nein, Leonie. Ich möchte vorher mit der Bürgermeisterin reden. Wer immer der Mann ist, wir wissen zu wenig über ihn, um ihn von der richtigen Seite anpacken zu können. Wenn etwas schiefläuft, könnte er sie vorwarnen, und dann erfahren wir auch nichts mehr von ihr. Kommen Sie, wir fahren jetzt, bevor wir hier doch noch auffallen.«

Es war Leonie anzusehen, dass sie damit nicht einverstanden war. Sie akzeptierte jedoch die Entscheidung ihrer Chefin, setzte sich wieder an das Steuer und fuhr die kurze Strecke hinunter zur *Mairie* von Simiane-la-Rotonde. Diese befand sich gleich neben der Kirche im Zentrum des Ortes.

Sie fanden einen schattigen Parkplatz und öffneten die beiden Türen des Wagens. Bis zum Gespräch mit Madame Delecour blieb noch Zeit, und Florence machte Leonie einen Vorschlag.

»Nützen wir die Zeit und sammeln wir alles, was wir bisher wissen. Könnten Sie bitte ein Protokoll machen, Leonie?«

Florence, die bei detektivischen Alleingängen nur selten schriftliche Aufzeichnungen machte und sich auf ihr außergewöhnlich gutes Gedächtnis verließ, zog es nun vor, für ihr Dreierteam eine gemeinsame Wissensbasis zu schaffen.

»Handschriftlich oder Laptop?« Leonie war perfekt gerüstet.

»Handschriftlich wäre mir lieber«, antwortete Florence und dachte, dass die junge Mitarbeiterin sie nun endgültig in die Schublade »alt und vorgestrig« stecken würde.

»Ich möchte nicht riskieren«, erklärte sie, »dass unsere Informationen gehackt werden können. Deshalb das altmodische handgeschriebene Protokoll. Kopieren oder abfotografieren können wir es immer noch.«

»Alles klar.« Leonie zückte ihren Notizblock, und bald darauf hielt Florence das von Leonie in gut lesbarer Schrift geschriebene Protokoll in ihren Händen. Sie überflog es rasch.

»Perfekt«, sagte sie. »Was wären denn nun Ihre Ansatzpunkte für die nächsten Schritte, Leonie?«

Leonie hob die Augenbrauen, sie musste nicht lange nachdenken.

»Die offiziellen Ermittlungen sind bisher nicht sehr erfolgreich verlaufen und außer dem frei gelassenen Ernest Durant gibt es noch immer keinen Tatverdächtigen. Dass es eine Parallele zwischen dem letzten noch unveröffentlichten Roman von Faye Browne und der Szene am Tatort gibt, wissen vermutlich nur wenige. Das wären die Buchhändlerin, die Verlagslektorin und möglicherweise Ernest Durant.«

»Und vermutlich auch dieser Raymond Meyer, der schon vorher ein Manuskript besessen hat und heute nicht in der Buchhandlung war.«

»Allerdings. Den dürfen wir auch nicht aus den Augen verlieren.«

»Genau! Was noch, Leonie?«

»Da gibt es noch eine Reihe interessanter Punkte. Natürlich der Erbschaftsstreit, der Liebhaber von Faye Browne, der gestohlene Laptop auf der Lesereise, ihr Vorhaben, mit dem Schreiben von Science Fiction Büchern aufzuhören, ihre Weltverbesserungspläne! Mich interessiert nach wie vor auch diese mysteriöse Entführungsgeschichte. Da wartet noch viel Recherchearbeit auf uns. Außer, Florence, Sie hatten schon einen Genieblitz und ahnen oder wissen bereits, wer für die Tat infrage kommt.«

»Leider nein, Leonie, leider! Wir wissen auch viel zu wenig über das soziale Umfeld des Opfers, über ihre Kinder und ihre Eltern. Wie sieht es eigentlich mit ihren Berufskollegen an der Uni aus? Da hat Ernest Durant interessante Andeutungen gemacht. Wir sind nur ein kleines Team und werden wohl einigermaßen selektiv und unkonventionell vorgehen müssen. Wir haben nicht die Mittel, die dem Polizeiapparat zur Verfügung stehen.«

»Der aber dennoch nichts zustande bringt, wenn die falschen Leute am Werk sind«, ergänzte Leonie.

Schweigend blickten sie auf das breite Portal der hübschen romanischen Kirche direkt vor ihrer Nase. Es sah so aus, als warteten sie auf eine Eingebung von oben.

»Apropos Polizei«, sagte Florence nach einer Weile. »Etwas Vorarbeit müssen die Kollegen in Manosque ja doch geleistet haben. Es wäre gut zu wissen, wo sie mit ihren Informationen stehen. Ich erfahre von diesem Kommissar Poullain bestimmt nichts. Vielleicht könnte uns Commandant Lambert aus Avignon unter die Arme greifen. Ich werde heute noch mit ihm reden. Weiß er schon, dass Sie jetzt für mich arbeiten?«

»Vermutlich nicht, Florence. Einer von Commandant Lamberts jüngeren Mitarbeitern stammt übrigens aus Manosque. Er hat dort seine Laufbahn als Polizist begonnen. Möglicherweise hat er noch Kontakte. Ich könnte ihn fragen …«

»Gut zu wissen, Leonie. Ich möchte aber lieber zuerst mit Antoine Lambert selbst sprechen. Wir könnten den jungen Kollegen in Gewissenskonflikte bringen. Ich rufe Antoine noch heute an.«

»Soll ich Kontakt mit dem Verlag in Paris aufnehmen?«

»Es wäre mir lieber, wenn Sie Aufgaben vor Ort übernehmen, Leonie. Mit der Befragung der Verlagschefin möchte ich meine bewährte Außenstelle in Paris beauftragen, Honoré Mordent, meinen ehemaligen Chef im Kommissariat des dritten Arrondissements. Der wird sich freuen und ihr in einem persönlichen Gespräch sicher einiges entlocken können.«

In diesem Augenblick brauste die Bürgermeisterin auf ihrem Motorroller heran, stellte ihn vor dem Rathaus ab und verschwand gleich darauf im Inneren des Gebäudes.

»In fünf Minuten gehe ich hinein«, sagte Florence. »Ich möchte mit Madame Delecour alleine sprechen. Sie soll nicht das Gefühl bekommen, verhört zu werden. Sie können inzwischen gerne Pause machen, Leonie. Gehen Sie in ein Café, wenn Sie eines finden, ich rufe Sie an, wenn mein Gespräch beendet ist.«

»Wenn Sie meinen, Madame.« Leonie klang nicht erfreut. »Die Bürgermeisterin hätte aber sicher Verständnis für eine geregelte und professionelle Vorgangsweise zu zweit. Jemand muss das Gespräch protokollieren …«

»Das kann ich im Nachhinein selbst machen. Ich sagte, dass wir unkonventionell vorgehen müssen, und mit der Bürgermeisterin habe ich bereits eine Gesprächsbasis, die ich nützen möchte. Machen Sie jetzt bitte eine Pause!«

»Alles klar, Florence, ich hab verstanden. Ich bin gespannt, was Sie da drinnen in Erfahrung bringen.«

10

Die Bürgermeisterin von Simiane hatte sich offensichtlich noch rasch umgezogen. War sie zuvor auf ihrem Motorroller in Shorts und T-Shirt unterwegs gewesen, so trug sie jetzt ein knielanges dottergelbes Etuikleid.

Als Florence – von der Sekretärin im Vorzimmer angekündigt – eintrat, erhob sie sich von ihrem Schreibtischsessel und schien sogleich Teil eines großen und farbenprächtigen Gemäldes zu werden, das sich hinter ihr an der Wand befand.

Florence zeigte auf das Bild.

»Ist das ein …?«,

»Nein, Madame Beaumarie, das ist kein Gauguin, sondern das Bild eines regionalen Künstlers, der sich von seinem berühmten Vorbild hat inspirieren lassen.«

Florence, der der Name des Malers ohnedies gerade nicht eingefallen war, war dankbar für die Erklärung. Das Bild erinnerte im Stil an Gauguins Tahiti-Bilder, zeigte aber eine typische Landschaft der Provence. »Ein schönes Bild«, sagte sie, beschloss aber, nicht weiter auf das Thema einzugehen. Sie waren schließlich nicht hier, um über Kunst zu sprechen. Das sah auch die Bürgermeisterin so. Sie zeigte auf eine Sitzgruppe und bat Florence, Platz zu nehmen.

»Ich bin froh, Madame Beaumarie, dass Sie jetzt die Aufklärung dieses fürchterlichen Verbrechens übernommen haben. Es wird Faye auch nicht mehr lebendig machen, aber zumindest kann ihr noch Gerechtigkeit zuteilwerden.«

Sie nahm ein Taschentuch aus der Box, die auf dem Tischchen vor ihr stand, wischte sich die Augen und schob eine Strähne ihrer glatten schwarzen Haare, die wie ein langer Schleier über ihren Rücken fielen, aus der Stirn.

»Sie wissen bestimmt mehr als ich über die bisherigen Ermittlungen der Polizei«, sagte Florence, »ich beschäftige mich ja erst seit gestern genauer mit dem Fall.«

»Da haben Sie wertvolle Zeit verloren, Madame. Ich habe Ihnen schon vor zwei Wochen gesagt, dass Sie sich dieser entsetzlichen Tat annehmen sollten.«

Florence reagierte nicht auf diese Bemerkung.

»Ach bitte, Madame Delecour, erzählen Sie mir einfach, was Sie über Faye Browne wissen und was sich hier im Ort seit ihrem Tod ereignet hat. Mich interessiert alles!«

»Ich werde es versuchen. Aber unterbrechen Sie mich,

wenn Sie Fragen haben. Die letzten zwei Wochen waren aufregend für mich. Ich könnte etwas vergessen.«

Sie goss Wasser aus einem Krug in zwei Gläser und schob eines davon wortlos zu Florence hin.

»Ich dachte«, begann sie dann, »ich kenne Faye ganz gut und weiß doch einiges über sie, aber da habe ich mich getäuscht. Erst jetzt, nach ihrem Tod, habe ich gesehen, wie sehr sie ihre verschiedenen Lebensbereiche auseinandergehalten hat. Ich habe zum Beispiel von ihr nie etwas über ihre Kinder und kaum etwas über ihr Privatleben erfahren. Hier im Ort lebte sie sehr zurückgezogen und war bemüht, inkognito zu bleiben. Wenn sie im Ort etwas zu tun hatte, trug sie eine große Sonnenbrille, Jeans und einen Turban, unter dem ihre Haare hochgesteckt waren. Mich hat das immer amüsiert, denn auffallender kann man inkognito eigentlich nicht unterwegs sein.«

Sie machte eine kurze Pause, die Florence nützte.

»Der wandelnde Widerspruch also«, sagte Florence nachdenklich. »Sie selbst haben sie aber näher gekannt, *n'est-ce pas*?«

Madame Delecour nickte.

»Gekannt hat sie hier natürlich jeder, aber man hat Abstand zu ihr gehalten. Zu mir kam sie eines Tages wegen einer Steuerangelegenheit. Ich bot ihr Tee an, und dabei stellten wir fest, dass wir uns recht gut verstanden. Ab da haben wir uns von Zeit zu Zeit getroffen, wobei sie bei diesen Treffen nur homöopathische Dosen ihres Privatlebens preisgegeben hat. Wir haben uns hauptsächlich über Politik unterhalten, und dabei hatte ich oft das Gefühl, für sie eine Art Forschungsobjekt zu sein. Was denkt *Madame le Maire* über die Zukunft ihres Dorfes und der Welt? Was plant sie, was befürchtet sie und so weiter.«

Madame Delecour musste lächeln, und Florence nützte die Gelegenheit zu einer Bemerkung.

»Aber immerhin hat sie Ihnen von ihrem Liebhaber erzählt, nicht wahr, das haben Sie doch bei unserer ersten Begegnung erwähnt!«

»Hatte ich das? Das ist mir entfallen.«

»Vielleicht deshalb, Madame Delecour, weil Sie mittlerweile selbst eine engere Beziehung zu diesem Mann haben? Ich habe Sie heute zufällig vor dem Haus von Faye Browne gesehen, wo Sie sich von ihm mehr als freundschaftlich verabschiedet haben.«

»Beschatten Sie mich, Madame Beaumarie? Na ja, egal. Ich will Ihnen nichts verheimlichen. Sie haben recht, das war tatsächlich der Liebhaber von Faye Browne oder, wie ich mittlerweile weiß, ihr Ehemann, den sie allerdings vor der Öffentlichkeit geheim gehalten hat.«

Sie zog die Augenbrauen hoch und fuhr dann fort.

»Sein Name ist Gustav Moriell und er ist ein alter Bekannter von mir. Ich hatte ihn allerdings völlig aus den Augen verloren. Gustav und ich sind zusammen hier zur Schule gegangen. Kurz vor Ende der Schulzeit ist seine Familie weggezogen, und ich bin nach dem Examen nach Paris gegangen, habe Psychologie und Politik studiert, und als mein Vater als Bürgermeister in Pension ging, bin ich ihm nachgefolgt. Erst im letzten Jahr im September habe ich Gustav wiedergesehen. Ich hatte Besuch von einer Freundin aus Paris und wollte mit ihr an einem besonderen Ort essen. Wir waren in *Lagarde-d'Apt*, ein in großer Höhe gelegenes einsames Restaurant, wo ich selten Bekannte treffe, aber an diesem Tag traf ich dort Faye mit Gustav. Wir haben uns begrüßt, sie hat ihn mir als ihren Fitnesstrainer vorgestellt, und wir haben uns als alte Schulkollegen geoutet. Später hat sie mir gestanden, dass er mehr für sie ist als nur ein Fitnesstrainer. Das war aber auch schon alles, was sie in ihrer üblichen zurückhaltenden Art preisgegeben hat.«

»Ihr Ehemann?« Florence konnte ihr Erstaunen nicht verbergen. »Und die beiden haben zusammen in Simiane-la-Rotonde gewohnt?«

»Nein. Zumindest nicht offiziell. Er wohnt in der *Lodge*, ein großes Holzhaus mit drei bewohnbaren Baumhäusern mitten im Wald, nahe bei Cabrières-d'Avignon. Die *Lodge* ist sozusagen das Basislager für seine Outdoor-Trainings, und er hat das alles selbst geplant und gebaut. Er bietet Outdoor- und Überlebenstrainings für Manager und Organisationsteams an und ist damit sehr erfolgreich. Als seine Frau ermordet wurde, war er gerade wieder mit einer Gruppe von Managern in der Wildnis unterwegs. Eines dieser Trainings von der harten Sorte, bei dem die Teilnehmer vorher ihre mobilen Geräte abgeben und sich dann allein zurechtfinden müssen! Auch Gustav war tagelang nicht erreichbar. Er hat erst nach 2 Tagen davon erfahren.«

»Vermutlich kein schlechtes Alibi, wenn er es beweisen kann«, kommentierte Florence.

»Das kann er!« Die Reaktion von Anne Delecour kam sofort. »Und dafür, dass er ihr Haus geerbt hat, kann er schließlich nichts.«

»Gab es denn ein Testament?«

»Überraschenderweise ja. Das ist doch ziemlich ungewöhnlich für eine so junge Frau, aber so war sie eben.«

»Und die Kinder gehen leer aus? Das ist doch nicht möglich?«

»Keine Ahnung. Darüber haben wir nicht gesprochen. Sie werden eben andere Teile ihres großen Vermögens bekommen haben.«

»Wissen Sie, wann die Testamentseröffnung war?«

»Erst vor drei Tagen. Gustav musste dafür nach London und ist erst gestern zurückgekommen.«

»Und Sie haben ihm sofort einen Besuch abgestattet. Gestern schon oder erst heute Morgen?«

Ein tiefer Seufzer von der Bürgermeisterin.

»Liebe Madame Beaumarie. Ich weiß, Sie müssen mir diese Fragen stellen, und ja, wir haben uns angefreundet. Gustav hat, wie sie sich denken können, nach Fayes Tod eine tröstende Schulter zum Ausweinen gebraucht. Zufällig war ich da, ich konnte ihm etwas Trost spenden, und heute hat er mich zum Frühstück eingeladen, und das war das erste Mal, dass ich in ihrem Haus war. Ich hatte mich mit ihr immer in einer Bar oder einem Restaurant getroffen.«

»Und die tröstende Schulter«, Florence ließ nicht locker, »haben Sie ihm diese bei sich zu Hause geboten?«

»Ihr verständliches Interesse in Ehren, Madame Beaumarie, aber geht es hier um mich oder um den Mord an Faye Browne?« Anne Delecour blickte genervt nach oben. Für einen Augenblick war sie nicht mehr die souveräne Bürgermeisterin, sondern ähnelte einem kleinen Mädchen, dem die Erwachsenen auf die Nerven fielen.

Es verbindet sie mehr mit Moriell, als sie zugibt, dachte Florence. Vielleicht waren sie sogar schon vor dem Mord zusammen, und dann hätten sie beide ein Tatmotiv!

»*Alors bien,* eine Frage noch«, sagte sie dann. »Können Sie mir noch erzählen, wie hier in Simiane-la-Rotonde der Tod von Faye Browne aufgenommen wurde und in welcher Weise ihr Ort davon betroffen war?

»*Bien sur!*« Die Bürgermeisterin schien über den Themenwechsel erleichtert.

»Ich selbst hatte an dem Tag, an dem ich Ihnen im Restaurant *La Vielle École* begegnet bin, ein zweites Mal Besuch von einem Polizisten. Es hatte sich herumgesprochen, dass ich mit Faye Browne befreundet war, und das hat mich als Informationsquelle interessant, aber offensichtlich auch verdächtig gemacht. Mein Alibi habe ich ihm gerne genannt. Ich war am Tag von Fayes Ermordung auf einer Regionalkonferenz in Apt, und eine Kollegin hat dann bei mir übernachtet. Natürlich hatte sich hier in meiner Gemeinde die Nachricht von dem Mord wie ein Lauffeuer verbreitet, es wurde viel getratscht, und es gab absurde Verdächtigungen und Informationen. Der Name Gustav Moriell wurde aber nie erwähnt. Es ist den beiden wirklich gelungen, ihre Eheschließung zu verheimlichen. Sieben Tage nach ihrem Tod sind die Eltern von Faye Browne hierher zu mir gekommen. Die Polizei hatte sie an mich verwiesen. Sie wollten wissen, welche Formalitäten in Frankreich nach dem Ableben der Tochter zu erfüllen seien. Ein älteres Ehepaar, ganz in Schwarz. Es war ihnen ein großes Anliegen, ihre Tochter nach England heimzuholen und sie im Familiengrab beizusetzen. Sie waren sehr kontrolliert und haben kaum eine Miene verzogen. *Stiff upper lips,* wie man wohl in England dazu sagt. Wussten Sie eigentlich, Madame, dass Faye ihre Kindheitsjahre im Buckingham Palace verbracht hat, in einer Dienstwohnung? Ihre Eltern waren Angestellte der englischen Queen.«

»Ich habe davon gehört«, sagte Florence. »Das muss eine sehr spezielle Kindheit gewesen sein. Hat sie darüber mit Ihnen geredet?«

»Kaum! Es hätte mich natürlich interessiert, aber wenn ich sie danach fragte, hat sie das Gespräch sofort darauf gebracht, wie absurd eine Monarchie in der heutigen

Zeit sei. Sie sei auch deswegen nach Frankreich gegangen, weil sie das Theater um das englische Königshaus nicht mehr ausgehalten habe. Sie habe schon immer die Franzosen bewundert, die es geschafft hatten, ihre *Royals* endgültig loszuwerden. Faye war eine glühende Anhängerin des modernen republikanischen Staates, dem, wie sie betonte, die Zukunft gehört. Deshalb hatte sie ihre Kinder auch Jackie und John genannt, nach den Kennedys, die sie schon als Kind verehrt hatte. Jackie und John sind übrigens seit drei Jahren in einem englischen Internat. Zuvor wurden sie in Frankreich von einer Hauslehrerin unterrichtet, was aufgrund ihrer englischen Staatsbürgerschaft möglich war. Von Fayes Eltern habe ich auch erfahren, dass die Zwillinge im Internat alles andere als glücklich sind. Ihre Mutter hätte begonnen, ihre Karriere als Wissenschaftlerin über das Wohl der Kinder zu stellen. Fayes Mutter sagte, sie hätte nie gedacht, dass sich ihre Tochter einmal zu einer herzlosen Emanze entwickeln würde. Ich habe nicht gewagt, sie daran zu erinnern, dass sie ihre Tochter ebenfalls in ein Internat gesteckt hatte.

Die Zwillinge haben es jedenfalls geschafft, ihren leiblichen Vater ausfindig zu machen, von dem sie zuvor nicht einmal den Namen kannten, und seither holt er sie jedes Wochenende aus dem Internat. Sogar die Großeltern haben sich mit dem Vater angefreundet. Sie haben drei Nächte hier im Haus von Faye verbracht, bis die Überführung des Leichnams ihrer Tochter geregelt war. Einen Schlüssel hatten sie noch von früheren Ferienaufenthalten.«

Anne Delecour machte eine kurze Pause, beugte sich vor und trank erneut einen Schluck Wasser. Noch ehe Florence etwas sagen konnte, fuhr sie fort.

»So, ich glaube, das war alles, was ich über Faye Browne weiß. Bedauerlicherweise kann ich Ihnen keinen Mörder liefern. Ich habe nicht die geringste Idee, wer Faye ermordet haben könnte.«

Gleich einem Signal zur Beendigung des Gesprächs läutete in diesem Augenblick das Handy der Bürgermeisterin, und nach einem Blick auf das Display erhob sie sich von ihrem Stuhl und wurde erneut Teil des Bildes an der Wand hinter ihr, eine markante bunte Gestalt vor einer ausdrucksstarken provenzalischen Kulisse.

Nach einem kurzen, sehr leise geführten Telefongespräch wandte sie sich wieder Florence zu.

»Es tut mir leid, Madame Beaumarie, ich habe gerade einen Anruf erhalten. Ich muss weg, meine Hilfe wird benötigt. Aber ich glaube, ich habe Ihnen alles erzählt.«

Ein geschäftsmäßiges Lächeln umspielte kurz die vollen, rot geschminkten Lippen der Bürgermeisterin.

Irgendwie, dachte Florence, konnte sie sich vorstellen, dass diese Frau auch dazu in der Lage gewesen wäre, eine Widersacherin auf unsanfte Weise aus dem Weg schaffen zu lassen.

11

Schon zum zweiten Mal speisten Charles und Florence in einem Restaurant mit dem poetischen Namen *Les Oiseaux d'Avignon.* Erst kürzlich war es von einer Schulfreundin von Chantal zusammen mit ihrem Mann im historischen Zentrum von Avignon eröffnet worden. Es hatte ihnen bei einem ersten Besuch so gut gefallen, dass sie beschlossen hatten, wieder dort zu essen. Sie kannten die Erfahrung, dass ein Lokal, das beim ersten Mal begeistert hatte, seine Magie schon beim zweiten Mal wieder verlieren konnte, und waren neugierig, wie es in diesem Fall sein würde.

Als jetzt eine strahlende Restaurantchefin die Vorspeisen servierte, Coquilles Saint-Jacques für Florence und ein Ziegenkäse-Soufflé für Charles, durften sie erfreut feststellen, dass dessen Zauber auch heute funktionierte. Wie es aussah, hatten sie ein neues Stammlokal entdeckt.

»Hmmm, *magnifique.*« Charles verdrehte die Augen. »Dieses Essen lässt einen sofort alles vergessen, was an diesem Tag unerfreulich war.« Er erhob sein Weinglas. »Komm, Florence, lass uns auf all das Gute trinken, das uns das Leben schon geschenkt hat. In meinem Fall wärest das zum Beispiel du.«

»Diesen Trinkspruch erwidere ich gerne. Manchmal kann ich es immer noch nicht glauben, dass es eine wie mich, die ihr Leben in gewissem Sinne eigenbrötlerisch in Paris verbracht hat, ins Exil nach Avignon verschlagen hat – und dass ich dabei auch noch einen hier sehr begehrten Junggesellen erobert habe.«

»Junggesellen älteren Datums, wäre wohl zu ergänzen«, schmunzelte Charles.

»Aha, das hast du dazu anzumerken. Du protestierst gar nicht gegen den ›begehrtesten‹.« Er grinste, dann deutete er auf ihre Muscheln, die langsam zu erkalten drohten. »Ich glaube, wir sollten …!«

Ohne ein weiteres Wort zu verlieren, widmeten sie sich ihren Vorspeisen und zollten ihnen den gebührenden Respekt.

»Das war herrlich«, sagte Charles bald darauf. »Weißt du was, Florence, nächstes Jahr verzichte ich auf diese Geburtstagsfeier, und wir machen einen Wochenendausflug in die *Villa Madie* nach Cassis. Mein Apotheker, der ein ausgewiesener Gourmet ist, hat mir dieses Restaurant, das in einer romantischen Bucht liegt, schon mehrmals empfohlen.«

»Keine schlechte Idee. Aber warum so lange warten? Wir könnten doch auch dorthin fahren, nachdem der Fall Faye Browne abgeschlossen ist, und das wird hoffentlich noch in diesem Monat der Fall sein.«

»Du hast recht. Das sind gute Aussichten. Aber sag mal, zeichnet sich denn in diesem Kriminalfall mittlerweile eine Lösung ab, oder tappt Madame noch im Dunkeln?«

»Letzteres, mein Lieber. Faye Browne wird immer rätselhafter. Wie du weißt, war ich heute in Banon und dann auch noch in Simiane-la-Rotonde, wo ich einiges Neues über sie erfahren habe. Was dich als Buchhändler interessieren dürfte: Sie hat kurz vor ihrem Tod beschlossen, ihre Karriere als Science Fiction Autorin zu beenden, und in ihrem letzten noch nicht veröffentlichten Buch gibt es eine Stelle, die eine interessante Parallele zum Schauplatz des Mordes aufweist. Außerdem arbeitete sie an einem Sachbuch zur Zukunft der Menschheit, von dem sie erwartete, dass es ein neuer Bestseller würde.«

»Dann müsst ihr ja den Mörder nur mehr unter den Leuten suchen, welche die besagte Stelle in dem Buch kennen.«

»Nicht schlecht, mein lieber Watson! Das ist nicht so einfach, denn wir wissen nicht, wem sie es allen zu lesen gegeben hat. Aber was würdest du sagen? Ist es eher von Vorteil oder von Nachteil für einen Verlag, wenn eine Autorin überraschend das Zeitliche segnet?«

»Ah, ich darf wieder den Watson spielen. Ich kann da aber nur spekulieren, und wahrscheinlich hängt es von ihrer Popularität ab. Bei einer Bestsellerautorin wie Faye Browne könnte der Sensationseffekt die Verkaufszahlen jedoch sogar noch in die Höhe treiben. Kurzfristig jedenfalls. Und wenn sie ihre Verlagsleute mit ihrer Ankündigung, aufzuhören verärgert hat, dann hätten diese vielleicht sogar ein Mordmotiv. Rein theoretisch! Allerdings wäre es das allererste Mal in der Geschichte des Verlagswesens, dass eine Autorin ermordet wird, weil sie nicht mehr schreiben will. Oder hast du jetzt vielleicht den Buchhändler Charles Florentin in Verdacht? Ich könnte sie ja ermordet haben, um endlich das ganz große Geschäft mit ihren Büchern zu machen!«

»Aber natürlich, du bist mein Hauptverdächtiger.« Florence musste lachen, und Charles stimmte mit ein.

»Wenn ich mich recht entsinne, habe ich bisher nur ein einziges Buch von Faye Browne verkauft.« Charles war mit dem Thema noch nicht fertig. »Aber weißt du, wer dieses Buch bei mir bestellt hat?« Florence schüttelte den Kopf.

»Das war Ada Lambert, unsere Leihenkelin. Sie ist im richtigen Alter für diese Lektüre.«

»Interessant. Mit ihrem Vater habe ich heute übrigens telefoniert. Er hat versprochen, seinen Kollegen in Manosque einige Informationen zum Stand der Ermittlungen zu entlocken.«

»Ganz ohne Unterstützung durch die Polizei geht es also doch nicht. Wahrscheinlich wird demnächst auch Monsieur Mordent, dein früherer Chef aus Paris, wieder hier auftauchen, um seinen Ruhestand mit einem neuerlichen Nervenkitzel zu garnieren.«

»Was dir wahrscheinlich gefallen würde, denn ich weiß ja, dass du dich blendend mit ihm verstehst. Aber nein, der kann mir derzeit in Paris nützlicher sein. Er ist bereits heute Nachmittag für mich tätig geworden.«

»Dachte ich es mir doch! Schau, unser Essen kommt.«

Es war erneut die Chefin persönlich, die ihnen nun die Hauptspeisen servierte, und Charles bemerkte scherzhaft, dass es für den Hauptgang nicht einfach sein würde, mit den großartigen Vorspeisen in Konkurrenz zu treten.

Die mittlerweile etwas gestresste junge Frau, die manchmal gemeinsam mit Chantal ihre Hausaufgaben bei ihm im Papstpalast gemacht hatte, nahm seine Bemerkung jedoch allzu ernst.

»Oh, ich hoffe sehr, wir werden Sie nicht enttäuschen. Wir haben, glaube ich, ein gutes Konzept, aber bei der Organisation der Küche müssen wir noch dazulernen. Heute haben wir besonders viele Gäste!«

»Das war ein Scherz, Michelle. Wir sind beeindruckt, und ich wollte nur hervorheben, wie vorzüglich die Vorspeise war. Wir wissen schon jetzt, dass wir dieses reizende neue Lokal weiterempfehlen werden.«

»Danke, Monsieur Florentin, das freut mich sehr.«

Zehn Minuten später legten Charles und Florence Gabel und Messer zur Seite.

»Nun sag mal ehrlich, Florence! Wie hat dir dein Lamm geschmeckt?«

»Nicht schlecht. Aber nun war es doch so, dass die Hauptspeise nicht ganz an das Niveau meiner Vorspeise heranreichte. Das wollen wir dieser ambitionierten jungen Dame aber jetzt nicht verraten.«

»Bestimmt nicht, Florence, mir ging es ähnlich. Aber du verrate mir jetzt noch, womit du Honoré Mordent in Paris beauftragt hast.«

»Ach nur mit einer Kleinigkeit. Ich habe ihn gebeten, mit der Verlegerin der französischen Ausgaben von Faye Brownes Büchern in Paris zu sprechen. Mit seinem speziellen Charme erfährt er mehr als ich über das Telefon. Der *Verlag Gerrimard* hatte ja für sie die Lesereise in die Normandie organisiert, die anders verlaufen ist als geplant und von ihr auch früher beendet wurde.«

Sie schob den leeren Teller zur Seite.

»Was meinst du, sollen wir uns noch ein Dessert teilen?«

»Hier ist ja an einem Sommerabend mehr los als in meinem Viertel in Paris«, bemerkte Florence, als sie bald darauf Hand in Hand nach Hause gingen.

»Ja, es ist wieder Festspielzeit, und übermorgen wird Chantal zum ersten Mal in ihrer Heimatstadt als Solistin auftreten. Ich freue mich riesig darauf, aber natürlich werde ich wieder an ihrer Stelle furchtbares Lampenfieber haben.«

»Das sollst du auch, Charles«, sagte Florence. »Sie hat eben diesen Teil ihres Berufes an ihren Vater ausgelagert. So braucht sie kein Lampenfieber zu haben und kann ganz cool bleiben.«

»Der Gedanke gefällt mir. Dann werde ich dieses Lampenfieber ab jetzt also als eine ehrenvolle Pflicht gegenüber meiner Tochter betrachten.«

»Ich glaube, so einen Vater wie dich hätte ich auch gebrauchen können«, sage Florence, nachdem sie schweigend eine Weile nebeneinander her gegangen waren.

Abrupt blieb Charles stehen.

»Seltsam, Florence«, sagte er. »Du hast mir noch kaum etwas über deinen Vater erzählt.«

»Ich kannte ihn ja nicht, und so gibt es auch nichts wirklich Interessantes zu erzählen. Ein andermal bitte, Charles. Schau, wir sind schon da.«

Sie waren vor dem Tor ihres gemeinsamen Wohnhauses angekommen, und Florence beeilte sich und kam Charles mit dem Aufsperren zuvor.

Nachdem das schwere Tor wieder hinter ihnen ins Schloss gefallen war, blieb sie im Flur stehen.

»Mir ist gerade noch etwas eingefallen, Charles«, sagte sie. »Wäre es möglich, dass wir morgen eine halbe Stunde früher frühstücken? Ich möchte um 9.30 Uhr in meinem Büro sein, da ich um 10 Uhr die erste gemeinsame Besprechung mit meinen neuen Mitarbeitern habe.«

»Kein Problem«, sagte Charles. »Jetzt im Sommer wache ich ohnedies früher auf.«

12

Man könnte nicht behaupten, dass Florence Beaumarie in dieser Nacht gut geschlafen hätte. Bereits um 2 Uhr früh war sie wieder wach, stand auf und setzte sich mit einem

Glas Wasser an das offene Küchenfenster. Ihre Gedanken kreisten jedoch nicht um den Fall Faye Browne, sondern – seit Charles sie danach gefragt hatte – um ihren Vater.

Seit ihrer Kindheit war dieses Thema ein Tabu gewesen, über das sie mit niemandem sprechen wollte. Ihre Mutter hatte sie bis kurz vor ihrem Tod in dem Glauben gelassen, dass sie sich selbst nicht mehr an ihn erinnern konnte. Erst als sie schon von einer schweren Krankheit gezeichnet war, hatte sie der Tochter von ihm erzählt und dieser die wenigen Erinnerungsstücke übergeben, die sie von ihm besaß. Eine kleine, mit Goldfäden bestickte Stofftasche an einer filigranen Kette, die er ihr einmal geschenkt hatte, zwei Bände mit Gedichten von Charles Baudelaire und André Breton, ein einziges Foto von ihm sowie eine Ansichtskarte aus Deauville, auf der er auch seine Schwester erwähnte. Dadurch hatte Florence auch ihre Tante ausfindig gemacht und von ihr mehr über ihn erfahren. Ihr Großvater, der eine Arztpraxis in Deauville gehabt hatte, hatte von seinem einzigen Sohn erwartet, dass er Medizin studieren und seine Praxis übernehmen werde, und tatsächlich war ihr Papa deswegen nach Paris gekommen. Er hatte jedoch das Studium bald hingeschmissen und war als aufstrebender Chansonsänger durch die Nachtlokale getingelt. Dabei hatte er ihre Mutter kennengelernt, und nach einer kurzen und, wie die Tante wusste, von seiner Seite sehr leidenschaftlichen Affäre war Florence gezeugt worden. Sie hatten heimlich geheiratet, die Leidenschaft ihrer Mutter war noch vor der Geburt des Kindes wieder abgekühlt, und Marie Beaumarie hatte beschlossen, ihre Tochter alleine aufzuziehen, und ihn auf die Straße gesetzt. Ungefähr ein halbes Jahr nach der Geburt von Florence hatte man ihn mit einer Kugel im Kopf an den Ufern der Seine aufgefunden, und obwohl man keinen Abschiedsbrief entdeckt hatte, war die Polizei von Selbstmord ausgegangen.

Warum Florence auch Charles noch nicht davon erzählt hatte, war ihr schon klar. So wie ihr ihre Mutter die Geschichte erzählt hatte, kurz vor ihrem Tod und dennoch mit einer gehörigen Portion Sarkasmus, hatte sie sich vorstellen können, wie ihre Zuhörer darauf reagieren würden. Mit diesen romantischen und sentimentalen Zutaten – Blumenverkäuferin verliebt sich in armen und glücklosen Chansonsänger, der sich bald nach der Geburt seines Kindes am Ufer der Seine erschießt – hörte sich diese Geschichte tatsächlich wie ein schlecht erfundener Groschenroman an. Jetzt dachte Florence allerdings, dass dies im Falle von Charles doch etwas anderes war. Sie würde es ihm bei passender Gelegenheit erzählen.

Dieses Vorhaben beruhigte sie, und bald darauf lag sie wieder im Bett und schlief, bis sie vom Läuten ihres Handys aus dem Schlaf gerissen wurde.

Der Anruf kam von Honoré Mordent. Ihrem verschlafenen »Bonjour« setzte er ein fröhliches »Guten Morgen aus Paris« entgegen. Dann erklärte er, dass es ihm nicht mehr möglich gewesen sei, sie noch gestern anzurufen. Seine Frau hätte ihn unmittelbar nach seinem Besuch beim *Verlag Gerrimard* zu Freunden verschleppt, und danach habe er sich nicht mehr getraut, sie so spät anzurufen.

Das, was er von der Verlegerin Sylvie Ricard erfahren hatte, war hochinteressant. Sylvie Ricard leitete den *Verlag Gerrimard*, und dort waren auch sämtliche Bücher von Faye Browne ins Französische übersetzt worden. Madame Ricard, eine studierte Anglistin, hatte selbst die Übersetzungen übernommen. Sie war es gewesen, die sich, nachdem das erste Buch von Faye Browne im englischsprachigen Raum ein Bestseller geworden war, um die Rechte für eine französische Ausgabe bemüht hatte. Das Buch war in Frankreich sogar noch erfolgreicher gewesen als in Großbritannien und den USA zusammen, und Faye Browne hatte von da an bei jedem ihrer Bücher auf eine sofortige französische Ausgabe gepocht. Da die Autorin ausgezeichnet französisch sprach, hatte sie die Übersetzung akribisch überwacht. Alles in allem war es laut Sylvie Ricard eine gedeihliche Zusammenarbeit gewesen.

Dies hatte sich erst bei dem letzten Buch der Autorin geändert. Madame Ricard hatte das Manuskript vor einem Jahr gleichzeitig mit dem englischen Verlag erhalten und war entsetzt gewesen. Es war fehlerhaft, Sprache und Ausdrucksweise holprig, die ganze Sorgfalt, die sie von Faye Browne kannte, verschwunden. Sylvie Ricard hatte sich sofort mit dem englischen Verlag in Verbindung gesetzt, dessen Chef ebenfalls keine Erklärung dafür hatte. Es folgte ein hektisches und unerwartet konfliktreiches Hin und Her zwischen den beiden Verlagen und der Autorin, und schließlich erklärte sie sich bereit, den englischen Text noch einmal zu überarbeiten. Sie lieferte ihn ein halbes Jahr vor Erscheinen ab und stellte die Bedingung, dass das Buch in der dritten Juliwoche zeitgleich in beiden Sprachen zu erscheinen hätte. Weil sie die große Erfolgsautorin war, mussten die Verlage darauf eingehen, obwohl der Text noch immer gegenüber ihren anderen Büchern abfiel. Sie hatten keine Wahl, denn die Fans von Faye Browne – ihre Zahl ging in die Millionen – warteten schon sehnlichst auf den Abschluss der Trilogie. Ihre Lesereise in die Normandie war vom *Verlag Gerrimard* ursprünglich als Vorgeschmack und Promotion für dieses Buch geplant gewesen.

Dann hatte Faye Browne das Programm für diese Lesungen eigenmächtig geändert und an Stelle der Lesung Vorträge zur Zukunft der Menschheit angekündigt. Gleichzeitig hatte sie verkündet, dass es keine weiteren Science Fiction Bücher mehr geben werde!

Mordent hielt für kurze Zeit in seinem Bericht inne.

»Bist du noch da Florence oder bist du wieder eingeschlafen? Was sagst du zu Teil eins meiner Geschichte?«

»Ja, ja, ich bin noch da und finde das alles hochinteressant.« Sie hatte bereits ihr warmes Bett verlassen und war unterwegs in Richtung Bad. »Ich würde aber gerne etwas später in Ruhe mit dir telefonieren. Gibt es noch viel zu berichten?«

»Einiges, würde ich sagen. Immerhin habe ich eine Stunde lang mit der Verlegerin gesprochen. Na gut, Florence! Erledige, was du zu erledigen hast, und ruf mich dann zurück. Hochinteressant ist zum Beispiel, was mir Madame Ricard über das Testament von Faye Browne erzählt hat.«

»Dann erzähl noch schnell. Dass ihr Mann das Haus geerbt hat, weiß ich schon. Alles andere bitte später!«

Er war einverstanden und berichtete ihr in wenigen Worten von der Testamentseröffnung vor drei Tagen, welche die Familie von Faye Browne in Staunen und Wut versetzt hatte, verabschiedete sich und legte auf.

Florence stand noch unter der Dusche, als ihr Handy erneut läutete. Es war Commandant Lambert. Hatte er von seinen Kollegen in Manosque bereits die versprochenen Informationen erhalten? Etwas sagte ihr, dass er sie so früh deshalb noch nicht anrufen würde. Es musste sich um etwas Dringendes handeln, und so war es. Antoine Lambert informierte sie darüber, dass Gustav Moriell heute am frühen Morgen von einem Jogger tot aufgefunden worden war.

Florence, alarmiert, fragt ihn nach Details.

»Das möchte ich dir lieber in einem persönlichen Gespräch erzählen. Können wir uns so bald wie möglich in einem Café in der Nähe meiner Dienststelle treffen?«

»Prinzipiell gerne«, antwortete Florence, »allerdings erwartet mich Charles um 9 Uhr im *Café Saint-Jean.* Ich sage ihm ungern ab, da ich ihn erst kürzlich versetzt habe.«

»Wenn es dir lieber ist, kann ich mich auch mit einem Dienstwagen dorthin fahren und dann wieder abholen lassen. In dieser Gegend findet ja nicht einmal die Polizei einen Parkplatz. Könntest du in 15 Minuten dort sein?«

Sie stimmte zu, erledigte den Rest ihrer Morgentoilette im Eiltempo, schnappte sich ihren Rucksack und hätte beinahe ihr Handy vergessen. Das meldete sich gerade noch rechtzeitig von selbst. Schon wieder war es Mordent, der aber nur die Telefonnummer von gemeinsamen Freunden wollte.

»Es hat sich schon wieder etwas im Mordfall Faye Browne ereignet«, sprach sie atemlos ins Telefon und nannte ihm dann die Nummer, die sie auswendig wusste.

»Eine neue Leiche vermutlich«, kam es prompt von Honoré zurück. »Soll ich vielleicht nach Avignon kommen und dir dort unter die Arme greifen?«

»Du bleib bitte wo du bist. Ich werde dich in Paris noch brauchen oder vielleicht sogar in der Normandie.«

»Na gut. Melde dich, sobald du kannst. Ich erwarte deinen Anruf!«

13

Lambert wartete bereits auf sie und kam sofort zur Sache.

»Die Nachricht kam heute um 8 Uhr über Polizeifunk. Ein Mann ist im Haus von Faye Browne tot aufgefunden worden. Von meinem Kontaktmann in Manosque habe ich dann erfahren, dass es sich um Gustav Moriell handelt. Erst jetzt wurde bekannt, dass das ihr Ehemann ist. Ein Jogger hat die Leiche entdeckt. Ein Fan von Faye Browne, der dort schon seit Jahren seine morgendlichen Runden dreht, um einen Blick auf die von ihm angebetete Autorin zu erhaschen. Wie er der Polizei gestand, hat er diese liebe Gewohnheit auch nach ihrem Tod nicht aufgeben wollen. Im Gegenteil, er wollte ihr nach dem schrecklichen Verbrechen erst recht die Ehre erweisen. Am heutigen Morgen war es ihm allerdings seltsam erschienen, dass sowohl das Wohnzimmerfenster als auch die Tür des Hauses offen standen, und so hat er durch das Fenster hineingeschaut und den Toten entdeckt. Der Mann lag zusammengekrümmt auf dem Boden. Der Zeuge hatte schon länger gewusst, dass Faye Browne mit diesem Mann zusammenlebt, hat aber niemandem davon erzählt. Seine Leidenschaft für die Autorin und ihr Werk hat der angesehene Notar aus Simiane-la-Rotonde nie jemandem verraten. Offensichtlich war es ihm peinlich. Er gab zu Protokoll, dass dieses kleine tägliche Abenteuer seinen langweiligen Alltag etwas aufgepeppt hätte. Nach dem Fund der Leiche heute habe er jedoch gewusst, dass der Spaß vorbei und es seine Pflicht sei, die Polizei zu verständigen. Was sagst du dazu, Florence?«

»Was es alles gibt!« Mehr fiel ihr dazu im Moment nicht ein.

Lambert fuhr fort.

»Es sieht eindeutig nach einer Vergiftung aus, zumindest nach der Ersteinschätzung der Gerichtsmedizinerin. Alles Weitere könne sie erst wie üblich nach der Obduktion sagen. Über die Ursachen weiß man aber noch nichts. Poullain geht jetzt von einem Selbstmord aus, den Gustav Moriell begangen hat, weil er der Mörder seiner Frau ist.«

»Der geht wohl immer den einfachsten Weg.«

»Ach, er ist einfach ziemlich unintelligent und gleichzeitig von sich eingenommen, also die schlechteste Kombination überhaupt. Eine absolute Fehlbesetzung. Sein Mitarbeiter, von dem ich die Informationen habe, wäre wesentlich geeigneter für diesen Posten. Aus Gründen, die ich nicht kenne, hatte er nie Ambitionen auf den Chefsessel und muss jetzt mit Poullain fertigwerden. Ich habe ihm noch nichts von deinen privaten Ermittlungen erzählt, weil ich mich da nicht einmischen will. Ich schicke dir seinen Kontakt auf dein Handy. Beruf dich auf mich, wenn du noch was wissen willst.«

»Danke, mache ich. Hast du eigentlich sonst noch etwas über den Stand der Ermittlungen im Fall von Faye Browne erfahren?«

»Das kann ich dir noch sagen, falls du das nicht ohnedies schon alles weißt. Dann muss ich aber los.« Er deutete dem Kellner, dass er zahlen wolle, dann fuhr er fort.

»Die Tatwaffe, ein schwerer stumpfer Gegenstand, mit dem sie von hinten mehrmals am Kopf getroffen worden war, wurde nie gefunden. Es waren keinerlei persönliche Sachen bei der Toten. Keine Handtasche, kein Handy, kein Autoschlüssel, nichts. Und sie hatte nicht einmal Schuhe an. Nur einer ihrer Schuhe wurde gefunden. Der hing an einer roten Schnur auf dem großen Baum, der direkt vor der Buchhandlung steht. Es gibt keine Erklärung dafür, aber die Schnur stammt aus der Buchhandlung. Das Auto der Toten war auf einem der Parkplätze abgestellt, die sich dahinter befinden und nur für das Personal bestimmt sind. Todeszeitpunkt laut Gerichtsmedizinerin zwischen 22 und 23 Uhr am Abend. Auf den Oberarmen der Toten entdeckte sie unter ihrer Bluse blaue Flecken, die ihr am selben Abend zugefügt wurden und die nicht von der Fesselung stammen. Wahrscheinlich hat sie sich gewehrt und wurde gewaltsam festgehalten, wozu es eigentlich zwei Personen gebraucht hätte, was Poullains Suche nach einem Einzeltäter ziemlich fragwürdig macht. Das Alibi von Ernest Durant ist bis dato jedenfalls nicht zu knacken, obwohl Poullain daran arbeitet. Die Namen der Zeugen darf ich dir aber wirklich nicht verraten.«

»Danke Antoine. Das mit dem Schuh habe ich zum Beispiel noch nicht gewusst.«

»Ich habe auch Einsicht in das Tatortprotokoll bekommen, aber du hast ja, wie ich hörte, den Tatort selbst gesehen. Die Gerichtsmedizinerin geht jedenfalls davon aus, dass Schläge auf das Hinterhaupt des Opfers zum sofortigen Tod geführt haben. Wäre da nicht dieses seltsame Arrangement mit den Büchern und die Spuren einer Fesselung, hätte sie auf einen Mord im Affekt getippt. Alle Bücher stammen nachweislich aus der Buchhandlung. Außer dem einen, das noch gar nicht erschienen ist. Der oder die Täter müssen ziemlich kaltblütig und raffiniert gewesen sein.«

»Es sieht danach aus, als sei jemand nach Plan vorgegangen!«

»Allerdings. ein spannender und mysteriöser Fall, Florence. Fast bedaure ich, dass er nicht in meinem Revier passiert ist. Es juckt mich in den Fingern, gemeinsam mit dir zu ermitteln, aber das ist leider völlig ausgeschlossen.«

»Vielleicht tröstet es dich, dass Leonie Perrin sozusagen an deiner Stelle ermittelt. Sie hat sich bei mir beworben, und ich habe sie vorgestern engagiert.«

»Ein schwacher Trost, Florence, wenn überhaupt. Dass Leonie den Polizeidienst verlassen hat, ist ein großer Verlust. Ich vermisse sie sehr. Ich kann dir nur zu dieser Mitarbeiterin gratulieren.«

In diesem Moment öffnete sich die Tür des Cafés, und Charles trat ein.

»Bonjour, Florence. *Quelle. surprise*, Antoine. Darf ich davon ausgehen, dass sich im Mordfall Faye Browne wieder etwas Unvorhersehbares ereignet hat, wenn ihr zwei schon so früh am Morgen hier eure Köpfe zusammensteckt? Aber ich will nicht stören, ich setze mich hinten an einen Tisch.«

»*Non, non,* das ist absolut nicht nötig. Ich muss ohnehin los.« Antoine Lambert hatte sich bereits erhoben und schob Charles seinen Sessel hin. »Nimm doch Platz, Charles. Wir haben alles besprochen. Grüße an Leonie, Florence. Ich wünsche euch beiden viel Erfolg bei den Ermittlungen und dir Charles noch einen schönen Tag.«

»*Au revoir,* Antoine«, Florence schickte ihm noch eine Kusshand nach, »und vielen Dank für die Informationen. Ich nehme an, dass es keine Beamtenbestechung ist, wenn ich deinen Kaffee bezahle. Der Kellner war ja noch immer nicht da.«

»Ich glaube, das kann ich annehmen. Mein Fahrer wartet bestimmt schon auf mich.« Schon war er weg.

»Ja, er wird bereits erwartet, vor der Tür steht ein Polizeiauto«, bemerkte Charles, während er auf dem Sessel von Lambert Platz nahm.

»Darf ich Madame und Monsieur nun ihr Frühstück bringen?« Der Inhaber des Cafés war wie aus dem Nichts aufgetaucht. Für seinen langjährigen Stammgast Charles Florentin stand er offensichtlich immer zur Verfügung. Während es bei anderen Gästen zu dieser Uhrzeit oft lange Gesichter gab, weil die Croissants schon aus waren, waren sie für Charles und Florence immer reserviert. Immerhin die besten von Avignon, wie Charles gerne behauptete.

Heute hatte er sein Croissant noch nicht angerührt. Er brannte darauf, seine größte Neuigkeit loszuwerden.

»Stell dir vor, Chantal ist nicht mehr mit Thomas zusammen. Sie hat einen neuen Freund. Oder hat sie dir schon davon erzählt?«

»Nein, das wusste ich noch nicht. Irgendwie schade. Sie waren so ein sympathisches Paar. Hast du den Neuen schon kennengelernt?«

»Nein, habe ich noch nicht. Ich habe es auch erst erfahren. Sie wollte ihn mir morgen vor oder nach ihrem Konzert vorstellen, aber der ist aus beruflichen Gründen verhindert.«

»Morgen ist schon das Konzert?«

»Allerdings.«

»Tatsächlich, morgen ist ja schon Freitag. Ich freu mich darauf. Aber sag, wie sind denn jetzt die Pläne für Chantals Geburtstagsfeier?«

»Sie wünscht sich, dass wir am Samstag nach Saignon fahren und im kleinsten Kreis feiern. Sie hat ihre Tante Reine-Marie und Bruno eingeladen, und wir werden nur fünf Personen sein. Eigentlich wollte Chantal diesen neuen Freund mitbringen, aber der kann auch am Samstag noch nicht kommen. Hoffentlich lassen deine Mordermittlungen zu, dass du am Samstag dabei bist.«

»Natürlich komme ich mit. Das ist ein Pflichttermin.«

»Na hoffentlich. Damit wäre eines meiner Probleme wegen Chantals Geburtstag gelöst!«

»Gibt es denn noch eines?«

»Allerdings, das Geschenk für sie!«

»Wieso das?«

»Ich wollte ihr einen Gutschein für ein Möbelstück schenken. Sie hat sich nämlich ein spezielles Tischchen für ihre wirklich winzige Wohnung in Paris gewünscht. Das gibt es dort in einem bestimmten Geschäft. Jetzt hat sie am Flohmarkt schon etwas Ähnliches gefunden. In ihrer Wohnung hat, wie sie sagt, kein einziges Möbelstück mehr Platz. Bloß die Wände sind noch kahl. Fällt dir vielleicht etwas ein?«

»Ich werde nachdenken! Charles, ich muss leider los. Macht es dir etwas, wenn ich dich jetzt mit deiner Zeitung alleine lasse?«

»Keineswegs, Florence. Wir telefonieren und sehen uns am Abend.«

Schon war er hinter seiner Zeitung verschwunden, und Florence machte sich auf den Weg.

14

Im Büro angekommen schloss Florence sofort alle Fensterläden. Heute würde es sehr heiß werden, und eigentlich hätte sie das schon früher tun sollen.

Es war Zeit zu überlegen, wie sie ihre neuen Mitarbeiter am besten einsetzen konnte. Leonie war bereits in die Ermittlungen um Faye Browne eingebunden, für Emilian Pagnol musste sie noch eine passende Beschäftigung finden. Ob die Idee wirklich so gut war, jemanden einzustellen, der keine Ahnung von Detektiv- oder Polizeiarbeit hatte? Er hatte Malerei studiert und einen eigenen Stil entwickelt. Seinen Lebensunterhalt musste er sich bisher dennoch als Straßenmaler in Marseille verdienen. Natürlich war er auch auf Abenteuer aus. So gut kannte sie ihn schon. Dennoch würde er sich anfangs mit Innendienst, Büroaufgaben und online-Recherchen begnügen müssen.

Sie war mit diesen Überlegungen noch nicht weit gekommen, als es an der Tür läutete.

Emilian Pagnol war überpünktlich.

»Bonjour, Florence. Ich weiß, ich bin ein wenig zu früh dran, aber ich dachte mir, ich versuche es, bevor ich auf der Straße herumstehe. Ich bin mit meinem Motorrad direkt aus Marseille gekommen. Ich habe noch kein Quartier in Avignon.«

»Oh, daran hatte ich gar nicht gedacht.« Florence griff sich an die Stirn. »Sie können ja nicht täglich von Marseille hierher pendeln. Da haben wir ein Problem.«

Er streckte ihr die Hand entgegen, in der er eine einzige Sonnenblume hielt.

»Zum Einstand für Sie, Florence«, sagte er und fügte hinzu, dass sie sich keine Sorgen machen solle. Er habe Freunde hier in Avignon, bei denen er vorübergehend auf der Couch schlafen könne. Er werde schon etwas finden.

»Willkommen, Emilian. Ich freue mich, dass Sie da sind. Geben Sie mir bitte noch fünf Minuten. Sie können gerne im Besprechungszimmer auf mich warten.« Sie nahm die Sonnenblume entgegen und deutete mit der Hand in Richtung der offenen Tür. »Danke für die schöne Blume.«

Als sie sich etwas ratlos nach einer Vase umsah, nahm er ihr die Blume wieder ab.

»Wenn Sie erlauben, Florence. Ich finde ein passendes Gefäß, und mich finden Sie dann im Besprechungszimmer.«

Florence verschwand in ihrem Büro und las noch einmal Emilians Bewerbungsschreiben. Als sie auf die Stelle stieß, an der er von seinen Fähigkeiten als Phantomzeichner sprach und davon, dass er in kürzester Zeit schnelle Skizzen anfertigen konnte, kam ihr eine Idee.

Sie griff zum Telefon und rief Charles an.

»Ich bin es schon wieder. Hast du noch einen Augenblick Zeit für mich?«

Als er bejahte, berichtete sie ihm von Emilians Übernachtungsproblem in Avignon. Charles hatte in seiner Buchhandlung ein kleines Hinterzimmer mit einer Schlafgelegenheit, die sie selbst schon genutzt hatte. Sie fragte ihn, ob Emilian solange dort übernachten könne, bis er etwas Eigenes gefunden habe. Charles hatte nichts dagegen, und die Idee, die sie ihm gleich darauf unterbreitete, fand er hervorragend.

So kam es, dass Emilian nach diesem Telefonat einen Auftrag erhielt, der zwar nichts mit Detektivarbeit zu tun hatte, ihn aber fürs Erste mit einer Übernachtungsmöglichkeit versorgte. Er würde ein Bild von der Buchhandlung malen. Ein Geschenk von Charles für seine Tochter, gedacht als Schmuck für die noch kahlen Wände ihrer Pariser Wohnung. Emilian fand das super und ließ sich die Telefonnummer von Charles geben. Dann klingelte es erneut an der Tür. Es war Leonie, die ebenfalls früher gekommen war.

Florence bat sie in das Besprechungszimmer und machte die beiden miteinander bekannt. »Dieser Raum«, sagte sie gleich darauf, »ist der einzige hier in diesem Büro, in dem es noch Spuren des Vorbesitzers gibt.« Sie deutete auf einen grünlichen Wandverbau aus abwaschbarem Material, in dessen Arbeitsplatte ein Waschbecken eingelassen war.

»Aha, eine Arztpraxis«, kam es wie aus der Pistole geschossen von Emilian.

»Fast erraten!« Florence nickte anerkennend. »Es war die Ordination eines Zahnarztes. Schade, dass er seinen Behandlungsstuhl nicht dagelassen hat«, sie konnte sich den Scherz nicht verkneifen, »dann hätten wir hier einen perfekten Verhörsessel für verstockte Verdächtige.«

Der missbilligende Blick von Leonie war zu erwarten gewesen, doch Emilian brach in ein Gelächter aus, in das sie schließlich ebenfalls einstimmte.

»Entschuldigt, das war natürlich ein Scherz«, sagte Florence und öffnete eine Tür, die vom Besprechungszimmer aus in einen weiteren kleinen Raum führte. Er war mit einem Schreibtisch samt Drehsessel, einigen Hängeregalen und einem Besuchersessel ausgestattet und eignete sich als weiteres Büro, das sie Leonie anbot. Emilian würde sich fürs Erste mit einem Schreibtisch im Besprechungszimmer begnügen müssen.

Dann lud sie ihre neuen Mitarbeiter ein, Platz zu nehmen.

»Willkommen im Team«, sagte sie. »Ich kann es noch

immer nicht fassen, dass zwei Menschen, die ich kenne und schätze, mir hier als meine neuen Mitarbeiter gegenübersitzen. Dass Sie beide sich beworben haben, war und ist eine wunderbare Überraschung für mich. Ich bin schon jetzt überzeugt davon, dass wir uns mit unseren unterschiedlichen Erfahrungen und Fähigkeiten ergänzen und ein wunderbares Team abgeben werden. Wir übernehmen Fälle, die vielleicht anderenorts nicht angemessen bearbeitet wurden, entweder weil sich niemand dafür zuständig fühlte oder weil sie als unlösbar ad acta gelegt wurden. Da uns bereits ein Fall von großer Dringlichkeit vorliegt, ist es wohl besser, wenn wir gleich loslegen. Über Arbeitszeit und Aufgabenbereich habe ich bereits einzeln mit euch gesprochen oder werde es noch tun. Wie sich das dann in der Praxis bewährt, gilt es zu erproben. Wir werden uns regelmäßig hier treffen, um den Stand der Ermittlungen zu besprechen und auch zu überprüfen, ob die Art der Zusammenarbeit für jeden passt. Jetzt ersuche ich euch, euch einander noch kurz vorzustellen.«

Beide nickten, und Florence bat Emilian zu beginnen.

»Okay. Ich bin Emilian Pagnol. 27 Jahre alt. Ich stamme aus Saint Paul de Vence, habe in Marseille Kunst studiert und arbeite seit dem Ende meines Studiums und mangels anderer beruflicher Möglichkeiten als Straßenmaler. Ich habe in den letzten zwei Jahren noch eine Ausbildung zum Kunstpädagogen gemacht, habe aber derzeit noch keine Lust zu unterrichten. Ja, Florence, ich habe Sie vor eineinhalb Jahren zufällig in Marseille kennengelernt. Sie waren gerade mit der Aufklärung von zwei Morden beschäftigt, und ich durfte Ihnen dabei ein ganz klein wenig helfen. Als ich jetzt das Inserat las, dachte ich mir, der Job könnte interessant und eine Gelegenheit sein, neue Erfahrungen zu machen.«

Ehe Florence etwas dazu sagen konnte, meldete sich Leonie zu Wort.

»Sie haben im damaligen Mordfall nicht bloß ein wenig mitgeholfen, sondern Eigeninitiative entwickelt und echt wertvolle Informationen beigesteuert, Emilian. Das weiß ich, weil ich damals noch als Polizistin gearbeitet habe und über alle Details dieses Falles informiert bin. Jetzt bin ich allerdings Studentin und seit vorgestern Teilzeitmitarbeiterin von Florence. Ich bin 28 Jahre alt und seit einem Jahr studiere ich Ethnologie in Aix-en-Provence, was eigentlich schon immer mein heimlicher Wunsch war. Ich hab meinen Polizeijob aufgegeben, weil ich die konservativen und nach wie vor von Sexismus geprägten Strukturen dort nicht mehr akzeptieren konnte. Ich war aber eine gute Polizistin und finde diesen Job hier weitaus interessanter als kellnern, womit ich mir in den letzten Monaten meinen Lebensunterhalt verdient habe. In den Fall Faye Browne habe ich mich schon gestern eingearbeitet. Von mir aus können wir sehr gerne gleich mit der Arbeit beginnen.«

»Danke, Leonie«, sagte Florence. »Dann bitte ich Sie um eine Zusammenfassung der bisherigen Ermittlungen im Fall Faye Browne.

Leonie tat wie geheißen. Vom Tod Gustav Moriells hatte sie noch nicht erfahren, und Florence ergänzte ihren Bericht durch eine Nachricht, die besonders bei Leonie Bestürzung auslöste. Florence ahnte, was Leonie jetzt wohl am liebsten gesagt hätte, und nahm ihr die Worte aus dem Mund.

»Vielleicht hätte ich gestern doch Ihrem Vorschlag folgen sollen, Leonie. Wenn wir mit Gustav Moriell noch gesprochen hätten, hätten wir unter Umständen etwas erfahren, was er jetzt für immer ins Grab mitgenommen hat.«

»Vielleicht«, sagte Leonie und sah zu Boden.

Florence tat ihr jedoch nicht den Gefallen, etwas auszusprechen, was ihrer Assistentin möglicherweise noch auf den Lippen lag. Sie hielt es für sinnlos, darüber nachzudenken, ob Moriell möglicherweise sogar noch leben könnte, wenn sie ihn gestern Vormittag aufgesucht hätten. Diese Art von Schuldgefühlen würde nichts bringen und Moriell auch nicht wieder lebendig machen.

Nachdem dieser Punkt erledigt war, berichtete sie noch, was sie von Mordent über die Erbschaft von Faye Browne erfahren hatte.

»Faye Browne«, begann sie, »hat trotz ihres jugendlichen Alters ein Testament hinterlassen.

Darin hat sie verfügt, dass ihr beachtliches Vermögen zu gleichen Teilen an ihre Kinder und an ihren Ehemann Gustav Moriell geht. Ihr Haus in Simiane sollte ebenfalls Gustav Moriell bekommen. Weiters hat sie bestimmt, dass der Erlös aus allen Werken, die vor ihrem Tod erschienen sind, zehn Jahre lang an das Institut für Zukunftsforschung der Universität Aix-en-Provence gehen, zwei Prozent dieser Einnahmen jedoch an ihren Ehemann Gustav Moriell, der dieses Vermögen angemessen zu verwalten hat. Wenn die zehn Jahre verstrichen sind, gehen die weiteren Einnahmen aus diesen Werken für ewige Zeiten – so steht es im Testament – an ihre Kinder, genauso wie die Einnahmen aus Werken, die noch posthum veröffentlicht werden.«

»Das war vermutlich eine gewisse Enttäuschung für den guten Gustav«, bemerkte Emilian.

»Andererseits wäre das Erbe dieses Hauses – so er davon schon im Vorfeld gewusst hat – durchaus ein Motiv für einen Mord an Faye Brown gewesen.«

»Nur dass er jetzt selbst tot ist«, sagte Leonie.

»Was wiederum die andern Erben verdächtig macht.«

Das war wieder Emilian. »Diese Familie hätte jedenfalls Grund gehabt, diesen Moriell um die Ecke zu bringen. Immerhin erhält er ihr Haus und darf ihr Vermögen verwalten.«

Leonie runzelte die Stirn. »Das sind aber voreilige Schlüsse. Wir wissen zum Beispiel überhaupt nicht, ob jemand von der Familie zum Zeitpunkt des Mordes in Frankreich war.«

»Richtig.« Emilian nickte. »Der Vater der Kinder kommt aber vermutlich auch als Mörder infrage. Nach dem, was Sie berichtet haben, Leonie, scheint Faye Browne den Kontakt zwischen ihm und den Zwillingen keineswegs gebilligt zu haben. Er könnte dann auch Gustav Moriell beseitigt haben, um das Haus für die Kinder zu retten.«

»Wartet«, sagte Florence. »Über den Vater hat Honoré Mordent von der Verlegerin Interessantes erfahren. Professor Randolph Whitehall, so heißt er, hat einen Lehrstuhl mit Schwerpunkt Zukunftsforschung in Oxford, und Faye Browne war als junge Wissenschaftlerin seine Assistentin. Er hat in diesem Fachgebiet bereits ein sehr erfolgreiches Buch veröffentlicht. Es trägt den schönen englischen Titel *The future is brighter than you think.* Professor Whitehall gilt als oberste Autorität, wenn es um Zukunftsforschung geht. Madame Ricard von *Gerrimard* hat Honoré erzählt, dass es das erklärte Ziel von Faye Browne gewesen sei, ihn als Wissenschaftlerin zu übertrumpfen. Ihr nächstes Buch hatte genau dies zum Ziel, und deshalb wollte sie auch mit dem Schreiben von Science Fiction Büchern aufhören.«

Florence merkte, dass sie plötzlich ungeduldig wurde. Über den Tod von Gustav Moriell wusste sie noch viel zu wenig. Es wurde höchste Zeit, mehr herauszufinden. Der Fall Faye Browne wurde immer komplizierter, und obwohl sie eine Menge neuer Informationen bekommen hatten, war noch alles offen. Leonie schien ihre Gedanken gelesen zu haben.

»Ich finde, es wird Zeit, dass wir aktiv werden«, sagte sie.

»Sie haben völlig recht, Leonie. Passen Sie auf, wir machen es so: Sie, Emilian, ersuche ich, sich um zwei weitere Schlüssel für das Büro zu kümmern, für Sie und für Leonie. Hier ist die Schlüsselkarte mit der Nummer. Ich gebe Ihnen auch meinen Schlüssel, damit Sie die Stellung im Büro halten können. In meiner Abwesenheit ist mein Büro natürlich für Sie beide frei zugänglich. Emilian, Sie können sich gerne auch mit meinem Computer dort vertraut machen. Der Zugangscode lautet B22!!95w80. Außerdem ersuche ich Sie, möglichst viele Onlinemedien und die heutigen Tageszeitungen nach Berichten über den Tod von Gustav Moriell zu durchforsten. Und bitte rufen Sie Charles Florentin an, wegen der Übernachtung und dem Bild.«

Leonie blickte neugierig auf, und Florence berichtete ihr kurz von dem geplanten Arrangement zwischen Charles und Emilian.

»Ich selbst habe mich entschlossen, nach Simiane-la-Rotonde und dann nach Banon zu fahren«, sagte sie dann. »Ich muss die Bürgermeisterin noch einmal treffen. Ich vermute, dass das, was Sie mir über Ihre Beziehung zu Moriell gesagt hat, noch nicht alles war. Und natürlich ist es interessant, wie sie auf seinen Tod reagiert. Möglicherweise treffe ich auch bei dem Wohnhaus von Faye Browne noch jemanden von Poullains Truppe aus Manosque. Ich habe von Lambert einen Kontakt zu einem seiner Mitarbeiter erhalten. Dann werde ich noch Madame Picard in der Buchhandlung aufsuchen. Ich werde also vor dem Abend nicht zurück sein.«

Leonie blickte skeptisch. Sie schien sich zu wundern, dass sie in diese Pläne nicht einbezogen war. Florence beruhigte sie.

»Leonie, Sie könnten natürlich mit mir mitfahren. Ich dachte mir aber, dass es besser wäre, wenn Sie noch andere wichtige Spuren verfolgen, und vermute, dass Sie selbst dazu schon einige Ideen haben.

Leonie nickte nachdenklich.

»Ich wäre gerne mit Ihnen mitgefahren, aber Sie haben recht, Florence. Es muss sich auch jemand um das berufliche Umfeld von Faye Browne kümmern, und das kann ich machen. Es sind zwar jetzt Ferien an der Uni in Aix-en-Provence, aber im Sommer wird andererseits auch mehr geforscht, und vermutlich werden im ehemaligen Institut von Faye Browne Leute anzutreffen sein. Ich könnte mich als interessierte Studentin ausgeben und ein wenig umhören. Wenn es spät wird, kann ich in meinem Zimmer in Aix übernachten und dann am Morgen wieder hierherkommen.«

»Perfekt«, sagte Florence. »Dann hält also Emilian hier in Avignon die Stellung.«

»Heißt das, dass ich den ganzen Tag im Büro bleiben soll?«

»Nicht unbedingt, Emilian. Wir haben keine offiziellen Bürozeiten. Neue Kunden können uns telefonisch oder per Mail kontaktieren. Ich habe ein Festnetztelefon installieren lassen. Bitte hören Sie zweimal am Tag den Anrufbeantworter ab. Gibt es sonst noch Fragen?«

Die gab es glücklicherweise nicht, und bereits zehn Minuten später war Florence – dankbar für jene glücklichen Umstände, die ihr diese beiden neuen Mitarbeiter beschert hatten – in Richtung Simiane-la-Rotonde unterwegs.

15

Genauso friedlich wie vor zwei Wochen ruhte Simiane-la-Rotonde in der Mittagshitze in einer Landschaft, in der das Lila der Lavendelfelder beinahe zu Gänze dem Graubraun gewichen war, das diese nach der Ernte trugen. Ein einziges Feld am Fuße des Hügels zeigte noch jene Farbe, welche Künstler aus aller Welt genauso wie gewöhnliche Touristen hierher lockt. Florence musste die Bürgermeisterin fragen, ob dieses gleichsam zu Werbezwecken stehen geblieben war. Sie hatte Madame Delecour kurz vor ihrer Abfahrt angerufen, und deren Stimme hatte verheult geklungen. Sie war mit einem Treffen einverstanden und hatte als Treffpunkt das Restaurant *La Vielle École* vorgeschlagen, wo sie sich zum ersten Mal begegnet waren. Um 15 Uhr am Nachmittag würde sie dort sein. Früher ginge es bei ihr nicht. Florence, die schon hungrig war, hoffte, auch um diese Zeit noch etwas zu essen zu bekommen. Sie würde sich auch mit einer köstlichen Tarte Tatin begnügen, so wie die, die sie das letzte Mal als Dessert verspeist hatte.

Da noch genug Zeit blieb, fuhr sie nach ihrer Ankunft in Simiane-la-Rotonde zum Haus von Faye Browne hinauf und hatte Glück. Falls man es als Glück bezeichnen konnte, wenn man plötzlich Commandant Poullain gegenüberstand.

Direkt vor dem Haus waren zwei Polizeiautos geparkt, und da sie nicht vorhatte, ihre Ankunft zu verbergen, reihte sie sich dahinter ein. Offensichtlich waren im Haus noch einige Beamte und vermutlich auch die Spurensicherung zugange. Gerade als Florence aus dem Auto ausstieg, schoss der Commandant aus dem Haus heraus und auf eines der Polizeiautos zu. Als er sie entdeckte, schaute er ihr zwar direkt in die Augen, wandte sich dann jedoch wortlos wieder ab.

»Commandant Poullain«, rief sie und war in wenigen Schritten bei ihm.

»Kann ich Sie einen Augenblick sprechen?«

»Was wollen Sie?«

Es war nicht möglich, dass er vergessen hatte, wer sie war, aber zumindest tat er so.

»Ich bin Florence Beaumarie, Privatdetektivin aus Avignon, und ich war es, die gemeinsam mit Madame Picard in Banon die Leiche von Faye Browne entdeckt hat.«

Das war zwar nicht ganz korrekt, aber im Falle dieses Mannes war eine korrektere Formulierung verlorene Liebesmüh.

Diesmal reagierte er.

»Und jetzt wollen Sie schon wieder der Polizei ins Handwerk pfuschen?«

»Nein, Commandant, das will ich nicht. Ich sehe mich nur um. Ich ermittle im Falle Faye Browne, und es interessiert mich natürlich, was hier im Haus der Ermordeten passiert ist.«

Er ging auf ihre Frage nicht ein.

»Was heißt, Sie ermitteln im Falle Faye Browne? Wer gibt Ihnen dazu die Befugnis?«

Er war einen Kopf kleiner als sie und schien großen Wert auf seine Kleidung zu legen. Über einem weißen Hemd trug er einen gut geschnittenen hellen Leinenanzug, der vermutlich frisch gebügelt worden war, nun aber zu knittern begann. Mit einer verschwitzen Hand strich er sich über das Sakko und fuhr dann durch sein dichtes und sehr glattes Haar, das akkurat geschnitten war.

»Nun sagen Sie schon«, bellte er, nachdem sie abgewartet und ihm Zeit für die Reparatur seines Aussehens gelassen hatte.

»Madame Picard hat mich damit beauftragt. Sie will, dass der Mord in ihrer Buchhandlung so schnell wie möglich aufgeklärt wird. Ich habe auf diesem Gebiet einige nicht unspektakuläre Erfolge aufzuweisen, wie Sie vermutlich wissen. Mir geht es aber immer nur um die Sache und ganz bestimmt nicht darum, jemand anderen zu übertrumpfen. Ich möchte lediglich dabei helfen, einen Mörder oder eine Mörderin zu finden, und würde sehr gerne mit Ihnen kooperieren. Wir können und müssen Informationen austauschen, um so zu einem schnelleren Ergebnis zu kommen.«

»Ich sage Ihnen jetzt einmal etwas, Madame Beaumarie! Sie können machen, was Sie wollen, von mir und meinen Leuten bekommen Sie aber keine Informationen. Wir finden die Täter auch ohne Ihre Hilfe. Sie aber haben gegenüber der Polizei gefälligst mit allen Informationen herauszurücken. Ist das klar?«

Noch ehe sie antworten konnte, schlug er erneut den Befehlston an.

»Dampierre«, rief er. »Kommen Sie auf der Stelle hierher!«

Der Gerufene erschien sofort in der Haustür und war in wenigen sehr lange Schritten bei ihnen.

»Hier bin ich, Chef«, sagte er, »womit kann ich dienen?«

Dampierre war höchstens einen halben Kopf größer als sein Vorgesetzter, zeichnete sich aber durch lange Beine aus, die in einem gewissen Missverhältnis zu einem gedrungenen, kurzen Oberkörper mit einem leichten Buckel standen. Florence, die seinen Chef auf Anfang 50 geschätzt hatte, wusste, dass er um die 55 Jahre alt war, denn er trug den Namen jenes Mannes, von dem ihr Lambert eine Telefonnummer geschickt hatte.

»Dampierre!«, das war wieder der Commandant. »Diese Person hier behauptet, im Namen von Madame Picard den Fall Faye Browne lösen zu müssen. Sie werden Sie sofort verhören, und sie wird Ihnen alles sagen, was sie schon weiß. Sie hat Sie dann auch weiterhin über alle ihre Schritte am Laufenden zu halten, damit sie uns nicht unbefugt ins Handwerk pfuschen kann.«

»Wird gemacht, Commandant«. Dampierre salutierte und herrschte Florence an mitzukommen. Poullain drehte sich auf dem Absatz um und eilte grußlos zu seinem Auto. Dort warteten bereits zwei Beamte auf ihn, und nachdem ihm einer die Wagentür aufgehalten hatte, fuhren sie los.

Alles stimmt leider, was ich über Poullain gehört habe, dachte Florence. Er ist ein Idiot, aber immerhin hat er mich jetzt mit Kommissar Dampierre zusammengebracht, den ich ohnehin kontaktieren wollte. Ich bin gespannt, wie loyal er sich seinem Chef gegenüber verhält.

Gar nicht, wie sich bald darauf herausstellte, denn sobald dieser Chef außer Reichweite war, schlug Dampierre ihr gegenüber einen völlig anderen Ton an, bat sie in die Küche des Hauses und bot ihr ein Glas Wasser an.

Die Küche war überraschend modern eingerichtet und glich einem teuer ausgestatteten Labor. Eine Überraschung, denn in einem Haus wie diesem hätte jeder eine dieser typischen, provenzalischen Landhausküchen mit Holzmöbeln und Kupfergeschirr an den Wänden erwartet. Hier befand sich jedoch in der Mitte des gänzlich in hellem und dunklem Grau gehaltenen Raumes eine rechteckige Kochinsel aus blinkendem Metall mit Kochplatten, einem Wasserbecken und einer großen Arbeitsplatte aus Marmor. Dampierre zeigte auf zwei futuristische Barhocker, die davor standen, und bat Florence, Platz zu nehmen.

Er bemerkte ihren Blick und stellte fest, dass beim Einrichten dieses Raumes wohl die Science Fiction Autorin am Werk gewesen sei.

»Sie können sich danach gerne auch das Wohnzimmer anschauen, in dem Gustav Moriell ums Leben gekommen ist. Sein Leichnam wurde bereits abtransportiert, ansonsten ist dort noch alles so wie zu dem Zeitpunkt seines Todes.«

Dann erklärte er, dass er schon lange ein Fan von Florence sei und alle Medienberichte über die von ihr aufgeklärten Kriminalfälle – auch die aus ihrer Pariser Zeit – genau verfolgt habe. Es sei ihm eine Ehre, ihr alle Informationen geben zu können, die sie im vorliegenden Fall brauche und die ihm zur Verfügung stünden.

Spontan überfiel ihn Florence mit der Frage, wie er es denn mit Commandant Poullain aushalte.

»Gar nicht, Madame Beaumarie«, antwortete er, »aber der Rest der Mannschaft hier ist okay, und wir versuchen, möglichst unabhängig von ihm unsere Arbeit zu machen, so wie wir es von früher gewohnt sind.

»Einfach ist das aber bestimmt nicht«, stellte sie fest.

»Sie sagen es. Es braucht eine Menge psychologischen Geschicks, um ihn vor den allergrößten Dummheiten zu bewahren. Die Blamage für seine Dummheiten bleibt natürlich auch an der Dienststelle hängen. Nach dem Motto – Qualis rex, talis grex – oder – Wie der Herr, so der Knecht – um es mit den Worten von Titus Petronius auszudrücken.«

Das lateinische Zitat entschlüpfte mit einer Selbstverständlichkeit seinen Lippen, die in keiner Weise großtuerisch wirkte.

Bernard Dampierre war ein Polizist ganz nach dem Geschmack von Florence. Klug und eigenwillig und in gewisser Weise ein Exzentriker. Seine gewählte Ausdrucksweise ließ darauf schließen, dass er aus einer großbürgerlichen Familie kam, angesichts seines Namens möglicherweise aus einem alten Adelsgeschlecht. Dass er sich entschieden hatte, in den Polizeidienst zu treten, könnte auch ein Protest gegen das Milieu gewesen sein, aus dem er stammte, aber natürlich könnte auch eine spezielle Lebensgeschichte hinter seiner Berufswahl stehen.

»Gut, Madame Beaumarie«, sagte er jetzt, »was wollen Sie wissen?«

Florence bat ihn um den aktuellen Stand der Ermittlungen, eine Bitte, der er unverzüglich nachkam.

»Im Fall Faye Browne gibt es wenig zu berichten, was Sie vermutlich nicht schon wissen. Poullain hält Durant bis heute für den Täter. Andere Möglichkeiten haben ihn kaum interessiert. Ich habe allerdings gemeinsam mit meinen Kollegen auch in andere Richtungen recherchiert. Unter anderem haben wir den Taxifahrer befragt, der sie am Vorabend ihres Todes knapp nach 20 Uhr von Avignon hierher gebracht hat. Sie war ihm unheimlich, wie er sagte, weil sie wie eine Statue auf dem Rücksitz seines Wagens gesessen war. Sehr aufrecht und wie versteinert. Er ist dann in den Kurven sanfter als gewöhnlich gefahren, damit die Marmorstatue hinter ihm nicht ins Wanken kommt.«

»Sie ist also mit dem Zug und ohne Begleitung von Deauville abgereist.«

»Soweit wir wissen, ja. Ihr Mitarbeiter, der mit ihr gemeinsam angereist war – ein Assistent an ihrem Institut an der Universität von Aix-en-Provence – ist noch mehrere Tage im Hotel geblieben. Er hat sich um die Absage der restlichen Lesungen gekümmert. Außerdem wollte sie, dass er den Laptop wieder zurückbringt. Den wollte sie keinem Fremden anvertrauen.«

»Haben Sie auch den Notar noch befragt, ob er am Tag vor der Ermordung von Faye Browne hier joggen war und irgendetwas bemerkt hat.«

»Das haben wir«, sagte Dampierre. »Er sagt, dass ihm nichts Besonderes aufgefallen ist. Er hat aber gesehen, dass jemand da war. Entweder sie oder ihr Freund.«

Kommissar Dampierre sah auf seine Uhr.

»Ich weiß nicht, Madame Beaumarie, wie viel Zeit wir noch haben. Der Chef ist gerade zum Rathaus gefahren, um die Bürgermeisterin von Simiane zu befragen und möglicherweise sogar in Haft zu nehmen. Er kann mich jederzeit zu sich befehlen oder hierher zurückkommen.«

Florence schüttelte den Kopf.

»Die Bürgermeisterin?«

»Allerdings. Wir haben heute schon das ganze Haus durchsucht und solang wir noch Zeit haben, verrate ich Ihnen etwas, das Sie bestimmt interessieren wird. Das haben Sie aber natürlich nicht von mir erfahren.«

»Natürlich nicht!«

»Also hören Sie. Wir haben im Schlafzimmer ein ausgedrucktes Mail auf einem Kopfkissen gefunden. Es handelte sich um ein E-Mail der Bürgermeisterin von Simiane-la-Rotonde an Gustav Moriell. Den Inhalt weiß ich auswendig:

»Lieber Gustav, weil du das, was ich dir schon gesagt habe, einfach nicht hören willst, möchte ich es dir hiermit

schwarz auf weiß mitteilen! Das, was in der letzten Zeit zwischen uns passiert ist, muss ein Ende haben. Ich lebe, wie du weißt, für meinen Beruf und kann es mir nicht leisten, in eine ähnliche Situation mit dir hineingezogen zu werden, wie du sie mit deiner Frau Faye hattest. Und auch dir kann ich eine solche Situation nicht zumuten. Den Verrat an Faye kann ich mir ohnedies schwer verzeihen. Lass uns, so wie früher, wieder gute Bekannte sein. Auch das ist schön. Mein Entschluss steht fest – auch wenn es schmerzt! Mach es gut – Anne!«

Mit leicht angehobenem Kinn und zusammengepressten Lippen legte Dampierre eine Pause ein, neugierig auf die Reaktion seiner berühmten Kollegin.

»Hochinteressant«, sagte diese. »Ich wusste ja, dass Gustav Moriell und die Bürgermeisterin zusammen zur Schule gegangen sind und auch, dass sie sich wieder nähergekommen sind. Ich frage mich nur, was ›in letzter Zeit‹ bedeutet. Hatten die beiden schon vor dem Tod von Faye Browne etwas miteinander? Vielleicht hat er doch aus Verzweiflung Selbstmord begangen?«

Dampierre zuckte nur mit den Schultern. Er hatte noch eine andere Überraschung für Florence.

»Es gibt noch etwas, worüber Sie sich den Kopf zerbrechen dürfen, Madame Beaumarie. Etwas, was noch niemand außer mir weiß, auch der Kommissar nicht. Wollen Sie es hören?«

»Oh ja, bitte sagen Sie es mir!«

»Also … ich habe vor etwa einer halben Stunde einen Anruf erhalten. Und zwar vom Besitzer des Hotels *La Rotonde*. Er wurde von dem Kollegen der örtlichen Dienststelle in Simiane an mich weitergeleitet. Der Hotelbesitzer berichtete, dass ein Engländer namens Randolph Whitehall letzte Nacht bei ihm übernachtet hatte, zusammen mit zwei halbwüchsigen Kindern. Sie hatten ihr Zimmer für zwei Tage gebucht, sind aber heute Vormittag überraschend abgereist. Zu diesem Zeitpunkt war der Hotelbesitzer gerade an der Rezeption, und die Kinder hatten ihn wie einen alten Bekannten begrüßt. Auch wenn sie inzwischen um einiges älter waren als damals, als er sie zuletzt gesehen hatte, hatte er John und Jackie Browne wiedererkannt. Die Zwillinge von Faye Browne waren früher mit seiner Tochter Iris befreundet und des Öfteren in seiner Familie zu Gast. Monsieur Whitehall, so der Name des Gastes, hatte dieses Wiedersehen mit gerunzelter Stirn beobachtet, sich dann aber als Vater der Kinder zu erkennen gegeben. Er hatte bedauert, dass sie schon wieder abreisen mussten, aber keinen Grund dafür angegeben. Der Hotelbesitzer hatte sich daraufhin angesichts der aktuellen Ereignisse dazu verpflichtet gefühlt, dieses Vorkommnis der Polizei zu melden.«

»Das ist allerdings hochinteressant. Sie werden es Ihrem Chef rasch mitteilen müssen.«

»Ich hätte allerdings lieber Sie als Chefin!«

Schau an! Dieser interessante Kommissar ist ja ein echter Verehrer von mir, dachte Florence. Sie ließ sich Zeit zum Überlegen und hatte plötzlich eine Eingebung.

»Sie haben vermutlich schon das ganze Haus untersucht?«, fragte sie dann.

»Das haben wir bereits nach dem Tod von Faye Browne getan. Das Wohnzimmer wurde heute noch einmal genauestens unter die Lupe genommen und nach dem Fund des E-Mails auch das Schlafzimmer. Die anderen Räume konnten wir aus Zeitgründen nur flüchtig anschauen, es scheint sich jedoch seit damals nicht allzu viel verändert zu haben.«

»Gibt es auch noch ein Kinderzimmer?«

Er nickte.

»Und ist Ihnen da heute etwas aufgefallen?«

»Nein. Das sieht aus wie die Zimmer meiner eigenen Kinder. Unordentlich und bis zur Decke vollgestopft mit Zeugs. Warum fragen Sie?«

»Sollten – was keinesfalls auszuschließen ist – Jackie und John gestern mit ihrem Vater hier gewesen sein, könnten sie in ihrem früheren Zimmer gewesen sein. Vielleicht etwas gesucht haben? Es ist doch seltsam, dass es so unordentlich aussieht, wie sie sagen. Nachdem die Kinder vermutlich schon Monate oder sogar Jahre nicht mehr hier gewesen sind, müsste es doch inzwischen aufgeräumt worden sein.«

»Da haben Sie nicht unrecht. Kommen Sie, schauen wir uns das Kinderzimmer noch schnell an, und dann zeige ich Ihnen den Salon.«

Das Kinderzimmer befand sich ganz hinten im Haus. Dampierre öffnete die Tür, und sofort bemerkte Florence, dass trotz der Unordnung die Luft recht frisch war, so als seien die Fenster erst kürzlich für einige Zeit offen gestanden.

»Ich habe tatsächlich das Gefühl, dass die Zwillinge hier waren. Vielleicht gibt es hier irgendwo ein Geheimfach oder Ähnliches. Die meisten Kinder besitzen so etwas, um ihre Schätze zu hüten. Sollen wir uns ein wenig umsehen?« Florence folgte wieder einmal ihrer Intuition, und Dampierre machte mit.

»Fünf Minuten«, antwortete er, »mehr Zeit haben wir nicht. Ich muss auch noch Ihre Personalien aufnehmen, Madame Florence. Ich brauche ein Gesprächsprotokoll, das ich dem Chef vorlegen kann. Aber warten Sie, ich habe eine Idee. Sie durchsuchen das Zimmer, und ich stelle Ihnen inzwischen einige Fragen.«

Während er ihr Einweghandschuhe überreichte und sie sich diese überstreifte, erhob er ihre Personalien. Florence begann bereits zu suchen und entdeckte eine große Schatztruhe. Sie war nicht verschlossen, hatte ein Geheimfach und wie sich herausstellte, war dieses leer. Ihr nächstes Objekt war die Lade eines Nachtschränkchens, und auch dieses hatte ein Geheimfach. Es war ein doppelter Boden, versehen mit einer Platte, die man fest hineindrücken musste. Wie in einem Selbstbedienungsladen lag ein flacher Schraubenzieher auf dem Nachtkästchen.

Dampierre sah ihr neugierig zu. Er hatte ihre Angaben bereits notiert. Sie nahm den Schraubenzieher und hob die Bodenplatte heraus.

»Allzu oft wurde dieses Geheimfach noch nicht benutzt. Sehen Sie! Es ist unvermeidlich, dass die Holzplatte jedes Mal, wenn man sie heraushebt, einen Kratzer abbekommt. Ich sehe, dass es genau vier Kratzer gibt. Vermutlich dürfte die Bodenplatte genau vier mal entfernt worden sein. Das vierte Mal soeben von mir.« Dampierre war an ihre Seite getreten, und gemeinsam begutachteten sie das geöffnete Geheimfach, das aber ebenfalls leer war.

Dann drehte Florence die Platte um und wurde fündig. Ein Blatt Papier war mit Klebestreifen daran befestigt.

»*Message to later generations*«, war darauf zu lesen. Vorsichtig löste Florence die Klebestreifen und begutachtete die Rückseite. Ihr schlechtes Englisch war eines ihrer Kümmernisse, gegen das sie noch immer nichts unternommen hatte. Mit einem Seufzer überreichte sie das Blatt dem Kommissar. »Vielleicht ist ja Ihr Englisch besser als meines.« So war es. In fließendem Englisch las er jeden Satz vor und übersetzte ihn daraufhin sofort ins Französische.

Er musste auch gute Augen haben, denn die Botschaft war mit winzigen Buchstaben in einer Kinderschrift verfasst worden.

»An die Nachwelt! Wenn Sie das lesen, sind die Dokumente, die dieses Fach enthalten hat, bereits entfernt. Es waren Dokumente, die unsere Mutter für einen späteren Zeitpunkt aufgehoben hat. Dokumente, die ihr auch in Zukunft Macht und Reichtum sichern sollten. Sozusagen ihr Notgroschen als Erpresserin.
Wir haben diese Dokumente – einen Brief und eine Ehrenerklärung unseres Urgroßvaters – heute hier entdeckt und wir werden sie noch heute verbrennen. Sie hätten schon von unserem Großvater verbrannt werden müssen, dann wären sie nie in die Hände unserer Mutter geraten. Sie hätte sie bestimmt eines Tages benutzt und damit sowohl dem englischen Königshaus als auch dem Ruf unserer Familie großen Schaden zugefügt.
In diesen Dokumenten hat unser Urgroßvater festgehalten, welch schmutziges Geheimnis er mit einer englischen Königin teilt. Ein Geheimnis, das nie an die Öffentlichkeit kommen durfte und das seinen Nachkommen ein lukratives Einkommen im Dienste der Krone sicherte.
Sollte noch jemand aus unserer Familie hier nach diesen Dokumenten suchen, so sei ihm versichert, dass diese nicht mehr existieren.

Unsere Mutter hatte eine helle und wunderschöne und eine dunkle und nachtschwarze Seite.
Das haben wir am eigenen Leib erfahren. Sie ist am 7. Juni 2017 gestorben, ermordet! Noch wissen wir nicht, wer sie getötet hat, aber wir werden es herausfinden. Dann werden wir ihren Tod rächen. Denn trotz allem, was sie uns angetan hat, sie ist und bleibt unsere Mutter!
John und Jackie Browne.«

Angesichts dieses dramatischen Zeugnisses zweier Kinder sahen sich Florence und Bernard Dampierre schweigend an.

»Dieses Geheimnis hätte mich aber schon interessiert«, bemerkte Dampierre schließlich.

Florence war schon dabei, das Geheimfach wieder in seinen ursprünglichen Zustand zu versetzen.

»Die Kinder kennen es, und wenn es stimmt, was sie schreiben, auch ihre Großeltern. Die beiden scheinen ziemlich außergewöhnlich zu sein. Ob das Schreiben wirklich von ihnen stammt?«

»Kinder in diesem Alter haben oft eine blühende Fantasie«, sagte Dampierre. »Ich habe eine Tochter im gleichen Alter und ich weiß, wovon ich rede. Außerdem haben sie alle mittlerweile ihren Harry Potter gelesen, und die Schrift ist ausgesprochen kindlich.«

»Sie meinen also, es muss gar nicht stimmen, was sie schreiben.«

Dampierre zuckte mit den Schultern. Doch ehe er noch etwas sagen konnte, hörten sie Schritte, die Tür öffnete sich, und ein Kollege des Kommissars lugte durch den schmalen Spalt herein.

»Der Chef ist schon wieder zurückgekommen. Das Auto

parkt gerade ein«, teilte er ihnen mit und war auch schon wieder verschwunden.

»Gibt es in diesem Haus einen Hinterausgang?«, fragte Florence.

Dampierre nickte und zeigte mit der Hand auf eine Tür.

»Gleich hinter dem Garten beginnt das Wäldchen«, sagte er mit leiser Stimme. »Wenn er fragt, warum Ihr Auto noch dasteht, sage ich, dass Sie vermutlich noch einen Spaziergang gemacht haben. Ich werde ihn ablenken. Vielleicht auf bald, Madame Beaumarie.«

Als Florence die Tür zum Garten hinter sich schloss, vernahm sie von innen die Stimme von Poullain: »Warum ist der Wagen dieser Beaumarie noch hier?«

Sie sprintete durch den Garten und tauchte in dem dahinter liegenden Pinienwäldchen unter.

16

Die Essenszeit war bereits vorbei, als Florence knapp vor 15 Uhr das Gasthaus *La Vielle École* betrat. So wie bei ihrem ersten Besuch mit Charles, wurde sie auch heute von der Besitzerin in Empfang genommen.

»Madame Delecour hat gerade angerufen. Sie wird sich

etwas verspäten und ersucht Sie, schon mit dem Essen zu beginnen, falls Sie Hunger haben. Sie hat um einen Platz gebeten, an dem Sie sich ungestört unterhalten können, kommen Sie!«

Die Wirtin hatte auf einen Tisch gedeutet, der hinter einer Schultafel verborgen war. Im Vorbeigehen hatte Florence die Kreideaufschrift auf der Tafel gelesen: »Hinter dieser Tafel stand früher der sogenannte Büßertisch, an dem schlimme Kinder nachsitzen mussten.« »Leider«, sagte die Wirtin, nachdem Florence Platz genommen hatte, »kann ich Ihnen nur mehr ein Soupe au Pistou anbieten, alles andere ist schon aus.«

Dankbar nahm Florence dieses Angebot an. Die Suppe kam und war – Florence hatte es geahnt – wieder ein besonderes Geschmackserlebnis.

»Es ist schon erstaunlich, welche herrlichen Aromen man einer schlichten Gemüsesuppe entlocken kann. Die Suppe schmeckt köstlich!«

»Wenn das Gemüse hier im eigenen Garten wächst und unsere südliche Sonne lange genug auf die sieben Kräuter scheint, die bei uns in die Soupe au Pistou hineingehören, dann ist das keine Hexerei.«

Die Wirtin servierte den Teller wieder ab, brachte eine Tasse Kaffee und führte gleich darauf mit einer 20-minütigen Verspätung Anne Delecour an den Tisch.

»Ich bitte um Entschuldigung, Madame Beaumarie. Ich habe gerade einer Mitbürgerin zum Geburtstag gratuliert. Man verliert das Zeitgefühl, wenn man sich mit jemandem unterhält, der 102 Jahre alt ist.«

Sie bestellte einen doppelten Espresso, und als dieser gebracht und die Wirtin wieder verschwunden war, stieß sie einen lauten Seufzer aus.

»Ich will ja mit der Polizei kooperieren«, sagte sie, »aber dieser Poullain ist einfach furchtbar. Ich war gerade auf Glückwunschtour, als er in der *Mairie* aufgetaucht ist. Am Handy konnte man mich nicht erreichen, denn ich schalte es immer aus, wenn ich jemandem gratulieren gehe. Ich solle mich unverzüglich bei ihm melden, wenn ich wieder zurückkomme, hat er zu meiner Sekretärin gesagt, und außerdem solle sie mir ausrichten, dass Gustav Moriell tot ist und man ein ausgedrucktes Email von mir im Schlafzimmer gefunden hat. Einfühlsamer und diskreter kann man so eine Nachricht nicht überbringen«, fügte sie mit Sarkasmus in der Stimme hinzu.

»Wussten Sie denn da schon, dass Ihr Freund tot ist?«

»Ja, natürlich. So etwas spricht sich hier rasch herum. Eine entsetzliche Nachricht! Bevor ich mich aber diesem Kommissar ausliefere, wollte ich unbedingt noch das Gespräch mit Ihnen abwarten, Madame Beaumarie. Ich fürchte nämlich, dass mich Poullain und seine Leute wegen dieses Emails für den Tod von Gustav verantwortlich machen werden. Deswegen hätte er sich aber niemals das Leben genommen, und ich weiß nicht, welchen Grund er sonst gehabt haben könnte.«

»Vielleicht doch aus Kummer? Möglicherweise hat er den Verlust von zwei geliebten Frauen in so kurzer Zeit nicht verkraftet?«

»Nein, das kann nicht sein!« Anne Delecour schüttelte den Kopf. Ihr darauf folgendes bitteres Lachen kam überraschend.

»Gustav hat in seinem Leben genug Frauen gehabt, um zu wissen, wie man damit umgeht, wenn sie einem wieder abhandenkommen, und außerdem hat er Faye schon lange nicht mehr geliebt.«

»Und hat sich stattdessen in Sie verliebt, Madame Delecour! Und Sie hatten mit ihm bereits vor dem Tod von Madame Browne eine neue Beziehung begonnen, obwohl Sie mir erst gestern eine andere Version dieser Geschichte erzählt haben. Habe ich recht?«

Die Bürgermeisterin zuckte mit den Schultern.

»Es tut mir leid«, sagte sie. »Das Ganze war mir natürlich unangenehm, aber Sie haben recht! Die Liebesbeziehung zwischen Gustav und mir hat schon vor dem Tod von Faye begonnen, und gestern habe ich sie – wie schon gesagt – wieder beendet. Angesichts seines überraschenden Todes ganz offensichtlich ein schlechtes Timing!«

»Gibt es sonst noch etwas, das ich wissen sollte?«

»Ich wüsste nicht, was!«

»Vielleicht die ganze Geschichte. So wie sie sich zwischen Ihnen wirklich abgespielt hat.«

»Da gibt es tatsächlich nicht mehr viel zu erzählen. Sie wissen doch ohnedies schon alles!«

Sie machte eine kurze Pause und richtete den Blick nachdenklich nach oben.

»Oder vielleicht doch noch nicht! Oder wussten Sie, dass Gustav vor drei Jahren an der angeblichen Entführung von Faye beteiligt war?«

Schon wieder ein Ablenkungsmanöver, aber ein interessantes.

»Nein, das wusste ich nicht.«

»Dann hören Sie zu! Gustav hat es mir auch erst jetzt erzählt. Er hat sie damals in der Bar eines Hotels in Grasse kennengelernt, wo sie im Rahmen einer Tagung einen Vortrag halten sollte. Während der Eröffnungsveranstaltung am Vorabend hat ein Vortragender offensichtlich abfällige Bemerkungen über eine Kollegin gemacht, deren Forschungen man nicht ernst nehmen könne, wenn sie gleichzeitig Science Fiction Romane schreibt. Sie wusste, dass sie damit gemeint war. Sie war empört und gleichzeitig auch deprimiert und hat sich von Gustav trösten lassen. Am nächsten Morgen hat sie verschlafen und ihren eigenen Vortrag versäumt. Es war ihr wahnsinnig peinlich, und sie wollte nur mehr weg. Da Gustav durch seinen Beruf auch die Umgebung von Grasse wie seine Westentasche kannte, hatte er ihr den Gefallen getan und sie in ein unbewohntes Steinhaus in den Wald gebracht, wo sie sich versteckt hielten und wo sie ein paar ungemütliche, aber vermutlich dennoch romantische und leidenschaftliche Tage verbracht haben. Ihr unentschuldigtes Fernbleiben von der Tagung und ihren Verpflichtungen dort musste sie um jeden Preis verschleiern. Deshalb hat sie den Plan ausgeheckt, eine Entführung vorzutäuschen, er hat ihr dabei geholfen, und es ist ihnen tatsächlich gelungen, die Öffentlichkeit und auch die Polizei hinters Licht zu führen.«

Anne Delecour machte eine kurze Pause. Zufrieden über den erstaunten Gesichtsausdruck von Florence sprach sie gleich darauf eifrig weiter.

»Ab da waren sie ein Paar. Die sexuelle Anziehungskraft zwischen ihnen dürfte enorm gewesen sein! Es wundert mich natürlich nicht. Gustav hatte diese Wirkung auf Frauen!«

Entschuldigend und gleichzeitig fragend sah sie Florence an.

»Möglicherweise ist das auch der Grund für ihre Heirat ein Jahr später. Ich kann es mir aber nicht vorstellen. Bei Gustav hat so etwas nie sehr lange angehalten. Bei Faye vielleicht schon! Ich glaube, er hat sie wegen ihres Vermögens geheiratet. Er hat zwar selbst genug Geld verdient, aber mit dem Bau seiner tollen Lodge hat er sich vermutlich übernommen. Sie war jedenfalls nach dieser Entführungsgeschichte für ihn erpressbar geworden.«

»Und warum haben Sie eine Beziehung mit ihm angefangen? Jetzt rücken Sie doch bitte endlich mit der ganzen Wahrheit heraus! Poullain wird nichts von mir erfahren, und ansonsten haben Sie doch nichts zu verlieren!«

»Also gut. Ich habe einfach nicht gewusst, wo ich anfangen soll und habe ihnen wohl beim letzten Mal tatsächlich nicht alles gesagt. Ich war nämlich mit Gustav zusammen, bevor er Faye kennengelernt hat.«

»Wann war das?«

»Da sie es ja ohnedies herausfinden werden, Madame Beaumarie: Er hat mich vor drei Jahren wegen Faye Browne verlassen. Davon wusste ich aber nichts. Er hatte andere Gründe vorgeschoben. Ich bin erst darauf gekommen, als ich ihn in *Lagarde-d'Apt* mit Faye wiedergesehen habe. Wir haben dort beide so getan, als wenn zwischen uns nie etwas gewesen wäre. Bald darauf hat er mich angerufen. Er wollte mich unbedingt treffen, und ich Idiotin habe zugestimmt, und dann ist es ihm tatsächlich gelungen, mich wieder zu umgarnen. Er sei in die Fänge einer kaprizierten Diva geraten, hat er mir gesagt, und weil sie unberechenbar sei, habe er nun wirklich Angst, sie zu verlassen, und ich habe mich erneut auf eine Affäre mit ihm eingelassen.«

»Wann war das genau.«

»Vor zwei Monaten. Am 5. April! Das weiß ich noch, weil wir gerade den Geburtstag meiner Sekretärin gefeiert haben, als sein Anruf kam!«

In diesem Augenblick brachte ihnen die Wirtin einen Apfelkuchen, und Anne Delecour verstummte. Dann schüttelte sie den Kopf: »*Merci,* Arabelle«, sagte sie, »so leid es mir tut, den kann ich nicht mehr essen. Ich muss bald los. Ich habe etwas Dringendes zu erledigen!«

Auch Florence lehnte ab. Ihr war mittlerweile nicht mehr nach essen zumute.

»Also gut, Madame Beaumarie, ich werde mit Commandant Poullain sprechen. Schließlich hatte ich keinen Grund, Gustav zu ermorden. Ich möchte jetzt unser Gespräch beenden und ihn sofort anrufen. Wenn ich mich zu einer unangenehmen Sache entschlossen habe, muss ich sie durchziehen. Bitte halten Sie mich auf dem Laufenden. Wenn ich etwas Neues weiß, werde ich es Ihnen ebenfalls berichten. Ich nehme an und hoffe es sogar, dass Sie weiter ermitteln werden.«

Dann hielt sie noch einmal kurz inne, zückte ihre Geldbörse und wandte sich an die Wirtin. »Was bin ich dir schuldig? Ich übernehme auch für Madame Beaumarie die Rechnung!«

»Ach was«, sagte diese, »ihr seid heute meine Gäste. Dies scheint eine Ausnahmesituation zu sein.«

Kopfschüttelnd blickte sie der Bürgermeisterin nach, die zur Tür sprintete.

17

»Ich möchte Sie gerne zum Abendessen einladen, um 19 Uhr. Vorher habe ich keine Zeit«, sagte die Buchhändlerin, mit der Florence jetzt telefonierte. »Ich hatte heute wieder Besuch von der Polizei, die sich hier nach einem Gustav Moriell, dem Ehemann von Faye Browne, erkundigt hat. Ich wusste gar nicht, dass er ihr Ehemann war, und jetzt ist er tot. Warum haben Sie mir nicht von ihm berichtet? Außerdem hatte ich heute noch einen zweiten Besuch. Den verrate ich Ihnen nur, wenn Sie mit mir essen gehen!«

Florence hatte keine Wahl. Sie musste die Einladung von Madame Picard annehmen, auch wenn sie dann heute Abend erst spät wieder in Avignon sein würde.

Mit der Erlaubnis von Arabelle Mouton, der Wirtin hier, hatte sie für einige Telefonate, die sie nach dem Gespräch mit Anne Delecour zu führen hatte, einen idyllischen Platz gewählt. Endlich saß sie unter dem Apfelbaum auf jener Bank, die sie und Charles vor drei Wochen nicht benutzen konnten. Jetzt konnte ihr hier aber nichts mehr passieren, denn die Äpfel waren abgeerntet. Schon bereute sie es, den herrlichen Apfelkuchen, den die Wirtin zuvor angeboten hatte, ausgeschlagen zu haben. Das musste diese geahnt haben, denn soeben kam sie mit einem Teller in der Hand auf Florence zu und wartete, bis das Telefonat beendet war.

»Sie haben doch sicher noch Lust auf einen Apfelkuchen bekommen«, sagte sie. »Ich will Sie auch gar nicht aufhalten. Vielleicht interessiert es Sie aber, dass hier in unserem Tagungsraum im Februar eine längere Sitzung des Universitätsinstitutes von Frau Professor Browne stattgefunden hat. Es gibt nicht viel darüber zu erzählen, und ich habe ja auch kaum etwas davon mitbekommen. Außer einem kurzen, aber heftigen Aufruhr, zu dem es zwischendurch gekommen ist. Für mich eine etwas gespenstische Szene! Da ist eine junge Dame, offensichtlich eine Mitarbeiterin der Professorin, plötzlich in Tränen aufgelöst durch unser Gastzimmer in den Garten hinausgelaufen. Sie hat fast genauso ausgesehen wie Faye Browne, die gleich hinterherkam und dann draußen heftig mit ihr gestritten hat. Nachdem sich ihnen dann auch noch zwei weitere Mitglieder des Instituts und die Moderatorin dieser Veranstaltung angeschlossen hatten, haben sich die Damen etwas beruhigt, und es sind alle zurück in den Sitzungsraum. Was dort noch passiert ist, habe ich natürlich nicht mehr mitbekommen.«

»Danke für Ihren wunderbaren Kuchen und auch für die Information. Ist Ihnen vielleicht zufällig der Name der Moderatorin dieses Treffens bekannt?«

»Bedauerlicherweise nicht«, antwortete die Wirtin. »Ich habe keinerlei Namenslisten oder Unterlagen zu Gesicht bekommen. Ich muss wieder hinein. Lassen Sie sich den Kuchen gut schmecken!«

Gerne tat Florence wie geheißen. Dann wählte sie die Nummer von Leonie Perrin, die sich sogleich meldete. Ihre Stimme klang irgendwie anders als sonst.

»Ich habe nur kurz Zeit«, sagte sie.

»Ich nehme an, Sie sind in Aix-en-Provence.«

»Jawohl, *chère Maman*«, war die Antwort. »Ich bin jetzt an der Uni und befinde mich im Institut für Zukunftsforschung. Ich habe gerade mit Professor Gonzales gesprochen, und es sieht so aus, als könnte ich tatsächlich ab Herbst dieses Zusatzfach belegen. Ich habe schon zwei Mitglieder des Instituts kennengelernt und darf jetzt sogar noch an einer Besprechung hier teilnehmen. Nein leider, wir können uns heute nicht mehr sehen. Ich muss jetzt Schluss machen, wir sehen uns ja morgen. Gibt es bei dir etwas Neues?«

»Einiges! Aber das besprechen wir alles morgen. Ich würde sagen, um 10 Uhr am Vormittag. Ich schicke noch eine Information per SMS. Weiterhin viel Erfolg und schön, eine Tochter wie dich zu haben.«

Florence lächelte. Leonie war tatsächlich undercover unterwegs. Rasch tippte sie die Nachricht in ihr Handy.

»im februar hat im gasthaus »alte schule« in simiane-la-rotonde ein treffen des instituts von und mit faye browne stattgefunden, es gab konflikte! wer war die moderatorin? was war da los? wenn möglich, diskret herausfinden!«

Dann ein Anruf bei Charles! Sie musste ihm mitteilen, dass es spät werden würde. Zu ihrer Überraschung erfuhr sie, dass er in seinem Landhaus in Saignon war. Er hatte noch etwas für Chantals Geburtstagsfeier am Wochenende zu erledigen und würde erst morgen nach Avignon zurückfahren. Er schlug ihr vor, heute ebenfalls dort zu übernachten. Keine schlechte Idee! So würde sie sich in dieser Nacht eine weitere Stunde Fahrzeit ersparen. Sie werde kommen, sagte sie, kündigte aber an, dass es spät werden könnte. Kurz bevor sie auflegte, fiel ihr Emilian Pagnol ein.

»Warte, Charles«, sagte sie. »Hast du mit meinem neuen Mitarbeiter gesprochen?«

»Jawohl, Madame. Er war heute gegen Mittag bei mir. Ich habe ihm den Schlüssel zu meiner Buchhandlung gegeben. Ich weiß ja, dass er vertrauenswürdig ist. Wir haben uns eine Weile unterhalten, und er hat ganz schnell die Vorskizze für ein entzückendes Bild gemacht. Meine Buchhandlung von innen und ein junges Mädchen von hinten. Es steht auf einer Leiter und holt gerade ein Buch aus dem Regal. Es stellt natürlich Chantal da, die eine eifrige Leserin war und ist. Er wird schon heute hier übernachten und mit dem Bild beginnen.«

Im Gastgarten war es nun völlig still. Die Sonne war während der Telefonate weitergewandert und hatte auch unter dem Apfelbaum den letzten Schatten vertrieben. Es wurde heiß hier. Florence erhob sich, setzte sich in ihr Auto, schaltete die Klimaanlage ein und fuhr nach Banon, wo ihr bis zum Abendessen mit Madame Picard noch Zeit blieb.

Dort angekommen stellte sie fest, dass von den vier Parkplätzen direkt hinter der Buchhandlung, die für das Personal reserviert waren, keiner frei war. Vermutlich waren sie das jeden Tag während der Geschäftszeit, und deshalb war anzunehmen, dass Faye Browne am letzten Tag ihres Lebens erst nach Geschäftsschluss ihren Wagen dort abstellen hatte können. Florence überlegte, ob sie schon jetzt in die Buchhandlung gehen sollte, entschied sich aber dagegen. Die Hitze machte ihr zu schaffen, und spontan betrat sie das nächstbeste Café. Erfreulicherweise gab es eine Klimaanlage und einen freien Tisch an einem Fenster. Die wenigen Gäste hatten fast alle ein Bier oder einen Pastis vor sich stehen, aber Florence konnte jetzt nichts brauchen, was ihre Sinne benebelte. Sie bestellte einen Eiscafé und ein großes Glas Wasser und beschloss, ihren Gedanken erst einmal eine Pause zu gönnen und ihnen die Chance zu geben, sich neu zu organisieren.

»Ihr Eiscafé, Madame.« Die Frauenstimme klang freundlich und verständnisvoll. Florence riss die Augen wieder auf. Ihr

Kopf lehnte an der Fensterscheibe. Für kurze Zeit war sie tatsächlich in eine wohltuende Trance verfallen. Die Kellnerin war wieder verschwunden, und vor ihr auf dem Tisch standen jetzt die bestellten Getränke. Sie nahm das Glas mit dem Eiscafé in beide Hände und genoss dessen Kühle. Die Fenster des Cafés waren schmutzig und die Buchhandlung am anderen Ende des Platzes nur undeutlich zu erkennen. Wie der Blick durch die Scheibe eines Aquariums und so verschwommen wie das, was sich für Florence langsam als Hintergrund für den Mord an Faye Browne abzuzeichnen begann. Im Zuge jeder Ermittlung gab es mindestens einen Moment, in dem alles, was sich gerade noch einigermaßen logisch und nachvollziehbar angefühlt hatte, ins Absurde und Irreale umschlug. Man durfte dann nicht an der bisherigen Logik festhalten, die jene des eigenen Kopfes war, sondern man musste in viele Richtungen offen sein, auch für das, was man sich überhaupt nicht vorstellen konnte, denn dann begann man mit den Augen eines Täters zu sehen.

Sie hatte das Gefühl, dass sie sich gerade an einem solchen Punkt befand. Die Ereignisse des heutigen Tages und die Informationen, die sie bekommen hatte, begannen sich langsam zu einem Bild zu verdichten, noch unscharf und verschwommen wie jenes der Buchhandlung da drüben, aber doch schon in seiner wesentlichen Struktur zu erkennen. Florence war gespannt, was das Gespräch mit Madame Picard noch bringen würde. Eigentlich wusste sie wenig über die Herrscherin dieses beeindruckenden Bücherschlosses. Möglicherweise war diese ja gerade an einem der Fenster gestanden und hatte Florence bereits gesehen. Madame Picard war eine starke Frau mit den Eigenschaften einer Herrscherin. Man musste aufpassen, dass man nicht manipuliert wurde. Gehörte ihr eigentlich die Buchhandlung oder leitete sie sie für jemand anderen? Florence hatte auch noch keine Zeit gehabt, sich zu fragen, wie ihre privaten Verhältnisse aussahen. Hatte sie einen Ehemann oder Kinder? Sie hatte noch nie etwas in diese Richtung erwähnt. Ein erster Eindruck zeigt aber selten das, was wirklich in einer Persönlichkeit steckt. Faye Browne war dafür ein Beispiel, und auch die Bürgermeisterin von Simiane-la-Rotonde, die in diesem Moment vielleicht gerade von Kommissar Poullain verhört wurde, ohne ihm allzu viel mitzuteilen. Dieser Fall zeichnete sich jedenfalls durch die Begegnung mit beeindruckenden und starken Frauen aus, zu denen auch die Wirtin der *Vielle École* gehörte. Männer hingegen schienen bisher nur Nebenrollen zu spielen.

Florence kam nicht mehr dazu, diesen Gedanken weiterzuspinnen, denn vor der Buchhandlung schloss jetzt gerade ein Angestellter hinter den letzten Kunden die Eingangstür ab. Das war möglicherweise Monsieur Meyer, jener altgediente Mitarbeiter, der Faye Browne betreut hatte, bevor sie selbst ihn durch Ernest Durant ersetzt hatte. Im Schatten der hohen Platane, die links neben dem Eingang in die Höhe ragte, wartete er, bis alle Besucher das Geschäft verlassen hatten. Von Zeit zu Zeit ging sein Blick nach oben in das Geäst, und Florence fiel der Schuh von Faye Browne ein, der am Tag nach ihrer Ermordung möglicherweise genau dort gehangen hat. Sie beeilte sich, ihren Kaffee auszutrinken, zahlte und ging hinüber zu ihm, gerade noch rechtzeitig, denn soeben wollte er wieder das Geschäft betreten, um es dann endgültig von innen abzusperren.

18

Eine gute Stunde später saß Florence mit Alice Picard beim Abendessen. Sie waren beim Dessert angelangt, und Florence hatte bereits ihren ordnungsgemäßen Bericht über ihre bisherigen Aktivitäten abgeliefert.

»Und was haben Sie für einen Eindruck von Raymond Meyer?«, fragte Madame Picard gerade. »Ich habe gesehen, dass Sie bei Betriebsschluss vor dem Geschäft mit ihm gesprochen haben.«

»Nun«, antwortete Florence, »im Gegensatz zu Ernest Durant hat er nicht gerade das Zeug zum Filmstar, aber er scheint mir ein sehr freundlicher, verbindlicher und auch gebildeter Mann zu sein.«

»Ja, das ist er. Er war einmal Geschichtslehrer auf dem Gymnasium in Apt, war aber zu sensibel für die jungen Rabauken dort und musste den Schuldienst aufgeben. Ein kultivierter Mann. Er hat eine große Liebe zur Literatur, insbesondere zur englischen.«

»Ja, das hat er mir auch vermittelt. Er scheint ja richtig anglophil zu sein, hat von Jane Austen und von den Kriminalromanen eines Wilkie Collins geschwärmt und mir erzählt, dass er am Anfang ganz glücklich und stolz darüber war, Madame Browne betreuen zu dürfen. Als ich ihn fragte, ob er sehr enttäuscht gewesen sei, als er seinen Job an Ernest Durant abtreten musste, meinte er, dass sei überhaupt nicht der Fall gewesen.

Er habe mit Faye Browne sogar einmal eine heftigere Auseinandersetzung gehabt. Ausgangspunkt war, dass sie sich sehr negativ über die britische Monarchie geäußert habe.

Aus ihrer Sicht handle es sich bei den Windsors um ein parasitäres Pack von Leuten, die der Steuerzahler viel zu großzügig alimentieren müsse, damit sie für die grauenhafte englische Boulevardpresse Klatschgeschichten am laufenden Band produzieren. Er, Raymond Meyer, bewundere hingegen als Historiker die Engländer dafür, dass sie sich ihre faszinierenden Traditionen nicht so einfach nehmen lassen. Im Übrigen gäbe es auch in Frankreich Traditionen, wie die Feier zum Jahrestag des Sturms auf die Bastille, die man sehr kritisch betrachten könne, schließlich habe die französische Revolution vor allem Chaos gestiftet und unzähligen Unschuldigen das Leben gekostet. Trotzdem sei er dagegen, diese Feier abzuschaffen. Jedenfalls sei nach diesem Streit mit Faye Browne das Klima zwischen ihr und ihm frostig geworden, offensichtlich habe sie es schwer ertragen, dass ihre Ansichten infrage gestellt werden. Jetzt sei er froh, dass seine Betreuungspflichten zu Ende sind.«

»Das hat er zu mir auch gesagt«, sagte Madame Picard. »Aber abgenommen habe ich es ihm nicht. Er war ziemlich sauer, so gut kenne ich ihn. Er ist schon seit über zehn Jahren hier in der Buchhandlung. Ich mag ihn, und wenn ich es mir nicht zum Prinzip gemacht hätte, beruflich und privat streng zu trennen, wären wir uns vielleicht sogar nähergekommen.«

»Aber Sie sind lieber Single geblieben«, wagte Florence den Schuss ins Blaue.

»Erraten! Ich liebe meine Unabhängigkeit und verheiratet bin ich ohnedies mit meiner Buchhandlung. Wie ist das bei Ihnen, Madame Beaumarie?«

»Meine Leidenschaft – oder nennen wir es Berufung – ist, wie Sie es sicher ahnen, von Kindheit an die Kriminalistik, und bei Ihnen verhält es sich vermutlich ähnlich mit der Leidenschaft für Bücher.«

»So ist es, ich war von meinem fünften Lebensjahr an eine Leseratte. Mein Lieblingsbuch war damals *Les contes du chat perché*. Erinnern Sie sich auch an Ihr erstes Lieblingsbuch?«

»Ja, das tue ich«, bemerkte Florence verwundert. Sie hatte schon ewig nicht mehr daran gedacht.

»*Les malheurs de Sophie*«, sagte sie. »Das hat mir so gefallen, dass ich mir damit selbst das Lesen beigebracht habe. Ich nehme an, dass das heutzutage nicht mehr gelesen wird. Das entspricht bestimmt nicht dem modernen Verständnis von Kindererziehung.«

»Damit haben Sie recht«, sagte Madame Picard. »Das Buch wird von den Feministinnen und Pädagoginnen verteufelt. Nicht ganz zu Unrecht, aber ich führe es in meiner Buchhandlung, weil es noch immer sehr beliebt und doch originell ist.«

»Interessant«, sagte Florence. Sie wollte sich jetzt nicht auf eine Diskussion über Kinderbücher einlassen. »Aber zurück zu unserer Agenda. Zur Vervollständigung meiner Informationen bräuchte ich auch noch Ihr Alibi für den Abend, an dem Faye Browne sterben musste. Würden Sie es mir verraten?«

Für einen Augenblick war Alice Picard die Irritation angesichts dieser Frage anzusehen. Dann hob sie ihr Kinn und sah Florence in die Augen.

»Wissen Sie, Madame Beaumarie, es hat mich immer schon gewundert, warum in Kriminalgeschichten, egal ob in Büchern oder im TV, alle, die nach ihrem Alibi gefragt werden, gereizt und verärgert reagieren. So als wäre diese Frage schon eine mögliche Mordanklage. Dabei ist es doch die Pflicht von Ermittlern, wirklich alle Zeugen danach zu fragen. Es ist aber doch irgendwie unangenehm, diese Frage gestellt zu bekommen. Dieser unfähige Kommissar aus Manosque hat sie mir natürlich auch gestellt! Ich habe sie ihm leicht beantworten können, denn wie immer hatte ich an jenem verhängnisvollen Mittwoch meinen Bridgeabend mit Freundinnen. Er findet abwechselnd bei einer von uns statt. An diesem Abend war Lucille Durant die Gastgeberin. Sie ist die Mutter von Ernest.«

»Gut. Damit gibt es also drei Personen, die Ihr Alibi bezeugen können, Lucille Durant und die beiden anderen Mitspielerinnen.«

»Sicher – und auch noch eine weitere Person, nämlich Ernest. Wir treffen uns immer schon so um 18 Uhr herum und essen noch gemeinsam eine Kleinigkeit, bevor wir mit dem Spiel beginnen, und an jenem Abend ist mir Ernest vor der Wohnungstür seiner Mutter begegnet, unterwegs nach Aix, wie er mir sagte. Er wohnt ja hier in Banon noch bei Lucille und teilt sich in Aix mit anderen Studenten eine Wohnung.«

»Wie ist er eigentlich nach Aix gekommen, besitzt er ein Auto?«

»Nein, nicht er besitzt ein Auto, aber seine Maman. Die benutzt es sehr selten, und ihm steht es die meiste Zeit zur Verfügung.«

»Wusste eigentlich sonst noch jemand, dass Sie sich regelmäßig zum Bridgeabend treffen?«

»Aha, Sie meinen, dass jemand dieses Wissen ausgenutzt und für die Mordtat einen Abend gewählt hat, an dem ich sicher nicht in der Buchhandlung sein werde.«

»Könnte ja sein.«

»Außer Ernest und meinen Bridgefreundinnen niemand! Möglicherweise Raymond Meyer. Der hat als mein ältester Mitarbeiter vermutlich auch von meiner Bridgerunde gewusst. Ansonsten kann ich mich nicht erinnern, jemandem davon erzählt zu haben. Ich breite mein Privatleben nicht vor meinem Personal aus.«

»Verstehe. Raymond Meyer hat ein Alibi. Danach habe ich ihn gerade vorher gefragt. Er hat mir erzählt, dass er an diesem Abend in der Kathedrale von Forcalquier in einem Konzert war, mit einem Freund.«

»Ja, das weiß ich! Aber gut, Madame, haben Sie noch Fragen? Ich möchte dann Schluss machen. Ich hatte einen langen Tag, und für mich jährt sich heute ein privates Ereignis, dessen ich immer in gleicher Weise gedenke, und Sie müssen vermutlich noch nach Avignon. Es ist schon 20.30 Uhr. Da sind Sie vor 22 Uhr ohnedies nicht zu Hause. Ihr Bericht zu Ihren Recherchen war sehr interessant, auch wenn Sie von einem Ergebnis noch weit entfernt zu sein scheinen. Noch will ich Sie nicht drängen. Es ist mir schon klar, dass der Fall kompliziert ist. Und mit einem Verdacht wollen Sie ja nicht herausrücken. Obwohl Sie bestimmt schon einen haben. Da bin ich mir sicher! Ich gehe davon aus, dass wir spätestens in einer Woche ein endgültiges Ergebnis haben. Länger kann ich Sie auch nicht bezahlen.«

Sie hob den Arm und deutete dem Kellner, ihr die Rechnung zu bringen.

Alice Picard hatte den Ablauf des Treffens maßgeblich bestimmt. Über den Besuch, von dem sie vorher am Telefon gesprochen hatte, hatte sie allerdings bisher kein einziges Wort verloren.

So konnte und wollte Florence sie aber nicht davonkommen lassen.

»Warten Sie«, sagte sie deshalb. »Ich habe Zeit, und Sie haben mir noch gar nichts von dem Besuch erzählt, den Sie am Telefon erwähnt hatten. Wer war denn das?«

»Ach, das hätte ich jetzt beinahe vergessen. Der Besuch war nicht uninteressant, was unseren Fall betrifft, hat aber auch keine neuen Erkenntnisse gebracht. Die Besucher waren ein gewisser Professor Whitehall und seine Kinder, Sie wissen vermutlich, wer das ist«, sagte Madame Picard.

»Warum haben Sie mir das nicht schon früher gesagt? Das ist ja hochinteressant!«

»Ich hatte es ja vor, aber Sie haben mich dann andere Dinge gefragt! Es gibt tatsächlich nichts Besonderes davon zu berichten. Jedenfalls nichts, was uns der Aufklärung der beiden Morde auch nur einen Schritt näherbringen würde.«

»Ich bitte Sie, Madame Picard, das nehme ich Ihnen nicht ab. Immerhin handelt es sich hier um die Kinder des Mordopfers und deren Vater, die in Ihrer Buchhandlung auftauchen, also an jenem Ort, an dem die Mutter ermordet wurde. Wussten Sie, dass Professor Whitehall heute kommen würde?«

»Nein, sein Besuch kam überraschend. Er hat erklärt, dass er auf Wunsch der Zwillinge diese Reise nach Frankreich unternommen habe. Nachdem sie erfahren hatten, dass das Haus ihrer Mutter jetzt Monsieur Moriell gehört, wollten sie es unbedingt noch einmal sehen und ein paar Erinnerungsstücke aus ihrem alten Kinderzimmer mitnehmen. Das haben sie gestern schon erledigt. Monsieur Moriell sei zuvorkommend gewesen und habe ihn und die Kinder noch einmal alleine durch das Haus gehen lassen, sagte Randolph, ich meine Professor Whitehall. Die Kinder sind dann noch eine Weile im Kinderzimmer geblieben, und er hat mit Moriell im Garten ein Bier getrunken. Moriell sei ein freundlicher Mann, mit dem er aber nicht viel anfangen konnte. Er habe aber keine Vorurteile und sei sich mit ihm wenigstens in einer Sache einig gewesen: nämlich darin, dass die in vieler Hinsicht faszinierende Faye Browne auch eine sehr schwierige Persönlichkeit gewesen sei.«

»Sie wissen aber schon, dass Gustav Moriell möglicherweise mit jenem Mann ein Bier getrunken hat, der ihn zum letzten Mal vor dem Mord gesehen hat und der deshalb auch sein Mörder sein könnte.«

»Jetzt weiß ich das. Zu dem Zeitpunkt, zu dem ich mit dem Professor gesprochen habe, wusste ich es aber noch nicht, und auch Professor Whitehall hat es offensichtlich nicht gewusst. Er hat mir auch sehr glaubwürdig vermittelt, dass er seine beiden Kinder nach all dem, was sie mit ihrer Mutter durchgemacht hatten, nicht auch noch einem Verhör durch die Polizei aussetzen möchte. Er wollte mit seinem Besuch hier kein großes Aufsehen erregen. Es war, wie er mehrmals betonte, ein rein privater kurzer Ausflug mit Jackie und John, die übrigens ein ziemlich außergewöhnliches Geschwisterpaar sind und die hier an jenem Ort, an dem ihre Mutter ermordet wurde, ihrer gedenken wollten. Professor Whitehall hat mir erklärt, dass er sie davon auch gar nicht abhalten wollte, denn er hielt es für junge Menschen besser, wenn sie sich den Tatsachen stellten und auch angemessen trauerten, anstatt Vorstellungen und Fantasien mit sich herumzutragen, die im Leben irgendwann zu einem psychologischen Bumerang werden könnten, so wie das vermutlich auch bei ihrer Mutter der Fall war.«

»Was hat er damit gemeint?«

»Das habe ich ihn auch gefragt, und er hat gesagt, dass Faye Browne sicher eine schwierige Kindheit gehabt habe, die sie wohl nie richtig habe aufarbeiten können. Möglicherweise einer der Gründe, warum sie zuletzt so seltsam geworden sei. In der Wohnung ihrer Eltern im Buckingham Palast sei sie völlig isoliert von anderen Kindern aufgewachsen, und ihre Eltern hatten nur eine Devise: Man müsse dankbar dafür sein, dass man dem englischen Königshaus dienen dürfe, und im Übrigen mache es die Queen ohnedies allen vor, wie man zu leben habe, weil sie ohne zu klagen alle die ihr auferlegten Pflichten erfülle.

Aber bitte, machen wir jetzt Schluss. Ich werde gleich morgen früh Kommissar Dampierre anrufen.«

»Na gut. Eine Frage noch: Wissen Sie zufällig, ob Professor Whitehall in Frankreich einen eigenen Wagen fährt?«

»Ich weiß nicht … oder warten Sie! Ich habe ihn heute abfahren gesehen. Französisches Kennzeichen. Ein Mietwagen vermutlich. Ziemlich groß und verdreckt.«

»Sie sollten das jetzt alles schleunigst noch der Polizei melden. Kennen Sie Kommissar Dampierre, den Mitarbeiter von Commandant Poullain?«

»Schon wieder eine Frage, Madame Beaumarie. Aber natürlich kenne ich Bernard Dampierre, den verarmten Schlossbesitzer aus altem Adel, und dennoch ein gewöhnlicher Polizist. Er ist ein Schöngeist und ein guter Kunde meiner Buchhandlung, samt seiner Bande, diese fünf ungezogenen Kinder, die jedes Mal, wenn sie kommen, mein Geschäft auf den Kopf stellen.«

»Dann rufen Sie ihn an und erzählen Sie ihm vom Besuch des Professors.«

»Morgen früh, Madame Beaumarie. Heute möchte ich die Kinder und ihren Vater wirklich in Ruhe lassen. Sie sind ohnedies noch im Luberon. Professor Whitehall hat mir erzählt, dass sie einen Freund besuchen und dort übernachten. Bei einem Kollegen von ihm, einem Historiker, der früher auch Professor war und jetzt als Privatier hier in Frankreich lebt. Erst übermorgen wollen sie dann nach Deauville fahren und am Tag darauf nach Calais und zurück nach London. Bitte behalten Sie das aber noch für sich. Ich verspreche, morgen bestimmt alles dem netten Kommissar Dampierre zu melden. Ich muss jetzt wirklich los.«

»Ich werde Sie morgen früh anrufen und Sie an Ihr Versprechen erinnern.«

»Tun Sie das«, sagte Madame Picard, »und schlafen Sie gut. Was soll denn schon bis morgen passieren?«

19

Um diese Jahreszeit blieb es lange hell, aber Florence war froh, jetzt nicht mehr bis Avignon fahren zu müssen. Obwohl sie während der Fahrt von der tief stehenden Sonne geblendet wurde, fand sie es herrlich, sozusagen in den Sonnenuntergang hineinzufahren. Kurz hielt sie ihren Wagen an, kramte in ihrem Rucksack nach der Sonnenbrille, die sie nach dem Verlassen des Bistros nicht aufgesetzt hatte, schaltete ihr Autoradio ein, und tatsächlich versorgte sie *Radio Culture France* mit ihrer Lieblingsmusik. Die Musikliebhaberin Florence war entzückt, als das Rondo aus der Oper *Les Indes Galantes* von Jean-Philippe Rameau ihre Stimmung zum Schwingen brachte. Es war ruhig auf der Landstraße. Wenn sie dann aber durch einen der wenigen Orte fuhr, der auf ihrer Strecke lag, war sie unvermittelt umgeben von einem bunten Treiben, von Menschen, die den Feierabend genossen, noch ein Glas Wein tranken oder mit einer Tüte Eis in der Hand plaudernd auf einem Mäuerchen saßen.

Irgendwie wie in Paris und doch ganz anders, dachte sie, und während sie die Szenerie genoss, überkam sie die Sehnsucht nach ihrer Heimatstadt. Es war dies die Jahreszeit, wo sie an den Abenden gerne an die Seine gegangen war und manchmal jenen Ort aufsuchte, an dem die Leute Tango tanzten und wo sie sich auf alle Fälle davor noch ein Eis bei *Berthillon*, dem ihrer Meinung nach besten Eissalon der Stadt, holte.

»Wenn dieser Fall erledigt ist, fahre ich für ein paar Tage nach Paris, mit oder ohne Charles«, sagte sie sich. Dann kam sie auf die Idee, nach einem noch offenen Eissalon Ausschau zu halten. Als sie durch Céreste fuhr, hatte sie Glück. Der Salon *Scaramouche*, von dessen Eis Charles schwärmte, hatten noch offen. Nachdem sie vier verschiedene Eissorten ausgewählt hatte, dauerte es noch weitere 20 Minuten bis sie endlich den Parkplatz am Ortsrand von Saignon erreicht hatte. Ausgerüstet mit ihrem kleinen Rucksack und der Packung Eiscreme in der Hand, eilte sie über vertraute, unregelmäßige Steinstufen und durch enge, nur schwach beleuchtete Gassen zum Haus der Familie Florentin. Dabei dachte sie, dass dieser Ort noch immer eigentümlich verträumt war. Nur hie und da waren hinter geöffneten Fenstern und aus versteckten Innenhöfen und Terrassen gedämpfte Stimmen zu hören.

Für das über 300 Jahre alte Haus der Familie Florentin besaß sie einen Schlüssel. Um diese Zeit hielt sich Charles bestimmt im obersten Stock auf der Terrasse auf. Langsam stieg sie die vielen Stufen nach oben und freute sich schon auf den Anblick der von Lichtkaskaden durchzogenen Landschaft, der sie tief unten im Tal von Apt von der Terrasse aus erwartete – und natürlich auf Charles.

»Honoré Mordent hat schon dreimal angerufen. Deine Fahrt hierher hat aber ziemlich lange gedauert.« Die Begrüßung durch Charles fiel nicht ganz wie erwartet aus.

Sie hielt ihm die Eiscreme unter die Nase und beobachtete amüsiert, wie seine Entrüstung dahinschmolz so wie das Eis, wenn es nicht bald verspeist würde.

»Ich habe noch einen kleinen Umweg über Céreste gemacht«, sagte sie, »und Mordent kann bis morgen warten.« Sie gab ihm einen Kuss. »Komm, lass uns das Eis essen.« Charles nahm ihr die Packung aus der Hand und schüttelte den Kopf.

»Pass auf, Florence. Ich richte oben auf der Terrasse das Eis her, und du rufst Mordent an. Du kennst ihn doch. Der hat eine schlaflose Nacht, wenn du dich nicht meldest!«

Charles hatte natürlich recht, und so tat sie wie befohlen.

»Gott sei Dank, Florence. Ich habe mir schon Sorgen gemacht.« Mordent hatte abgehoben bevor noch der erste Anrufton ihres Handys verklungen war. Aha, er war wieder in seine Rolle als ihr früherer Chef geschlüpft. Seine Fürsorge konnte sie aber jetzt nicht mehr gebrauchen.

»Was ist los, Honoré?«, fragte sie deshalb etwas unwirsch.

»Ich fahre morgen nach Deauville«, sagte er. »Meine neue Freundin vom *Verlag Gerrimard*, Candice Ricard, hat mir verraten, dass sich Faye Browne auf ihrer Lesereise durch die Normandie eigenartig verhalten hat, und ich möchte das recherchieren.«

»Moment mal, Honoré«, sagte Florence. »Deine Absicht in Ehren, aber du kannst nicht einfach beschließen, ohne meinen Auftrag in die Normandie zu fahren. Das ist mein Fall, ich werde dafür bezahlt, und Entscheidungen, wer wo hinfährt, muss ich treffen.«

»Jetzt sei nicht so empfindlich, Florence. Du hast mich doch gebeten, mit der Lektorin von Faye Brownes Verlag zu sprechen, und du hattest auch diesen Ausflug in die Normandie erwähnt.«

»Ich habe gestern nur festgestellt, dass das eine mögliche Option wäre, und meine Reaktion hat nichts mit Empfindlichkeit zu tun. Ich habe mittlerweile auch hier zwei Mitarbeiter und will den Überblick bewahren. Du weißt, dass mir deine Unterstützung äußerst wertvoll ist, aber bitte immer in vorheriger Absprache.«

»*Bien-sûr*, Florence. Aber hast du schon vergessen, dass du versprochen hast, mich anzurufen und das dann den ganzen Tag nicht für nötig befunden hast?«

Damit hatte er natürlich recht. Sie wusste, was sie an Honoré hatte, aber auch, dass sie ihren ehemaligen Chef von Zeit zu Zeit in die Schranken weisen musste.

»Dann erzähle mir bitte, was diese Normandiereise mit der späteren Ermordung Faye Brownes zu tun haben könnte.«

»Florence, du weißt genau, dass ich das noch nicht sagen kann. Ich kann dir nur berichten, dass Madame jede Menge Beschwerden von Buchhändlern bekommen hat, die alle berichteten, dass die Autorin sich unmöglich verhalten hätte. Wie genau, hat sie angedeutet, aber das möchte ich in einer ordentlichen Recherche vor Ort herausfinden.«

»Na gut, Honoré. Dann fahr hin. Ich kann aber nur für deine Spesen aufkommen, dir aber kein Honorar bezahlen.«

»Florence, das ist doch nicht …«

Sie fiel ihm ins Wort.

»Doch, das ist nötig, Honoré. Die Spesen gehen auf mein

Konto, denn ich werde für diesen Auftrag bezahlt. Es muss alles seine Richtigkeit haben.«

»Ja gut, ich verstehe. Wir fahren morgen sehr früh los, und ich hoffe, dass wir alles an einem Tag schaffen. Hélènes Spesen sind aber wirklich meine Privatsache!«

»Hélène kommt mit?«

»Ja. Sie chauffiert. Seit einiger Zeit sehe ich schlechter. Ich muss mal zum Augenarzt.«

Florence hatte schon lange nichts mehr von Honorés Frau Hélène gehört. Sie hätte sich jetzt gerne nach ihr erkundigt, aber dafür hatte sie keine Zeit. Es war schon spät, Charles wartete mit dem Eis, und die Frage nach Hélène musste ebenfalls warten.

»Alles klar, Honoré. Ich muss jetzt wirklich Schluss machen. Ich höre von dir spätestens morgen Abend.«

»Aye, aye Kapitän. Gute Nacht und Grüße an Charles.

»Danke. Grüße du mir die Verlegerin, unbekannter Weise – und natürlich Hélène. *Bonne nuit.*«

Florence schenkte sich selbst ein Lächeln. Das »Aye, aye, Kapitän« war etwas, das sie früher oft zu Mordent gesagt hatte, wenn er ihr als ihr Chef einen Auftrag erteilt hatte. Nun war sie seine Chefin, und das hatte er zwar verstanden, aber sein in Jahrzehnten antrainiertes Rollenverständnis als Boss einer großen Polizeidienststelle würde er wohl kaum mehr ablegen können.

Wenig später saß sie mit Charles unter einem weit aufgespannten Nachthimmel, auf dem gerade ein Stern nach dem anderen aufleuchtete. Ein Spektakel, von dem sie hier im Süden nicht genug bekommen konnte, denn etwas Vergleichbares hatte sie in Paris nie zuvor gesehen.

Das Eis schmeckte ihnen, und Charles berichtete Florence von seinen heutigen Aktivitäten für die Geburtstagsfeier seiner Tochter. Deren Wunsch, schlicht im kleinen Kreis zu feiern, würde nicht ganz erfüllt werden können. Der Kreis der Gäste hatte sich heute überraschend erweitert, und sein eigener Geburtstag würde – wie es sich aus seiner Sicht ohnedies gehörte – in den Hintergrund treten müssen.

»Ich kann nur hoffen, dass diese zusätzliche Überraschung für Chantal nicht nach hinten losgeht. Man weiß bei ihr nie, wie sie auf Überraschungen reagiert.«

»Worum handelt es sich denn nun eigentlich?« Florence war neugierig geworden.

»Also! Stell dir vor! Ich habe heute Vormittag einen Anruf von Chantals neuem Freund bekommen. Er hat sich mir sehr höflich vorgestellt, kann zwar nicht zu ihrem Konzert, aber dann doch am Samstag noch hierher kommen.«

»Wieder ein Musiker?«

»Nein, überhaupt kein Künstler. Oder vielleicht doch? Er ist Österreicher. Seine Eltern besitzen eine kleine Konditorei in einer Stadt namens Linz. Er hat auch Konditor gelernt, aber begnügt sich damit nicht, wie es bei den meisten dieser ehrgeizigen jungen Leute heutzutage der Fall ist. Als ältestes von zwei Kindern dazu auserkoren, den Betrieb der Eltern zu übernehmen, hat er noch ein Studium an der Kunstuniversität seiner Heimatstadt draufgesetzt und macht jetzt ein Praktikum bei einem der angesagtesten Patissiers in Paris. Er schafft sozusagen Kunstwerke aus Zucker und Schokolade. Sie haben sich bei einem Konzert in Linz kennengelernt. Sie ist dort mit ihrem Orchester aufgetreten, und er hat die Patisserien für die Pause geliefert.«

»Und jetzt ist sie betrübt, dass er nicht zu ihrem Solokonzert und ihrer Geburtstagsfeier hierherkommen kann.«

»Na ja, nicht allzu sehr betrübt, habe ich den Eindruck. Er aber schon. Er hat mich heute angerufen, weil er sie am

Samstag bei der Feier überraschen möchte. Er hat sich dazu etwas Besonderes ausgedacht und mich gebeten, hier noch einige Vorbereitungen zu treffen.«

»Und du bist einverstanden?«

»Sagen wir so, ich konnte nicht nein sagen.« Er gähnte. »Aber weißt du was, Florence? Lass dich genauso wie Chantal am Samstag überraschen. Mich interessiert natürlich noch, was du heute so getrieben hast, aber ich bin auf einmal furchtbar müde. Ich muss dringend ins Bett. Am besten, du erzählst mir morgen früh auf der Fahrt nach Avignon von deinen Abenteuern. Wenn ich darf, fahre ich mir dir und lasse meinen Wagen bis zum Wochenende hier stehen – oder umgekehrt.«

»Gute Idee. So machen wir es. Ich bin auch schon müde. Gib mir einen Gutenachtkuss und lass uns schlafen gehen!«

»*Avec plaisir*!« Charles tat wie ihm geheißen.

»Darf ich dich dann auch morgen früh mit einem Kuss wecken?«, fragte er.

»Aber gerne. Ich gehe jedoch davon aus, dass ich ohnedies früher wach bin als du.«

»Da täuschst du dich möglicherweise, Florence. Seit einiger Zeit wache ich sehr früh auf und kann dann nicht wieder einschlafen, aber das kannst du ja nicht wissen, da du in der Nacht nur selten das Bett mit mir teilst.«

»Ach du Armer! Was deine Schlaflosigkeit betrifft, kann ich dir leider nicht helfen. Was das andere betrifft, freue ich mich auf das Wochenende. Heute bin ich einfach schon zu müde.«

»Ich auch, Florence, ich auch!«

TEIL 3
INTERMEZZO

20

»Aua!«

Der Schmerzensschrei war von Charles gekommen. Er hatte sich über Florence gebeugt, um sie mit dem angekündigten Kuss zu wecken, während sie sich gerade aus einem schlimmen Albtraum heraus abrupt aufgerichtet hatte. Ihre Köpfe waren heftig zusammengestoßen.

Florence rieb sich die schmerzende Stirn und gleich darauf die Augen.

»Du bist es, Charles! Und ich dachte, ich hätte gerade dem Monster, das mich im Traum bedrohte, einen ordentlichen Schlag verpasst! Das tut mir leid. Habe ich dich verletzt?«

»Geht schon«, sagte Charles. »Dem Monster Charles Florentin tut der Kopf wahrscheinlich auch nicht heftiger weh als einer gewissen Florence Beaumarie.«

Er nahm das Buch von Faye Browne, das ihr gestern Nacht aus der Hand gerutscht war und noch geöffnet auf ihrer Decke lag.

»Zeig uns deine Fußsohlen«, las er. »Was hat denn das zu bedeuten, Florence? Mich persönlich interessieren Fußsohlen herzlich wenig … obwohl die deinen!« Schon war er an das Ende des Bettes gerutscht, hatte einen ihrer nackten Füße in seine Hände genommen und ihm einen Kuss verpasst!

Abrupt zog sie ihren Fuß zurück.

»Bitte nicht, Charles«, rief sie. »Ich bin kitzlig!« Beinahe hätte sie ihn erneut mit dem anderen Fuß auf den Kopf getroffen.

»Bin schon weg!« Jetzt klang er tatsächlich gekränkt. »Ich wollte dir nur das Frühstück ans Bett bringen. Wir sollten nämlich bald in Richtung Avignon aufbrechen. Ich habe im Antiquariat heute viel zu erledigen.«

Er platzierte ein Frühstückstablett mit Kaffee, Käse, Schinken und Toast auf ihrem Bett, setzte sich auf die Bettkante, und zusammen gönnten sie sich ein kurzes Frühstück, ehe sie in Richtung Avignon aufbrachen.

Wenig später wusste Florence, dass sie das Frühstück dringend benötigt hatte, denn die Turbulenzen des kommenden Tages kündigten sich schon am frühen Morgen an. Mehrmals läutete während ihrer Fahrt nach Avignon das Handy, und auch Leonie und Emilian waren unter den Anrufern.

»Wir fahren zu deiner Garage, oder?«, fragte Charles, als sie durch eines der beeindruckenden mittelalterlichen Stadttore in Avignon einfuhren.

»Bitte unbedingt. Ich bin froh, dass ich den Dauerparkplatz bei *Les Halles* ergattert habe. Ich liebe jedes Mal den kurzen Spaziergang durch dieses schöne Viertel.«

Als sie den großen Platz bei *Les Halles* überquerten, fragte Charles, ob sie noch mit ihm den kurzen Umweg zu seinem Geschäft machen wolle. Er hätte ihr gerne etwas gezeigt.

»Bien-sûr«, sagte sie. »Du warst ziemlich schnell unterwegs. Um 10 Uhr beginnt unsere Besprechung, und bis dahin ist jetzt noch genug Zeit.«

Mit der Überraschung, die sie dort erwartete, hatte aber auch Charles nicht gerechnet. An einem der Lesetische saßen sich Emilian Pagnol und Chantal Florentin gegenüber, einen Becher Kaffee vor sich und, wie es aussah, in ein angeregtes Gespräch vertieft.

»Was machst denn du schon so früh hier in der Buchhandlung? Du schläft doch an Konzerttagen immer länger?«

Charles war erstaunt vor Chantal stehen geblieben.

»Weil ich heute nicht mehr schlafen konnte. Direkt vor dem Fenster deiner Wohnung wurde nämlich eine neue Straßenbaustelle eröffnet, und der Presslufthammer hat schon um 7 Uhr morgens einen Höllenlärm gemacht. Da hab ich meine Sachen gepackt und bin hierher, um in deinem Hinterzimmer noch ein wenig zu üben. Dass ich hier dann einen Fremden angetroffen habe, war natürlich ein Schock.«

»Wie ich sehe, hast du den Schock bereits überwunden. Ihr scheint euch ja schon nähergekommen zu sein.«

Anstatt ihrem Vater zu antworten, warf Chantal Emilian einen amüsierten Blick zu.

»Na gut, mein Schatz.« Charles deutete in den hinteren Bereich der Buchhandlung. »Mein Büro steht dir als Übungsraum zur Verfügung. Wir freuen uns alle schon auf dein Konzert heute Abend, und ich bin überzeugt, dass es ein Riesenerfolg werden wird.«

»Dein Wort in Gottes Ohr, Papa«, antwortete ihm Chantal, sprang auf, schnappte sich ihren roten Trompetenkoffer, und bald darauf klangen die gedämpften Töne der Trompete durch die dicken Mauern des alten Stadthauses.

»*Merde*, das war knapp«, bemerkte Emilian, nachdem Chantal verschwunden war, »beinahe hätte sie das Bild entdeckt, das ich heute Nacht gemalt habe. Ich bin fast fertig damit.«

»Hat sie es gesehen?« Charles zeigte sich besorgt.

»Nein, Monsieur Florentin. Ich kann Sie beruhigen. Das hat sie bestimmt nicht. Ich konnte es noch vor ihr verstecken.«

»Können wir es sehen? Solang wir sie üben hören, kann sie nicht plötzlich hier auftauchen.«

Emilian führte sie hinter ein Bücherregal. Dort stand, zur Wand gedreht und mit dem Rücken zum Raum, sein Bild. Nachdem er es umgedreht hatte, zeigte sich Charles begeistert, und Florence freute sich, dass sie ihm – was Emilian betraf – nicht zu viel versprochen hatte. Es war in der typischen Art gemalt, die Emilian auszeichnete. Den Mittelpunkt des Bildes bildete ein in allen Einzelheiten gemaltes Bücherregal, vor dem ein Sessel stand. Auf dem Sessel stand ein kleines Mädchen in einem blauen kurzen Kleid mit dem Rücken zum Betrachter. Es streckte einen entblößten Arm nach oben, um ein Buch zu erreichen. Die Mitte des Bildes wirkte wie durch die scharfe Linse eines Fotoapparates betrachtet, dann wurde es immer verschwommener und franste an den Rändern aus, sodass das Ganze etwas traumhaft Schwebendes bekam.

»Wunderbar«, sagte Charles ein zweites Mal und beugte sich zu dem Buch.

»Ich erkenne sogar, welches Buch das ist: *Briefe aus meiner Mühle* von Alphons Daudet.«

Emilian nickte bestätigend.

»Ja, ich habe das Buch auf dem großen Lesetisch im Verkaufsraum entdeckt. Es ist nämlich ein Lieblingsbuch meiner Mutter. Es war Pflichtlektüre für die Kinder ihrer Schulklassen. Mir hat sie es schon als Kleinkind vorgelesen. Wir hatten eine sehr schöne illustrierte Ausgabe, und ich habe mir am liebsten die Bilder angeschaut.«

»Was Ihrer Mutter vermutlich recht war, denn sie wollte ja aus Ihnen unbedingt einen Maler machen, wie Sie mir einmal erzählt hatten«, bemerkte Florence.

»Allerdings«, sagte Emilian, »das wollte sie. Sie hat Marc

Chagall abgöttisch verehrt. Aber eine Leseratte war sie auch. In unserem kleinen Haus in Saint Paul-de Vence sind die Wände bis obenhin mit Büchern vollgestellt. Seit sie pensioniert ist, verlässt sie es kaum mehr. Sie sitzt nur den ganzen Tag am Küchentisch und liest. Ich mache mir deshalb Sorgen um sie. Ich wollte, sie hätte nach ihrer Pensionierung eine Tätigkeit entdeckt, die sie so begeistert wie Sie Ihre Detektivarbeit, Florence.«

»Dann könnte es ihr doch eigentlich auch in einer Buchhandlung gefallen«, sagte Charles. »Vielleicht hätte sie Interesse an einer Beschäftigung bei mir. Ein spontaner Einfall, aber ich benötige dringend Ersatz für meine Schwester.«

»Meinen Sie das im Ernst, Monsieur Florentin? Die Idee ist gut. Dass Maman sich aber von ihrem geliebten Saint-Paul de Vence und ihrem Häuschen trennen könnte, kann ich mir nur schwer vorstellen. Da müsste sie wohl nach Avignon ziehen.«

»Und wäre dann wieder in der Nähe ihres Sohnes«, sagte Florence, und der Angesprochene lächelte säuerlich. »Na ja, ich kann ihr ja einmal von unserem Gespräch erzählen«, sagte er dann.

In diesem Augenblick verstummte die Trompete, Emilian drehte das Bild wieder rasch um, und Florence und Charles eilten zu dem Platz, an dem sie zuvor schon gestanden waren. Chantal erschien in einem pinkfarbenen Jogginganzug.

»So«, sagte sie. »Eine Stunde lang übe ich später noch am Nachmittag. Mehr nicht. Vor einem Konzert vermeide ich es, mich zu verausgaben. Ich geh jetzt erst einmal joggen. Es wäre schön, wenn Sie auch zu meinem Konzert kämen, Emilian. Sie können sich die Karte eine halbe Stunde vorher bei mir abholen. Ich sage dem Portier, dass er sie hineinlässt.«

Schon war sie verschwunden und ließ einen verblüfften Emilian Pagnol zurück.

»Ich mache mich jetzt auch fertig«, sagte Emilian und deutete in Richtung des Zimmers, in dem er die Nacht verbracht hatte. »Ich habe noch ein paar Dinge zu erledigen, werde aber pünktlich um 10 Uhr im Büro sein.«

Gleich darauf waren Charles und Florence wieder alleine. »Jetzt hätte ich noch gerne eine Tasse Tee«, sagte Florence zu Charles. »Machst du mir einen? Dann muss ich ins Büro. Wer weiß, was dieser Tag noch an Überraschungen bringt.« Mittlerweile hatten beide vergessen, weswegen Florence eigentlich mit ihm noch hierhergekommen war.

21

Florence betrat pünktlich um 10 Uhr das Besprechungszimmer ihres Büros. Emilian war ihr schon vorausgeeilt. Jetzt blieb sie überrascht stehen.

In der Mitte des Raumes stand ein Flipchart, und an der Wand dahinter lehnte eine große Pinnwand. Leonie hatte die Besprechung vorbereitet. Mit bunten Kärtchen und Pfeilen in unterschiedlichen Farben hatte sie ihre gestrigen Recherchen in Aix-en-Provence veranschaulicht. Als Florence fragte, wo Leonie denn das Flipchart und die Pinnwand herbeigezaubert hatte, deutete diese auf Emilian.

»Sie brauchen sich keine Sorgen wegen der Kosten zu machen, Florence«, beeilte sich Emilian mit einer Erklärung. »Ich habe dieses wackelige Gestell gestern im Vorbeigehen bei einem Garagen-Flohmarkt entdeckt. Büroauflösung! Ebenso die Pinnwand, die muss erst an der Wand befestigt werden. Beides hat praktisch nichts gekostet. Die Stifte und Kärtchen hat Leonie beigesteuert und damit unsere Besprechung vorbereitet.«

»*Très bien*«, Florence trat an die Pinnwand heran und beugte sich zu den Kärtchen hinunter. Der Personenkreis von Zeugen und Verdächtigen, dargestellt aus der Sicht von Leonie, hatte sich vergrößert. Florence zeigte auf eine Gruppe von blauen Kärtchen, die mit neuen Namen beschriftet waren.

»Ich vermute, dass das die Namen der Mitglieder von Faye Brownes Universitätsinstitut in Aix-en-Provence sind. Sie haben mir am Telefon ja schon kurz davon berichtet, Leonie.«

»Na ja, das sind nicht alle Mitglieder, vorerst nur die, die ich gestern dort angetroffen habe. Ich hatte offensichtlich Glück, dass jetzt während der Ferien doch einige anwesend waren und auch, dass sie mir meine Rolle als Studentin, die sich für ein Zusatzstudium der Zukunftsforschung interessiert, abgenommen haben.«

»Wie Sie mir schon am Telefon sagten, waren diese Leute mit positiven Äußerungen zu ihrer verstorbenen Chefin eher zurückhaltend.«

»Ja, das war recht eigenartig. Ich hatte das Gefühl, dass sie zwar die Form wahren wollten, aber nicht unglücklich darüber waren, dass sie ihre Chefin losgeworden sind.«

»Dann befindet sich unter ihnen vielleicht sogar ihr Mörder – oder ihre Mörderin!« Das war Emilian, der ebenfalls an die Pinnwand herangetreten war.

»Keine voreiligen Schlüsse Emilian! Der Bereich des Möglichen ist beinahe unendlich, aber Vermutungen bringen uns nicht weiter.« Leonie hörte sich wie eine große Schwester an, die zu dem kleinen Bruder spricht. Es war offensichtlich, dass sie sich jetzt nicht von ihm die Show stehlen lassen wollte.

»Kommen Sie, Emilian, setzen wir uns und hören wir uns an, was Leonie von gestern zu berichten hat.« Florence setzte sich auf einen von drei Stühlen, und Emilian folgte ihr.

Leonie, legte sofort los.

»Vorausschicken möchte ich, dass ich natürlich noch ein Protokoll darüber verfassen werde, aber dazu bin ich noch nicht gekommen, weil es gestern spät geworden ist.«

Sie deutete auf das Diagramm auf dem Flipchart, und Florence dachte, dass dies genau der Methode entsprach, mit der ihr früherer Chef, Lambert, die Zusammenhänge in einem Mordfall zu verdeutlichen pflegte. Ihre eigene Methode, sich die handelnden Personen als Schachfiguren vorzustellen, eignete sich weniger zum Austausch mit Mitarbeiterinnen und Mitarbeitern.

»Schade, dass es keine Fotos von den Leuten im Universitätsinstitut gibt.« Schon wieder hatte Emilian die noch kaum begonnenen Ausführungen von Leonie unterbrochen.

Diese Bemerkung kam ihr aber gerade recht. Triumphierend nahm sie drei DIN A4-Blätter aus einer am Tisch liegenden Mappe, überreichte je eines davon Florence und Emilian und heftete das dritte an die Pinnwand.

«Dieses Foto hing am Gang des Instituts für Zukunftsforschung. Ich habe es heimlich fotografiert und im Copyshop ausgedruckt«, sagte sie. »Auf diesem Bild sind alle Mitarbeiter des Instituts versammelt. Aus Kostengründen und weil sich dieser Forschungsbereich an den Universitäten erst zu etablieren beginnt, ist das Institut noch recht klein und auf die Kooperation mit Expertinnen und Experten unterschiedlicher Fachrichtungen angewiesen.«

Sie zeigte auf die Frau in der Mitte des Bildes.

»Faye Browne kennt ihr natürlich. Rechts neben ihr steht Leon Gonzales, ihr engster Vertrauter und nunmehr interimistischer Leiter des Instituts. Als ich gestern dort eintraf, war nur er da. Er war freundlich und hat sich Zeit für mich genommen. Er erwartete noch andere Mitarbeiter zum 5-Uhr-Tee, eine Institution, die die Professorin in britischer Manier eingeführt hat und vier Mal in der Woche stattfindet. Professor Gonzales führt diese Tradition weiter, aber wesentlich lockerer, wie er sagte. Es seien ohnedies derzeit wenig Leute da.«

Emilian hatte die ganze Zeit das Bild angestarrt. Jetzt zeigte er auf eine weitere Person und gleich darauf konnte Florence feststellen, dass er und Leonie mittlerweile zum Du übergegangen waren,

»Hast du diese Frau auch kennengelernt, Leonie? Die sieht aus, als wäre sie eine Doppelgängerin von Faye!«

»Ja, verblüffend, nicht wahr? Das ist Claire Fontaine. Sie ist bald nach mir im Institut eingetroffen, und ich dachte, ich hätte die wiederauferstandene Faye Browne in einer etwas jüngeren Version vor mir. Man sieht es! Sehr langes und sehr helles blondes Haar, kurzer Rock und Bluse. Allerdings trägt sie Stiefeletten und nicht diese sportlichen Schuhe, die Madame Browne offenbar immer getragen hat und auch hier auf dem Foto trägt. Claire Fontaine ist zwei Jahre nach Leon Gonzales an das Institut gekommen. Mich hat sie völlig ignoriert. Was man hier auf dem Foto nicht sieht, was aber gestern nicht zu übersehen war: Sie ist schwanger.«

Leonie deutete ebenfalls auf das Foto.

»Die ältere Frau links neben der Professorin ist ihre Sekretärin. Sie scheint die Einzige zu sein, welcher der Mord an Faye Browne wirklich nahegegangen ist. Außerdem dürfte sie so etwas wie der Wachhund ihrer Chefin und bei den anderen nicht beliebt sein. Derzeit ist sie wegen einer Depression im Krankenstand. Der junge Mann neben ihr befindet sich in diesem Sommer anlässlich eines Studienaufenthalts in Salt Lake City. Er heißt David Zinnel. Die kleine rundliche Person ganz am Rand ist Nancy Richard. Sie ist noch Studentin und seit einigen Monaten Tutorin am Institut. Sie hat auch mich als zukünftige Studentin sofort unter ihre Fittiche genommen und gefragt, ob ich noch Lust hätte, nachher mit ihr in eine Bar zu gehen. Natürlich habe ich zugestimmt. Es hat sich gelohnt, denn von ihr habe ich erst die wirklich interessanten Dinge erfahren.«

»Und die wären?«

Leonie kam nicht mehr dazu, die Frage von Florence zu beantworten, denn nun läutete deren Handy. Es war die Nummer von Honoré Mordent. *»Désolée«* sagte Florence, »das muss ich annehmen«, und hob ab.

»Magst du einen ersten spannenden Zwischenbericht von meinem Ausflug in die Normandie hören?« Mordent schien bestens gelaunt.

»Ich habe gerade eine Besprechung mit meinem Team, aber wenn du nichts dagegen hast, dass sie auch mithören, dann gerne«, antwortete ihm Florence.

Er stimmte zu, sie zwinkerte ihren Leuten zu und schaltete den Lautsprecher ihres Handys ein.

»Wir sind heute früh aufgebrochen«, begann Honoré Mordent, »und ich habe mittlerweile schon drei Buchhandlungen, in denen Faye Browne aufgetreten ist – eine in Trouville und zwei in Deauville – aufgesucht. Überall hat sich dasselbe abgespielt, und alle Buchhändler – zwei Frauen und ein Mann – waren sauer auf sie. Eine Begleitung von Seiten ihres Verlages, die ihr angeboten worden war, hatte sie für diese Lesungen abgelehnt. Sie hatte ihren eigenen Assistenten von der Uni in Aix mitgebracht, und der hat sich wie ihr Leibwächter aufgeführt. Es war seine Aufgabe, vor Beginn der Lesung den Buchhändlern und dann dem Publikum ihre Programmänderung mitzuteilen. Sie hat nämlich nicht aus ihren bei den zahlreich anwesenden Fans so beliebten Romanen gelesen, sondern einen Vortrag gehalten. Am Anfang haben die Leute noch ein gewisses Interesse gezeigt, als sie dann aber nur mehr von den Katastrophen sprach, die schon bald und vor allem für die nächsten Generationen zu erwarten seien, waren die meisten enttäuscht und verärgert. Nur mit Mühe konnte man Faye Browne dazu überreden, ihre Bücher zu signieren. Sie hat übrigens auch alle ihre Fachkollegen schlecht gemacht, und als sie beispielsweise ein Buch von einem Professor Whitehall im Schaufenster einer Buchhandlung direkt neben ihren Büchern entdeckte, ist sie fuchsteufelswild geworden. Mit einem solchen Machwerk wolle sie nichts zu tun haben, hat sie festgestellt und verlangt, dass dieses Buch sofort aus der Auslage entfernt würde. Der Buchhändler hat mir erzählt, dass sich dieses Buch besonders gut verkaufe nachdem Randolph Whitehall auf einer Tagung in Deauville einen viel beachteten Vortrag gehalten hatte. Er hatte dabei durchaus positive Möglichkeiten für die zukünftige Entwicklung der Menschheit aufgezeigt.«

»Weißt du, wann diese Tagung war?«, fragte Florence dazwischen.

»Weiß ich. Der *Future of Life Summit*, ein alljährlich in unterschiedlichen Ländern abgehaltener Kongress, hat Anfang April dieses Jahres stattgefunden. Professor Whitehall war einer der wichtigsten Vortragenden. Übrigens wurde der Kongress in demselben Hotel in Deauville abgehalten, in dem später Faye Browne und ihr Assistent während der Lesereise übernachtet haben. Der Assistent heißt übrigens Leon Gonzales. Wisst ihr schon etwas über ihn?«

»Leonie, meine Assistentin, war gestern in Aix im Institut und hat ihn kennengelernt«, sagte Florence. »Er ist jetzt der interimistische Leiter des Instituts.«

»Verständlich. Er hat ja scheinbar alles gutgeheißen, was Faye Browne gesagt und getan hat, und sie gegen alle Anschuldigungen verteidigt.«

»Und er ist tatsächlich nicht mit ihr zurückgereist, als ihr Laptop gestohlen wurde?«, rief Leonie fragend dazwischen.

»Genau. Sie soll ihm aufgetragen haben, nicht ohne ihren Laptop nach Aix-en-Provence zurückzukommen. Das weiß ich wiederum von der Rezeptionistin ihres Hotels. Von ihr weiß ich auch, dass der Diebstahl von der Professorin entdeckt wurde, nachdem sie mit Gonzales im Wintergarten des Hotels gefrühstückt hatte. Sie muss danach ein furchtbares Theater gemacht haben, und nur dieser Gonzales hat sie wieder halbwegs beruhigen können.

»Sehr interessant«, sagte Florence, »möglicherweise gibt es einen Zusammenhang zwischen diesem Kongress und der Normandiereise von Faye Browne. Ich werde das recherchieren.«

»Oder ich«, sagte Mordent. »Ich kann mich noch einmal im Hotel erkundigen und außerdem möchte ich mindestens zwei weitere Buchhandlungen aufsuchen. Sagt dir eigentlich dieser Name Whitehall etwas, Florence?«

»Entschuldige, Honoré! Auf den hast mich doch du selbst aufmerksam gemacht.«

»Stimmt, Florence. Erste Anzeichen von Demenz und somit beunruhigend. Also gut. Ich halte euch jetzt nicht länger auf und mache weiter. Ich wünsche dem neuen Team in Avignon viel Erfolg.«

»*Merci*«, kam es unisono zurück, und Florence ergänzte mit: »Grüße an Hélène!«

»Na, was sagt ihr«, fragte sie gleich darauf ihre Mitarbeiter.

Der Mund von Emilian war fest verschlossen. Er hatte sich offensichtlich vorgenommen, Leonie nicht mehr ins Wort zu fallen.

»Nicht uninteressant«, sagte Leonie, »besonders das, was Monsieur Mordent über die angeblich so enge Beziehung zwischen Leon Gonzales und Faye Browne gesagt hat. Die scheinen ja auf dieser Reise ein Herz und eine Seele gewesen zu sein. Nach meinem Gespräch gestern in der Cocktailbar mit Nancy hatte ich einen ganz anderen Eindruck gewonnen. Sie erzählte, dass es im Institut immer häufiger Streit zwischen Leon Gonzales und Faye Browne gab. Diese hatte ihren neuen Mitarbeiter, David Zinnel, der im Moment in den USA ist, mehr und mehr Leon vorgezogen. Leon Gonzales hingegen ist bei ihr in Ungnade gefallen genauso wie Claire Fontaine. Die Professorin war früher freundlich und verbindlich zu ihren Leuten. Dann hat sie sich verändert.«

»Ihr wahres Gesicht?«

Die Bemerkung kam von Emilian. Leonie schüttelte nur leicht den Kopf und ging nicht darauf ein. Sie zeigte auf die Pinnwand.

»Ich habe hier die Mitglieder des Instituts in Aix entsprechend ihrer Beziehung zur Professorin kurz vor deren Ermordung dargestellt. Leon Gonzales ist am weitesten von ihr entfernt. Diesen Eindruck hatte ich sowohl aufgrund seines Verhaltens als auch aufgrund dessen, was mir Nancy erzählt hat …«

Schon wieder klingelte das Handy von Florence.

Es war Dampierre aus Manosque, und einmal mehr hatten die Ereignisse in der realen Welt den Versuch des Teams, sich einen logischen Überblick über ein unvorstellbares Geschehen zu machen, zunichtegemacht.

22

Es war unüberhörbar, wie erschüttert Dampierre war. Mehrmals drohte seine Stimme zu versagen, denn er hatte von einem neuen und gänzlich unerwarteten Todesfall zu berichten. Alice Picard, die Chefin und Inhaberin der *Librairie Mistral* in Banon, war heute Vormittag etwa eine Autostunde davon entfernt im Colorado Provençal tot aufgefunden worden. Sie lag am Fuße eines hohen Felsens, auf den sie hinaufgestiegen und von wo sie dann in die Tiefe gestürzt war. Es sah nach einem Unfall aus, und bis dato gab es keine Spuren von Fremdeinwirkung. Der Genickbruch und die Knochenbrüche dürften nach der Ersteinschätzung der Gerichtsmedizinerin alle von dem Sturz in zehn Meter Tiefe stammen. Danach musste der Tod etwa ein bis zwei Stunden vor Mitternacht eingetreten sein. Die Gerichtsmedizinerin war wegen ihrer Freundschaft mit der Toten kaum in der Lage gewesen, ihre Arbeit zu verrichten, gerade deshalb schwor sie aber, dass sie bestimmt nicht die geringste Spur einer Gewaltanwendung übersehen würde.

Die Leiche war erst gegen 9 Uhr am Vormittag entdeckt worden, da der Nationalpark seit drei Tagen wegen der durch die gegenwärtige Hitze drohenden Brandgefahr für Touristen gesperrt war. Eine Gruppe von Rangern dieses einzigartigen Areals hatte die Tote auf einem Kontrollgang gefunden und sogleich das Polizeiteam von Manosque auf den Plan gerufen, das auch für diese Gegend zuständig war.

»Ich fürchte, Madame, Sie haben damit Ihre Auftraggeberin für Ihre Ermittlungen im Fall Faye Browne verloren«, sagte Dampierre und brach gleich darauf abrupt das Gespräch ab. Geschockt blickte Florence in die Gesichter ihrer ebenfalls wie erstarrten Mitarbeiter. Leonie und Emilian hatten – obwohl das Handy diesmal nicht laut gestellt gewesen war – mitbekommen, was sich erneut Tragisches ereignet hatte.

Florence brachte keinen Ton heraus. Auch Leonie und Emilian schwiegen, bis schließlich Leonie die Stille brach.

»Dann sind Sie vermutlich eine der Letzten, die Madame Picard noch lebend gesehen hat«, sagte sie leise an Florence gewandt.

»So sieht es aus«, antwortete Florence ebenso leise. »Ich wollte das gerade Dampierre mitteilen, aber er hat plötzlich aufgelegt. Ich werde ihn dann gleich noch einmal anrufen.«

»Wir machen im Fall Faye Brown auf jeden Fall weiter.« Leonie hatte wieder das Ruder übernommen. »Selbst dann, wenn es keine Bezahlung mehr dafür gibt.«

»Du hast völlig recht, Leonie«, bestätigte Emilian. »Jetzt können wir den Fall nicht hinschmeißen.« Einträchtig standen die beiden nebeneinander, und die gewisse Spannung, die es heute zwischen ihnen immer wieder gegeben hatte, schien verflogen.

»Fürs Erste machen wir weiter«, sagte nun auch Florence. »Ihr werdet aber selbstverständlich bezahlt. Schließlich seid ihr als meine Mitarbeiter engagiert. Ad acta legen kann ich den Fall Faye Browne jetzt natürlich nicht. Ein Zusammenhang zu dem überraschenden Ableben von Madame Picard ist natürlich nicht auszuschließen.«

»Dann fahren wir doch zum Colorado Provençal«, schlug Emilian eifrig vor, und in seiner Stimme lag wieder Begeisterung. Florence sah ihn schon seinen Bleistift zücken um die Szene, die sich dort ereignet hatte, in einer Zeichnung festzuhalten.

Ihre Antwort war ein Nein.

»Das würde uns jetzt überhaupt nichts bringen, und außerdem möchte ich nicht wieder diesem Poullain aus Manosque in die Arme laufen. Wir lassen die offiziellen Ermittler ihre Arbeit machen. Ich rufe dann gleich noch einmal Dampierre an. Leonie, war das alles, was Sie uns von Ihren gestrigen Recherchen mitteilen wollten?«

»Beinahe«, sagte Leonie, »aber etwas gibt es noch zu berichten.« Und dann ließ sie erneut eine Bombe platzen.

»Claire Fontaine ist schwanger, und von Nancy Richard weiß ich, dass Ernest Durant der Vater ihres Kindes ist.«

Florence fragte sich, wie Leonie es geschafft hatte, diese Neuigkeit so lange für sich zu behalten. Wenn das stimmte, rückte es die Rolle von Ernest Durant in dem mittlerweile opulenten Drama um Faye Browne in ein neues Licht.

»Wie kommt Nancy Richard zu dieser Erkenntnis?«, war deshalb ihre nächste Frage. »Hat Claire Fontaine das im Institut erzählt?«

»Nein«, sagte Leonie. »Claire Fontaine hat den Namen des Vaters ihres Kindes offensichtlich lange nicht preisgegeben. Dass sie schwanger war, wussten sie dort allerdings schon länger, und Madame Browne hat das überhaupt nicht gut aufgenommen. Sie hat ihre Assistentin danach wie eine heiße Kartoffel fallen gelassen und aufgehört, mit ihr zu sprechen. Claire durfte keine Vorlesungen mehr für sie halten, und insgesamt hat die Professorin sich so verhalten, als wäre ihre Assistentin nicht mehr existent. Nancy ist durch Zufall darauf gekommen, dass Ernest Durant der Vater des Kindes von Claire ist. Sie hat die beiden kürzlich eng umschlungen zusammen gesehen. Sie hat sie angesprochen, und dann haben sie es ihr erzählt. Jetzt, wo Madame Browne tot ist, würden sie offen darüber reden können, sollen sie zu ihr gesagt haben. Mehr habe ich von Nancy allerdings nicht erfahren, und mein Bericht ist somit beendet.«

»Vielen Dank, Leonie«, sagte Florence, »gute Arbeit! Ich werde jetzt versuchen, Dampierre noch einmal zu erreichen. Danach schlage ich vor, dass wir eine kurze Mittagspause einlegen und dann unsere weitere Vorgangsweise für heute festlegen.«

Sie bemerkte, dass Emilian jetzt wirklich müde zu sein schien.

»Für Sie, Emilian, ist allerdings Schluss für heute. Sie haben vermutlich die ganze Nacht gearbeitet. Leonie, wir machen eine halbe Stunde Pause. In erster Linie, um eine

Kleinigkeit zu essen. Erst danach legen wir unsere Schritte für den Nachmittag fest!«

»Aber …«, der Einspruch von Leonie und Emilian kam unisono. Florence hatte nichts anderes erwartet.

»Kein Aber, bitte«, fiel sie ihnen deshalb ins Wort. »Meine Mitarbeiter haben ein Anrecht auf Pausen und Freizeit. Außerdem müssen wir uns vor Augen halten, dass wir derzeit keinen Auftrag haben und kein offizielles Ermittlungsteam sind. Wir können nur hoffen, in jene Lücken zu stoßen, die von den anderen übersehen wurden. Lasst uns das als Chance und nicht als Einschränkung sehen!«

Die beiden nickten, blieben aber im Raum, um das Ergebnis des Telefonats von Florence mit Dampierre abzuwarten. Als er jetzt sofort abhob, berichtete ihm Florence, dass sie gestern noch bis nach 20 Uhr mit Alice Picard zu Abend gegessen hatte und dass diese dann angeblich noch einen Termin gehabt hatte.

»Somit waren Sie möglicherweise die Letzte, die Madame Picard noch lebend gesehen hat, außer ihrem Mörder, falls es kein Unfall war.«

Dankbar registrierte Florence, dass er offensichtlich sie als Mörderin ausschloss. Bei seinem Chef würde das schon anders aussehen, was Dampierre ihr jetzt mit den folgenden Worten bestätigte.

»Der Chef wird aber keine Freude mit dieser Information haben. Oder vielleicht sogar erst recht. Es tut mir leid, Madame Beaumarie. Er wird Sie zu sich beordern, denn natürlich müssen Sie offiziell als Zeugin befragt werden.«

»Das ist mir klar.« Florence war inzwischen mit dem Handy am Ohr in ihr Büro gegangen. Das konnte ein längeres Gespräch werden. »Weiß der Commandant, dass Sie mich bereits über den Tod von Alice Picard informiert haben?«

»Nein, das weiß er nicht. Passen Sie auf, Madame, ich habe gerade eine Idee. Wir könnten es so einrichten, dass Sie mir heute am Nachmittag zufällig über den Weg laufen. Könnten Sie nach Banon kommen? Ich fahre jetzt gleich dorthin, um gemeinsam mit einer Kollegin die Angestellten der Buchhandlung zu befragen. Poullain ist nicht dabei. Um 14 Uhr am Nachmittag müsste das erledigt sein, dann könnten wir uns treffen. Wir tun so, als würden Sie erst vor Ort vom Tod Ihrer Auftraggeberin erfahren, und dann kann ich Sie als Zeugin einvernehmen und ein Protokoll von dem Gespräch machen. Das dürfte fürs Erste genügen, damit der Commandant Sie in Ruhe lässt.«

Florence war natürlich einverstanden. Bis 14 Uhr würde sie es nach Banon schaffen.

23

Wenn die Fenster der Räume des Detektivbüros in der Altstadt von Avignon auch nur einen kleinen Spalt geöffnet waren, stieg Florence zu jeder Zeit der Duft von frisch gebackenem Brot in die Nase, denn direkt darunter befand sich eine Bäckerei. Unwiderstehlich für die meisten Menschen und auch für sie. Dennoch war sie noch nicht dazu gekommen, dort etwas zu kaufen. Als sie nun das Gespräch mit Dampierre beendet hatte, schlug Emilian vor, für sie alle einen Mittagsimbiss zu besorgen. Bei ihm, der heute noch nichts gefrühstückt hatte, hätte sich mittlerweile ein gewaltiger Hunger eingestellt.

»Für mich aber nur eine Kleinigkeit!«

Die Antworten von Florence und Leonie waren unisono erfolgt, und darüber mussten sie trotz der bedrückenden Nachricht, die sie gerade zu verdauen hatten, lachen.

Während Emilian nach unten verschwand, hatten sie, anders als von Florence beabsichtigt, sofort mit der Planung des Nachmittags begonnen. Florence hatte nun ohnedies keine Wahl mehr und musste so bald wie möglich in Richtung Banon aufbrechen, und auch Leonie wusste bereits, wie sie vorgehen wollte und wofür sie noch den Segen ihrer Chefin brauchte. Den bekam sie. Sie würde erneut nach Aix-en-Provence fahren und ihre Recherchen an der Universität fortsetzen, denn es gab noch genug offene Fragen. Als nun Emilian mit einer frisch gebackenen Quiche zurück kam, war alles geklärt. Man gab sich für einige entspanntere Augenblicke dem Genuss hin, und bald darauf war man in unterschiedliche Richtungen unterwegs.

Auf der Fahrt nach Banon kreisten die Gedanken von Florence unvermeidlich und beständig um den Tod von Alice Picard, und so war es gut, dass sie den Weg dorthin nun schon auswendig kannte. Als sie an dem Straßenschild vorbeikam, das die Abzweigung zum Colorado Provençal anzeigte, wäre sie am liebsten abgebogen. Das wäre allerdings sinnlos gewesen, und so begnügte sie sich damit, kurz anzuhalten und die bizarren Felsformationen zu betrachten, die sich am Horizont abzeichneten. Auch aus dieser Distanz waren bereits einige der Rot- und Orangetöne erkennbar, die diesem riesigen Steinbruch, in dem über lange Zeit Ocker abgebaut worden war, seinen Namen gegeben hatten. Inmitten von grünen Hügeln und im Frühsommer umgeben von leuchtend blauen Lavendelfeldern befand man sich dort völlig unerwartet in einer Landschaft, deren Wanderwege Namen wie *Sahara* oder *Weiße Wüste* trugen. So bizarr wie diese Landschaft musste auch das gewesen sein, was sich letzte Nacht dort zugetragen hatte. Der völlig unerwartete Tod einer couragierten Frau, mit der Florence noch Stunden zuvor zu Abend gegessen hatte. Wie ein Kurzfilm, der immer wieder von neuem abgespielt wurde, war Florence dieses Zusammensein mit Madame Picard auf der Fahrt hierher durch den Kopf gegangen. Waren die Vorboten des Unheils, das dann über die Buchhändlerin hereingebrochen war, bereits erkennbar gewesen, und hätte Florence etwas bemerken müssen? War das, was sie während dieses Abendessens nur als vage Irritation wahrgenommen hatte und das sie für sich als eine weitere Marotte dieser Frau eingeordnet hatte, ein solches Anzeichen gewesen?

Madame Picard hatte sich gut gelaunt angehört, als sie Florence das gemeinsame Abendessen vorgeschlagen hatte, und sie hatte sie mit dem Versprechen, ihr von einem interessanten Ereignis zu berichten, geködert. Während des Essens hatte sie zwar die Form gewahrt, hatte aber gleichzeitig auch abwesend und – wie es Florence nun im Rückblick vorkam – unruhig gewirkt. Die Tatsache, dass sie den angekündigten Bericht – nämlich den Besuch von Professor Whitehall – gar nicht mehr von sich aus zur Sprache gebracht hatte, zeigte sich nun in einem anderen Licht. Hatte der Besuch von Whitehall mit dem Tod von Madame Picard zu tun? Hatten die beiden zuvor noch miteinander telefoniert und ein Treffen vereinbart? Vielleicht ausgerechnet im Colorado Provençal. Warum und wozu? Florence konnte sich keinen Reim darauf machen.

Es war Zeit weiterzufahren. Sie warf einen letzten Blick auf den Colorado Provençal, den sie bisher nur aus Erzählungen und von Bildern gekannt hatte, und plötzlich war da diese Melodie aus einem Film, der sie sehr beeindruckt hatte. In dem Film *Spiel mir das Lied vom Tod* hatte es jene Szene gegeben, in der ein vom Erhängen bedrohter Mann einsam inmitten einer Wüstenlandschaft nur mehr einen Schritt vom Tod entfernt auf den Schultern eines anderen stand. Ein unvergesslich endloser Augenblick zwischen Leben und Tod. Hatte Alice Picard am Ende ihres Lebens Ähnliches erlebt?

Florence schüttelte den Kopf. Keine Zeit für Hirngespinste! Madame Picard war nicht erhängt worden, und sie war womöglich sogar ganz alleine dort gewesen. Entschlossen, endlich Licht in diese düstere Abfolge von seltsamen Todesfällen zu bringen, startete sie ihren Wagen.

In Kürze würde sie Kommissar Dampierre gegenüberstehen. Sie konnte nur hoffen, dass er sie weiterhin als Verbündete sah. Sie hatte ihm natürlich bereits am Telefon vom Besuch des Professors in Banon berichtet und auch, dass sie von Madame Picard noch erfahren hatte, dass dieser irgendwo im Luberon bei einem Freund nächtigen wollte.

Dampierre wollte nun versuchen, den Freund des Professors im Luberon ausfindig zu machen. Eine Suche nach der sprichwörtlichen Stecknadel im Heuhaufen! Bei diesem Gedanken kam Florence auf die Idee, noch in einem anderen Heuhaufen herumzustochern. Erneut lenkte sie ihren Wagen an den Straßenrand, um Mordent anzurufen, der sich noch in der Normandie aufhalten musste. Er meldete sich aber nicht. Sie sprach ihm rasch eine Nachricht auf die Mailbox und fuhr weiter.

Mit Dampierre hatte sie vereinbart, dass sie vor der Buchhandlung auf ihn warten würde. Mit dem Spektakel, das sich bei ihrer Ankunft gerade vor diesem Gebäude abspielte, hatte sie nicht gerechnet.

Während das Geschäft geschlossen war, hatten sich zahlreiche Menschen am Platz davor versammelt, denn natürlich hatte sich die Nachricht vom Tod Madame Picards mit Windeseile in ganz Banon verbreitet. Schon war neben der großen Platane eine Gedenkstätte für die Tote entstanden. Jemand hatte ein gerahmtes Foto von Alice Picard aufgestellt, Blumen wurden dazugelegt, kleine Lichter angezündet, und auch einige Bücher lagen dort.

Florence schlenderte an den Leuten vorbei und fing Gesprächsfetzen auf: »Unfassbar … ausgerechnet sie … wer wird das Geschäft jetzt weiterführen? … sie war schon jemand …«

Dann betrachtete sie gemeinsam mit anderen Neugierigen die auf dem Boden ausgebreiteten Devotionalien.

»So ein Kitsch hätte Alice aber nicht gefallen«, sagte eine Frau zu ihrer Begleiterin und deutete auf eine in rosa Tüll gehüllte Barbiepuppe.

»Psst, nicht so laut«, flüsterte die Begleitung, gerade noch hörbar für Florence, »das könnte doch auch das Geschenk eines Kindes sein, denn obwohl Alice keine Kinder hatte, konnte sie gut mit ihnen umgehen.«

»Besser als mit Erwachsenen.« Die erste Frau gehörte zu jenen Leuten, die es einfach nicht schaffen, leise zu sprechen. »Alice konnte sehr direkt sein und hat manchmal auch ihre Kunden vergrault.«

»Dafür hat sie der Prominenz Honig ums Maul

geschmiert.« Jetzt war auch die andere lauter geworden. Dann senkte sie wieder ihre Stimme: »Ich habe einmal mitangesehen, wie sie diese Faye Browne hofiert hat. Sie hat alle anderen Kunden warten lassen.«

»Und jetzt sind beide tot, ich möchte wissen …«

»Psst, da kommt unser Bürgermeister. Komm, wir gehen einen Kaffee trinken …«

Die beiden entfernten sich, und ein beleibter älterer Mann trat an die Gedenkstätte heran und legte eine einzelne langstielige Rose ab. Florence ergriff die Flucht, da er von einem Kamerateam begleitet worden war, das seinen Auftritt filmte. Diese Art von Publicity konnte sie jetzt nicht brauchen.

Jemand tippte ihr auf die Schulter.

»Bonjour, Madame Beaumarie. Schön, Sie zu sehen, trotz allem!«

»Bonjour, Monsieur le Commissaire, die Freude beruht auf Gegenseitigkeit. Auch unter diesen Umständen! Gibt es schon etwas Neues?«

»Kommen Sie«, sagte er statt einer Antwort, »wir gehen am besten zur Dienststelle der Gendarmerie hier in Banon. Der Ortsgendarm ist auf Streife. Ein sehr netter Kollege, der nicht das Bedürfnis hat, mit uns von der Police nationale zu konkurrieren. Er hat uns sein Büro überlassen. Ich habe inzwischen gemeinsam mit einer Kollegin den Großteil der Mitarbeiter von Alice Picard befragt. Die Kollegin ist noch in der Buchhandlung.«

»Es gibt wenig neue Erkenntnisse zum Tod von Alice Picard«, sagte er, als sie dann am Weg zur Polizeidienststelle waren. »Ich habe gerade noch einmal mit der Gerichtsmedizinerin und dem Leiter der Spurensicherung telefoniert. Sie hat möglicherweise einen Hinweis auf Fremdeinwirkung gefunden, was bei einer Leiche, die durch den Fall aus großer Höhe jede Menge Verletzungen aufweist, an ein Wunder grenzt. Eine Wunde am Unterschenkel hat sie stutzig gemacht. Es sieht so aus, als hätte sie jemand mit großer Wucht mit einem Schuh mit Gummisohle gegen das Schienbein getreten Sie hat Spuren in der Wunde entdeckt, die ein Gummiabrieb sein könnten. Möglicherweise war es kein Unfall.

»Aber wieso sollte sie im Dunkeln alleine dorthin gegangen sein, um sich von einem Felsen zu stürzen? Ein reichlich dramatischer Ort!«

»Sie ist nicht gegangen, sie ist bis zum Felsen mit ihrem Geländewagen gefahren. Der war unterhalb geparkt. Lampe haben wir keine bei ihr gefunden, aber es ist ja beinahe Vollmond und eine sehr helle Nacht. Jedenfalls muss sie die Gegend gekannt haben.«

Schon hatten sie die Dienststelle der Gendarmerie erreicht, die wie üblich einen etwas trostlosen Anblick bot, schäbig und schlecht ausgestattet. Dampierre hatte an einem kleinen Schreibtisch Platz genommen und einen Laptop vor sich hingestellt. Florence diktierte ihm ihren Bericht zum gestrigen Treffen mit Madame Picard in die Tasten. Weitere Fragen brauchte er nicht zu stellen, denn Florence hatte sie – erfahren wie sie war – bereits im Voraus beantwortet.

»Und jetzt werden Sie gleich sagen, dass ich mich für eventuelle weitere Fragen zur Verfügung halten soll und das Land nicht verlassen darf«, sagte sie abschließend mit einem schrägen Lächeln.

»*Exactement*«, antwortete er und lehnte sich in seinem Sessel zurück.

Wäre er Kommissar Maigret, dachte Florence, würde er sich jetzt eine Pfeife anzünden.

Das tat er aber nicht. Stattdessen fragte er Florence, was sie heute noch vorhabe. Sie berichtete ihm, dass sie am Abend rechtzeitig zum Konzert von Chantal Florentin in Avignon zurück sein müsse, sich jetzt aber gerne noch einmal mit den Angestellten der Buchhandlung unterhalten würde.

»Da werden Sie sich noch ein wenig gedulden müssen«, antwortete er ihr. »Ich weiß, dass das Team der Buchhandlung in Kürze ein gemeinsames Gedenken für die verstorbene Chefin abhalten wird. Meine Kollegin bleibt noch solang dort.«

Er schien kurz zu überlegen und nickte nachdenklich mit dem Kopf.

»Es wird aber niemand etwas dagegen haben, wenn Sie sich in der Zwischenzeit in der Buchhandlung umsehen. Ich rufe meine Kollegin an und sage ihr, dass sie Sie in fünf Minuten am Hintereingang erwarten soll. Sie wird auch die Belegschaft davon informieren, aber die wissen vermutlich ohnedies, dass Sie von Madame Picard als Detektivin beauftragt waren.«

»Haben Sie die Buchhandlung schon durchsucht?«, fragte Florence.

»Haben wir«, antwortete er, »aber ohne besondere Ergebnisse! Mit Ihrem Spürsinn finden Sie möglicherweise noch etwas heraus, das wir übersehen haben.«

24

Zehn Minuten später durchstreifte Florence die Buchhandlung *Librairie Mistral* in Banon. Jetzt, wo sich keine Kunden in den Räumen aufhielten, erschien sie ihr noch größer als zuvor, ausgestattet mit einer scheinbar unübersehbaren Anzahl von Büchern.

Die Belegschaft des Hauses hatte sich, wie ihr die Polizistin am Hintereingang mitgeteilt hatte, bereits im Vortragsraum versammelt. Vermutlich derselbe Raum, in dem Faye Browne ermordet aufgefunden worden war und um den Florence erst einmal einen großen Bogen machte. Die Buchhandlung verteilte sich über mehrere Stockwerke. Florence startete in der untersten Ebene. Dort waren Reise- und Kinderbücher untergebracht, und einen Halbstock höher befand sich eine riesengroße Abteilung für Kochbücher und alles, was mit Essen zu tun hatte. Ebenfalls reichhaltig bestückt war die Abteilung für Kriminalromane, wiederum eine Ebene höher gelegen. Ein Almanach der Kriminalliteratur stach Florence ins Auge. Sie warf einen Blick hinein und entdeckte neben schaurigen viktorianischen Darstellungen Kurzberichte von spektakulären Mordfällen der jüngeren Geschichte. Als sie eine Seite mit der Zeichnung einer Szene aufschlug, in der sich eine Person vom Turm einer Kathedrale stürzt, klappte sie das Buch sofort wieder zu. Beinahe hätte sie für einen kurzen Moment den Grund ihres Aufenthaltes hier vergessen. Rasch stieg sie die vier Etagen nach oben und erreichte schließlich über eine schmale Wendeltreppe das Büro von Madame Picard, das an die Turmzimmer alter Schlösser erinnerte. Gleich daneben befand sich noch ein Raum, der abgesperrt war. Florence, die sich eine kindliche Vorliebe für geheime Verstecke bewahrt hatte, suchte nach dem Schlüssel. Der war enttäuschend leicht zu finden. Florence entdeckte ihn ganz hinten in der obersten Lade des Schreibtisches.

Als Florence die Türe öffnete, war sie erneut von Bücherregalen umgeben. Der Raum, in dem sie sich befand, führte in den angrenzenden Trakt des Gebäudes und war groß und lang gestreckt. Die Atmosphäre hier war jedoch eine ganz andere als in den Verkaufsräumen. Hier befand sie sich offensichtlich in der ganz privaten Bibliothek von Alice Picard, erkennbar an allerlei persönlichen Dingen, welche die Regale zierten und davon zeugten, dass die Buchhändlerin gerne Flohmärkte und Antiquitätengeschäfte aufgesucht hatte. Unter anderem gab es jede Menge altmodischer Tintenfässer, Federkiele und anderer Schreibutensilien aus früheren Zeiten. Auf einem in die Jahre gekommenen Lehnsessel, der mit einem orientalisch bestickten Stoff überzogen war, lag ein angefangenes Strickzeug. Einige Reihen aus dicker hellblauer Wolle, aus denen irgendwann ein Pullover werden sollte und der nun vermutlich nie mehr zu Ende gestrickt werden würde. Ein Notizzettel lag daneben. Jemand – und wer sonst als Alice Picard – hatte mit Bleistift eine Liste mit Namen erstellt. Es waren Namen von bekannten Schriftstellern, darunter Honoré de Balzac, Simone de Beauvoir und auch Faye Browne.

In der Mitte des Raumes befand sich ein türkis gestrichenes Regal, das eine bunte Mischung an Büchern enthielt, vermutlich die Lieblingsbücher von Madame Picard. Einige hatten identische Buchrücken, und als Florence eines davon herausnahm, hielt sie ein Buch in Händen, dessen Autorin

Alice Picard selbst war. Wie interessant! Mit dem Buch in der Hand ließ sich Florence in den Lehnstuhl sinken – nicht ohne vorher das Strickzeug auf das kleine Büchertischchen daneben gelegt zu haben. Es war ein Buch über Bücher, und der Titel etwas betulich: *Bücher aus meiner Gegend und der weiten Welt – Aus der Bücherkiste einer begeisterten Buchhändlerin.* Sie blätterte es auf, und da es recht groß gedruckt war und die Kapitel kurz ausfielen, konnte sie schnell den Inhalt erfassen. Es war ein kleiner, kurzweilig geschriebener literarischer Führer. In einem Kapitel berichtete die Autorin von mündlichen Überlieferungen und davon, dass Frauen schon immer eine besondere Begabung für das Erzählen hatten, da sie seit jeher für ihre Kinder Geschichten zum Einschlafen erfinden mussten. Dabei erwähnte sie auch ihre Freundin Lucille Durant, die ihrem Sohn Geschichten erzählt hatte, die von Generation zu Generation weitergereicht wurden und die als eine der letzten Geschichtenerzählerinnen im Département Vaucluse auch öffentlich auftrat.

Florence ließ das Buch sinken. Diese Lucille Durant konnte niemand anderer als die Mutter von Ernest Durant sein. Dass diese mit Alice Picard eine lange Freundschaft verbunden hatte, wusste Florence bereits. Dann blätterte sie zum Schlusskapitel und las, was Alice Picard von ihren ganz persönlichen Vorlieben und Lesegewohnheiten zu berichten hatte.

»Wenn ich nicht gerade Neuerscheinungen lesen muss«, hatte sie geschrieben, »lese ich am liebsten historische Romane, aber auch Biografien und hin und wieder gerne einen Krimi.

Womit ich allerdings gar nichts anfangen kann, ist die Fantasy- und Science Fiction- Literatur. Wahrscheinlich ist es meinen geschätzten Lesern aufgefallen. Ich habe bisher über diese Genres kein Wort verloren. Aber natürlich verkaufe ich sie in meiner Buchhandlung, denn für viele Leserinnen und Leser sind es genau diese Geschichten, die sie vor ihren Alltagsproblemen so weit weg bringen, dass sie diese für einige Zeit vergessen können. Ich bin aber der Meinung, dass man sich aus einem Buch immer auch etwas für das eigene Leben mitnehmen sollte, was bei diesem Genre kaum möglich ist. Hier fantasiert sich jemand Welten zusammen, die es so nie geben wird.«

Florence legte das Buch zur Seite. Was wohl Faye Browne zu diesen Zeilen gesagt hätte? Hatte Madame Picard der Starautorin gegenüber ihr Interesse vorgetäuscht? Das Buch von Alice Picard war im Februar 2004 erschienen. Da war Faye Browne gerade einmal 26 Jahre alt gewesen und hatte noch keinen Roman veröffentlicht gehabt. Ob ihre Bücher auch in die private Bibliothek der Buchhändlerin Eingang gefunden hatten? Florence musste nicht lange suchen. Sie füllten ein eigenes Regal im Zentrum von Alice Picards Bücheruniversum! Den Anfang hatte im Jahr 2006 der erste Band ihrer erfolgreichen Trilogie *Frauenland* gemacht. Ab da war es rasant weitergegangen. Jedes Jahr ein Buch! Florence klappte Band 2 auf und stellte fest, dass dieser von der Autorin signiert worden war: *Pour Alice, ma libraire préférée*. Als Faye Browne diesen zweiten Band veröffentlicht hatte, war das Buch von Alice Picard erst seit zwei Jahren auf dem Markt gewesen. Hatte sie den Vertrieb einstellen lassen, um den aufsteigenden Stern am Science-Fiction-Himmel, der ganz in ihrer Nähe zu leuchten begonnen hatte, nicht zu verärgern?

Es wäre jedenfalls interessant, Lucille Durant über ihre Freundin Alice zu befragen. Die hatte sie vermutlich am besten gekannt.

25

Noch war es in der Buchhandlung auffallend still und die Gedenkfeier für die Chefin in vollem Gange. Dennoch wurde es Zeit, diese privaten Räumlichkeiten wieder zu verlassen. Sie durfte das Ende der Gedenkfeier nicht verpassen. Ungeduldig marschierte Florence bald darauf vor dem Vortragsraum auf und ab. Sie hatte heute noch einiges zu erledigen und musste rechtzeitig zu Chantals Konzert in Avignon sein. Die Zeit begann ihr davonzulaufen. Zur Beruhigung zog sie immer wieder eines der Bücher aus den Regalen und blätterte darin, ohne den Inhalt richtig wahrzunehmen.

Als sich das verhaltene Gemurmel hinter der verschlossenen Tür unvermittelt in ein lebhaftes Durcheinander vielfältiger Stimmen verwandelte, ging die Zusammenkunft der Belegschaft endgültig ihrem Ende zu. Endlich ging die Tür auf, und eine Mitarbeiterin kam alleine heraus. Sie war Florence bisher nicht besonders aufgefallen, blieb aber abrupt vor ihr stehen.

»Sie haben mich soeben zur interimistischen Leiterin gewählt«, sagte sie völlig verblüfft, und die Verblüffung schien weniger der Tatsache geschuldet, dass sie Florence hier antraf, sondern vielmehr dem, was soeben mit ihr passiert war. Dann wandte sie sich genauso abrupt wieder ab und verschwand hinter einer der Bücherwände.

Gleich darauf kam Bewegung in die Gruppe. Florence zählte 17 Leute. Längst nicht alle waren ihr bekannt. Einige wenige grüßten sie, die anderen versuchten, sie zu ignorieren. Eine nervöse Energie begleitete sie, und alle schienen so rasch wie möglich wegzuwollen. Sie eilten in unterschiedliche Richtungen, verschluckt von den Bücherregalen, und Florence stellte resigniert fest, dass sie wohl keine Chance hatte, jetzt noch mit allen gemeinsam zu reden.

Auch Ernest Durant hatte versucht, Florence zu ignorieren. Mit ihm musste sie unbedingt sprechen. Sie nahm die Verfolgung auf!

»Monsieur Durant!«, rief sie ihm hinterher. Er drehte sich um.

»Was wollen Sie jetzt wieder von mir? Sie sehen, was passiert ist. Wenn Sie wissen wollen, wo ich gestern war, bitte sehr: Ich hatte gestern einen Urlaubstag. Madame Picard habe ich zuletzt vor zwei Tagen gesehen.«

»Danke für die Information, aber eigentlich wollte ich Sie etwas anderes fragen. Bitte«, fügte sie hinzu und blickte ihn eindringlich an, »es ist wichtig. Können wir irgendwo ungestört reden?«

»Hier herinnen jedenfalls nicht«, sagte er zu ihrer Überraschung. »Wir können aber in den Lesegarten gehen, da sind heute keine Leute.«

Florence hatte diesen kleinen begrünten Innenhof, der für Besucher der Buchhandlung zum Schmökern gedacht war, auf ihrem Rundgang entdeckt. Umgeben von mit Efeu bedeckten Mauern konnte man es sich auf einer Bank oder an einem der Metalltischchen mit den bunten Sesseln bequem machen. Von der Straße aus war dieser Garten nicht zu sehen gewesen. Ernest Durant steuerte auf ein Tischchen in der hintersten Ecke zu, rückte Florence einen Sessel zurecht und setzte sich ihr gegenüber. Sein Blick war auf das Eingangsportal gerichtet. Florence beschloss, sogleich mit der Tür ins Haus zu fallen.

»Ich habe gehört, dass Sie bald Vater werden, Monsieur Durant. Herzlichen Glückwunsch.«

»Woher wissen Sie denn das«, fragte er eher neugierig als vorwurfsvoll. »Außer meiner Mutter und einer Bekannten haben wir noch niemandem davon erzählt.«

»Und Sie wollten natürlich auf keinen Fall, dass es Faye Browne erfährt, denn die wäre nicht gerade amüsiert darüber gewesen, dass Sie der Vater des Kindes ihrer Assistentin sind.«

»Sie hätte es schon noch erfahren«, er blieb ungewöhnlich gelassen. »Claire hatte ohnedies nicht vor, noch lange für sie zu arbeiten, wollte ihr aber den Triumph nicht gönnen, wegen ihrer Schwangerschaft zu kündigen.«

»Was hat denn Ihre Mutter dazu gesagt?« Florence versuchte, den Plauderton beizubehalten, aber nun änderte sich plötzlich seine Stimmung. »Wessen Mutter – meine? Was soll diese Frage? Wenn Sie meine Mutter meinen, die hat sich über die Nachricht sehr gefreut!« Das war jetzt gelogen, dachte sie, beließ es aber dabei. Sie hatte noch eine andere Frage.

»Und was haben Ihre Mutter und Ihre Freundin dazu gesagt, als sie von Ihrem Alibi erfuhren? Sie verbrachten immerhin einen sehr intimen Abend mit zwei anderen Frauen.«

»Meiner Mutter bin ich für so etwas keine Rechenschaft schuldig. Claire war natürlich geschockt, aber wir haben uns ausgesprochen. Die Tatsache, dass ich verhaftet wurde, hat sie viel mehr aufgeregt. Es war sogar sie, die Annie und Madeleine dazu überredet hat, mit der Wahrheit über unser Zusammensein zur Polizei zu gehen. Die zwei sind ja ihre Freundinnen, und sie weiß, wie die sein können. Ziemlich verrückt und manchmal nicht zu bremsen.«

Er stockte und machte eine Geste, als wollte er eine lästige Fliege vertreiben.

»Aber warum erzähle ich Ihnen das alles? Wir haben ja jetzt ganz andere Sorgen. Es ist so furchtbar, was mit Alice passiert ist. Ich kannte sie schon mein Leben lang. Sie war immerhin die beste Freundin meiner Mutter. Eigentlich dachte ich, dass Sie mich über sie ausfragen wollten. Immerhin war sie Ihre Auftraggeberin. Sie hat uns mehrmals gesagt, dass nur Sie in der Lage sein werden, den Mord an Faye Browne aufzuklären. Ich möchte jetzt Schluss machen. Ich muss zu meiner Mutter. Ich habe noch nicht mit ihr gesprochen, seit der Tod ihrer besten Freundin bekannt geworden ist. Sie weiß es vielleicht noch gar nicht. Meine Mutter benutzt aus Prinzip keinen Computer und kein Handy, und am Freitag hat sie von 6 Uhr morgens bis 14 Uhr am Nachmittag Dienst auf der Palliativstation.«

»Was arbeitet sie dort?«

»Sie ist Krankenschwester.«

»Gut. Wohnt Sie weit von hier?«

»Nein, nein, unser Haus ist nur fünf Minuten von hier entfernt. Kann ich gehen?«

Er war schon aufgestanden.

»Gleich, ich würde ebenfalls gerne mit Ihrer Mutter reden, über Madame Picard! Sie hat mir vertraut, und das sollten Sie auch tun. Es wird höchste Zeit, dass diese Serie von ungewöhnlichen Todesfällen ein Ende findet!«

»Sie sollten das der Polizei überlassen!«

»Sie meinen Commandant Poullain? Der wird Sie erneut verdächtigen, glauben Sie mir! Überhaupt wenn er erfährt, dass Sie und Claire Fontaine ein Paar sind!«

Ernest schwieg, und Florence sprach nun in einem beschwichtigenden Ton weiter. So wie ihn Mütter zur Beruhigung ihre Kinder verwenden.

»Gehen Sie jetzt zu Ihrer Mutter, Monsieur Durant, und erzählen Sie ihr, was passiert ist. Lassen Sie sie wissen, dass Alice Picard mir ihr Vertrauen geschenkt hat und dass ich mit jemandem sprechen möchte, der sie gut gekannt hat. Nur kurz. Es geht ausschließlich um Madame Picard, und Sie können gerne dabei sein. Ich lasse Ihnen noch etwas Zeit und komme in einer halben Stunde nach.«

»Also gut«, antwortete er und nannte ihr die Adresse. Florence hatte somit bis dahin noch eine halbe Stunde und wollte sie nutzen, um mit der neuen Leiterin der Buchhandlung zu sprechen. Unter anderem interessierte sie, ob man hier etwas über die Autorin Alice Picard und das von ihr verfasste Buch wusste.

Noch bevor sie sich erhob, rief Honoré Mordent an und teilte mit, dass er heute seine Pläne in der Normandie bedauerlicherweise nicht weiterverfolgen könne. Er hatte plötzlich mehrere aufeinanderfolgende Schwindelanfälle gehabt und seine Frau Hélène hatte darauf bestanden, sofort mit ihm nach Paris und zu einem Arzt zu fahren. Die halbe Strecke hatten sie bereits hinter sich.

»Hélène ist unbarmherzig, Florence«, klagte er, »ich wollte natürlich bleiben, aber sie sagt, dass sie nicht bereit sei, ein Risiko einzugehen. Wir können ja morgen noch einmal hinfahren.«

»Danke für das Angebot«, sagte Florence, »es eilt nicht, und Hélène hat recht. Ich melde mich morgen wieder bei dir, dann sehen wir weiter. Bitte pass gut auf dich auf und konsultiere einen Arzt.«

Noch während sie gesprochen hatten, hatte Florence eine andere Idee. Ohne lange zu zögern wählte sie die Nummer ihrer Tante in Deauville. Sie wusste, dass diese ihr Telefon mit einem zusätzlichen Lautsprecher verwendete, da sie schon recht schwerhörig war. Das bedeutete auch, dass vermutlich eine ihrer Betreuerinnen mithören würde. Diese überwachte sie mit Argusaugen und ermahnte sie, wenn sie sich überanstrengte. Es war nicht einfach für die Tante, mit der Diskrepanz zwischen körperlichen und geistigen Fähigkeiten, die in ihrem hohen Alter aufgetreten war, leben zu müssen. Sie betonte gerne, dass sie sich geistig keinen Tag älter als 20 Jahre fühle und dass es grausam sei, im Körper einer fast 100-Jährigen zu stecken. Sie litt unter einer schweren Arthrose, hatte zwei künstliche Hüften und große Probleme mit ihren Knien, aber die Ärzte hatten ihr von erneuten Operationen abgeraten. Florence konnte sich bei jedem ihrer Gespräche mit Tante Blanche erneut davon überzeugen, dass deren Verstand genauso gut wie bei einem jungen Mädchen funktionierte. Tante Blanche ertrug die Einschränkungen, die ihr das Alter auferlegt hatte, durchaus mit Würde. Zu dem Humor, der ihr schon immer eigen gewesen war, hatte sich mit den Jahren eine gehörige Portion Sarkasmus gesellt, etwas, für das jeder, der die Tante kannte, Verständnis hatte. Da Florence heute wirklich keine Zeit für Small Talk hatte, kam sie ohne Umschweife zu ihrem Anliegen und versprach der Tante ein ausgiebiges Telefonat am Wochenende.

»Ich weiß, was ich von deinen Versprechungen zu halten habe, Florence«, bemerkte die Tante, »sie sind gut gemeint, aber solang du noch weiterhin in ungelösten Kriminalfällen herumstocherst, wird es wie immer sein. Dein nächster Anruf wird wieder mit einer Entschuldigung beginnen müssen. Also sag, was ich für dich tun kann. Ich kann Abwechslung gebrauchen. Und du geh bitte aus dem Raum, Ramona. Das, was ich mit meiner Nichte zu besprechen haben, ist topsecret!«

Florence schmunzelte. Das war Tante Blanche, wie sie leibte und – trotz ihres hohen Alters hoffentlich noch lange – lebte.

»Kennst du das Hotel *Le Normandy*?«

»Diese Frage hättest du dir schon einmal sparen können, Florence. Ich lebe seit fast 100 Jahren in dieser Stadt, und du fragst mich, ob ich eines unserer ältesten und schönsten Hotels kenne? Komm bitte zur Sache.«

»Ich benötige dringend Informationen zu einem Kongress, der dort Anfang April stattgefunden hat, besser gesagt zu einigen Teilnehmern dieses Kongresses. Man wird es mir aber nicht sagen, wenn ich anrufe. Du kennst nicht zufällig jemanden, der dort arbeitet?«

»Leider gibt es unter meinen Bekannten keine Leute mehr, die noch arbeiten, aber wenn du mich nach den Besitzern dieses Hotels fragen würdest, wäre meine Antwort positiv. Ich bin mit der Dame, die das Hotel jahrzehntelang geleitet hat, zur Schule gegangen und kenne ihre Tochter und ihre Enkelin, die mittlerweile alles so weiterführt, wie ihre Mutter und ihre Großmutter es sich gewünscht haben. Ich nehme an, dass Nicole noch immer einen gewissen Einfluss auf die Leute hat, die dort arbeiten.«

»Wunderbar, liebe Tante. Wäre es dann möglich, dass du diesen Einfluss auch geltend machst?«

»Natürlich! Ich kann sofort versuchen, Nicole Chauvet zu erreichen. Was genau möchtest du denn wissen?«

Florence schilderte ihr Anliegen, und Tante Blanche versprach, sofort mit der Recherche zu beginnen. Florence wusste, dass sie ihr mit diesem Auftrag eine große Freude gemacht hatte.

26

Was nun? Für den Besuch bei Madame Durant war es noch etwas zu früh. Danach würde sie es eilig haben, nach Avignon zu kommen. Also zurück in die Buchhandlung. Sie hätte einige Fragen an die neue Leiterin – und hatte Glück, denn die lief ihr nun als Allererste über den Weg, stellte sich als Albertine Martin vor und erklärte sich zu einem kurzen Gespräch bereit. Florence konnte sich vorstellen, warum sie für dieses Amt auserkoren worden war. Eine nette, freundliche Person, die vermutlich mit allen Leuten gut auskam. Vielleicht sogar etwas zu nett, um allen Anforderungen ihrer zukünftigen Funktion gewachsen zu sein. Das Gespräch und auch die Persönlichkeit von Albertine Martin entpuppten sich jedoch schon bald als markanter, als Florence es erwartet hatte. Seit 25 Jahren arbeitete Albertine Martin in dieser Buchhandlung. Sie kannte alle Abläufe und überhaupt den ganzen Betrieb in- und auswendig. Dass sie jemals eine Leitungsfunktion einnehmen könnte, war ihr nicht in den Sinn gekommen. Schon der Mord an Faye Browne hatte sie schwer erschüttert, aber das mit Madame Picard war die ultimative Katastrophe. Florence bat sie, mit ihr zuerst noch über Faye Browne sprechen zu dürfen, und Madame Martin zeigte sich einverstanden. So erfuhr Florence, dass die neue Chefin auch an jenem Tag gearbeitet hatte, an dem der Mord entdeckt worden war. Albertine Martin hatte trotz der Aufregungen versucht, die Stellung an der Kasse zu halten und dazu beizutragen, dass der Betrieb so weit wie möglich ungestört weiter lief. Vor allem nachdem die polizeilichen Untersuchungen beendet waren!

Dass der Verdacht auf Ernest Durant gefallen war, hatte sie lächerlich gefunden. Er war in ihren Augen ein besonders netter und hilfsbereiter Mitarbeiter.

Florence wollte wissen, ob sie wusste, dass Ernest Durant das neueste Buch von Faye Browne, das später auf der Toten gefunden worden war, vermisst und er behauptet hatte, dass es ihm im Aufenthaltsraum der Buchhandlung gestohlen worden war.

»Ich habe erst im Nachhinein davon erfahren«, war die Antwort.

»Ernest hat den Diebstahl ja geheim gehalten, weil er vermutlich keinesfalls wollte, dass Faye Browne davon erfährt. Das alles muss sehr schlimm für ihn gewesen sein. Später hat uns die Polizei befragt und versucht, die Situation zu rekonstruieren. Ich konnte mich dann daran erinnern, denn ich arbeitete zu dieser Zeit gerade an der Kasse. Zusammen mit Madame Picard und meinem Kollegen Meyer. Eine Kundin wollte ein bestimmtes Buch, aber der Verkaufszettel war abhandengekommen. Madame Picard hatte vermutet, dass Ernest den Zettel verschlampt hatte, und ging ihn holen, da er gerade Pause machte. Ernest hat dann hier eine Weile nach dem Zettel gesucht. Ich konnte ihm nicht helfen. Unserem etwas zerstreuten Raymond Meyer ist plötzlich eingefallen, dass er einen Arzttermin hat, und er bat mich, die Bestellung neuer Bücher aus dem englischen *Penguin Verlag* für ihn fertigzustellen, da dies eilte. Für mich eine überraschende Aufgabe, denn Raymond ließ normalerweise niemanden an seine englischen Verlage heran. Ich war dann damit beschäftigt und kann mich an keine weiteren Details erinnern.«

Die Frage, ob sie wisse, dass Alice Picard ebenfalls Buchautorin sei, bejahte Albertine Martin. Das Buch sei sehr schön und interessant gewesen. Sie habe nie verstanden, dass es schon nach vier Jahren nicht mehr verlegt worden war, denn zumindest hier in Banon hatte es sich sehr gut verkauft. Als sie dies damals ihrer Chefin gegenüber äußerte, hatte diese nur erklärt, dass es eben so sei und man sich damit abfinden müsse. Vielleicht, so überlege sie, könnte man jetzt nach dieser schrecklichen Tragödie noch einmal versuchen, dieses Buch auf den Markt zu bringen.

»Ich vermisse Madame Picard sehr«, sagte sie dann, »sie war eine großartige Buchhändlerin, hatte einen guten Riecher bei der Auswahl der Bücher für das Geschäft und immer wieder neue Ideen zur Verbesserung ihres Unternehmens. Manchmal hatte sie verrückte Einfälle, die aber oft überraschend gut funktionierten.« An dieser Stelle brach sie in Tränen aus. Florence reichte ihr ein Papiertaschentuch und wartete, bis sie sich ausgeweint hatte.

»Die Angestellten konnten sich also in jeder Hinsicht auf ihre Chefin verlassen?«, fragte sie dann.

»Ja, das konnten sie. Das einzig Seltsame war vielleicht, dass sie von Zeit zu Zeit völlig ohne Ankündigung und manchmal auch zu einem unpassenden Zeitpunkt verschwand und erst nach ein, zwei Tagen wieder auftauchte. So wie heute, als sie unerwartet nicht zum gewohnten Zeitpunkt in die Buchhandlung kam. Da dachten wir anfangs auch, dass dies wieder einmal eine dieser Auszeiten sei, die wir von ihr schon kannten, und dass sie am nächsten Tag wie gewohnt und ohne Entschuldigung oder einen Kommentar wieder da sein würde. Noch dazu weil es wieder einmal der richtige Zeitpunkt gewesen wäre. Ziemlich genau Mitte Juli ist das verlässlich immer passiert.« Sie seufzte. »Sie war ansonsten eine sehr disziplinierte Person. Ganz selten, wenn sie sozusagen gefühlsmäßig aus der Balance kam, konnte sie unangenehm werden. Sie hatte sich aber schnell wieder im Griff. Manche Kolleginnen fürchteten ihre Gefühlsausbrüche, wussten aber auch, dass sie rasch vorbeigingen, aber nicht jeder konnte damit umgehen.«

»Sie aber schon, Madame«, sagte Florence.

»Ich schon«, war die Antwort. »Ich kenne sie schon lange und habe ihr manchmal eine Marotte auszureden versucht, aber meistens ist sie dennoch dabei geblieben.« Ganz unerwartet streifte ein kurzes Lächeln ihren Mund, und unwillkürlich musste auch Florence lächeln.

»Ja, so war sie«, noch einmal lächelte sie. »Sie müssen aber wissen, dass ich sie sehr gemocht habe und dass ich jetzt ihr Geschäft ganz in ihrem Sinne weiterführen werde. Ihr nächstes Projekt werde ich aber nicht machen.« Sie hielt inne, so als wollte sie prüfen, ob Florence noch an dieser Information interessiert sei.

»Was ist das für ein Projekt?« Florence stellte die erwartete Frage.

»Sie organisierte regelmäßig einen Literatursalon im Haus. Der für übernächste Woche geplante stand unter dem Titel *Bücher an den Pranger*. Bei all ihrem Geschäftssinn hat meine Chefin es gehasst, schlecht geschriebene Bücher verkaufen zu müssen, und sie wollte den Leuten den Unterschied zwischen einem gut und einem schlecht geschriebenen Buch vermitteln und die schlechten an den Pranger stellen. Ich habe noch zu ihr gesagt, dass man das nicht machen kann. Bücher sind Geschmacksache, und man kann den Leuten nicht vorschreiben, was ihnen gefällt.«

»Hätte Madame Picard auch Faye Brownes Bücher an den Pranger gestellt?«

»Vermutlich. Jedenfalls das letzte. Sie hat zu mir gesagt, wenn sie gewusst hätte, wie schlecht dieses Buch geschrieben ist, hätte sie keine Präsentation hier bei uns geplant.«

»Aber die anderen Bücher waren gut geschrieben?«

»Die haben wenigstens die Kasse klingeln lassen. Madame Picard mochte Science Fiction überhaupt nicht, und die Art von Faye Browne war ihr auch zuwider. Diese Autorin hat zwar freundlich getan, aber nur wenn es nach ihrem Willen ging. Wenn nicht, konnte sie schrecklich unangenehm werden.«

»Haben sich die zwei jemals gestritten?«

»Des Öfteren, aber wer als Siegerin aus dem ungleichen Kampf hervorgehen würde, war von Anfang an klar. Manchmal hat Madame Picard es verflucht, dass Faye Browne in die Nähe von Banon gezogen ist. Dann hat sie aber immer zu uns gesagt, dass wir Dienstleister sind und in diesem Sinne auch alle Wünsche dieser schwierigen Autorin zu erfüllen hätten. Aber Sie glauben doch nicht, Madame Beaumarie, dass Madame Picard etwas mit dem Mord an Faye Browne zu tun haben könnte?«

»Ich habe keine Ahnung«, sagte Florence, was nicht ganz stimmte. Sie hatte genug erfahren und verabschiedete sich. Es blieb nicht mehr viel Zeit für das Gespräch mit Madame Durant, wenn sie pünktlich in Avignon sein wollte.

27

Früher als angenommen hatte Florence es an diesem Tag noch zum Konzert von Chantal Florentin geschafft. Dies hing damit zusammen, dass der Besuch bei Madame Durant kürzer ausgefallen war als geplant.

Als sie dort eingetroffen war, war Madame Durant verständlicherweise noch ganz unter dem Eindruck des Todes ihrer Freundin Alice Picard gestanden. Florence gegenüber hatte sie sich zunächst abweisend gezeigt, sich dann aber auf Drängen ihres Sohnes doch zu einem kurzen Gespräch bereit erklärt. Unaufgefordert war sie gleich zu Beginn über Faye Browne hergezogen, und hatte diese indirekt für all die unglückseligen Ereignisse, die nach ihrem Mord eingetreten waren, verantwortlich gemacht. Ihr eigener Sohn sei dadurch völlig unschuldig in Schwierigkeiten gebracht worden. Man müsse diesen zwei schamlosen Studentinnen ja beinahe dankbar sein, die ihren Sohn in eine peinliche Lage gebracht, ihm damit aber ein Alibi verschafft hätten. Auf ihren klugen und schönen Sohn sei sie stolz, aber seine Attraktivität habe sie schon oft verflucht, da er damit immer die falschen Frauen anlocke. Auch Faye Browne, die viel zu alt für ihn gewesen wäre, sei offensichtlich seinem Charme verfallen, aber natürlich sei der schreckliche Mord an ihr zu bedauern. Befragt nach Alice Picard hatte Florence ihr immerhin entlockt, dass sie diese schon seit ihrer Schulzeit kenne. Sie hatte schwärmerisch über ihre besondere Freundschaft gesprochen, die sie mit Alice verband. Sie seien unzertrennlich gewesen und da sie beide unter autoritären Vätern und ebensolchen Lehrern gelitten hätten, hätten sie sich geschworen, ihren Weg durchs Leben gemeinsam und ohne Ehepartner zu gehen. Alice war außerdem von dem unbeugsamen Willen beseelt gewesen, eines Tages aus eigener Kraft reich zu werden. An dieser Stelle hatte Florence Madame Durant provoziert und sie gefragt, ob sie und Alice Picard vielleicht mehr verbunden hätte als bloße Freundschaft. Das hatte Madame Durant heftig zurückgewiesen. Immerhin hätte sie selbst einen wunderbaren Sohn, und den bekäme man, so man nicht die Gottesmutter sei, bekanntlich nicht durch jungfräuliche Empfängnis, und was ihre Freundin Alice betreffe, sei diese bestimmt kein Kind von Traurigkeit gewesen und hätte sich gerne hin und wieder einen Mann für einige schöne gemeinsame Stunden geschnappt.

Nach diesen Worten hatte sie allerdings heftig zu weinen begonnen und sich nicht mehr beruhigen lassen. Schließlich hatte Florence – auch auf Drängen von Ernest – das Haus verlassen.

In Avignon war sie von Charles schon ungeduldig erwartet worden. Sie hatte sich rasch geduscht und umgezogen. Bereits eine halbe Stunde vor dem Konzert waren sie vor der *Opéra Confluence,* einem schlichten Holzbau in der Art eines Containers, eingetroffen. Das provisorisch errichtete Gebäude befand sich in der Nähe des Bahnhofs und außerhalb der Altstadt. Es diente als Ausweichquartier für das historische Operngebäude im Zentrum der Stadt, das gerade renoviert wurde.

Der erste Bekannte, der ihnen vor dem Eingang über den Weg lief, war Emilian Pagnol.

»Ich muss noch rasch ins Künstlerzimmer«, teilte er

ihnen strahlend mit. »Wie Sie wissen, hat mir der Star des Abends ein Ticket versprochen.«

»Da haben Sie ja Ihren Charme schon ganz schön spielen lassen, Emilian«, sagte Florence, die sich gleichzeitig dachte, dass sie derzeit einen unglücklich verliebten Assistenten wirklich nicht brauchen konnte. Charles war aber ohnedies schon dabei, ihm den Wind aus den Segeln zu nehmen.

»Sie wissen schon, Emilian, dass Chantal einen Freund hat, der heute nur aus beruflichen Gründen nicht zu ihrem Konzert kommen konnte.«

»Einen Freund, hier in Avignon?« Es war Emilian anzusehen, dass er von dieser Mitteilung nicht begeistert war.

»Nein, aber einer, der morgen zu ihrer Geburtstagsparty nach Saignon kommen wird.«

Kaum hatte Charles das gesagt, hielt er sich die Hand vor den Mund.

»Aber das hätte ich jetzt nicht verraten dürfen! Es soll eine Überraschung sein, und ich bitte Sie sehr, Monsieur Pagnol, ihr nichts davon zu sagen.«

»Selbstverständlich, Monsieur.« Mit betrübter Miene verschwand Emilian in Richtung Künstlerzimmer.

Sie fanden ihre Plätze in einer der vorderen Reihen. Neben ihnen hatte bereits das Ehepaar Amontero Platz genommen, Reine-Marie, die Schwester von Charles, und Bruno, ihr Mann. Bis zum Beginn des Konzerts war jetzt nur mehr die Rede von Chantal. Charles, der bekanntlich vor einem Auftritt seiner Tochter immer nervöser wurde, wehrte die im Vorfeld gemachten Komplimente für sie halbherzig ab. Natürlich sei sie eine begnadete Trompeterin, aber man wisse nie, ob die Nerven durchhalten würden.

»Du sprichst wohl eher von dir als von deiner Tochter«, bemerkte Amontero, der bekannte Pianist. »Wir Profimusiker werfen unsere Nerven nicht so schnell weg, und wie ich Chantal kennengelernt habe, beherrscht sie das Haydn-Konzert ohnedies zu 150 Prozent!«

Natürlich sollte er mit dieser Aussage recht behalten. Chantal beeindruckte das Publikum mit virtuosem Können und verstand es, dem Trompetenkonzert von Joseph Haydn den ihm gebührenden jugendlichen Glanz zu verleihen. Das Publikum ihrer Heimatstadt Avignon feierte sie mit lang anhaltendem Beifall. Zwei Draufgaben wurden noch eingefordert, von denen die erste ein Barockstück, die andere ein umjubeltes Jazzsolo war.

Als im Restaurant *Les Oiseaux d'Avignon*, in dem sich eine kleine Gruppe von Freunden und Verwandten der Künstlerin versammelt hatte, noch weiterhin von Chantals Kunstfertigkeit und auch von der wunderbaren Musik Joseph Haydns geschwärmt wurde, sprach Charles erneut davon, dass er bedauerlicherweise die Konzerte seiner Tochter nie so richtig genießen könne, weil er ständig Angst habe, dass diese einen Fehler machen könnte.

»Und, habe ich?«, sagte Chantal herausfordernd. »Nein, nicht einen!«, antwortete ihr Vater.

Chantal grinste. »Was sagst du, Bruno?«

»Na ja«, antwortete der Pianist. »Im letzten Satz hast du ein einziges Mal eine der sonst üblichen Verzierungen ausgelassen. War das Absicht?«

»Nein, war es nicht, ich hatte plötzlich das Gefühl, dass der Dirigent das Tempo angezogen hat, und das hat mich irritiert.«

Sie sah wieder ihren Vater an: »Siehst du, Papa? Deine nervöse Aufpasserei bringt gar nichts. Wenn du deiner

Tochter einen Gefallen tun willst, dann anerkenne endlich, dass sie eine Musikerin mit Universitätsabschluss ist, die fast keine Fehler macht, und wenn, dass sie dann auch dazu stehen kann.«

»Ich werde mich bemühen«, sagte Charles und blickte in die Runde, die aus Florence, Bruno und Reine-Marie Amontero, aus der Konzertmeisterin des Orchesters, mit der Chantal befreundet war, und aus Emilian Pagnol bestand. Als die Chefin des Restaurants auf einem Tablett die Champagnergläser brachte, ihrer Freundin gratulierte und diese mit Küsschen und einer Rose bedachte, war endgültig die Zeit zum Feiern des Erfolges gekommen, und solang wurde von nichts anderem mehr gesprochen, bis Chantal von der Fülle der Bewunderung, die auf sie herabregnete, genug hatte und das Gespräch auf ein anderes Thema lenkte.

»Was tut sich eigentlich bei deinen Recherchen im Fall der ermordeten Faye Browne, Florence? Dein neuer Mitarbeiter hier«, sie deutete mit dem Kinn und mit einem Grinsen in Richtung Emilian Pagnol, »wollte mir nicht das Geringste darüber verraten. Ich habe natürlich getestet, ob du ihm vertrauen kannst, und ich muss sagen, er hat die harte Prüfung bestanden!«

»Davon bin ich überzeugt«, sagte Florence, »und ich möchte jetzt auch lieber von etwas anderem reden als von leider noch ungelösten Mordfällen. So viel zu deiner Frage Chantal!«

»Na gut«, sagte diese und wandte sich an ihre Tante. »Weißt du eigentlich, dass dieser neue Mitarbeiter von Florence ein ausgebildeter Maler ist und schon vor einiger Zeit ein wundervolles Porträt von Florence angefertigt hat?«

»Natürlich weiß ich das«, sagte Reine-Marie Amontero mit einem Lächeln. »Im nächsten Jahr werden wir beide zusammen eine Ausstellung machen. Ich habe schon eine renommierte Galerie in Paris im Auge.«

»Toll!« Chantal hielt ihren Daumen in einer siegreichen Geste in die Höhe. »Da werde ich aber bald einmal ein Bild von dir erwerben müssen, Emilian, denn danach werden die Preise dafür vermutlich in astronomische Höhen steigen und sich so gut verkaufen, wie es die Gemälde von Tante Reine-Marie schon jetzt tun.«

In diesem Augenblick vibrierte in der Tasche von Florence das Handy. Bis sie es herausgenommen hatte, war es schon wieder verstummt. Sie sah, dass es Leonie gewesen war, entschuldige sich, wandte sich vom Tisch ab und rief zurück.

Leonie hörte sich noch recht munter an.

»Madame, störe ich? Kann ich noch mit Ihnen reden?«

»Ich war im Konzert, wie Sie wissen, und bin jetzt im Restaurant *Les Oiseaux d'Avignon*, habe aber schon gegessen. Nein, Leonie, Sie stören nicht! Wir können reden.«

»Okay. Ich bin in der Nähe. Ich komme hin.« Schon hatte sie aufgelegt, und Florence, die ihr eigentlich einen anderen Treffpunkt vorschlagen wollte, beließ es dabei. Leonie würde sich wundern, Emilian hier in diesem privaten Kreis anzutreffen, und Florence hatte ihr etwas zu erklären. Dass sich zwischen Chantal und Emilian etwas abspielte, war nicht zu übersehen. Emilian jedenfalls himmelte Chantal an, und auch ihre Augen wanderten ständig zu ihm, der ihr schräg gegenüber saß. Keine besonders gute Ausgangssituation für die morgige Geburtstagsüberraschung des Zuckerbäckers aus Österreich. Florence hielt es für besser, draußen auf Leonie zu warten.

»Liebe Chantal«, sagte sie, »es war ein wunderbarer Abend, aber ich habe noch einen Termin mit meiner Mitarbeiterin und muss leider los.«

»Ich fahre morgen schon früh nach Saignon«, mischte sich Charles ein. »Ich nehme den Bus. Und du, Florence?«

»Ich kann bestimmt erst später kommen, ich ruf dich an.«

Florence verabschiedete sich von jedem einzeln mit einer Umarmung. Als Emilian an der Reihe war, sprang er auf.

»Ich komme mit Ihnen, Florence. Ich möchte auch wissen, was Leonie zu berichten hat. Sie treffen Sie doch noch, oder?«

»Ja, ich treffe sie jetzt draußen vor dem Lokal.«

»Dann komme ich gleich nach.«

»Lassen Sie sich Zeit, Emilian. Wir warten auf Sie.«

28

Der Himmel über Avignon war pechschwarz. Kein Stern war zu sehen. In der Altstadt ging es genauso laut und lebendig zu wie am Tag, und die Lichter der vielen offenen Cafés und Restaurants sowie unzählige Leuchtreklamen sorgten für eine Helligkeit, mit der es kein Stern aufnehmen konnte. Florence dachte an die Sommernächte, die sie mit Charles auf der Dachterrasse seines Hauses in Saignon verbracht hatte. Dort war es jetzt bestimmt schon dunkel und still und der Himmel mit Myriaden von Sternen übersät. Die Chance, auch in diesem Sommer die nächtliche Stille und das Sternenmeer im Luberon genießen zu können, hatte sich durch die Gründung ihres Detektivbüros deutlich verringert. Morgen jedenfalls würde es auf dieser Terrasse bestimmt laut und fröhlich zugehen. Sie war schon sehr gespannt, wie Chantal auf die Geburtstagsüberraschungen reagieren würde.

Emilian war noch im Restaurant, und Florence überlegte, wo sie hier ein ruhiges Plätzchen finden konnte, um mit ihm und Leonie das Nötigste zu besprechen. In ihr Büro wollte sie jetzt nicht mehr.

»Hier bin ich, Florence.«

Leonie war plötzlich hinter ihr aufgetaucht. Sie schien ihre Gedanken erraten zu haben.

»Ich wohne hier ganz in der Nähe«, sagte sie, »gegenüber meiner Wohnung gibt es eine Tangobar mit Hinterhof. Getanzt wird um diese Zeit nicht mehr, aber das Lokal hat noch bis nach Mitternacht offen, und dort wird es jetzt schon ruhig sein. Ich bin gerade erst aus Aix- en-Provence gekommen und könnte ehrlich gesagt noch ein Bier vertragen.«

»Perfekt«, antwortete Florence, »wir müssen aber noch einen Augenblick warten, denn Emilian wird sich uns gleich anschließen. Er muss noch bezahlen.«

Sie deutete mit einer Kopfbewegung auf das Lokal, und Leonie zog die Augenbrauen hoch.

»Emilian war im Konzert von Chantal Florentin. Er hat sie heute Morgen in der Buchhandlung von Charles kennengelernt, sie hat ihm eine Konzertkarte geschenkt, und jetzt ist er noch mitgekommen zum Feiern«, erklärte Florence.

»Aha«, sagte Leonie. Dann warteten sie beide auf Emilian, der sich ihnen gleich darauf anschloss.

Der Hinterhof der Tangobar – nur schwach beleuchtet von einer Lichterkette aus bunten Glühbirnen – war von hohen Mauern umgeben. Außer einem offensichtlich verliebten Paar waren keine Gäste mehr anwesend. Die beiden saßen eng umschlungen an einem kleinen Tischchen und tauschten Küsse und Zärtlichkeiten aus. Der Besitzer der Bar wechselte einige freundschaftliche Worte mit Leonie und brachte dann rasch die gewünschten Getränke.

Leonie hatte ihr Bierglas sofort zur Hälfte geleert. »Jaja«, sagte sie, »wir Elsässer lieben nicht nur den Wein.« Dann gähnte sie, schüttelte den Kopf und lehnte sich in ihrem Sessel zurück.

»Undercover zu ermitteln ist nicht so einfach, wie ich es mir vorgestellt habe«, sagte sie in die erwartungsvolle Stille hinein, richtete sich dann aber sofort wieder auf. »Als Polizistin habe ich das nie gemacht. Wir hatten dafür speziell ausgebildete Kollegen, und heute habe ich bestimmt einen Fehler gemacht. Aber entschuldigen Sie, Florence. Ich weiß ja noch gar nicht, ob ich jetzt als Erste berichten soll.«

»Natürlich«, antwortete Florence. »Welchen Fehler haben Sie denn heute angeblich gemacht?«

»Man sollte wohl niemals mit unterschiedlichen Rollen am selben Schauplatz auftreten, ich habe es aber getan und bin dabei aufgeflogen.«

»Nun erzähl schon, Leonie!« Emilian konnte es nicht mehr erwarten.

Florence nickte bestätigend.

»Okay, ich versuche es und fange von vorne an«, Leonie räusperte sich.

»Bevor ich in Avignon weggefahren bin, habe ich noch versucht, Nancy Richard, die Tutorin, zu erreichen, das ist mir aber nicht gelungen. Dann hoffte ich, erneut jemanden im Uni-Institut anzutreffen. Von den Leuten, die ich schon kannte, war niemand da. Zu meiner Überraschung allerdings die Sekretärin Lisette Gosselin, die angeblich wegen ihrer Depressionen im Krankenstand ist. Ihr gegenüber habe ich dann spontan und ohne lange zu überlegen meine Rolle gewechselt. Ich dachte, dass ich von ihr nicht viel Nützliches erfahren würde, wenn ich als Studentin auftrete, und habe mich als Polizistin vorgestellt. Mit meinem alten Ausweis, den ich kopiert hatte. Sorry, Florence, aber ich glaube, das haben Sie auch schon gemacht.«

Als Florence auf diese Bemerkung nicht reagierte, sprach sie sogleich weiter.

»Vielleicht habe ich mich auch deshalb als Polizistin ausgegeben, weil sie auf mich einschüchternd gewirkt hat und ich ihr eine Autorität entgegensetzen wollte. Sie wirkt wie eine strenge Gouvernante. Was ihre Mitteilungsfreudigkeit betrifft, hat mir der Rollenwechsel allerdings nicht geschadet. Ich habe viel von ihr erfahren. Oh pardon, ich sollte es ja kurz machen.«

»Dann haben Sie ja gar keinen Fehler gemacht, Leonie. Vergessen Sie das und berichten Sie einfach, was sie von ihr erfahren haben.«

»*Oui, bien-sûr,* Florence. Madame Gosselin ist ein Fan von Faye Browne. Sie hat kein schlechtes Wort über sie verloren und hat während unseres Gesprächs immer wieder einige Tränen vergossen. Sie kannte Faye Browne – eine Frau von Format, wie sie bemerkte – schon lange. Hochintelligent sei sie gewesen und eine, die wusste, was sie will. Lisette Gosselin stammt aus der Gegend von Simiane-la-Rotonde und hat für die Professorin schon früher Romanmanuskripte abgetippt und Korrektur gelesen, denn diese hätte, wie sie sagte, immer auf in jeder Hinsicht perfekten

Manuskripten bestanden. Das sei sie sich in ihrer Rolle als Universitätsprofessorin schuldig gewesen. Seltsamerweise hat Madame Gosselin jedoch aus ihr unbekannten Gründen das Manuskript des letzten Romanes der Professorin – *La lumière à la fin des temps* – nie zu Gesicht bekommen. Sie hat zugegeben, dass sie das im Nachhinein ein wenig gekränkt hat. Sofort hat sie die Professorin aber auch wieder in Schutz genommen und gemeint, dass diese bestimmt gute Gründe dafür gehabt habe.

Auch früher habe Madame Browne ihr schon die Stelle als Sekretärin in ihrem Universitätsinstitut angeboten, denn ihre Vorgängerinnen seien allesamt unfähig gewesen. Leider habe sie das nicht annehmen können, weil ihr Mann nicht wollte, dass sie ganztags arbeite. Vor einem Jahr ist ihre Ehe auseinandergegangen und deshalb konnte Lisette Gosselin das Angebot annehmen und arbeitete seither im Institut.«

Leonie machte eine kurze Pause und betrachtete ihr Bierglas, das sie die ganze Zeit in ihrer Hand hin und her gedreht hatte.

«Eigentlich war Lisette Gobisser mir gegenüber ausgesprochen auskunftsfreudig«, sagte sie nachdenklich. »Sie hat mir sogar verraten, dass sie heute in das Institut gekommen ist, weil sie schon seit Wochen nach einer Liste mit wichtigen Zugangscodes für die Dateien auf dem Computer von Madame Browne sucht. Die Professorin hatte ihr diese unter dem Siegel der Verschwiegenheit anvertraut, aber sie hatte die Liste verlegt und sich nicht getraut, ihre Chefin davon in Kenntnis zu setzen. Das bereitet ihr noch immer schlaflose Nächte und manchmal fragt sie sich sogar, ob sie durch diese Schlamperei vielleicht an der Ermordung der Professorin mitschuldig geworden sei.«

»Wie äußerte sie sich denn über Claire Fontaine und Leon Gonzales?«, fragte Emilian.

»Sehr negativ! Zumindest über Claire Fontaine. Die war geradezu ein rotes Tuch für sie. Bevor sie schwanger wurde, hätte die Professorin sie vor allem deshalb behalten, weil sie ihr die langweiligsten Tätigkeiten aufhalsen konnte. Seit Bekanntgabe ihrer Schwangerschaft sei sie aber nur mehr frech und aufmüpfig gewesen. Ohne Zweifel habe die Professorin, die an ihrem Lebenswerk schrieb, die Institutsmitarbeiter im vergangenen Jahr mit noch mehr Arbeit eingedeckt als zuvor, sie aber deswegen einfach im Stich zu lassen, so wie Claire Fontaine das getan habe, sei unmöglich.«

»Wenn mich jemand äußerlich so nachäffen würde, wie dies Claire Fontaine mit ihrer Chefin gemacht hat, wär ich auch sauer«, bemerkte Emilian.

»Sie hätte sich auch geschmeichelt fühlen können.« Leonie trank den letzten Schluck von ihrem Bier und seufzte.

»Über Leon Gonzales konnte ich Madame Gosselin nicht mehr befragen, denn der kam plötzlich zur Tür herein. ›Aha, unsere neue Studentin ist auch schon wieder da‹, hat er zu mir gesagt. Die Gosselin war irritiert.Wieso Studentin? Das ist doch eine Polizistin, die wegen des Mordes an der Professorin ermittelt!‹

Ich musste ihm die Wahrheit sagen und befürchtete, dass er mich hinausschmeißen würde. Zu meiner Überraschung hat er jedoch laut zu lachen begonnen, und dann war nur mehr Madame Gosselin empört. Leon Gonzales hingegen hat mich eingeladen, mit ihm auf einen Drink zu gehen, weil ich ihm jetzt etwas schuldig sei. Ich konnte nicht ablehnen, und es ist noch ein ganz netter Abend geworden. Der Mann kann seinen Charme spielen lassen, wenn er will. Aber nein,

Florence, es war nicht das, was Sie jetzt vielleicht von mir denken. Ich habe mich nicht von ihm einwickeln lassen. Ich habe aber auch nicht viel Neues über seine Chefin und die gemeinsame Reise in die Normandie erfahren. Er hat es sich verbeten, darüber zu reden, hat mich über mein Leben ausgefragt und eine Menge Anekdoten aus seinem Leben erzählt.

Jetzt bin ich aber wirklich müde. Ich würde gerne noch einen schriftlichen Bericht machen. Beim Schreiben fällt mir meist noch etwas ein, was ich beim Erzählen vergessen habe.«

»Mit der Müdigkeit sind Sie nicht allein, Leonie. Schauen Sie sich Emilian an!«

Emilians Kopf war auf seine Brust gesunken, und gerade hatte er leise zu schnarchen begonnen.

Leonie grinste, dann sagte sie: »Und Sie Madame? Haben Sie neue Erkenntnisse zum Tod von Madame Picard gewonnen?«

»Ich habe einiges Interessantes erfahren. Unter anderem, dass Alice Picard vor mehr als zehn Jahren ein Buch geschrieben hat, in welchem sie sich sehr negativ über die Science Fiction Literatur äußert.«

»Schält sich da vielleicht ein neues Tatmotiv heraus?«, ließ sich Emilian mit verschlafener Stimme und noch halb geschlossenen Augen hören. Florence und Leonie lachten gleichzeitig los, und Leonie stellte fest, dass ihr neuer Kollege wohl ein Tausendsassa sei, wenn er sogar im Schlaf noch so bedeutsame Bemerkungen machen könne.

»Emilian, Sie haben geträumt«, sagte Florence und seinen Protest überhörend schlug sie vor, für heute Schluss zu machen.

Sie winkte dem Wirt, der das verliebte Pärchen bereits hinausbefördert und offensichtlich schon darauf gewartet hatte, dass auch sie endlich gingen.

»Wir machen am Montag weiter«, sagte Florence zu Emilian und Leonie, als sie für alle die Getränke bezahlt hatte. »Ihr habt euch beide euer Wochenende verdient, und ich habe ebenfalls noch private Verpflichtungen.«

Der erwartete Protest blieb nicht aus. Man könne doch nicht mitten in einer laufenden Ermittlung zwei Tage lang blaumachen, war die einhellige Meinung von Leonie und Emilian. Florence blieb standhaft. Sie würde sich schon um das kümmern, was notwendig sei und sich natürlich melden, wenn es zu einer unerwarteten Entwicklung käme. Leonies Angebot, morgen noch ein Protokoll ihrer heutigen Aktivitäten an Florence und Emilian zu schicken und dabei auch ihre Ideen für weitere Ermittlungsschritte zu Papier zu bringen, nahm sie jedoch an.

Sie war froh, einen Schlussstrich unter diesen Tag ziehen zu können, und als sie endlich im Bett lag, schlief sie auf der Stelle ein.

29

Als Florence Beaumarie am Morgen jenes Samstags erwachte, an dem das Geburtstagsfest von Chantal Florentin über die Bühne gehen sollte, war es noch vollkommen dunkel in ihrer

Stadtwohnung. Die fest geschlossenen hölzernen Fensterläden ließen kein Licht herein, und das sommerliche Treiben, das die Gassen der Stadt bereits mit den unterschiedlichsten Geräuschen und vereinzeltem Gelächter erfüllte, erreichte ihre Ohren nur wie ein leiser, stiller Nachhall ihrer Träume.

Wie spät war es eigentlich? Sie musste verschlafen haben! Ihr sonst so verlässlicher Zeitsinn schien immer häufiger Pause zu machen. Sie machte sich auf die Suche nach ihrem Handy, entdeckte es schließlich in der Küche und stellte fest, dass es nicht aufgeladen war. Sie versorgte es mit Strom und erfuhr, dass es bereits 9 Uhr war. Während das Handy aufgeladen wurde, duschte sie und schlüpfte in das nächstbeste Sommerkleid.

Natürlich hatte sie bereits eine Reihe von Anrufen und Nachrichten erhalten. Die mussten noch warten, denn jetzt brauchte sie dringend ihren Kaffee. Keine 15 Minuten später saß sie im gleißenden Licht eines Sommertages, der sehr heiß zu werden versprach, vor dem *Café Saint-Jean*. Im kühleren Inneren waren bereits alle Plätze besetzt. Anstelle des sonst unverzichtbaren Croissants musste sie sich heute mit einer *Tartine Beurrée* begnügen, denn natürlich waren die Croissants um diese Tageszeit schon aus.

Monsieur Florentin sei heute bereits um 7 Uhr früh hier gewesen, teilte ihr der Chef mit nun schon gewohnt vorwurfsvollem Blick mit. Sie bestellte noch eine zweite Tasse Kaffee und widmete sich endlich ihren Anrufern, allen voran Charles, den sie nicht mehr länger warten lassen wollte. Er sitze bereits im Bus nach Saignon, teilte er ihr gut gelaunt mit, denn dort gäbe es noch eine Menge vorzubereiten, bevor Chantal auftauche. Dann wurde er ernst, denn er befürchtete ein Drama ausgerechnet am Tag von Chantals Geburtstagsfest.

»Was soll ich machen, Florence«, klagte er. »Ich habe den Eindruck, dass sich Chantal in Emilian, der mir ja durchaus sympathisch ist, verliebt hat. Soll jetzt ich den Österreicher vorwarnen oder soll ich Chantal lieber doch einen Wink geben, damit sie weiß, dass er kommt?«

»Lass den Dingen ihren Lauf«, antwortete Florence, der im Moment auch nichts Besseres einfiel. »Emilian weiß ja bereits von dem Freund. Er ist vernünftig und wird auf die Situation Rücksicht nehmen!«

»Die Vernunft geht schnell flöten, wenn Amor das Steuer übernimmt. Und wenn ich ihr jetzt noch dazu ein von Emilian gemaltes Bild schenke, wirkt das möglicherweise noch als Brandbeschleuniger, der ihre Liebesglut anfacht. Aber was soll ich machen? Das Bild ist toll und wird sie wirklich freuen. Hoffentlich hast du recht, was die Vernunft deines Assistenten betrifft. Für die Vernunft meiner Tochter würde ich allerdings nicht die Hand ins Feuer legen, um bei dieser Metapher zu bleiben. Hoffen wir also das Beste!«

Chantal, die sie als Nächste zurückrief, war in Hochstimmung. Kein Wunder nach dem Erfolg ihres gestrigen Auftritts.

»Ich wollte dir nur mitteilen« sagte sie zu Florence, »dass du mich jetzt wahrscheinlich doch nicht nach Saignon mitnehmen musst. Das hattest du mir ja gestern angeboten. Ich werde möglicherweise eine andere Mitfahrgelegenheit haben, aber ich sage es dir noch rechtzeitig!« Florence ahnte, wer die andere Mitfahrgelegenheit war, und zählte weiterhin auf Emilians Vernunft.

Auch er hatte sie heute schon zu erreichen versucht, und so rief sie ihn sofort zurück.

»Glauben Sie, dass Monsieur Florentin das mit Maman und der Buchhandlung wirklich ernst gemeint hat, Florence?« Noch bevor sie ihm antworten konnte, sprach er weiter.

»Ich bin heute schon früh mit dem Motorrad nach Saint Paul de Vence gefahren. Eine Nachbarin hat mich angerufen und mir mitgeteilt, dass sie sich Sorgen um meine Mutter macht, und das nicht ohne Grund. In unserem Haus herrscht ein ungewohntes Chaos, sie beginnt immer wieder zu weinen und kann sich zu nichts aufraffen, wie sie sagt. Es sieht für mich nach einer schweren Depression aus. Natürlich muss sie einen Arzt aufsuchen, aber es muss sich auch in ihrem Leben etwas ändern, und so habe ich sie spontan gefragt, ob es ihr gefallen könnte, in einer Buchhandlung zu arbeiten. Darauf hat sie tatsächlich mit einem Lächeln reagiert und gesagt, dass eine Buchhandlung früher einmal einer ihrer Wunschträume gewesen sei. Jetzt frage ich mich, ob ich diesen Traum nähren oder es lieber lassen soll.«

»Einen Traum zu nähren kann nie schaden, Emilian. Sprechen Sie mit Ihrer Maman darüber, warten Sie aber mit einem konkreten Vorschlag noch, bis Sie noch einmal mit Charles gesprochen haben. Ich gehe aber davon aus, dass er es ernst gemeint hat. Vielleicht gibt es auch noch andere Möglichkeiten für Ihre Mutter, wie zum Beispiel die Tätigkeit in der Bibliothek ihrer Gemeinde, falls es eine solche gibt.«

»Danke, Florence«, antwortete Emilian, »das ist hilfreich. Ich bleibe bis morgen bei Maman, ich will sie jetzt nicht schon wieder alleinlassen. Sie und Monsieur Florentin brauchen sich also nicht zu sorgen, dass ich Chantals Geburtstagsfest störe. Ich glaube, ich habe mich tatsächlich ein wenig in sie verknallt. Sie ist eine bezaubernde Frau und eine großartige Musikerin. Eine Freundschaft mit ihr wird ja hoffentlich gestattet sein. Mehr erwarte ich mir ohnedies nicht.«

Das wird sich ja noch zeigen, dachte Florence, aber damit wäre zumindest dieses Problem gelöst. Zufrieden tippte sie eine kurze Nachricht an Charles in ihr Handy.

Dann rief sie ihre Tante in Deauville an.

»Was ist los, Florence!«, die Stimme der alten Dame klang immer noch wie die eines Feldwebels. »Erst sagst du, dass du es mit einer Information sehr eilig hast, und dann kann ich dich nicht erreichen und mache mir unnötig Sorgen um dich!«

»Entschuldige, liebe Tante. Gestern Abend gab es noch ein herrliches Konzert mit der Tochter von Charles.«

»Ah, die begabte junge Trompeterin. Schön, wenn junge Menschen wissen, was sie wollen. Das hätte mir damals auch nicht geschadet!«

Florence konnte jetzt nicht auf dieses Thema eingehen.

»Ja, und danach hatte ich noch eine längere Besprechung mit meinen Mitarbeitern. Zu denen du ja jetzt eigentlich auch gehörst. Konntest du schon etwas in Erfahrung bringen?«

»Ja, konnte ich. Wir haben aber noch nicht über mein Honorar gesprochen. Wertvolle Informationen kosten etwas!«

»Ja natürlich, was verlangen Sie denn, Madame?«

»Sagen wir mal 1.000 Euro! Aber natürlich nur, wenn Ihnen meine Informationen dies wert sind, Madame le Commissaire!«

»Dann lass hören, Tante!«

»Also gut. Es war nicht ganz einfach, denn Gästelisten dürfen Hotels nicht herausrücken und Hotels mit dem Ruf des *Le Normandy* sowieso nicht. Bevor ich aber einen Bestechungsversuch gemacht hätte, habe ich gefragt, ob sie von der *Zukunftskonferenz*, von der du sprachst, noch ein Programm vorrätig hätten, und das war der Fall. Außerdem wollte ich wissen, ob es zur selben Zeit noch andere Konferenzen gegeben habe, und das haben sie bejaht. Das eine war eine Konferenz von Ärzten zum Thema Inkontinenz – gesegnet sei dieser Berufszweig –, das andere war eigentlich keine Konferenz, sondern ein Workshop zum Thema kreatives Schreiben. Ich vermute, dass für deine Recherchen beide nicht besonders interessant sind. Aber eine meiner Helferinnen mailt dir gerade die Programme! Beim Schreibworkshop stehen sogar die Teilnehmer drauf!«

»Danke, Tante. Aber sag mir bitte gleich, ob die Namen Randolph Whitehall und Leon Gonzales auf der Liste der Vortragenden der *Zukunftskonferenz* stehen! Du hast doch bestimmt schon nachgeschaut?«

»Aber natürlich. Sowohl ein Randolph Whitehall als auch ein Leon Gonzales sind als Redner eingetragen, aber keine Faye Browne. Na, was sagst du? Ist dir das die 1.000 Euro wert?«

»Natürlich, Tante, schickst du mir auch deine Kontonummer?«

Die Tante lachte. »Ja, vom Konto meiner Privatbank! Ich danke dir für das kleine Abenteuer, Florence. Es hat mir gut getan. Ich stehe dir gerne wieder zur Verfügung. Schau mal in dein Email. Die Informationen müssten schon bei dir gelandet sein.«

»Mach ich dann gleich, Tante. Ich muss jetzt Schluss machen. Ich melde mich demnächst zu einem längeren Gespräch. Und vielen, vielen Dank.«

»Dein Wort in Gottes Ohr! Berichte mir aber bitte baldmöglichst, ob dir die Informationen genützt haben.«

»Selbstverständlich, *au revoir,* liebe Tante.«

»*Au revoir*, liebe Nichte.«

Der Anruf der Bürgermeisterin von Simiane-la-Rotonde kam, als sich Florence schon am Weg zu ihrem Büro befand. Angesichts all der unerwarteten Entwicklungen hatte sie sie beinahe vergessen. Diesen Anruf musste sie jetzt entgegennehmen! Rasch bog sie in ein stilleres Seitengässchen ab, und tatsächlich, Madame Delecour beschwerte sich sofort darüber, dass sie solange nichts von Florence gehört habe. »Ich dachte eigentlich, es würde Sie interessieren, ob mich Commandant Poullain bereits als Mörderin von Gustav festgenommen hat.«

»Es interessiert mich sogar sehr, Madame Delecour, aber seit unserem Treffen haben sich die Ereignisse gewissermaßen überschlagen.«

Ein Seufzer am anderen Ende der Leitung, und Anne Delecour klang bereits versöhnlicher. »Ja natürlich. Der tragische Tod von Madame Picard, der Buchhändlerin aus Banon. Mein Kollege, der dortige Bürgermeister, ist vollkommen entsetzt. Wir haben jetzt schon drei völlig überraschende Todesfälle innerhalb kurzer Zeit in unserer Gegend und noch dazu zwei sehr spektakuläre. Das Ganze schaut nicht mehr nach Zufall aus. Diese Todesfälle müssen irgendwie zusammenhängen. Was meinen Sie, Madame Beaumarie?«

»Das ist tatsächlich naheliegend.«

»Und – haben Sie inzwischen zumindest einen Verdacht, wer hinter der ganzen Geschichte stecken könnte?«

»Sagen wir es so: ein noch weitmaschiges Netz von Verdachtsmomenten, das sich hoffentlich bald über den oder die Verantwortlichen an dieser Todesserie zusammenziehen wird.«

»Dachte ich es mir doch. Madame Beaumarie wird den Fall lösen! Sie sprachen soeben davon, dass mehrere Leute beteiligt sind. Ein Komplott sozusagen?«

»Das kann man jetzt wirklich noch nicht sagen. Manches spricht dafür. Aber berichten Sie mir jetzt bitte noch, wie es Ihnen gestern ergangen ist, nachdem Sie Commandant Poullain angerufen haben. So wie Sie sich jetzt anhören, scheint es doch nicht so schlimm gewesen zu sein.«

»Das war es auch nicht, aber vermutlich aus einem einzigen Grund: Commandant Poullain war nämlich bereits in ein verlängertes Wochenende aufgebrochen und hat den Fall Kommissar Dampierre überlassen.«

»Und der hat Sie vermutlich freundlicher behandelt, als es sein Chef getan hätte.«

»Formvollendet höflich, würde ich sagen, aber glauben Sie nicht, dass er mich nur mit Samthandschuhen angefaßt hat. Es war ein durchaus strenges Verhör! Ob er mich weiterhin verdächtigt, hat er nicht gesagt. Ich habe mir aber geschworen, nicht lockerzulassen, bis der Fall Faye Browne gelöst ist. Mit Ihrer Hilfe hoffentlich, Madame Beaumarie! Halten Sie mich bitte nicht für herzlos. Ich bin wirklich sehr traurig darüber, dass das mit Gustav passiert ist, aber es kann doch nicht möglich sein, dass er sich wegen mir das Leben genommen hat! Und aus welchem Grund sonst? Höchstens, dass er sich mit seiner Lodge finanziell doch übernommen hat. Aber er hat ja geerbt.«

»Allerdings!«

»Sie halten ihn also doch für den Mörder seiner Frau! Es tut mir leid, aber ich wüsste nicht, wie er das bewerkstelligen hätte sollen, und außerdem war er trotz allem ein gutmütiger Mensch. Bitte Madame, suchen Sie die wahren Täter und vergeuden Sie Ihre Zeit nicht mit Gustav Moriell.«

Das war aber jetzt keine gelungene Bemerkung, dachte Florence. Will sie mich vielleicht vom ihm ablenken?

»Übrigens«, Anne Delecour ließ ihr keine Zeit zum Nachdenken. »Wegen dieses unerklärlichen Unfalls von Madame Picard ist jetzt auch der Bürgermeister von Banon mit im Boot, und das ist ebenfalls ein Grund meines Anrufs. Wir möchten Sie hochoffiziell im Auftrag der betroffenen Gemeinden engagieren. Bitte helfen Sie mit, diese schrecklichen Taten – ich gehe davon aus, dass auch Madame Picard ermordet wurde – aufzuklären. Schicken Sie mir Ihren Vertrag! Wir möchten den Auftrag, den Ihnen Madame Picard gegeben hat, weiterführen. Wir werden ihn beide unterzeichnen. Sie können mit jeder Art von Unterstützung von mir und Dennis Lucard, so heißt mein Amtskollege in Banon, rechnen.«

Florence musste diesmal nicht lange überlegen. Gerade ermittelte sie ohne Auftrag, und dieser Fall war hochspannend. Sie würde also auch an diesem Wochenende arbeiten. Irgendwie musste sich das mit dem Geburtstagsfest von Chantal vereinbaren lassen, und notfalls würde sie auch Leonie wieder einbeziehen. Die saß an diesem Wochenende vermutlich ohnedies auf Nadeln, weil sie sich nicht einbringen konnte.

»Okay, Madame Delecour«, sagte sie deshalb, »ich bin einverstanden. Ich schicke Ihnen in Kürze meinen Vertrag per Email, und Sie halten mich bitte weiterhin auf dem Laufenden.«

TEIL 4
DER GERECHTIGKEIT VERPFLICHTET

30

Nach dem Telefonat mit Madame Delecour hatte Florence es eilig, in ihr Büro zu kommen. Sie war gespannt auf das Email ihrer Tante und außerdem musste sie dringend mit Dampierre sprechen.

Als sie jedoch um die nächste Ecke bog, wurde sie von einer Gruppe seltsam und altertümlich gekleideter Menschen am Weitergehen gehindert. Kleriker in roten und schwarzen Gewändern, zwei Frauen in langen Kleidern und mit wirr hochgesteckten Haaren sowie zwei Soldaten mit Helm und Hellebarde, die einen in graues Sackleinen gekleideten und in Ketten gelegten Mann zwischen sich führten. Er trug einen hohen und spitzen weißen Hut, wie ihn auf alten Bildern die Opfer der Inquisition trugen. Als ihr gleich darauf ein Mann, gewandet wie ein Bischof, einen Zettel in die Hand drückte, war sie auch schon wieder in der Gegenwart angekommen. Es war der erste Tag des großen alljährlichen Theaterfestivals in Avignon, und auf Schritt und Tritt stieß man auf Theatergruppen, Musikanten und Gaukler.

Sie nahm den Zettel und wollte sich an der Gruppe vorbeidrängen, kam aber erneut nicht weit. Ausgerechnet der in Ketten gelegte Mann winkte ihr fröhlich zu: »Hallo, Madame Beaumarie«, rief er, »wie geht es Ihnen? Ich habe Sie ja schon ewig nicht mehr gesehen.«

»Ah, Tristan!« Florence hatte ihn sogleich erkannt. Es war einer der jungen Schauspieler, die ihr bei ihrem allerersten Aufenthalt in Avignon beim Frühstück in ihrer Pension Gesellschaft geleistet hatten.

Seine Kumpanen behandelten ihn so, als wäre er tatsächlich ein Delinquent – offensichtlich eine Gruppe von überambitionierten jungen Schauspielern. Ein Schlag mit einer Weidenrute auf seinem Rücken sollte ihn zum Weitergehen bewegen.

»Lass das«, sagte er zu seinem Kollegen. »Ich muss doch Madame Beaumarie zu unserem *Don Carlos* einladen.« An Florence gerichtet fuhr er fort: »Wie Sie sehen, bin ich ein bedauernswerter Delinquent, der gerade vor sein letztes Gericht geführt wird.« Er schnappte sich von einem seiner Kumpanen eine Broschüre und notierte seine Telefonnummer. »Wir sind eine neu gegründete Theatergruppe und wollen zeigen, was wir drauf haben! Kommenden Dienstag ist die Premiere. Rufen Sie mich einfach an. Sie bekommen eine Karte in der ersten Reihe, aber nehmen Sie sich Zeit! Das Stück dauert sechs Stunden und beginnt schon um 16 Uhr am Nachmittag.«

Florence konnte nur nicken, denn die Gruppe hatte sich schon wieder in Bewegung gesetzt, angeschoben von nachdrängenden Leuten.

Ich muss meinen Fall bis Dienstag gelöst haben, wenn ich diese Einladung annehmen will, schoss es ihr durch den Kopf, während sie endlich freie Bahn bis zu ihrem Büro hatte.

Dann beschloss sie, nicht bis zum späten Nachmittag in Avignon zu bleiben. Sie würde noch rasch das Wichtigste in ihrem Büro erledigen, ihre Sachen zusammenpacken und in Richtung Saignon aufbrechen. Auf dem Weg dorthin würde sie irgendwo im Luberon Station machen. Sie sehnte sich nach einer einsamen Gegend, in der keine Touristenscharen unterwegs waren. Entweder in einem der engen Täler des Luberon, wo auch im Sommer steile Felswände lange Schatten warfen, oder oben am Hochplateau, wo noch der Lavendel blühte und lichte Eichenwälder nur von wenigen Wanderern und von Wildtieren durchstreift wurden. Dort würde sie die nötige Ruhe finden, um ihre weitere Vorgangsweise zu planen, denn sie ahnte, dass sie der Aufklärung dieser seltsamen Mordserie schon sehr nahe gekommen war.

Das E-Mail von Tante Blanche war da. Kommentarlos! Sie hatte nur die abfotografierten Hotelprogramme geschickt. Die Tante war noch immer auf der Höhe ihrer Zeit. So wollte Florence mit 94 auch sein. Im Kopf jedenfalls. Was den Körper betraf, könnte es noch besser gehen. Florence blickte schuldbewusst auf das Croissant, das sie sich gerade im Vorbeigehen unten aus der Bäckerei mitgenommen hatte. Es war ihr bewusst, dass dieses Zeug nicht gesund war. Nicht einmal sie, die sich nicht für derartige Themen und Zeitungsartikel interessierte, hatte die allgegenwärtigen Forderungen nach gesunder Ernährung überhören können. Frankreichs Lieblingsgebäck war für Gesundheitsapostel zum Volksfeind Nummer eins erklärt worden. Sollte sie darauf verzichten? Also gut, ab morgen!

Während sie das besonders gelungene Gebäckstück genoss, studierte sie die Programme der Tagungen, die im Hotel *Le Normandy* stattgefunden hatten. Natürlich zuerst jenes von der Zukunftstagung. Sowohl Professor Whitehall als auch Leon Gonzales waren dort Vortragende gewesen. Leon Gonzales als Vertretung für Professor Faye Browne, die, wie vermerkt war, bedauerlicherweise an der Teilnahme verhindert gewesen war. Waren Gonzales und Whitehall dort miteinander erstmals in Kontakt gekommen oder hatten sie sich ohnedies schon länger gekannt? Florence hätte zu gerne gewusst, was sich hinter den Kulissen dieser Tagung abgespielt hatte. Rasch überflog sie die Gästeliste der Tagung für kreatives Schreiben und stieß auf eine Überraschung. Eine der Vortragenden trug den Namen Alice Picard, *Ècrivaine* und Leiterin der Buchhandlung von Banon. Könnte es sein, dass sich Professor Whitehall und Madame Picard dort kennengelernt hatten oder dass sie sich schon davor gekannt hatten? Florence druckte die Programme aus und verließ bald darauf ihr Büro, um zu Hause rasch ihre Sachen für das kurze Wochenende zusammenzupacken. Sie suchte eine Weile nach dem Geburtstagsgeschenk für Chantal. Es wird Zeit, dass ich hier wieder einmal Ordnung mache, dachte sie. Als sie es gefunden hatte, war der kleine Koffer schnell gepackt. Jetzt noch der Anruf bei Dampierre. Nicht erreichbar! Sie sprach auf die Sprachbox und teilte ihm mit, dass sie nun im Auftrag der beiden Bürgermeister in allen drei ungeklärten Todesfällen als Privatdetektivin ermittelte. Sie war gespannt, wie er reagierte. Erst jetzt fiel ihr auf, dass er sich nicht mehr gerührt hatte, seit er ihr so großzügig den Zugang zur Buchhandlung in Banon ermöglicht hatte.

Eine halbe Stunde später bog sie auf ein Sträßchen ab, das sich an von Gärten umsäumten Landhäusern vorbei in die Höhe schraubte und schon bald den Blick auf eine ständig wechselnde Landschaft freigab, auf Wiesen, Weingärten, Obstplantagen sowie auf Bäume und Sträucher, unter die sich vereinzelt auch schon eine Zeder, die Besonderheit dieser Gegend, mischte.

»Das ist für mich immer noch die schönste Gegend der Welt«, rief Chantal Florentin begeistert aus, denn in einer Hinsicht hatte Florence sich getäuscht. Sie war nicht allein.

Gerade als sie aufbrechen wollte, hatte Chantal sie angerufen und gefragt, ob ihr Angebot nach einer Mitfahrgelegenheit noch aufrecht sei, denn leider könne Emilian Pagnol, der sie auf seinem Motorrad hatte hinbringen wollen, nicht kommen. Der Plan von Florence, irgendwo im Grünen eine Pause einzulegen, hatte Chantal gefallen.

»Mein Gefühlsleben fährt gerade Achterbahn, und zwar hauptsächlich in luftiger Höhe«, hatte sie gesagt, als sie zu Florence ins Auto eingestiegen war. »Erst die Anspannung vor dem Konzert, dann der rauschende Beifall des Publikums und das Feiern mit den Freunden. Ich war natürlich noch die halbe Nacht wach und habe zur Beruhigung meiner Nerven gemacht, was ich dann immer mache. Ich habe Dominosteine hintereinander aufgereiht, um eine Reihe zu bilden, die den letzten Stein zum Umfallen bringt! Ich habe dann noch ein paar Stunden geschlafen. Und jetzt auch noch das bevorstehende Geburtstagsfest! Und dieser Emilian Pagnol! Der lässt mich auch nicht kalt. Das hast du ja bemerkt! Schade, dass er heute nicht kommen kann.«

Florence hatte nur mitfühlend genickt, und Chantal, in kurzen Hosen und ärmellosem Top, hatte auf ihren Rucksack gezeigt. »Ich habe ein schönes dickes Buch eingepackt. Ich werde dich nicht stören. Wir können gerne auch länger irgendwo Rast machen.«

Schon waren sie an dem malerischen Ort Ménerbes vorbeigefahren, den Charles bei ihren gemeinsamen Ausflügen wegen der vielen Touristen stets gemieden hatte, und durchquerten das nicht minder reizvolle Bonnieux, in dessen oberem Teil sie manchmal gegen Abend einen Kaffee getrunken oder gespeist hatten.

»Stopp«, rief Chantal zehn Minuten später. »Das wäre ein guter Platz für eine Pause. Wenn wir noch ein Stück da in den Wald hineingehen, haben wir einen herrlichen Blick auf das Tal von Buoux und sind garantiert alleine.« Florence hatte diesem Vorschlag nichts entgegenzusetzen, und bald darauf hatten sie ihren Platz gefunden. Eine roh gezimmerte Bank und ein Tisch im Schatten mit Blick auf ein tief unten liegendes Tal und eine gewaltige Felswand direkt gegenüber. Chantal sah sich kurz um, ignorierte Tisch und Bank und ließ sich auf dem Boden nieder. Dann packte sie ihr Buch aus und hatte gleich darauf die Welt um sich herum vergessen. Florence nahm die Bank, stützte ihre Arme auf den Tisch auf, legte den Kopf darauf und ließ den großartigen Anblick auf sich wirken. Sie beschloss, erst einmal alle noch vorhandene Anspannung von sich abfallen zu lassen, ehe sie sich Gedanken an ungeklärte Verbrechen gestattete. Das fiel ihr nicht besonders schwer, denn trotz des Schattens herrschten hohe Temperaturen, die ihre Gedanken träge machten und sie in einen schläfrigen Zustand versetzten.

Bald darauf war sie eingeschlafen, und statt des Eichenwaldes, den sie gerade durchwandert hatten, befand sie sich plötzlich in einem Labyrinth aus riesengroßen Dominosteinen, hoch wie Wolkenkratzer und jederzeit zum Umstürzen bereit. Sie bekam es mit der Angst zu tun. Wenn sie einen davon berührte, würden sie alle zusammen umfallen und alles Lebendige unter sich begraben, vermutlich auch die harmlose Wanderin Florence Beaumarie, die sich unter ihnen befand. Aber war sie so harmlos? Die Dominosteine schienen etwas anderes zu signalisieren, denn sie begannen bedrohlich zu rasseln und zu dröhnen, und leuchtende Aufschriften flammten auf.

Florence riss ihren Kopf in die Höhe und öffnete die Augen. Das Getöse war von einem Hubschrauber gekommen, der über sie hinwegflog.

Auch Chantal hatte ihr Buch zur Seite gelegt und blickte nach oben. Als der Hubschrauber weg war, schaute sie zu Florence hinüber und kräuselte ihre Stirn.

»Du schaust so seltsam, Florence. Hast du ein Gespenst gesehen?«

Florence berichtete ihr von den riesigen Dominosteinen, von denen sie soeben geträumt hatte.

»Oje.« Chantal machte ein betrübtes Gesicht und kramte in ihrem Rucksack. »Schau mal, Florence. Ich habe eine Schachtel mit Dominosteinen immer bei mir. Sie sind ganz klein und harmlos und können dir nichts anhaben.« Sie stand auf und legte die Steine neben Florence auf die Bank.

31

Als der Anruf von Dampierre kam, war Florence seit geraumer Zeit damit beschäftigt, die Dominosteine auf dem Tisch aufzureihen und immer wieder in eine andere Reihenfolge zu bringen. Jeder Stein trug jetzt in ihrer Vorstellung einen Namen: Gustav Moriell, Alice Picard, Anne Delecour, Ernest Durant, Lucille Durant, Raymond Meyer, Claire Fontaine, Leon Gonzales, Nancy Richard, Randolph Whitehall, Jackie und John Whitehall und natürlich Faye

Browne. Letztere war die Einzige, deren Position sich in der Reihe der Dominosteine nie änderte. Der Stein mit ihrem Namen stand ganz hinten in einer Reihe, dazu verdammt, in jedem Fall von allen anderen umgestoßen zu werden. Wer aber war es, der Faye Browne den Todesstoß versetzt hatte, und wer stand dann noch hinter dieser Person? Florence wurde das Gefühl nicht los, dass es mehrere Tatbeteiligte gab. Wie aber wäre dann die Reihenfolge? Wer hatte wen angestoßen? Wann hatte alles begonnen? Nein, rein linear wie in einem Dominospiel ließ sich das Problem nicht lösen. Dennoch fand Florence das Spiel mit den Steinen hilfreich. Vielleicht konnte man ja auch mehrere Reihen aufbauen, eine für Faye Browne, eine für Gustav Moriell und eine für Alice Picard. Welche der involvierten Personen kam in allen Reihen vor? Das waren Whitehall, Anne Delecour, Ernest Durant und Alice Picard.

Als Florence mit ihren Überlegungen an dieser Stelle angekommen war, klingelte ihr Telefon. Dampierre – endlich!

»Sie arbeiten also jetzt im Auftrag der beiden Bürgermeister?«, fragte er.

»Ja, ich konnte diesen Auftrag nicht ablehnen.«

»Warum auch? Ich bin sehr froh darüber. Wir können Ihre Unterstützung brauchen.« Dampierre seufzte. »Ich will mich nicht schon wieder über meinen Chef beklagen, aber es wird immer schlimmer mit ihm. Obwohl wir mit diesen drei Todesfällen ganz schön in der Scheiße stecken – *Pardon, Madame* – ist er schon gestern zu einem *Pétanque* Tournier nach Toulouse gefahren und kommt erst Sonntagabend zurück. Seither ist er nicht erreichbar, obwohl der Präfekt unseres Departements schon mehrmals nach ihm gefragt hat. Na gut, ich glaube, das könnte Konsequenzen haben! Ich bin zwar sein Stellvertreter, aber meine Kompetenzen sind beschränkt. Für eine derartige Ermittlung in drei Todesfällen müsste ich mich ständig mit ihm kurzschließen, und außerdem fehlt mir Personal. Noch dazu rennen uns derzeit die Touristen wegen einer neuen Serie von Taschendiebstählen die Tür ein. Na gut, genug gejammert! Wie sieht es denn bei Ihnen aus? Machen Sie Fortschritte? Was haben Sie seit unserem letzten Treffen herausgefunden?«

Florence schaute zu Chantal hinüber, die völlig in ihr Buch vertieft zu sein schien. Aber es war klar, dass sie mithörte. Florence entfernte sich einige Schritte und gab Dampierre einen Überblick über das, was sie und ihr Team inzwischen herausgefunden hatten. Vieles davon war neu für ihn.

»Sie sind viel weiter als wir hier, Madame«, sagte er, »und ich habe auch nichts anderes erwartet. Das, was Sie da aus der Normandie berichten, ist uns völlig entgangen, und auch das Universitätsinstitut in Aix-en-Provence haben wir noch nicht unter die Lupe nehmen können. Sie verstehen also, was ich meinte. Halten Sie mich bitte weiterhin auf dem Laufenden. Der Chef wird – wie Sie sich denken können – nichts erfahren. Ich werde Sie im Gegenzug ebenfalls informieren und Sie unterstützen, wo ich kann.«

»*Merci,* Monsieur le Commissaire. Haben Sie denn inzwischen neue Erkenntnisse?«

»Ja, auch wir waren nicht untätig. Bei Madame Picard gehen wir weiterhin von einem Selbstmord aus. Möglicherweise hat die Gerichtsmedizinerin einen Hinweis auf Fremdeinwirkung gefunden, aber es ist viel zu wenig um daraus Schlüsse zu ziehen. Auch die Ergebnisse der Spurensicherung haben nicht viel gebracht. Wenn noch jemand anderer am Tod von Alice Picard beteiligt war, dann muss er durch die Luft in den Colorado Provençale geflogen sein und sich auch auf dieselbe Weise wieder entfernt haben. Natürlich kann sie jemand derart bedroht haben, dass sie freiwillig in den Tod gegangen ist. Wir haben zwei Zeugen, die gesehen haben, dass sie gegen 10 Uhr, da war es noch hell, mit überhöhter Geschwindigkeit mit ihrem Peugeot Cabrio von der Buchhandlung weggefahren ist. Zuvor hat sie offensichtlich einen Anruf erhalten, der sie in Aufregung versetzt hat. Das hat der Wirt jenes Lokals berichtet, in dem Sie, Madame, mit ihr essen waren. Nachdem Sie gegangen sind, hat sie sich noch einen Cognac bestellt. Den hat sie aber nicht mehr ausgetrunken.

»Interessant, Monsieur. Ihr Handy wurde noch immer nicht gefunden?«

»Leider nein und das ist wiederum eigenartig. Aber dafür sind wir der Suche nach der Stecknadel im Heuhaufen ein gutes Stück nähergekommen. Wir wissen jetzt ungefähr, in welcher Gegend sich Professor Whitehall aufgehalten hat oder aufhält. Ein Mietwagen wurde gestern gegen 17 Uhr am Nachmittag in der Nähe des kleinen Ortes Viens wegen einer geringen Geschwindigkeitsübertretung geblitzt. Die Mitteilung davon ging wie üblich an den Autoverleih und wir hatten Glück. Die haben uns schneller als gewohnt den Namen des Fahrers gemeldet. Es handelt sich um Randolph Whitehall.«

»Viens? Das ist doch höchstens eine Autostunde von hier entfernt«, sagte Florence mehr zu sich selbst als zu Dampierre. Sie hatte schon einmal mit Charles einen Ausflug zu diesem besonders hübschen Ort gemacht, und er hatte ihr damals erzählt, dass sich in dessen Umgebung zahlreiche begüterte Ausländer angesiedelt hätten.

»Wo sind Sie denn gerade, Madame?«

Florence teilte es ihm mit und versprach ihm noch einmal, ihn auf dem Laufenden zu halten. Dann verabschiedete sie sich und wählte die Nummer von Charles. Zehn Minuten später saß sie wieder am Steuer ihres Wagens.

»Dein Vater braucht noch etwas Zeit für die Vorbereitung deiner Geburtstagsfeier«, sagte sie zu Chantal. »Er sagte, es ist noch zu früh, wenn ich dich jetzt schon bei ihm absetze.«

»Um Gottes willen, was hat er denn vor?«, stöhnte Chantal. »Ich dachte, wir feiern ganz ungezwungen und gemütlich in kleinstem Kreis, und da braucht es doch überhaupt keine Vorbereitungen.«

»Irgendeine Überraschung scheint er zu planen. Lass ihm doch die Freude.«

»Und was bedeutet das jetzt? Du willst ja vermutlich auch nicht mehr einfach durch die Gegend fahren, so schön sie auch ist. Oder sollen wir zusammen irgendwo zu Mittag essen.«

»Vielleicht. Aber ich habe noch etwas anderes zu erledigen. Ich könnte dich auch in Apt absetzen, und du kannst einen Stadtbummel machen und einen Kaffee trinken. Heute ist ja Markt, und ich weiß, dass du den liebst.«

»Das stimmt, Florence, aber heute habe ich keine Lust dazu.«

»Dann muss du mit mir nach Viens kommen.«

»Wieso auf einmal Viens?«

»Das wollte ich dir gerade erzählen. Ich bin auf der Suche nach einem Professor Whitehall, dem ehemaligen Chef von Faye Browne und Vater ihrer Zwillinge. Er soll sich irgendwo im Luberon aufhalten, und ich tippe jetzt dank deines Vaters auf Viens.«

Dann berichtete sie Chantal, was sie zuvor in einem Telefongespräch mit Charles erfahren hatte. Sie hatte ihn, der selbst einmal Geschichte studiert hatte, gefragt, ob er vielleicht wisse, ob irgendwo im Luberon ein Historiker lebe. »Da fällt mir nur John Atkins ein, ein englischer Historiker, der in Fachkreisen ziemlich bekannt ist und auch einige seriöse historische Wälzer geschrieben hat. Ein Spezialist für die Geschichte der Religionen im Zeitalter der Aufklärung übrigens. Er hat sich, wie so viele Engländer, hier im Luberon angesiedelt, in Viens. Wo genau, weiß ich nicht. Warum fragst du?«

Das muss es sein, hatte Florence gedacht. Laut hatte sie zu Charles gesagt: »Möglicherweise spielt er eine unbedeutende Nebenrolle in meinem aktuellen Fall.«

»Aha«, hatte Charles geantwortet, »erzähl mir ein andermal mehr. Ich bin ziemlich beschäftigt. So ab 16 Uhr nachmittags sind alle Vorbereitungen erledigt. Dann kannst du mit Chantal kommen. Ich freue mich auf euch.«

»Aha«, sagte jetzt auch Chantal, nachdem ihr Florence vom Gespräch mit Charles berichtet hatte. »Ich komme mit dir. Möglicherweise kannst du einen Bodyguard brauchen. Man weiß nie, in welche Gefahr du dich gerade wieder begibst!«

»Danke für das Angebot, Chantal. Dann kommst du eben mit. Gefährlich wird es wohl nicht werden. Ich will nur den Aufenthaltsort von Professor Whitehall herausfinden.«

»Klar, Florence. Aber ehrlich, wenn er mit der ermordeten Faye Browne in Verbindung steht, dann kann es auch gefährlich werden. Der Fall treibt dich doch jetzt schon einige Zeit um.«

»So ist es, Chantal. Wir sind fast da. Ich suche uns jetzt erst einmal einen Parkplatz am Ortsrand. Ich werde dann versuchen, diesen Geschichtsprofessor zu finden. Mir wäre es aber am liebsten, wenn du inzwischen in einem Café auf mich wartest.«

»Nein, Florence, das ist mir jetzt zu langweilig. Und schon vergessen? Ich bin dein Bodyguard!«

32

Das Haus des Historikers war schneller gefunden, als Florence es erwartet hatte. Mitten im Ort gelegen, war es dem Haus von Charles in Saignon nicht unähnlich.

Florence hatte schon einmal mit Charles im überdachten Garten eines Restaurants in diesem äußerst charmanten Dorf gespeist. Da dieses jetzt noch geschlossen war, umrundeten sie das Gebäude und bemerkten, dass es auf der anderen Seite des Hauses ein Café gab. Auf dem kleinen Platz davor, den man nicht anders als malerisch bezeichnen konnte, waren schon alle Tische besetzt. Eine auffallend große und kräftige Frau in einem ärmellosen roten Overall bediente die Gäste und schien hier jeden zu kennen. Florence entschied sich, sie anzusprechen, und war an die richtige Adresse geraten. Bereitwillig gab sie Auskunft und beschrieb den kurzen Weg zum Haus von John Atkins, der einer ihrer Stammgäste war.

»Also gut, schauen wir, ob der Mann da ist«, sagte Florence zu Chantal, als sie vor dem Haus standen. »Mein Bodyguard lässt sich ohnedies nicht abschütteln, außerdem kommt eine attraktive junge Frau bei älteren Wissenschaftlern sicher gut an.«

»Ach, Florence. Der Mann wird mich gar nicht registrieren. Englische Professoren sind meist *rather absent minded«.*« Bei den drei englischen Worten hatte sie die Augen verdreht. Als sich aber auf ihr Läuten hin und nach einer längeren Wartezeit die schwere Tür öffnete und ein gut aussehender Mann mittleren Alters vor ihnen stand, stellte sich heraus, dass er gar nicht geistesabwesend war, sondern die beiden ihm unbekannten Besucherinnen recht neugierig musterte.

»Sie sind aber jetzt nicht schon wieder zwei Missionarinnen von irgendeiner dubiosen Sekte«, fragte er in fließendem Französisch und mit gerunzelter Stirn. »Die waren ja gerade gestern da!«

Als Florence und Chantal den Kopf schüttelten, redete er sogleich weiter.

»Dachte ich es mir. Sie sehen auch nicht danach aus. Was aber ist Ihr Begehr, meine Damen? Sie sind mir unbekannt!« An seiner Ausdrucksweise kam nun doch der schrullige Professor zum Vorschein. Ansonsten glich er in keiner Weise dem erwarteten Klischee, sondern wirkte wie ein eleganter Franzose mit Landsitz. Allerdings einer, dessen Hemd falsch herum zugeknöpft war.

»Wir sind auf der Suche nach einem Professor Whitehall, der heute hier in Viens mit seinen Kindern übernachtet hat und angeblich mit Ihnen befreundet sein soll.«

»Aha. Und wer will das wissen.«

»Ich bin Florence Beaumarie, und die junge Dame neben mir ist Chantal Florentin!«

»Florentin? Sind Sie etwa mit Charles Florentin verwandt, dem Besitzer einer Buchhandlung in Avignon?«

»Das ist mein lieber Papa«, sagte Chantal lächelnd, »und Florence ist seine Partnerin und Freundin.«

»Na, dann kommen Sie doch herein, meine Damen! Was immer Sie von mir wollen, können wir auch drinnen besprechen. Ich habe Sie schon viel zu lange vor der Türschwelle stehen lassen.« Er zeigte mit der Hand ins Innere und ließ ihnen den Vortritt. Dann schloss er die Tür und ging mit einem »Erlauben Sie« voraus. Gleich darauf standen alle drei in einer Landhausküche von beachtlichen Ausmaßen, die sich im Erdgeschoss des Hauses befand.

Nachdem er ihnen einen Platz am Esstisch in der Mitte angeboten hatte, teilte er ihnen mit, dass Professor Whitehall im Augenblick nicht anwesend sei, dass es aber nicht lange dauern könne, bis er wieder zurück sei.

Florence war wieder einmal erstaunt darüber, wie rasch ihr der Name von Charles hier Tür und Tor öffnete. Es war dies nicht zum ersten Mal, und der Professor war nicht einmal misstrauisch geworden als sie den Namen eines Mannes nannte, der mit einem berühmten Mordopfer in Verbindung stand. Gleich darauf wollte er aber doch wissen, was sie denn eigentlich von Professor Whitehall wollten. Florence hatte sich entschlossen, zumindest teilweise bei der Wahrheit zu bleiben.

»Ich bin Privatdetektivin und ermittle im Fall der ermordeten Faye Browne, die, wie Sie sicher wissen, die Mutter seiner Kinder ist. Ich hätte einige Fragen an ihn. Meine Auftraggeberin, Madame Picard, hat mir verraten, dass der

Professor hier bei Ihnen zu Besuch ist. Er war vorgestern am Nachmittag noch bei ihr in der Buchhandlung *Librairie Mistral* in Banon. Madame Picard ist übrigens in der Nacht darauf tödlich verunglückt.«

Professor Atkins machte ein betroffenes Gesicht.

»Das mit Madame Picard ist ja furchtbar«, sagte er. »Das wusste ich nicht, aber natürlich habe ich gehört, dass Faye, die ich früher gut kannte, in dieser Buchhandlung ermordet worden ist. Sie war eine brillante Wissenschaftlerin und Autorin. Ich hoffe, Sie finden bald den Täter.«

Dann wandte er sich an Chantal und fragte, ob sie denn auch eine Detektivin sei.

»Nein«, lachte diese, »ich bin Musikerin und spiele Trompete!«

»Und gestern hat sie als Solistin ein umjubeltes Konzert in der *Opera Confluence* in Avignon gegeben«, ergänzte Florence.

In diesem Augenblick hörten sie Schritte im Vorzimmer, und gleich darauf bekam Florence endlich jenen Mann zu Gesicht, von dem sie in den letzten Tagen schon so viel gehört hatte.

Groß und kräftig mit gewelltem Haar und Brille und einer grauen Anzugshose mit weißem Hemd glich er viel eher als Professor Atkins der Vorstellung, die sie von einem englischen Universitätsprofessor hatte. Eine Vorstellung, die vermutlich auf die intensive Lektüre englischer Kriminalromane in ihrer Jugend zurückzuführen war. Dieser Professor sprach ebenfalls ein sehr gutes Französisch.

Als er erfuhr, dass sie Privatdetektivin sei, bewahrte er zwar die Fassung, es war ihm jedoch anzusehen, dass er mit ihrem Besuch keine Freude hatte.

Spontan entschied Florence, die Situation zu nutzen und ihn mit dem zu konfrontieren, was er ganz offensichtlich hatte geheim halten wollen.

»*Monsieur le Professeur*, ich habe erfahren – übrigens von Madame Picard, die mittlerweile ebenfalls tragisch ums Leben gekommen ist – dass Sie Gustav Moriell, den Ehemann von Faye Browne, gemeinsam mit ihren Kindern noch am Tag vor seinem Ableben in seinem Haus besucht haben. Sie haben es aber nicht für notwendig befunden, sich danach bei der Polizei als Zeuge zu melden.«

»Dafür, Madame, hatte ich meine Gründe! Warum aber sollte ich Ihnen, einer mir unbekannten Privatdetektivin, davon berichten?« Er war stehen geblieben und blickte jetzt irritiert seinen Freund John an, der sich in seinem Sessel zurückgelehnt hatte und keine Miene verzog. Florence spürte, wie Chantal neben ihr den Atem anhielt.

»Vielleicht weil ich Ihnen dabei helfen könnte, den durchaus berechtigten Verdacht, dass Ihr Besuch dort etwas mit dem Tod von Gustav Moriell zu tun haben könnte, aus der Welt zu räumen. Sie haben doch Madame Picard bei Ihrem Besuch in deren Buchhandlung erzählt, dass Sie an besagtem Nachmittag noch mit Ihren Kindern das Haus der Mutter besichtigt und dann mit Monsieur Moriell ein Bier getrunken haben.«

»Wenn Sie ohnedies schon alles wissen, Madame, warum fragen Sie mich dann? Jawohl, wir waren im Haus von Faye. Nein, ich habe nichts mit dem Tod dieses Moriell zu tun. Ja, ich habe mit dem Mann ein Bier getrunken, damit sich die Kinder noch einmal in Ruhe in ihrem ehemaligen Kinderzimmer umsehen können, und zuvor haben mich die Kinder durch ihr früheres Heim geführt, das ich noch nie gesehen hatte. Und meine Kinder sind auch der Grund dafür, warum ich nicht wollte, dass irgendjemand von unserem Besuch hier in Frankreich erfährt. Der Mord an ihrer Mutter wurde auch in England von den Medien breitgetreten, und das hat Jackie und John ziemlich zugesetzt. Diese Reise sollte ihnen ein paar ruhige Tage in ihrer früheren Heimat ermöglichen. Außerdem sollten sie sich noch einmal in Ruhe von der Zeit, die sie hier gelebt haben und von dem, was ihnen ihre Mutter bedeutet hat, verabschieden können.«

In diesem Moment stürmten Jackie und John wie auf das Stichwort in den Raum.

»Bist du wieder da, Papa? Wir müssen dir etwas zeigen!« Abrupt blieben sie stehen, als sie der Gäste ansichtig wurden.

»Hello«, sagte der Bub, während das Mädchen schwieg.

»Das sind Madame Beaumarie und Mademoiselle Chantal Florentin. Sie ist eine Trompetenspielerin.«

John Atkins kam seinem Freund mit einer Antwort zuvor, vermutlich erleichtert über den Themenwechsel.

»Jackie lernt auch Trompete, wie sie mir gestern erzählt hat, und John spielt Querflöte.«

»Ich habe meine Trompete mitgebracht«, ließ sich Jackie jetzt hören. »Ich kann es aber noch nicht gut.«

»Soll ich euch etwas vorspielen?« Chantal sprang auf. »Zeigt ihr mir eure Instrumente?«

»Oh ja«, riefen beide wie aus einem Mund, und bald darauf waren die drei nach oben verschwunden. Florence war dankbar für diese Gelegenheit. Kluge Chantal! Nun konnte ihr Professor Whitehall nicht so schnell entkommen.

33

»Wer hat Sie eigentlich dazu beauftragt, den Tod von Gustav Moriell zu untersuchen?«

»Da ich von Madame Picard beauftragt wurde, den Mord an Faye Browne aufzuklären, ist es naheliegend, dass ich mich auch für den Tod ihres Ehemannes interessiere.«

»Jetzt ist Ihre Auftraggeberin aber auch tot.«

»Ich habe neue Auftraggeber.«

»Kaffee?«, fragte John Atkins. Die Situation war ihm nun doch unbehaglich geworden. Ohne eine Antwort abzuwarten, stand er auf, machte mit einer Kapselmaschine Kaffee und stellte zwei kleine Tassen auf den Tisch.

»Ich lasse euch jetzt alleine«, sagte er dann und verließ die Küche. Von irgendwo im Haus hörte man unsichere Trompetentöne, die bald darauf von einer hell tönenden Fanfare abgelöst wurden.

Professor Whitehall hatte sich inzwischen seine Verteidigungsstrategie zurecht gelegt.

»Ich glaube, ich weiß, wer der Mörder von Faye ist«, sagte Professor Whitehall.

Florence ahnte, was jetzt kommen würde, und behielt recht. Natürlich hatte er Gustav Moriell im Visier. Dass Faye sich einen Fitnesstrainer als Liebhaber genommen hatte, wäre ja angesichts ihrer Persönlichkeit noch nachvollziehbar gewesen, dass sie ihn dann aber auch noch geheiratet und ihm ein Haus in bester Lage vermacht hatte, sei für ihn unverständlich. Irgendetwas müsse dieser Moriell gegen sie in der Hand gehabt haben. Schon wegen seines Erbes sei jedenfalls einem Typen wie ihm der Mord zuzutrauen.

Florence hörte sich eine Weile an, was er alles gegen Moriell vorzubringen hatte, dann beschloss sie, auf ein anderes Thema umzuschwenken.

»Monsieur Whitehall, ich weiß wenig über Zukunftsforschung, aber Ihre geschiedene Frau scheint ja in diesem Fach sehr ambitioniert gewesen zu sein. Immerhin hat sie eine Professur hier in Frankreich erhalten.«

»Zu Recht, zu Recht«, sagte Whitehall gönnerhaft.

»Was ich aber nicht verstehe«, Florence gab sich komplizenhaft, »ist, wieso sie dann gleichzeitig Science Fiction Romane schreiben konnte. Hier der möglichst exakte Blick in die Zukunft. Dort die reine Fantasie.«

»Wie recht Sie haben, Madame«, sagte er. »Kompliment! Sie sind eine der ganz wenigen, die auf diesen Widerspruch hinweisen. Ansonsten lag ihr die halbe Welt vor allem deshalb zu Füßen, weil sie mit derart großem Erfolg diesen Humbug schrieb.«

«Etwas, dass Sie sich als seriöser Wissenschaftler wohl nicht vorstellen könnten!«

»Natürlich nicht, Madame! Ich bin ja nur durch Zufall in der Zukunftsforschung gelandet, weil mir in meinem Lieblingsfach, der Mediävistik, einer ehrlichen Wissenschaft, wie ich betonen möchte, die besten akademischen Jobs von all den aristokratischen Schnöseln, die sich in England bevorzugt in diesem Fachgebiet tummeln, in unfairer Weise weggeschnappt worden sind. Von der Zukunftsforschung, in die es mich verschlagen hat, halte ich unter uns gesagt nicht allzu viel. Sie ist für mich nur eine Art Orakel von Delphi der Neuzeit. Eine akademisch verkleidete Scharlatanerie mit einem gewissen Unterhaltungswert für die Medien. Als gelernter Historiker weiß ich, dass die Zukunft nie vorhersehbar war und auch nie vorhersehbar sein wird. Sie hat immer Entwicklungen parat, an die auch die klügsten Köpfe nie im Traum gedacht hätten oder, wie es der schreckliche Kriegstreiber Dick Cheney, Vizepräsident unter Bush, in einem hellen Moment in Bezug auf den Irakkrieg formuliert hat: Es gibt erstens das, was man sicher weiß, zweitens das, von dem man weiß, dass man es nicht weiß, und drittens das, von dem man nicht weiß, dass man es nicht weiß. Außerdem, und das hat er nicht gesagt, ist der dritte Fall leider der weitaus wichtigste: In diesem Teil verbirgt sich das ganze Elend der Futurologie. Ich könnte Ihnen Beispiele von schrecklichen Fehlprognosen, zum Beispiel ›das Ende der Geschichte‹ von Herrn Fukuyama nennen. Im alten Rom hätte man einen Priester, der auf Basis einer Eingeweideschau derart krasse Fehlprognosen abgibt, umgehend im Circus Maximus den Löwen serviert.«

»Ihr hartes Urteil über die Zukunftsforschung hört sich so an, als hätten Sie die wissenschaftlichen und utopischen Arbeiten von Faye Browne nicht wirklich geschätzt?«

»Nein, nicht wirklich, vor allem ihre Science Fiction Romane sind mir schrecklich auf die Nerven gegangen. Das ist ja alles blühender Unsinn! Ich glaube aber, dass Faye das in letzter Zeit auch eingesehen hat, denn schließlich hat sie ja verkündet, dass sie sich nach ihrem letzten Science Fiction Buch nur mehr der Forschung widmen wolle. Ihr schlechtestes Buch übrigens, wie mir jemand zugeflüstert hat.«

Florence hatte das unangenehme Gefühl, erstmals zu verstehen, was professorale Arroganz bedeutet. Sollte sie seinem übergroßen Ego einen kleinen Dämpfer versetzen, schon allein, um seinen Redefluss zu bremsen?

»Handelt es sich denn auch bei Ihrem eigenen Bestseller *The future is brighter than you can imagine* um Scharlatanerie, um eine Form altrömischer Eingeweideschau?«

Whitehall lachte: »Selbstverständlich! Selbstverständlich, Madame! Mein Buch ist geradezu ein Beweis für die Richtigkeit dieser These! Es ist aus einer Laune heraus entstanden und, natürlich nur im Vertrauen und unter uns gesagt, absolut nicht ernst zu nehmen. Ich wollte einfach nur einen grellen Kontrapunkt setzen zu der ganzen apokalyptischen Tinte, mit der wir permanent aus den Medien, aber auch aus Büchern wie jenen von meiner ehemaligen Assistentin, übergossen werden. Alles, was wir tun, wird uns heutzutage als Beitrag zum Weltuntergang vermiest. Das kleinste Tenderloin Steak, ein bescheidener Hin- und Rückflug zu einer dreitägigen Konferenz nach Australien, der SUV, der Zweitwagen und so fort. Sollen wir uns denn alle in Steinzeithöhlen zurückziehen?«

Florence hatte das seltsame Gefühl, als würde ihr eine Spinne über den Rücken laufen.

Plötzlich läutete das Handy. Ein kurzer Blick darauf zeigte ihr, dass es Madame Delecour, die Bürgermeisterin von Simiane-la-Rotonde, war. Mit einem bedauernden Blick zu Whitehall hob sie ab.

»Ich bin gerade in einer wichtigen Besprechung, Madame«, sagte sie, »darf ich Sie in einer halben Stunde zurückrufen?«

»Okay, aber bitte so bald wie möglich«, antwortete die Bürgermeisterin. »Ich habe Ihnen etwas zu sagen, was Sie bestimmt sehr interessieren wird! Ich muss in einer Stunde ein Sommerfest eröffnen und bin dann nur mehr schwer zu erreichen. *A bientôt*!«

Florence wandte sich wieder ihrem Gesprächspartner zu, der sie fragend anschaute.

Er erhob sich, und Florence war klar, dass sie von ihm nichts mehr erfahren würde.

«Ich möchte mich jetzt von Ihnen verabschieden, Madame. Ich hoffe sehr, dass Sie mehr Erfolg bei der Aufklärung des Mordes an meiner Frau haben als die französische Polizei und wünsche Ihnen viel Erfolg. Sie können gerne noch hier auf Ihre Begleiterin warten. Ich gehe jetzt hoch zu meinen Zwillingen und schicke sie Ihnen.«

Zwei Minuten später stand eine atemlose Chantal vor Florence.

»Ich möchte noch eine Stunde bleiben«, sagte sie. »John – ich meine John Atkins, er hat mir inzwischen das Du-Wort angeboten – also John und ich sind gerade mitten in einer Musikstunde mit den Kindern. Er fährt mich danach zurück nach Saignon. Es freut ihn ohnedies, wieder einmal meinen Vater zu sehen.«

Florence hatte keinen Einwand und verließ das Haus ohne ihren Bodyguard, der offensichtlich seinen Auftrag völlig vergessen hatte. Sie schickte eine kurze SMS an Dampierre und teilte ihm den Aufenthaltsort von Randolph Whitehall mit und dass dieser höchstwahrscheinlich in der nächsten Stunde dort anzutreffen sei. Eigentlich war es gut, dass Chantal noch dortgeblieben war. So bestand keine Gefahr, dass die Whitehalls schon abreisten. Sie machte sich auf den Weg zu ihrem Auto.

Während sie zurück zum Parkplatz ging, bewunderte sie die besonders schönen Eingänge und Portale der alten Häuser von Viens. Dieser bezaubernde Ort erschien ihr wie ein Museum, in dem die Vielfalt der für die Provence typischen Hausportale präsentiert wurde. Auf einem der um diese Zeit menschenleeren Plätze entdeckte sie im Schatten eines Hauses eine Steinbank. Sie setzte sich hin und wählte die Nummer von Anne Delecour, die sich sofort meldete.

»Sitzen Sie gut, Madame Beaumarie?«, fragte die Bürgermeisterin ohne eine weitere Einleitung.

»Das tue ich. Was ist los?«

»Heute am Vormittag ist eine Meldung über meinen Bildschirm gelaufen, die hochinteressant ist. Man hat die Dateien auf dem Computer von Gustav Moriell entschlüsselt und dabei das Manuskript von Faye Brownes letztem Science Fiction Roman entdeckt. Madame Beaumarie, es war Gustav, der das letzte Buch für Faye geschrieben hat.«

»Ah *mon Dieu,* das ist tatsächlich eine Überraschung.«

»Ja, und ich muss Ihnen auch gestehen, dass ich das schon länger weiß. Ich hatte es ihm aber hoch und heilig versprochen, dass nie jemand davon erfahren wird.«

Florence ersparte sich einen Kommentar zu dieser Bemerkung. Allerdings fragte sie sich, was ihr die Bürgermeisterin noch alles zu gestehen hatte.

»Das erklärt also den schlechten Stil dieses Buches.«

»Gustav hat mir damals erzählt, dass sie kein Interesse mehr hatte, ihre letzte Romantrilogie zu beenden. Weil die Verlage sie aber unter Druck gesetzt hatten, hat Gustav sich angeboten, es für sie zu machen. Ich frage mich gerade, ob sie ihn deshalb in ihrem Testament so großzügig bedacht hatte. Gustav hat allerdings schon zuvor in seiner Freizeit Fantasy Romane geschrieben, aber jetzt wissen wir, warum sie von keinem Verlag genommen wurden. Was sagen Sie dazu, Madame, hilft Ihnen diese Information weiter?«

»Ja, danke, Madame Delecour. Es ist ein weiteres Puzzleteil in diesem Fall.«

»Also gut. Wäre es möglich, dass wir bald einmal konkrete Ergebnisse zu sehen bekommen?«

»Sie sind jetzt meine Auftraggeberin, und Sie und Ihr Kollege erhalten demnächst einen Bericht. Versprochen!«

»Gut. Ich bin gespannt darauf. *Au revoir*, Madame!«

»Au revoir, Madame le Maire! A bientôt!«

34

Die Hitze des Nachmittags hatte sich über den Ort Viens gelegt. Außer Florence war niemand auf der Straße. Sie fühlte sich wie ein Eindringling, der mit seinem Handy eine heilige Handlung stört. Der Nachhall ihrer eigenen Stimme schien noch immer über dem kleinen Platz zu schweben.

»Ich brauche etwas zu essen«, sagte sie sich. Wenn sie sich seltsam und verunsichert fühlte, bedeutete das fast immer, dass sie hungrig war.

Das Restaurant war nur einige Schritte entfernt. Sein Garten lag direkt an der Dorfstraße und war von einem Reigen verschwenderisch blühender Pflanzen in bunten Kübeln und Töpfen aus Terrakotta gesäumt. Einige Tische waren noch besetzt, der Wirt bedauerte. Das Restaurant würde in Kürze schließen, und die Küche sei schon geschlossen. Sie könne aber gerne in dem dazugehörigen Café noch eines der übrig gebliebenen Desserts verspeisen.

Während sie noch mit dem Wirt sprach, parkte ein Polizeiauto neben dem Restaurant, dem eine ihr vertraute Gestalt entstieg.

Es war Dampierre, gefolgt von einem Kollegen. Er hatte sie schon gesehen und kam im Eilschritt auf sie zu.

»Monsieur le Commissaire? Schon hier?«

»Nach dieser Nachricht, die Sie mir geschickt haben, muss ich das wohl! Sie sind ja auch nicht gerade langsam. Immerhin haben Sie Professor Whitehall in Rekordzeit ausfindig gemacht. Kompliment! Endlich können wir diesen wichtigen Zeugen befragen! Eigentlich wollte ich gerade nach Hause fahren. Ich wohne in der Nähe des Städtchens Dauphin, und von dort sind es nur 20 Minuten hierher. Ich habe meinen Kollegen Framboisier aus Céreste mitgebracht. Das Verhör dieses wichtigen Zeugen will ich nicht alleine durchführen.«

Inspektor Framboisier nickte, und Florence dachte, dass dessen roter Kopf tatsächlich ein wenig einer Erdbeere glich. Dampierre hatte es verständlicherweise eilig, Whitehall zu befragen. Sollte dieser nicht kooperativ sein, könne er ihn auf das Revier mitnehmen. Florence informierte ihn über John Atkins, über Jackie und John und darüber, dass gerade Chantal bei ihnen war.

»Stellen Sie sich seelisch schon mal auf einen totalen Zyniker ein.«

»Okay«, sagte Dampierre, »dann weiß ich jetzt Bescheid, was mich erwartet. Sollte ich Whitehall tatsächlich mitnehmen müssen, kann sich dieser Professor Atkins um die beiden Kinder kümmern.«

Dann fragte er Florence, ob sie denn Zeit hätte, hier auf ihn zu warten.

Die würde sie sich nehmen, sagte sie und bestellte eine Creme Brûlée, einen Obstsalat und eine Flasche *Perrier*.

Während sie darauf wartete, schrieb sie ein kurzes Protokoll der heutigen Ereignisse, Grundlage für den Bericht, den sie ihrer Auftraggeberin versprochen hatte. Dabei wurde ihr klar, dass es höchste Zeit war, diesen Leon Gonzales vom Universitätsinstitut in Aix noch einmal genauer unter die Lupe zu nehmen.

Leonie hatte erklärt, dass sie das Wochenende in ihrer Studentenbude in Aix-en-Provence zu verbringen gedenke. Nur sie hatte die Möglichkeit, Leon Gonzales möglichst rasch ausfindig zu machen.

Auf den Anruf von Florence reagierte Leonie wie erwartet. Erfreut darüber, dass ihre verordnete Wochenendpause unterbrochen wurde und sie auch offiziell wieder am Fall dran sein konnte. Dann gestand sie, dass sie heute doch schon etwas gearbeitet hatte. Sie hatte ein Dossier über Gonzales zusammengestellt und hatte noch einmal mit Lisette Gosselin, der Sekretärin von Faye Browne, telefoniert. Sie hatte sich dafür entschuldigt, dass sie sie hinters Licht geführt hatte, und noch einige interessante Informationen bekommen. Außerdem hatte sie mit einem Kollegen von der Police nationale in Deauville telefoniert und sich die ganze Geschichte vom Diebstahl des Computers der Professorin berichten lassen. Und ganz ehrlich gesagt stand auch schon fest, dass sie Leon Gonzales heute Abend zum Abendessen treffen würde.

Florence unterließ es, ihre Mitarbeiterin wegen der Eigenmächtigkeit ihrer Aktionen zu tadeln, und ließ sich Ort und Zeit für das Abendessen nennen. Sie hatte ein komisches Gefühl, aber es war natürlich nützlich, wenn sich Leonie mit Gonzales traf, und Leonie war definitiv eine, die auf sich aufpassen konnte.

Leon und Leonie – es hörte sich an wie der Titel eines Theaterstückes, das in der sommerlichen Festspielzeit in

Aix-en-Provence aufgeführt wird. Florence hoffte, dass es sich um eine Komödie handeln würde, und beschloss, noch einen Kaffee zu trinken.

Die Frau, die sie bedient hatte, war dieselbe gewesen, die ihr Auskunft über Professor Atkins gegeben hatte. Jetzt hatte sie sich schon länger nicht mehr blicken lassen, und so machte sich Florence auf die Suche nach ihr.

Im Café war es dunkel und kühl. Der Besitzer saß an einem Tischchen und war über seiner Tageszeitung eingeschlafen. Die Frau von vorhin tauchte hinter der Theke auf und sah Florence fragend an. Florence bestellte den Kaffee, beschloss, ihn hier herinnen zu trinken, ging aber noch einmal hinaus, um ihren Rucksack zu holen.

Während der Espresso aus der Maschine in die Tasse zischte, musterte die Frau Florence mit strengem Blick.

»Einen Rucksack würde ich keine Minute unbeaufsichtigt da draußen liegen lassen. Auch in unserer vermeintlichen Idylle gibt es Diebe. In letzter Zeit wieder besonders viele. Sie haben gerade mit zwei Polizisten gesprochen. Gibt es ein Problem?«

Florence, die jede Gelegenheit zu einem Gespräch nützte, stellte sich als Privatdetektivin vor, die in jener Tragödie ermittelte, welche sich vor zwei Tagen im Colorado Provençal abgespielt hatte.

»Und was hat Professor Atkins damit zu tun?«, fragte die Wirtin.

»Gar nichts, er hat einen Gast aus England, der mit Madame Picard befreundet war und von dem ich ein paar Auskünfte wollte.«

»Dann ist das jener Engländer, der mir noch eine Zeche schuldet. Er hat hier gefrühstückt und ist dann überstürzt und ohne zu zahlen aufgebrochen. Ein zerstreuter Professor eben, dachte ich. Er war nämlich schon am Abend zuvor hier und hat ebenfalls beinahe nicht gezahlt. Auch da ist er abrupt aufgestanden. Stimmt etwas nicht mit ihm?«

»Alles in Ordnung, Madame. Ihre Diagnose ist korrekt: zerstreuter Professor!«

Die resolute Art dieser Frau erinnerte Florence an Madame Picard. Hatte sie etwa eine Reinkarnation der Buchhändlerin vor sich?

Sie drehte den Spieß um und stellte ihrerseits noch eine Frage.

»Wissen Sie, wann er an jenem Abend aufgebrochen ist?«

»Ich hab nicht auf die Uhr geschaut, aber ich schätze so zwischen 21 und 21.30 Uhr.

Sie sind doch hinter ihm her, Madame, aber es geht mich natürlich nichts an. Wo darf ich Ihren Kaffee hinstellen?«

Florence deutete auf ein Tischchen, setzte sich hin und warf einen Blick auf ihr Handy, das stumm geschaltet war. Tante Blanche aus Deauville! Sie rief sofort zurück.

Sie wusste schon lange, dass man die Tante nicht unterschätzen durfte. Damit, dass sie jetzt sogar die Eigeninitiative ergriffen hatte und unter die Privatdetektivinnen gegangen war, hatte sie aber nicht gerechnet.

»Pass auf, Florence«, sagte die Tante nach einer kurzen Begrüßung. »Du hast dich doch für diese drei Personen interessiert, die im Hotel *Le Normandy* bei uns in Deauville abgestiegen sind. Ich dachte mir, ich spioniere noch ein bisschen herum und frage einmal, was sich am fraglichen Abend so getan hat. Ich habe meine alte Freundin Nicole, also die frühere Besitzerin, angerufen und gesagt, dass ich Lust bekommen hätte, die Atmosphäre ihres Hotelpalastes zu genießen und ob es die Möglichkeit gäbe, dass wir zwei Alten uns wieder einmal auf einen Drink in der Bar treffen. Na, was soll ich sagen, sie war Feuer und Flamme und wollte das sofort erledigen. In unserem Alter weiß man nie. Na gut, es ist dann ein Treffen zu viert geworden. Wir zwei Alten im Rollstuhl und unsere Pflegerinnen. Meine hat sich ordentlich herausgeputzt, als ich sagte, dass wir in die Bar eines Luxushotels gehen. Es ist dann ein richtig netter Abend geworden. Beinahe hätte ich vergessen, weshalb ich dort war. Dann ist es mir aber doch noch eingefallen, und ich habe meine Freundin gefragt, ob es denn zum Zeitpunkt dieser Tagungen – oder war es ein Kongress? – irgendwelche besonderen Vorfälle hier im Hotel gegeben hat. Sie hat sogleich ihre Tochter kommen lassen, aber die hat nur etwas überheblich ›nicht dass ich wüsste‹ gesagt. Dann habe ich auf einem Tischchen in der Bar dieses luxuriöse Monatsheft des Hotels entdeckt, das unter anderem über Ereignisse und Veranstaltungen berichtet. Zufällig gibt es auch einen Bericht über einen großen Empfang anlässlich der Tagung deiner Zukunftsforscher mit einer Menge Fotos von den anwesenden Prominenten, dankenswerterweise mit Namen versehen, und darauf habe ich sowohl einen Professor Whitehall als auch einen Leon Gonzales entdeckt. Sie waren alle vom gleichen Pressefotografen gemacht.«

»Großartig, liebe Tante. Diese Bilder würde ich natürlich gerne sehen.«

»Warte, das ist noch nicht alles. Es sieht so aus, als würde ich mich doch zur Privatdetektivin eignen. Ich habe Nicole gefragt, ob sie ihre Tochter nicht doch noch einmal kommen lassen könnte, schließlich hat diese von ihr den ganzen Betrieb geerbt, und das hat sie dann auch gemacht. Es hat sich herausgestellt, dass dieser Fotograf noch mehr Bilder geliefert hat, die sie aber nicht in die Zeitschrift geben wollten und konnten. Ich durfte sie durchsehen und die, auf denen die Personen, die dich interessieren, abgebildet sind, sogar mitnehmen. Soll ich sie dir in die Post geben?«

»Ich fürchte, das dauert mir etwas zu lange, liebe Tante. Was meinst du, könntest du die betreffenden Seiten mit deinem Handy fotografieren und mir schicken?«

»Ach, Kindchen. Ich hab doch nur so ein altmodisches Gerät, mit dem man nicht fotografieren kann. Aber warte mal. Ich frag Ramona, die zeigt mir ständig Bilder von ihren Kindern und Kampfhunden auf dem Handy. Die kann das für mich machen.«

»Das wäre großartig. Im Moment kann ich jede Information brauchen.«

»Gut, ich frage sie. Aber versprich mir, dass du mir irgendwann erzählst, was dabei herausgekommen ist. Aber nicht erst, wenn die Zeitungen wieder darüber schreiben, in welche Gefahren sich meine Nichte begeben hat. Ich will es vorher erfahren. Noch ist es wohl topsecret, oder?«

Der Kaffee war noch nicht ausgetrunken als die Fotos bereits da waren. Florence vergrößerte sie mit ihren Fingern. Auf den offiziellen Bildern aus der Zeitschrift waren Whitehall und Gonzales nicht zusammen zu sehen. Sie waren aber gut zu erkennen und auch namentlich zugeordnet. Wesentlich aufschlussreicher waren dagegen die unveröffentlichten Bilder. Sie bewiesen, dass sowohl Gonzales und Claire Fontaine als auch Madame Picard in Deauville Kontakt mit Professor Whitehall gehabt hatten.

Florence wartete noch immer auf Dampierre. Auf ihrer Uhr war es mittlerweile schon 16 Uhr. Sie hatte Charles angerufen, und dieser Anruf hatte sie beruhigt. Das Fest würde nicht vor 18 Uhr beginnen, hatte er ihr mitgeteilt. Was er dann gesagt hatte, hatte sie aber doch etwas nervös gemacht.

»Wenn du aber um 18 Uhr nicht da bist, Florence, sind wir geschiedene Leute!«

So etwas konnte man natürlich im Scherz sagen, bei Charles hatte es sich aber gerade sehr ernst angehört. Sie hatte versprochen, pünktlich da zu sein. Eigentlich musste es sich locker ausgehen.

Inzwischen saß sie wieder im Freien, denn dort hatte eine hohe Pinie das Duell mit der Sonne gewonnen und durfte Schatten spenden. Zumindest für einen einzigen Tisch, und den hatte Florence glücklicherweise noch ergattert, bevor eine ganze Reisegruppe die übrigen Tische in Beschlag nahm.

Während sie das Gegacker um sich herum ausblendete, ging sie in ihrem Kopf zum 100. Mal die Liste der verdächtigen Personen durch und reihte für jeden ihre Verdachtsmomente auf. Sie war aber noch nicht weit gekommen, als endlich Dampierre um die Ecke bog.

»Es gibt durchaus Interessantes zu berichten«, sagte er. »Und außerdem benötige ich Ihre Unterstützung, Madame Beaumarie. Leider muss ich jetzt wirklich dringend nach Hause, weil meine jüngste Tochter von einer Freundin abgeliefert wird und sonst, soweit ich weiß, niemand zu Hause ist. Würde es Ihnen etwas ausmachen, mich zu begleiten?«

»Schaffe ich es dann bis 18 Uhr nach Saignon?«

»Das geht sich locker aus. Ich nehme Sie in meinem Wagen mit, da können wir während der Fahrt schon reden. Ich bringe Sie auch wieder zurück. Wir sind in zehn Minuten bei mir. Danach zehn Minuten zurück, und dann benötigen Sie etwa zwanzig Minuten bis Saignon. Zeit genug, dazwischen die Lage zu besprechen. Ich bin schon sehr gespannt!«

35

«Es wird Sie vermutlich verwundern, wie ich wohne«, hatte Dampierre zu Florence gesagt, nachdem er von der Landstraße auf ein holpriges und nicht asphaltiertes Sträßchen abgebogen war, das durch ein Kiefernwäldchen führte. »Es gibt Leute, die mich um meinen kleinen Familienbesitz beneiden und tatsächlich ist es von außen betrachtet auch ein hübsches Anwesen. Es hat mir aber in meinem Leben schon mehr Sorgen als Freude bereitet. Die Erhaltung ist ein Problem und wenn meine Kinder nicht wären, hätte ich es schon längst gegen eine praktische Wohnung ausgetauscht.«

Mehr hatte Florence über die Wohn- und Familiensituation des Kommissars bisher noch nicht erfahren. Als sie losgefahren waren, hatten sie sofort damit begonnen, alle bisherigen Informationen zum Fall Faye Browne und dessen Folgen auszutauschen und über eine gemeinsame Aktion nachzudenken, die hoffentlich zur endgültigen Lösung des Rätsels führen würde.

Das Gespräch mit der Staatsanwältin, in dem Dampierre diese über Whitehall informiert hatte, hatte noch weitere Folgen für seine Ermittlungsarbeit gehabt. Dass sein Vorgesetzter, Commandant Poullain, während dramatischer Ermittlungen einfach verreist und noch dazu telefonisch nicht erreichbar war, hatte sie außerordentlich empört. Das, so fand sie, hätte das Fass seiner Unfähigkeit zum Überlaufen gebracht. Sie hatte sogar den Präfekten eingeschaltet, und deshalb hatte Dampierre provisorisch die volle Verantwortung für die Dienststelle in Manosque erhalten, und diesmal hatte er nicht anders gekonnt, als dies auch anzunehmen. Das war gestern am späten Nachmittag passiert, und die Staatsanwältin hatte versprochen, sich um Poullain zu kümmern, falls er wieder auftauche. Der werde vermutlich ausrasten, aber sie fürchte sich nicht vor ihm, sie habe außerdem die Rückendeckung durch den Präfekten.

Dampierre hatte ihr gegenüber mit offenen Karten gespielt und ihr auch von den Parallelermittlungen einer Privatdetektivin namens Florence Beaumarie, die er gerne einbeziehen würde, berichtet. »Mir ist alles recht, wenn nur die drei Fälle möglichst rasch aufgeklärt werden«, hatte sie gesagt. »Ich weiß über Florence Beaumarie Bescheid. Sie ist ein alter Hase in der Polizeiarbeit und muss wissen, was sie als Privatdetektivin tun kann und wo ihre Grenzen liegen.«

Nun waren sie also am Eingang eines beachtlichen Areals eingetroffen, und noch bevor sie ausgestiegen waren, parkte neben ihnen ein weiterer Wagen. Ein kleines Mädchen mit einem Rucksack auf dem Rücken und einem kleinen Geigenkoffer in der Hand hüpfte heraus, und ohne ihnen Beachtung zu schenken, schlüpfte es an einer schadhafte Stelle durch ein großes, aus Schmiedeeisen geformtes Tor und lief den langen schmalen Pfad hinauf zu einem beeindruckenden Gebäude mit Türmchen und Erkern. Nicht gerade ein großes Schloss, aber durchaus etwas in dieser Richtung. Dampierre war ebenfalls ausgestiegen. Bei dem anderen Wagen wurde eine Fensterscheibe heruntergekurbelt, winkend erschien die Hand der Lenkerin, und eine Frauenstimme rief *»A bientôt!«* Dann war der Wagen auch schon wieder davongebraust.

»Sie haben es eilig, die beiden«, sagte Dampierre zu Florence, die inzwischen neben ihm stand. »Meine Nachbarin muss zu ihrem unerträglichen Ehemann, der ein Esel ist, und meine Tochter muss tatsächlich einen Esel füttern. Er lebt bei uns hinter dem Haus. Ein Akt der Tierrettung. Ich habe ihr gesagt, dass ein Esel keine Pferd ist – das sie sich nämlich sehnlichst wünscht – aber sie hat gesagt, besser ein Esel als gar nichts. Vielleicht hat sich das meine Nachbarin auch gedacht, als sie ihrem Mann das Jawort gegeben hat! Aber Pardon, wir haben wirklich was anderes zu besprechen. Kommen Sie, Madame Beaumarie, wir haben jetzt noch eine knappe Stunde.«

Bald darauf befanden sie sich im Inneren des Gebäudes. Dampierre bat Florence, sich in dem Raum, in den er sie geführt hatte, einen Platz zu suchen. Er müsse nur noch kurz – wirklich kurz – nach seiner kleinen Tochter sehen.

Florence tat wie geheißen und genoss nach der Hitze dieses Tages die Kühle, ja die Kälte in dem ungewöhnlich hohen Raum, den man eigentlich als Saal bezeichnen konnte. Die Decke wurde von Steinsäulen getragen und musste einmal bunt bemalt gewesen sein. Jetzt waren die Farben nachgedunkelt und die Figuren und Muster – Florence vermutete, dass es sich um Engel oder Götter handelte – kaum mehr zu erkennen. Zwar gab es Fenster, sehr hoch, sehr schmal mit einem Spitzbogen gekrönt, aber da das ganze Gebäude von einem dichten Pinienwald umringt war und deshalb im Schatten lag, konnte durch diese kaum Sonnenlicht eindringen.

Schneller als erwartet war der Kommissar wieder zurück. Er fragte Florence, ob sie etwas trinken wolle, und als sie den Kopf schüttelte, setzten sie ihr Gespräch fort. Florence hatte Dampierre bereits während der Fahrt Bericht erstattet, und jetzt war er dran.

»Der Professor hat natürlich mit dem Besuch der Polizei gerechnet«, begann er, »und offensichtlich hat er sich auch darauf vorbereitet. Es war beinahe skurril, denn gleich zu Beginn ist er mit einem Stoß von Papieren zum Angriff übergegangen. Ungebeten hat er mir seinen Reisepass vorgelegt und zusätzlich seine Staatsbürgerschaftsurkunde, weiters die Visitenkarte seines Universitätsinstitutes und ein Dokument, in dem ihm das vorübergehende Sorgerecht für seine Kinder übertragen worden war. Es war ihm ungeheuer wichtig, seinen Status als britischer Staatsbürger zu demonstrieren. Gleich darauf hat er mir eine Beleidigung an den Kopf geworfen und mich gefragt, ob ein kleiner französischer Provinzpolizist wie ich überhaupt dazu befugt sei, in einem Kriminalfall von übernationaler Bedeutung wie dem seiner geschiedenen Frau zu ermitteln. Eine Frau, die, wie er sagte, noch dazu unter besonderer Beobachtung des britischen Königshauses stehe, da ihre Eltern im Buckingham Palast arbeiten. Ich habe ihn dann darauf hingewiesen, dass Madame Faye Browne sich schon vor einiger Zeit entschieden hatte, französische Staatsbürgerin zu werden, da sie, wie sie damals einer regionalen Zeitung berichtete, die Monarchie als Staatsform ablehne. Na ja, ich breite das jetzt nicht mehr aus. Auch nicht meine Reaktion auf den ›Provinzpolizisten‹. Ich erzähle es nur, weil das ein bezeichnendes Licht auf den Professor wirft. Ein Ablenkungsmanöver, bei dem man sich fragt, wovon er ablenken will. Davon, dass er seine Frau umgebracht hat? Nicht sehr wahrscheinlich angesichts von Ort und Zeit des Mordes. Hat er Gustav Moriell getötet oder in den Tod getrieben? Schon wahrscheinlicher! Der Mann hat jedenfalls etwas zu verbergen. Was sagen Sie dazu, Madame Beaumarie?« Dampierre lehnte sich in seinem Stuhl zurück. »So verhält man sich doch nicht, wenn man nicht aus irgendeinem Grund ein schlechtes Gewissen hat.«

»Vermutlich nicht«, antwortete Florence. »Haben Sie denn sonst noch etwas Interessantes aus ihm herausgeholt.«

»Nicht mehr allzu viel, aber etwas doch. Ich habe nämlich schon lange die Vermutung, dass er, als er mit den Kindern im Haus der Toten war, etwas gesucht hat. Er hat schließlich zugegeben, dass er alleine in ihrem Arbeitszimmer gewesen ist, weil er angeblich die Briefe, die sie sich in der Phase ihrer Verliebtheit geschrieben hatten, wieder zurückhaben wollte. Angeblich hat er sie nicht gefunden. Es könnte aber natürlich sein, dass er etwas anderes gesucht und vielleicht sogar gefunden hat. Das hat er mir dann aber nicht auf die Nase gebunden.«

»Er muss auf der Suche nach etwas gewesen sein, das nicht in die Hände der Polizei fallen darf. Ich würde sehr gerne noch einmal das Haus von Madame Browne durchsuchen. Morgen Vormittag! Im Lichte unserer neueren Erkenntnisse könnte ich etwas entdecken, das Ihnen und auch mir vor wenigen Tagen noch nicht auffallen konnte. Genehmigen Sie das?«

»Sie kennen den Hinterausgang, Madame Beaumarie. Ich habe festgestellt, dass sich im Schuppen neben dem Haus ein Schlüsselbrett mit mehreren Schlüsseln befindet. Einer davon sperrt diesen Ausgang. Aber noch einmal zu Whitehall. Fällt Ihnen zu ihm noch etwas ein?«

Florence schüttelte langsam den Kopf.

»Nein, aber wenn wir von Wohnungen sprechen: Sie haben sicher auch die Wohnung von Madame Picard gründlich durchsucht …«

»… und nichts gefunden, was unseren Fall betrifft, leider. Eine tolle Wohnung übrigens. Ganz in der Nähe und hinter der Buchhandlung.«

»Sieht man von der Wohnung aus den Hintereingang der Buchhandlung?«

»Oh ja, sie hat von dort aus den ganzen rückwärtigen Teil ihres Geschäftes im Blick gehabt.«

»Sie hätte also auch beobachten können, was sich an jenem Abend, als Faye Browne ermordet wurde, beim Hintereingang abgespielt hat.Vor allem müsste es ihr doch aufgefallen sein, dass Faye ihr Auto dort geparkt hat. Falls sie das getan hat.«

Dampierre bedauerte.

»Das haben wir sie natürlich gefragt, Florence. Sie hat zwar den ganzen Abend Bridge gespielt und sie hat auch gesagt, dass sie zwischendurch zum Fenster gegangen ist und sogar von ihrem Sitzplatz aus einen Blick darauf hatte. Der Parkplatz hinter der Buchhandlung war in dieser Nacht leer, das Auto von Faye Browne hingegen, das sie gut kannte, war nicht zu sehen. Als sie ihren Freundinnen nach Ende ihres Zusammenseins von oben hinterher geschaut hatte, war nur ein einziger Wagen ganz in der Nähe des Parkplatzes gestanden, und an den konnte sie sich sogar erinnern, weil er auffallend silbern glänzte und sie sich gefragte hatte, ob dieser Glanz vom Licht des Vollmondes kam, der an diesem Tag schien, oder ob der Wagen selbst so silbrig glänzend lackiert war. Jedenfalls waren ihr der Wagen und sein Besitzer unbekannt. Ein ziemlich großer Wagen, ein SUV.«

Eine Tür in der gegenüberliegenden Wand, die Florence noch gar nicht bemerkt hatte, öffnete sich ganz unerwartet, und die Gestalt eines jungen Mannes erschien im Türrahmen.

»*Bonjour,* Madame. Hallo, Papa. Ich wollte nur sagen, dass ich jetzt wieder da bin und mich um Annabelle kümmern kann.«

»Fein«, sagte Dampierre. »Ich muss gleich noch einmal weg und bin so um 18 Uhr herum wieder zurück. Abendessen?«

»Nein danke, Papa, dann bin ich wieder weg.« Ein kurzes entschuldigendes Grinsen, und dann schloss sich die Tür hinter ihm, und sein Vater widmete sich erneut seinem Gast.

»Wir haben noch ein wenig Zeit. Ich habe letzte Nacht einmal alles aufgeschrieben, was ich bisher über die beteiligten Personen und auch die Opfer weiß. Einige von ihnen waren mir ja schon vorher bekannt. Sollen wir das einmal gemeinsam durchgehen?«

Florence nickte, und Dampierre nahm den Schreibblock, der neben ihm auf einem Hocker gelegen war, und las vor, was er geschrieben hatte. Florence ergänzte mit ihren Informationen.

Als sie damit fertig waren, bemerkte Dampierre: »Wie selten in einem Fall habe ich hier das Gefühl, dass wir uns mitten in einem Vexierspiel befinden, in einem Labyrinth von Täuschungen, bei dem sich immer neue Bilder ergeben.«

»Allerdings«, ergänzte Florence. »Und weil jeder der Beteiligten immer noch etwas zu verbergen sucht, kann trotz der vielen Hinweise, die wir schon haben, die Wahrheit nicht ans Licht kommen. Vielleicht sollte man …«

Sie hielt inne, und ihre zusammengepressten Lippen bildeten eine dünne Linie, so als könnte sie sich nicht dazu entschließen, das, was ihr auf der Zunge lag, auch tatsächlich auszusprechen.

»Schießen Sie los, Madame! Was geht Ihnen durch den Kopf?«

»Eine etwas verrückte Idee. Ich hätte gerne alle diese Personen an einem Ort zusammengebracht und sie mit ihren unterschiedlichen Geschichten konfrontiert.«

»Und dieser Ort wäre natürlich am besten die Buchhandlung, *n'est-ce pas?«*

»Ich wusste, dass wir uns verstehen.« Florence lächelte.

»Das müsste aber bald passieren«, sagte Dampierre, »ich kann zum Beispiel Professor Whitehall nicht ewig hier festhalten, und gleichzeitig sollte so etwas über die Bühne gehen, bevor das Theater mit dem zurückgekehrten Poullain beginnt.«

»Morgen also«, sagte Florence, »am besten gegen Abend, und die Einladung dazu sollte nach Möglichkeit nicht von uns ausgehen.«

Es war Dampierre, der die zündende Idee hatte. »Abbé Vincent«, sagte er, »der Pfarrer von Banon. Ich kenne ihn gut. Er würde uns wohl den Gefallen tun.«

Der Anruf, den er bald darauf tätigte, war ein voller Erfolg.

Das Email, die SMS und in einigen Fällen sogar ein Anruf – Abbé Vincent vertraute nicht einem einzigen Kanal – das noch am selben Abend an jene Personen ging, die ihm von Dampierre und Florence genannt worden waren, lautete wie folgt:

Liebe Freundinnen und Freunde, Trauernde und Betroffene!
Vor zwei Tagen ist unsere liebe und prominente Mitbürgerin, Madame Alice Picard, völlig unerwartet und zu unser aller großer Bestürzung aus dem Leben geschieden. Es muss eine Fügung des Schicksals sein, dass ich vor Kurzem noch mit ihr gesprochen habe, und ich nun den Wunsch, den sie damals an mich richtete, erfüllen darf.
»Sollte ich das Zeitliche vor Ihnen segnen, wovon ich ausgehe«, hat sie zu mir gesagt, »so wünsche ich mir zwei Dinge. Erstens das wunderbare Ave

Maria von Johann Sebastian Bach und Charles Gounod und zweitens Ihren Segen für einige besondere Menschen, die auf dieser Liste stehen. Sie sollen in meiner Buchhandlung zusammenkommen, an mich denken und dann mit einem Glas Champagner das Leben feiern.«
Madame Picard hatte die Liste schon vorbereitet, was mich ahnen lässt, dass ihr Tod für sie selbst nicht so überraschend kam wie für uns. Als einer der oder die Auserwählten, die auf dieser Liste stehen, bitte ich Sie, dieser Einladung zu folgen.
Ort: die geheime und persönliche Bibliothek von Madame Picard im obersten Stock der Buchhandlung Librairie Mistral in Banon am morgigen Sonntag um 17:00 Uhr.
Gezeichnet Abbé Vincent Pfarrer in Banon

»Wenn diese Unwahrheit, deren ich mich mit dieser Einladung schuldig mache, der Wahrheitsfindung dient«, hatte der Pfarrer am Ende seines Telefonats zu Dampierre gesagt, »will ich sie auf mich nehmen. Gott wird mir verzeihen! Du musst mir aber versprechen, Commissaire, dass du alles tust, dass bei dieser Veranstaltung niemand zu Schaden kommt.«

Nach diesem gemeinsam ausgeheckten Coup, von dem sie wussten, dass er riskant, aber angesichts der aktuellen Lage und ihres Wissensstandes notwendig war, beschlossen sie, sich ab jetzt zu duzen. »Von nun an also Florence und Bernard«, sagte Florence zum Abschied lächelnd zu Bernard Dampierre. »Gut, dass wir uns kennengelernt haben.«

Er lächelte ebenfalls und gleich darauf seufzte er: »*A bientôt*, Florence. Wenn nicht Sie, pardon du, es wärest, mit der ich mich auf dieses Abenteuer einlasse, wäre mir ganz und gar nicht wohl bei der Sache! So kann aber eigentlich nichts schiefgehen.«

Na ja, dachte Florence, wenn ich an die Blessuren denke, die ich und andere bei unseren letzten Abenteuern davongetragen haben ... aber diesmal haben wir Gottes Segen, und er wird hoffentlich seine schützende Hand über uns halten!

36

Nachdem sich Florence in Viens von Dampierre verabschiedet hatte, fuhr sie nicht sofort ab. Leonie und Emilian mussten so schnell wie möglich von ihren morgigen Plänen erfahren. Als Erste rief sie Leonie an, aber die war kurz angebunden. Sie habe jetzt wirklich keine Zeit, sagte sie und legte auf. Fünf Minuten später kam ein SMS:

Bin mit Gonzales essen. Alles okay! Melde mich verlässlich am späteren Abend.

Emilian hatte mehr Zeit. Als sie ihn anrief, wollte er alles ganz genau wissen, und Florence tat ihm den Gefallen.

»Ab morgen Mittag bin ich in Banon«, sagte er, »rufen Sie mich jederzeit an, wenn Sie eine Aufgabe für mich haben.«

Florence wusste, dass ein Einwand zwecklos gewesen wäre. Sie hatte genug für heute, und in Kürze würde die

Geburtstagsfeier für Chantal beginnen. Sie hatte jedoch nicht damit gerechnet, dass es ausgerechnet Chantal war, die ihr gleich darauf wieder einen Strich durch ihre Rechnung machte.

Punkt 18 Uhr stellte sie ihren Wagen am Parkplatz in Saignon ab und tippte rasch ein *»bin schon da«* in ihr Handy. Charles hatte jetzt bestimmt keine Zeit zum Lesen, aber immerhin konnte sie ihm dadurch zeigen, dass sie fast pünktlich gewesen war. Was sie im Moment wirklich nicht brauchen konnte, war ein privater Konflikt. Sie nahm die Tasche mit dem Geburtstagsgeschenk für Chantal, die den Aufdruck »Alles für Ihr Bad« trug, aus dem Kofferraum.

»Sie haben mich noch einmal weggeschickt«, sagte Chantal, die ihr unterwegs begegnete. »Irgendeine Überraschung wird vorbereitet! Jetzt bin ich aber wirklich schon gespannt.« Dann sah sie die Tasche von Florence.

»Ah Florence! Willst du Papas Bad hier neu einrichten. Gute Idee. Das stammt noch aus der Steinzeit! Aber sag jetzt nichts, ich muss dir noch etwas anderes erzählen, das dich interessieren könnte.«

»Ja? Ich hoffe, in Viens ist alles glatt gegangen und Professor Atkins hat dich rechtzeitig nach Hause gebracht.«

»Hat er, Florence. Er ist sogar noch da und die Zwillinge auch. Papa war hocherfreut, ihn zu sehen. Ich glaube, am liebsten hätte er ihn auch zu unserer Feier eingeladen, aber er hat es dann doch nicht getan.«

»Das ist auch besser so. Dein Vater hat vermutlich schon genug Gäste. Sind eigentlich die Amonteros angekommen?«

»Ja, sind sie. Aber jetzt hör zu, Florence. Ich finde, du sollst wissen, was mir die Kinder über ihre berühmte Mutter und den Vater erzählt haben. Eine Menge übrigens, aber jetzt nur das Interessanteste. Ich erzähle es in ihren Worten: Unser Papa, haben Sie gesagt, ist viel großzügiger, als es Maman war. Er hat uns die Trompete und die Flöte gekauft und bezahlt unseren Musikunterricht. Maman wollte nicht, dass wir solche Instrumente spielen. Sie kann den Lärm im Haus nicht ertragen. Sie hätte es niemals gestattet, dass wir die Instrumente ins Weekend zu anderen Leuten mitnehmen. Mit Papa sind unsere Instrumente letzten Herbst sogar nach Schottland gereist, und wir haben damit in einem schottischen Schloss vom Turm herunter geblasen. Das war bei einem seiner besten Freunde, Andrew Winnicott. Der Mann ist superreich. Hörst du noch zu, Florence?«

Florence hatte kurz innegehalten, weil ihr einfiel, dass sie eigentlich in dem kleinen Kunstladen, an dem sie gerade vorbeigingen, noch eine Geburtstagskarte für Chantal hatte kaufen wollen.

»Ja, ich höre zu, Chantal. Und wie! Was ist mit diesem Winnicott?«

»Ich habe zu den Kindern gesagt, dass ich auch gerne einmal vom Turm eines schottischen Schlosses herunterblasen würde, und Jackie hat geantwortet, dass sie mich jetzt, wo ihre Mutter tot ist, gerne einmal dorthin mitnehmen können. Ihre Mutter hätte ihnen nämlich verboten, noch einmal eine solche Einladung anzunehmen, weil sie nicht will, dass ihre Kinder in diese Art Gesellschaft kämen. Dann hat sie geheult und gesagt, dass das alles so kompliziert ist. Natürlich sei sie traurig, dass ihre Mutter tot ist, aber manches sei für sie jetzt auch leichter geworden. Und ihr Bruder hat trotzig hinzugefügt, dass ihnen ihre Maman jetzt jedenfalls das Schloss von Papas Freund nicht mehr vermiesen kann.«

Chantal war vor dem Haus ihres Vaters stehen geblieben, dann sagte sie: »Was meinst du, Florence? Das ist doch eine seltsame Geschichte. Ich habe diesen Winnicott übrigens auch schon gegoogelt. Ich habe seinen Namen auf der Homepage eines Großkonzerns entdeckt, der irgendetwas für Atomreaktoren produziert. Genaueres musst du selbst recherchieren. Ich hatte keine Zeit mehr dazu.«

Florence wollte gerade antworten, als sie im Inneren Schritte hörten. Gleich darauf standen die Kinder, von denen soeben die Rede gewesen war, vor ihnen.

»Schade, dass wir nicht bleiben können, Chantal. Das wird ein großartiges Fest. Leider dürfen wir nichts verraten.« Jackie machte ein betrübtes Gesicht.

»Warum eigentlich nicht?«, sagte Chantal.

»Entschuldige, das soll doch eine Überraschung für dich werden.«

»Offensichtlich, Jackie. Aber das meinte ich nicht. Ich meinte, warum ihr nicht hierbleiben könnt?«

»Weil Papa auf uns wartet. Papa hat schon gestern einen Tisch in einem feinen Restaurant bestellt, als Dank für die Gastfreundschaft von Professor Atkins.«

Der tauchte jetzt ebenfalls hinter ihnen auf. Gemeinsam mit Charles.

»Wir sehen uns also dann in Avignon«, sagte Atkins zu Charles. »Danke, dass Sie sich noch so viel Zeit für uns genommen haben, Monsieur Florentin.« Dann nickte er Florence zu, und gleich darauf waren die drei auch schon verschwunden.

Charles wirkte überraschend entspannt. Gerade jetzt strahlte er die für ihn so typische Mischung aus Würde, Intelligenz und gleichzeitig kindlicher Freude aus, die Florence an ihm so liebte.

»Ich bin fünf Minuten zu spät«, sagte sie. »Hoffentlich verzeihst du mir noch einmal.«

»Mein Leben mit dir scheint derzeit eine einzige Abfolge von Entschuldigungen deinerseits und Verzeihen meinerseits zu sein. Das sollten wir irgendwie abstellen! Am besten gleich jetzt. Jetzt wird gefeiert. In zehn Minuten. Ach bitte, wartet doch noch kurz in der Bibliothek. Ich komme euch dann holen.«

»Jetzt reicht es mir aber«, Chantal verzog das Gesicht. »Was soll dieses ständige Warten eigentlich bringen?«

»Keine Ahnung.« Florence war froh, noch ein wenig Zeit zu haben.

»Ich gehe mich noch schnell duschen«, sagte sie und verschwand im Badezimmer.

Zehn Minuten später war sie wieder in der Bibliothek. Sie hatte das Kunststück geschafft, auch noch Mordent anzurufen und das Glück gehabt, ihn sofort zu erreichen.

Seine Vorwürfe, dass sie sich so lange nicht gemeldet hatte, hatte sie im Keim erstickt.

Sein Auftrag, über den er sich freute, lautete, alle verfügbaren Informationen über diesen Andrew Winnicott, den Freund von Professor Whitehall, einzuholen.

Als Florence bald darauf hinter Chantal die zahlreichen Stufen bis zum obersten Stock hinaufstieg, war es dunkel und totenstill im Haus. Alle Fensterläden waren geschlossen, und Kerzen erleuchteten ihren Weg nach oben.

»Es ist aber noch nicht Weihnachten, oder?«, hörte sie Chantal fragen.

»Es sieht danach aus«, sagte Florence, während beinahe zeitgleich die Tür zum hell erleuchteten Salon aufflog.

Als ein kleines Zirkusorchester einen Marsch intonierte, blieb Chantal, die vorausgegangen war, abrupt stehen. Beinahe wäre Florence über sie gestolpert.

Chantal war jedenfalls nicht die Erste, die auf eine derartige Überraschung nicht wie erwartet reagierte.

»Ich hab doch gesagt, ich will keine große Feier«, rief sie, ergriff die Türklinke und schlug die Tür einfach wieder zu. Die Musik drinnen brach abrupt ab, und ein gedämpftes Gemurmel war zu hören.

Dabei hast du den Stargast des Abends noch gar nicht gesehen, dachte Florence und hielt die Flüchtende davon ab, wieder die Treppe hinunterzueilen.

»Komm schon«, sagte sie beruhigend zu Chantal, »da haben sich einige Leute offensichtlich viel Mühe gemacht, um dir eine Freude zu bereiten. Verdirb ihnen den Spaß nicht!«

»Genau das, was ich befürchtet habe«, sagte Chantal mit trotziger Stimme, noch immer bereit zur Flucht nach unten. »Papa weiß doch, dass ich – genau wie er – solche Überraschungen nicht mag.«

»Genieß doch einfach das Spektakel«, sagte Florence und nahm Chantal bei der Hand. Sie kannte Chantal mittlerweile gut genug, um zu wissen, dass sich diese schnell wieder im Griff haben würde. Sie hatte sich nicht getäuscht.

»Na gut«, sagte Chantal. Ihre Miene wechselte von Resignation zu Entschlossenheit. »Dann feiern wir aber richtig!« Dann machte sie die Tür auf und rief »zweiter Durchgang«, und ab da lief das Fest so, wie alle außer Chantal es geplant hatten.

Drei Stunden später lag Chantal glücklich und zufrieden und vom Champagner leicht betrunken in den Armen ihres österreichischen Freundes, und niemand hätte sich vorstellen können, dass sie gestern noch mit einem anderen Mann geflirtet hatte. Die beiden Freunde, die er mitgebracht hatte, hatten sie mit Gitarre und Akkordeon durch den Abend begleitet, und der Pianist Bruno Amontero hatte den jungen Künstlern seine Hochachtung ausgesprochen. Nach beschwingten Jazz- und Gipsyklängen waren sie nun bei verträumten Chansons angekommen, und ihre Musik verklang langsam in den milden Sommerabend hinein. Das Bild von Emilian lehnte an der Wand. Florence hatte keine Idee, wie Charles das großformatige Werk ohne Auto nach Saignon transportiert hatte. Es war bei Chantal gut angekommen, genauso wie die Freude über den Überraschungsbesuch ihres verliebten und sichtlich geliebten Österreichers.

Die Tür zur Terrasse stand weit offen, und während sich das verliebte Paar auf dem Sofa im Wohnzimmer räkelte, saßen Bruno sowie Charles und Florence in bequemen Liegestühlen auf der Terrasse und beobachteten, wie auf dem Nachthimmel über ihnen die ersten Sterne sichtbar wurden.

»Musst du denn gar nichts mehr arbeiten?«, sagte Charles unvermutet in die Stille hinein zu Florence.

»Doch, Charles«, sagte sie. »Ich überlege schon die ganze Zeit, wie ich es euch sagen soll, dass ich mich jetzt zurückziehen werde, weil ich noch zwei wichtige Anrufe zu tätigen habe.«

»Dann tue es doch einfach, Florence«, antwortete er, »aber komm wieder zurück. Es gibt dann noch eine Art Mitternachtseinlage, die unser Patissier aus Österreich für seine Angebetete vorbereitet hat.«

»Ich eile«, sagte Florence und verschwand in ihrem Zimmer.

Erfreulicherweise stellte sie fest, dass das Telefonat mit Mordent gar nicht mehr nötig war, denn er hatte ihr das gewünschte Dossier mit dem Vermerk »Ich will nicht mehr stören, aber diese Informationen sollten dir genügen«, bereits per Email geschickt. Das, was er über diesen Andrew Winnicott ausgegraben hatte, war brisantes Material. Ganz besonders die Information, dass er Hauptaktionär eines Großkonzerns war, der Spezialmetalle für die Armierung von Atomreaktoren erzeugte und gleichzeitig Vorsitzender und Gründer einer Organisation *Energy for the Future* war, die sich bemühte, auf politischer Ebene Propaganda für die Atomenergie zu machen. Nicht ohne ein gewisses Amüsement las sie auch, dass er bei einer der mittlerweile verbotenen Fuchsjagden mit seiner Schrotflinte versehentlich den stellvertretenden Fraktionsvorsitzenden der konservativen Partei Englands angeschossen hatte. Natürlich hatte man den Vorfall vertuschen wollen, aber mit der Zeit war dieses Gustostück für die Presse doch an die Medien durchgesickert, und es hatte sich herausgestellt, dass auch Professor Whitehall Teil dieser Jagdgesellschaft gewesen war.

Ein kurzes SMS – »Danke, du bist ein Tausendsassa« – an Honoré, dann musste sie aber dringend Leonie anrufen. Die hatte sich noch immer nicht gemeldet, und Florence war beunruhigt.

»Entschuldigen Sie, Florence, ich bin noch mit Leon Gonzales in einem Lokal und muss bald auflegen. Sobald Gonzales von der Toilette zurückkommt! Er hat mich noch in seine Wohnung eingeladen. Er fährt total auf mich ab und findet es pikant, dass ich Polizistin bin. Im Gegensatz zu mir ist er schon ziemlich betrunken, und ich habe ihn bereits dazu gebracht, mir mehr als bisher über seine ehemalige Chefin zu erzählen. Je mehr er trinkt, desto wütender wird er auf sie und desto auskunftsbereiter. Er sagt, sie hätte sich im letzten Jahr immer mehr zu einer machtgierigen Person entwickelt und jeden Blick auf die Realität verloren. Auf die Menschen, die für sie arbeiteten, hätte sie keinerlei Rücksicht mehr genommen. Moment, ich glaube, er kommt.«

Sie machte eine kurze Pause und senkte ihre Stimme.

»Jetzt steht er bei der Kasse und zahlt. Wohl auch für mich. Florence, machen Sie sich keine Sorgen um mich. Ich kann auf mich aufpassen, denn das werden Sie mich gleich fragen. Außerdem habe ich Begleitschutz. Morgen früh werden Sie erfahren, was ich noch herausgefunden habe. Kann ich nach Saignon kommen? Es wird einiges zu berichten sein. Vielleicht Frühstück in dieser Bäckerei? Um 9 Uhr? *D*'accord, Florence? Er kommt!«

Abrupt hatte sie aufgelegt, und Florence blieb irritiert zurück. Ihre Besorgnis hatte sich nicht gelegt, aber Leonie hatte sie wieder einmal vor vollendete Tatsachen gestellt, und sie konnte im Augenblick nichts tun, außer darauf vertrauen, dass die erfahrene Polizistin Leonie wusste, was sie tat.

Genug also für heute. Sie ging wieder zurück in den obersten Stock, wo die beiden Musiker mittlerweile Wiener Walzer zum Besten gaben und Chantal dabei war, ihren Vater zum Tanzen aufzufordern. Der verliebte Österreicher war verschwunden. Bald darauf tauchte er jedoch wieder auf und brachte eine Geburtstagstorte, die eher einer Hochzeitstorte glich, was auch der Beschenkten sofort aufgefallen war.

»Was willst du uns denn backen, wenn wir jemals heiraten sollten? Diese Torte ist doch nicht mehr zu übertreffen!«

Die dreistöckige Torte war mit einer schneeweißen Glasur überzogen und über und über mit roten Marzipanrosen und kleinen silbernen Trompeten, ebenfalls aus Marzipan, geschmückt. Ganz oben räkelte sich ein winziges Ebenbild von Chantal auf einem roten Sofa, neben dem ebenfalls eine Trompete lag. Florian Neubacher, so hieß der Österreicher, war tatsächlich ein höchst begabter Pâtissier.

37

»Glücklicherweise brauche ich nicht viel Schlaf, fünf Stunden genügen mir«, sagte Florence zu Leonie, die gähnend vor ihr saß.

An diesem Sonntagmorgen waren sie die Ersten in der Bäckerei, und auch die Bedienung hatte noch verschlafen gewirkt.

»Aber Sie, Leonie. Sie sind heute schon von Aix-en-Provence hierhergefahren.«

»Nicht ich bin gefahren, sondern dieser junge Mann«, sagte Leonie und deutete in Richtung Kirche, hinter der sich der Parkplatz befand.

Dort tauchte gerade ein Mann in Jeans und Lederjacke auf. Für einen kurzen Moment glaubte Florence, Leonie hätte diesen Leon Gonzales mitgebracht. Gleich darauf sah sie jedoch, dass es Emilian Pagnol war, der nun raschen Schrittes auf ihren Tisch zusteuerte.

»Hallo, Florence«, grinste er. »Ich dachte mir, dass Sie heute Verstärkung brauchen können. Ihr Wochenendverdikt gilt ja wohl nicht für den Fall, dass sich besondere Dinge ereignen. Als ich gestern von der Einladung in die *Librairie Mistral* erfuhr, habe ich hin und her überlegt, wann ich am besten losfahren soll. Meiner Maman geht es inzwischen deutlich besser. Die Idee, in einem Buchantiquariat oder einer Buchhandlung mitzuarbeiten, wo auch immer, hat sie aufgeweckt. Als ich dann von Ihnen erfuhr, dass Leonie mit Gonzales zusammen ist, habe ich sie angerufen und sie gebeten, mir den Namen des Lokals zu schicken, in dem sie zu Abend essen. Das hat sie getan, und ich habe mich auf mein Motorrad geschwungen. Ich dachte mir, es könnte nicht schaden, mich im Beschatten zu üben, und es ist mir gelungen, die beiden im Laufe des Abends zu beobachten. Wenn dieser Gonzales gefährlich geworden wäre, wäre ich eingeschritten. Leonie war übrigens informiert. Ich wollte sie nicht hintergehen.«

»Es hat mir tatsächlich Sicherheit gegeben. Ich traute diesem Gonzales nicht«, sagte Leonie. »Er war zwar charmant gestern, aber er scheint mir der Typ zu sein, der gerne Studentinnen vernascht. Wie gesagt, er hat den ganzen Abend mit mir geflirtet und hat es schließlich darauf angelegt, mit mir ins Bett zu gehen. Er hatte aber auch irgendwie Respekt vor mir, jetzt wo er weiß, dass ich eigentlich Polizistin bin … ich meinte, war.«

»Einen großen Espresso und zwei Croissants bitte«, rief Emilian der jungen Kellnerin zu, die gerade verschlafen an ihnen vorbeitrottete. »Aber bitte, so schnell wie möglich«, ergänzte er und hatte seine Hände in einer flehenden Geste erhoben. »Ich verhungere!« Er grinste das Mädchen mit seinem ganzen Charme an, und die schien tatsächlich aufzuwachen und beschleunigte ihren Schritt.

Florence und Leonie mussten lachen.

»Ihr seid aber heute nicht mit dem Motorrad gekommen?«, fragte Florence.

»Nein, mit meinem Auto, und da bin ich während der Fahrt noch einmal eingeschlafen«, Leonie nickte Emilian zu, »er saß nämlich am Steuer und hat sein Motorrad in Aix-en-Provence gelassen.«

»Und sie hat mich während der Fahrt mit ihrem Schnarchen wachgehalten, was hilfreich war.«

Leonie ging nicht auf diese Bemerkung ein. Stattdessen fragte sie: »Hast du eigentlich auch einen spanischen Vater, Emilian, so wie Gonzales?«

»Warum willst du das wissen?«

»Weil ich mich schon gefragt habe, warum du nicht Emilien heißt, sondern den spanischen Vornamen Emilian trägst.«

»Ja, mein Vater war tatsächlich Spanier. Bei Gonzales sind beide Eltern fremdsprachig, oder?«

»Richtig. Sein Vater war Spanisch- und Russischlehrer und hat ein Fremdspracheninstitut in Nice geleitet. Seine Mutter ist früh gestorben, und er ist bei seinem verhassten Vater aufgewachsen. Davon hat er mir gestern erzählt. Der Vater hätte ihn oft geschlagen und ihm ständig mitgeteilt, dass aus ihm nichts werden würde. Sein größtes Bestreben sei es, seinen Vater, der noch lebe, zu übertrumpfen. Er habe sich geschworen, ihn erst dann wieder zu besuchen, wenn er seine *Habilitation à diriger des recherches* in der Tasche habe. Als ich fragte, wie lange das noch dauern würde, ist er aber schweigsam geworden. Schließlich hat er zugegeben, dass er in seinem Fach, der Statistik, niemanden gefunden hatte, der ihm die Möglichkeit dafür geboten hätte. Erst als er sich für Zukunftsforschung interessiert und den Job bei Faye Browne bekommen hat, konnte er eigenständig zu forschen beginnen und eine Habilitation ins Auge fassen. Er hat angedeutet, dass sie ihm nun auch diesbezüglich wieder einen Strich durch die Rechnung machen wollte. Er hätte einen Grund gehabt, sich an ihr rächen zu wollen.«

»Eine weitere interessante Hypothese«, sagte Florence. »Aber bitte, Leonie, noch einmal von vorne. Wie ist der gestrige Abend mit Gonzales verlaufen?«

»Okay, Florence. Zuerst waren wir etwa zwei Stunden gemeinsam in dem Restaurant. Ein ausgezeichneter Asiate. Emilian wird es bestätigen können.«

»Allerdings«, Emilian grinste, »ich habe auch dort gegessen, aber mich natürlich nicht zu erkennen gegeben.«

Leonie nickte. »Ja, du saßest so weit weg von uns, dass du wohl nicht hören konntest, was wir sprachen. Ich habe versucht, etwas über Faye Browne und über seine Beziehung zu ihr herauszufinden, und er hat zugegeben, dass er diese starke Frau anfangs sehr bewundert hat. Sie hätte aber auch sehr von ihm profitiert, denn er habe gemeinsam mit Claire Fontaine alle langweiligen statistischen Untersuchungen und Berechnungen für sie durchgeführt. Was er ihr aber angekreidet hat, war dieser Ehrgeiz, der in letzter Zeit immer mehr zum Fanatismus wurde. Es sei ihr, so sagte er, nur mehr darum gegangen, sensationelle und aufrüttelnde Zukunftsprognosen zu erstellen, und die wissenschaftliche Sorgfalt sei dabei flötengegangen. Da sind wir doch eigentlich nicht mehr weit von einem Mordmotiv entfernt, oder?«

»Das ist jedenfalls hochinteressant«, Florence umging die letzte Aussage von Leonie und fragte sie, ob sie auch über den Kongress in Deauville gesprochen hätten.

Die Antwort war Ja.

»Er ist mir aber ausgewichen«, sagte sie. »Angeblich hat er dort nur seine Chefin vertreten und brav ihr geplantes Referat heruntergeleiert, aber sonst sei der Kongress uninteressant gewesen. Als ich ihn auf Whitehall ansprach, sagte er, dass er ihn natürlich kenne, dass er aber mit ihm kein Wort gewechselt habe. Auch nach Alice Picard habe ich ihn gefragt, er hatte aber behauptet, dass er zwar von ihr gehört habe, aber nie in ihrer Buchhandlung gewesen sei und sie nicht persönlich kenne.«

Leonie schüttelte den Kopf. »Und auf meine Frage nach der Lesereise und dem, was sich dort zugetragen hat, hat er ähnlich reagiert. Er habe eben alles gemacht, was seine Chefin von ihm verlangt hätte, und er sei bis heute froh, dass er auf ihren Wunsch hin nach dem Diebstahl ihres Laptops in Deauville bleiben musste. So habe er wenigstens ein Alibi gehabt und sei wegen ihres gewaltsamen Todes nie von der Polizei verdächtigt worden – bis ich aufgetaucht bin jedenfalls.«

»Klingt alles nach einer ziemlichen Ausweichstrategie«, sagte Emilian. »Jetzt wird es aber Zeit, Leonie, dass du Florence endlich erzählst, was du wirklich Interessantes herausgefunden hast. Du besitzt das Talent, dir das Beste immer bis zum Schluss aufzuheben.«

»Florence hat gesagt von vorne, und ich wollte nichts auslassen. Als wir das Lokal verließen, war Leon Gonzales jedenfalls schon ziemlich betrunken. Er wollte mit dem Auto zu seiner Wohnung fahren, aber ich habe ihm den Autoschlüssel abgenommen und gesagt, dass ich fahren werde. Er wohnt in einer eher heruntergekommenen Gegend, und ich habe absichtlich meine Geldbörse, in der nicht viel Geld war, im Auto liegen gelassen!« Leonie grinste triumphierend. »Meine Rechnung ist aufgegangen«, sagte sie dann. »Mein betrunkener Kavalier ist von der Wohnung aus noch einmal zurück zum Auto und hat die Geldbörse geholt, und ich hatte genug Zeit, mich dort umzusehen. Ich fand sein Notizbuch, und aus dem ist ein Zettel mit einigen sehr interessanten Informationen, mit Namen, Ziffern und E-Mail-Adressen herausgefallen, eindeutig eine Liste diverser Zugangscodes. Eine dieser Adressen stach mir ins Auge: Rhea.Aragena@icloud.com. Rhea Aragena ist eine Figur aus Faye Brownes Science Fiction Büchern, und diese Adresse gehört, wie sich herausstellte, zu einem zweiten, streng privaten E-Mail-Account der Professorin. Ich habe die Liste fotografiert, klar! Nachdem Leon mit meiner Geldbörse zurückgekommen war, habe ich ihm aus seiner Hausbar noch einen Cognac und mir ein Glas Wasser eingeschenkt. Er hat sich in seinen Lehnstuhl gesetzt, konnte das Glas Cognac gerade noch leeren, hat ein paar unverständliche Worte gelallt und ist dann auf der Stelle eingeschlafen. Ich habe mich aus dem Staub gemacht und mir sein Auto ausgeborgt. Von zu Hause habe ich ihm dann ein SMS geschickt und den Standort seines Wagens bekanntgegeben. Er kann nicht wissen, wo ich wohne.«

»Tolle Aktion«, sagte Emilian, »ich glaube, zu so etwas werde ich wohl nie fähig sein. Oder doch? Ich habe ja ab jetzt ein großes Vorbild.«

»Mach dich nicht lustig über mich«, sagte Leonie, »schließlich habe ich solche Dinge im Beruf gelernt.«

Emilian zuckte mit den Schultern und grinste gleichzeitig freundlich über das ganze Gesicht.

»Gut gemacht, Leonie!« Florence wurde langsam ungeduldig. »Sie haben sich also die Emails dieser Rhea Aragena, alias Faye Browne, schon angeschaut. Was haben Sie herausgefunden?«

»Einiges. Als Rhea hatte sie immer wieder zu denselben Leuten Kontakte. Scheinbar eine gar nicht mehr so kleine Gruppe von Anhängern, denen sie seltsame Emails geschrieben hat und die darauf hinweisen, dass sie als Wissenschaftlerin nicht mehr ganz richtig getickt hat. Sie hat sich als neue Retterin der Menschheit verstanden und regelrechte Verschwörungstheorien entwickelt. Sie hat aber auch Emails an Professor Whitehall gesandt, in denen sie ihn als bestechlich bezeichnete und erpresserische Forderungen an ihn stellte. Womit sie ihn erpresste, geht daraus aber nicht hervor. Da war sie vorsichtig. Florence, ich schicke Ihnen den Zugangscode. Sie können sich dann selbst ein Bild machen!«

»Okay, das ist spannend, Leonie. Ich finde, um Gonzales muss sich jetzt die Polizei kümmern. Ich vermute, dass er es war, der in Deauville ihren Laptop gestohlen hat und schon davor zufällig oder absichtlich die Liste mit den Codes entdeckt hat. Vermutlich jene Liste, welche die Sekretärin von Faye Browne so verzweifelt gesucht hat.«

»Das dachte ich mir auch. Vielleicht ist Gonzales erst als er die Liste hatte, auf die Idee gekommen, ihren Laptop zu entwenden.«

»Dann muss seine Wohnung durchsucht werden. Ich rufe Dampierre an. Er kann hoffentlich einen Durchsuchungsbefehl bekommen.«

»Hoffen wir es. Ganz einfach wird das nicht sein, denn die Information einer Privatdetektivin, die sich in die Wohnung des Verdächtigen eingeschlichen hat, kann er wohl nur als anonymen Hinweis werten.«

»Sie haben natürlich recht, Leonie, wir werden sehen. Aber noch etwas anderes: Ich habe weitere Informationen erhalten, und die betreffen ebenfalls Whitehall. Ich glaube, ich habe eine Idee, womit Faye ihn erpresst hat. Deshalb hätte ich gerne, dass Sie gemeinsam mit Emilian noch einmal ihr Haus durchsuchen. Ich sage auch, wonach genau zu suchen ist.«

»Und wie kommen wir dort hinein?« Das war Emilian.

»Das kann ich euch verraten. Seid ihr bereit?«

Leonie und Emilian nickten und Florence gab ihnen die nötigen Informationen.

38

Als Florence das Haus von Charles verlassen hatte, war dort noch alles totenstill gewesen. Als sie jetzt zurückkam, hatte sich bereits eine kleine Frühstücksgesellschaft auf der Dachterrasse versammelt und genoss den noch jungen Sommertag, der die kommende Hitze bereits erahnen ließ.

Amontero, der so wie Florence Pariser war, war gerade wieder einmal am Schwärmen.

»Ich bin vor allem wegen der Natur in diese Gegend gezogen. Hier in Saignon ist sie mir noch näher als in Lourmarin. Man spürt förmlich, wie sie sich in jeder Sekunde wieder ihre Herrschaft über die menschlichen Anmaßungen zurückholt.« Er deutete auf den Felsen, der wie eine riesige Burg gegenüber der Terrasse in den blauen Himmel hinaufragte.

»Hier oben um diese uralten Felsen herum ist alles viel wilder als unten im gepflegten Lourmarin, das sich immer mehr für die Touristen herausputzt.«

»Und heute gibt es wieder dieses berühmte Licht, das die impressionistischen Maler so verzückt hat«, ergänzte seine Frau.

»Also dann, meine liebe Schwester«, sagte Charles zu ihr, »da du ebenfalls Malerin bist, wirst du wohl heute wieder deinen Pinsel schwingen. Vielleicht, verzeih mir, Florence, eine erquicklichere Tätigkeit als die Mörderjagd.«

»Die in diesem Fall hoffentlich bald beendet ist.« Florence stand mit einem Glas Orangensaft in der Hand neben ihnen. Sie hatte gerade verkündet, dass sie heute vermutlich noch den ganzen Tag mit der hoffentlich baldigen Aufklärung von drei mysteriösen Todesfällen beschäftigt sein würde.

»Wenn das erledigt ist, mache ich eine längere Pause, Charles, das verspreche ich. Seit ich hier unten lebe, hat mich ohnedies die Reiselust gepackt. Selbst von Frankreich habe ich bisher herzlich wenig gesehen. Ich hatte schon an Paris gedacht, aber am allerliebsten möchte ich einmal in die Berge. Was hältst du von einer Reise in die Schweiz? Dort war ich noch nie. Und auf dem Weg dorthin könnten wir doch einen Abstecher zu meiner Tante nach Deauville machen. Sie wird entzückt von dir sein.«

»Nun ja, Florence. Ein ziemlich großer Abstecher. Deauville liegt ja nicht gerade auf der direkten Route in die Schweiz. Aber wenn wir dann noch einen Zwischenstopp in Paris machen …! Reden wir weiter, Florence, wenn dein Fall tatsächlich abgeschlossen ist. Ich wünsche mir von Herzen, dass du diesmal ohne Blessuren aus dieser Geschichte herauskommst. Ich werde mich jedenfalls von allem, was du heute noch in dieser Sache unternimmst, fernhalten.«

»Unbedingt, Charles, ich ziehe mich jetzt in mein Zimmer zurück und wünsche euch allen noch einen schönen Tag und Grüße an das junge Paar, das sich offensichtlich wieder ausgiebig in den Armen liegt. *Au revoir.*«

»Einen Augenblick noch, Florence.« Charles stand auf, schloss sie ebenfalls in seine Arme und drückte sie an sich. Dann schob er sie wieder ein kleines Stückchen von sich weg und blickte ihr in die Augen.

»Bitte, meine geliebte Florence, ich meine es ernst. Pass auf dich auf. Ich will dich nicht verlieren.« Dann nahm er ihre Hände in die seinen. »Ich gebe dir meinen Segen für dein heutiges Unterfangen. Möge es dir gelingen!«

»Danke, mein Lieber«, sagte sie und löste ihre Hände aus den seinen. »Ich werde vorsichtig sein.« Dann strahlte sie ihn an. »Ich gestehe, Charles, ich bin voller Tatendrang und zuversichtlich und habe noch eine Menge zu erledigen. Mit deinem Segen wird es mir aber gelingen. *Au revoir*, Charles, *au revoir* meine Lieben. Habt einen schönen Tag!«

Sie winkte dem Rest der kleinen Gesellschaft zu und machte sich auf den Weg nach unten in ihr Zimmer.

Der Anruf von Dampierre kam, als sie noch im Treppenhaus war. Florence hatte ihn sogleich nach dem Treffen mit Emilian und Leonie angerufen, aber nicht erreicht. Jetzt informierte er sie darüber, dass für das Treffen in der Buchhandlung alles in die Wege geleitet worden war.

»Wunderbar«, sagte Florence, und dann erzählte sie ihm, was Leonie über Gonzales herausgefunden hatte.

»Ich fahre hin«, war die spontane Antwort von Dampierre. »Meinen Kollegen in Aix-en-Provence kann ich das nicht überlassen. Nachdem das, was Leonie Perrin herausgefunden hat, keine offizielle Ermittlung war, muss ich es selbst erledigen. Einen Durchsuchungsbefehl von unserer Staatsanwältin bekomme ich. Die genehmigt mir derzeit alles. Sie vertraut mir, sagt sie. Ich selbst kann mir kaum mehr vertrauen, nachdem ich mich mit dir auf eine derart riskante Vorgehensweise eingelassen habe. Ich hatte natürlich eine schlaflose Nacht, aber jetzt kann ich nicht mehr zurück.«

»Ja, es ist riskant«, sagte Florence, »aber ich glaube noch immer, dass es der einzig zielführende Weg ist. Weißt du denn schon, ob alle Eingeladenen kommen?«

»Von Ernest Durant, seiner Verlobten und seiner Mutter haben wir noch keine Rückmeldung. Auch die Bürgermeisterin von Simiane haben wir noch nicht erreicht.«

»Ich kümmere mich darum«, sagte Florence. »Ich fahre in Kürze nach Banon. Es gibt da noch einige lose Fäden, die ich zusammenführen möchte. Die Telefonnummern und Adressen von Gonzales, privat und von der Uni, hat mir Leonie Perrin gegeben. Ich schicke sie dir.«

»Okay, mach das bitte. Ich fahre dann gleich los. Die Überwachung von Whitehall habe ich übrigens wieder beendet. Ich habe nicht genügend Leute. Sein Kommen am Nachmittag ist gesichert. Ein Kollege hat ihm vorübergehend seinen Pass abgenommen. Nach Aix-en-Provence nehme ich eine Kollegin mit. Drei bis vier Stunden wird es dauern, bis ich zurück bin. Ich melde mich wieder.«

»Danke. Ich kümmere mich um die Bürgermeisterin und um Ernests Mutter, Madame Durant.«

Das war jedoch nicht das Einzige, was Florence an diesem Vormittag noch zu erledigen hatte. Von den Kleinigkeiten, die sie in Erfahrungen bringen wollte, besaßen einige das Potenzial, jener Baustein zu sein, der, wenn er entfernt wurde, ein Gebäude zum Einsturz bringen konnte. Sie rief die neue Chefin der Buchhandlung an und fragte sie, ob das Buch von Randolph Whitehall in französischer Übersetzung vorrätig sei. Das war der Fall, und Florence erkundigte sich danach, wann denn Madame Martin sich heute in der Buchhandlung aufhalten werde.

»Ab jetzt bis zu dieser geplanten Feier«, war die Antwort, und Florence kündigte an, das Buch um die Mittagszeit herum zu holen.

Dann setzte sie sich an ihren Computer. Tatsächlich war es ein Leichtes, mit dem von Leonie entdeckten Passwort die E-Mails von Faye Browne abzurufen. Eine faszinierende Lektüre, welche die Persönlichkeit von Faye Browne in erschreckender Weise enthüllte. Ein E-Mail, das Faye einige Tage vor ihrem Tod geschrieben hatte, stach ihr besonders ins Auge. Es war an Gustav Moriell gerichtet und lautete: »Hör endlich auf, mit unserer Bürgermeisterin zu flirten, sonst verrate ich den Medien, was ich über das Bild in ihrem Büro weiß.«

Florence stöhnte. Die geballte Anhäufung von Hinweisen in diesem Stadium ihrer Recherchen hatte etwas Beängstigendes. Was würde in diesem Fall, der so viele Menschen auf unterschiedliche Weise betraf, jetzt noch zum Vorschein kommen?

Sie brauchte nicht lange auf die Antwort zu warten. Emilian rief an.

»Wir haben gefunden, was wir gesucht haben. Das haben bisher weder die Ermittler noch Whitehall entdeckt, als sie das Haus der Science Fiction Autorin durchsuchten. Eine Menge Zeitungsausschnitte in einer ihrer zahllosen Schuhschachteln. Alles Artikel, die Whitehall belasten. Es ist ziemlich eindeutig. In einem Interview mit der *Daily Mail* hat er noch im Jahr 2007 Atomkraftwerke verteufelt. Ab 2009 war dann keine Rede mehr davon, ganz im Gegenteil. Außerdem gibt es mehrere Artikel über den *Royal Society Energy Future Award*, der im Jahr 2014 an Professor Whitehall verliehen wurde. In zwei dieser Artikel gibt es Fotos, auf denen Whitehall mit Winnicott zu sehen ist. Weiters haben wir Zeitungsberichte gefunden, in denen über diesen ominösen Vorfall bei der Fuchsjagd berichtet wird. Und dann noch etwas ganz anderes. Ein kleiner Zeitungsausschnitt aus der *International Herald Tribune*: Whitehall, der offensichtlich auch ein Sammler von Inkunabeln war, hat sich im Sommer 2016 schweren Herzens von einem bedeutenden mittelalterlichen Schriftstück getrennt und dieses für eine gigantische Summe an jemanden verkauft, der anonym bleiben wollte. Sie hatten recht, Florence, Faye Browne hatte eine Menge gegen den Vater ihrer Kinder in der Hand. Sollen wir das alles mitnehmen?«

»Nein. Nur die Artikel, von denen Sie soeben gesprochen haben, also das Interview aus dem Jahr 2007, dann die Artikel mit den Fotos, wo er mit Winnicott zu sehen ist, und auf alle Fälle den Beitrag aus der *Herald Tribune*. Von den anderen macht bitte Fotos und schickt sie mir. Oder sind es so viele?«

»Schon einige, aber das Abfotografieren ist kein Problem. Das schaffen wir rasch.«

»Merci, Emilian, das freut mich«.

»Was sollen wir dann noch machen, Florence?«

»Eine schöne, lange Mittagspause. Ich nehme an, dass Sie und Leonie bei der Gedenkveranstaltung in der Buchhandlung dabei sein möchten. Wir können uns eine Stunde vorher im *Café Les Voyageurs* gegenüber der Buchhandlung treffen. Einverstanden?«

»Wenn es sonst wirklich nichts mehr zu tun gibt!« Das war Leonie, die offensichtlich mitgehört hatte.

»Nein, Leonie. Mir fällt momentan nichts ein. Oder doch: Wissen Sie eigentlich, welche Schuhe das waren, die Faye an ihrem letzten Tag getragen hat und die ihr offensichtlich ausgezogen wurden? Ich fürchte, das habe ich nie eruiert.«

»Ach, diese Frage dürfte ab heute leicht zu beantworten sein. Wir haben ja bei der Suche nach den Zeitungsartikeln auch in ihren Schuhschrank geschaut, und wissen Sie, was ich dabei entdeckt habe?«

»Was?«

»Dass sie nur eine Sorte Schuhe trug, aber die in allen Farben. Es ist die Marke *Anello & Davide*. Es sind maßgefertigte Schuhe, und mir hat die Schuhmarke gleich etwas gesagt. Es sind dieselben sündteuren Schuhe, die auch die englische Königin ihr Leben lang trug. Allerdings hat es Faye Browne im Gegensatz zur Queen auf die Spitze getrieben. Während erstere sich von dieser Marke doch etwas unterschiedliche Modelle – es waren natürlich Maßschuhe – hat anfertigen lassen, hat Faye Brown tatsächlich nur ein Modell getragen, allerdings hat sie davon genau 42 Paar in unterschiedlichen Farben besessen, denn die Schuhkartons in ihren Regalen sind nummeriert.«

»Sehr interessant. Klingt, als wäre 42 eine magische Zahl. Warten Sie mal, Leonie. Vielleicht habe ich dann doch noch einen Auftrag für Sie und Emilian. Geht jetzt bitte etwas essen. Ich melde mich, sobald ich Näheres dazu weiß. Ach ja, beinahe hätte ich es vergessen. Kommissar Dampierre ist auf dem Weg nach Aix-en-Provence. Er hat vermutlich einen Durchsuchungsbefehl für die Wohnung von Leon Gonzales!«

»Gut. Es bleibt spannend! Dann gehen wir jetzt essen. *Au revoir*, Florence!«

39

Florence hatte es mehrmals versucht. Die Bürgermeisterin war nicht zu erreichen, und ihr Büro hatte heute am Sonntag geschlossen. Sollte sie statt nach Banon nach Simiane-la-Rotonde fahren?

Mittlerweile saß sie wieder am Steuer ihres Wagens. Knapp 40 Minuten Fahrzeit und wieder vorbei an der Zufahrt zum Colorado Provençal, der ihr als Ort des Todes von Madame Picard noch immer Rätsel aufgab.

Der Gedanke an dieses Rätsel begleitet sie auch bis zum Haus von Madame Durant, die an diesem Tag für niemanden, auch nicht für ihren Sohn, erreichbar gewesen war. Ernest war in Aix-en-Provence bei seiner Freundin Claire und hatte sich, wie Dampierre berichtet hatte, keine Sorgen um die Mutter gemacht. Diese mache am Sonntag gerne schon früh am Morgen lange Wanderungen und werde wegen der Hitze gegen Mittag bestimmt wieder zu Hause sein.

Er sollte recht behalten. Als Florence jetzt vor ihrem Haus parkte, sah sie, dass Madame Durant im Garen arbeitete.

Das Misstrauen und die Ablehnung, welche sie gegenüber der Detektivin noch gestern gezeigt hatte, waren verschwunden. Sie schien in guter Stimmung zu sein.

Florence überbrachte ihr die Einladung, die sie ohne Kommentar zur Kenntnis nahm, und fragte sie, ob sie ihr noch ein paar Fragen stellen dürfe.

»Setzen wir uns doch in den Schatten«, schlug Lucille Durant vor und steuerte eine Gartenbank unter einem Baum an.

»Was wollen Sie wissen, Madame Beaumarie?«

»Ich bin gerade am Colorado Provençal vorbeigefahren«, sagte Florence, »und kann mir immer noch nicht erklären, warum Madame Picard dort in die Tiefe gestürzt sein soll. Wenn es Selbstmord war, was immerhin möglich ist, dann ist es doch unverständlich, dass sie in der Nacht noch dorthin gefahren ist. Haben Sie als ihre älteste Freundin eine Erklärung dafür? Warum musste es unbedingt dieser Ort sein?«

»Dass Alice Selbstmord begangen haben soll, ist für mich noch immer nicht nachvollziehbar«, antwortete Madame Durant. »Dass sie im Colorado Provençal war, wundert mich aber überhaupt nicht!«

»Wieso das?«

»Weil der Colorado Provençal ein besonderer Ort für Alice war. Alice ist mit 17 Jahren von einem Bruder ihres Vaters, der ein Monster war, vergewaltigt worden, und das Kind, das sie daraufhin von ihm im Leibe trug, kam frühzeitig und als Totgeburt im Colorado zur Welt. Alice hat niemandem außer mir von der Schwangerschaft erzählt. Sie wollte das Kind aber austragen. Sie war sehr katholisch und hat Abtreibungen strikt abgelehnt. Außerdem hat sie Kinder geliebt. Während der Schwangerschaft hat sie dann aber körperlich extreme Sachen gemacht, und ich hatte den Verdacht, dass sie das Kind unbewusst loswerden wollte. Bei einer gemeinsamen Wanderung im Colorado, zu der sie mich überredet hatte, ist es passiert. Sie ist waghalsig auf den Felsen herumgeturnt, abgerutscht und mit Abschürfungen liegen geblieben. Dann ist es mit den Wehen losgegangen, und es hat nicht lange gedauert und ihr Kind ist tot zur Welt gekommen. Es war eine extreme Erfahrung für uns beide. Sie wollte keinesfalls, dass ich Hilfe hole, und ist beinahe verblutet. Aber wir haben es geschafft, und Alice war stark. Wir haben den Fötus gemeinsam begraben. Sie hat es überlebt, aber seelisch ist sie wohl nie ganz darüber hinweggekommen. Ich weiß, dass sie immer wieder dorthin gefahren ist. Andere hätten diesen Ort an ihrer Stelle vielleicht gemieden, aber für sie ist er zu einer Art ganz persönlicher Pilgerstätte geworden.«

Madame Durant schwieg, und Florence hatte das Gefühl, dass sie nach dieser Geschichte, die sie möglicherweise noch niemandem zuvor erzählt hatte, in Ruhe gelassen werden wollte.

»Wissen Sie noch das Datum dieses Ereignisses?«

»Sie meinen, an welchem Tag Alice ihr Kind verloren hat? Ja, das weiß ich noch genau. Es war der 14.Juli 1998.«

Plötzlich schaute sie Florence überrascht an. »Ach, wir hatten ja vorgestern auch den 14. Juli. Interessant! Den Zusammenhang habe ich noch gar nicht hergestellt. Seltsam, aber das kann doch nicht nach all den Jahren der Grund für einen Selbstmord gewesen sein? Wissen Sie, sie hat auch mit mir, die damals die ganze Zeit dabei war, nicht mehr darüber gesprochen, und ich habe sie in Ruhe gelassen, weil ich immer dachte, dass es sie zu sehr schmerzen würde.«

Florence hatte erfahren, was sie wollte. Sie blieb noch ein paar Minuten, denn Madame Durant hatte offensichtlich heute das Bedürfnis, über ihre verstorbene Freundin zu sprechen. Dann machte sie den geplanten Abstecher in die *Librairie Mistral*, die an diesem Sonntag natürlich geschlossen war. Madame Martin war jedoch schon anwesend. Sie hatte bereits für Florence das Buch von Professor Whitehall herausgesucht und übergab es ihr.

»Sind Sie vielleicht auch schon so hungrig wie ich?«, fragte sie.

»Wenn Sie mich das so fragen, dann ja, ich habe tatsächlich Hunger und sollte etwas essen. Ich habe aber keine Zeit oder Lust, mich in ein Restaurant zu setzen. Das dauert mir zu lange.«

»Mir geht es ähnlich«, sagte Madame Martin, »ich wollte mir gerade ein Essen aus meinem Lieblingsbistrot liefern lassen. Ich bin dort schon ewig Stammgast, und deshalb machen die das für mich. Wollen Sie sich mir anschließen? Wir könnten dann hier im Lesegarten essen!«

Florence nahm das Angebot gerne an, und während Madame Martin das Essen bestellte, suchte sie den Lesegaren auf und rief von dort aus erneut die Bürgermeisterin an. Diesmal erreichte sie Anne Delecour, aber diese klang nervös und gereizt und war kurz angebunden. Wenigstens am Sonntag wolle sie gerne einmal für einige Stunden von ihren politischen Pflichten Abstand bekommen und deshalb habe sie das Handy auf Schlafmodus umgestellt gehabt. Zur Gedenkfeier für Alice Picard würde sie kommen, natürlich! Seltsam sei nur, dass der Bürgermeister von Banon nicht eingeladen worden war. Sie werde jetzt sogleich dem Pfarrer antworten und ihn auf diesen Fehler aufmerksam machen.

Als Florence fragte, ob sie sich zuvor noch kurz mit ihr treffen könne, sagte Anne Delecour, dass das absolut unmöglich sei.

»Schade«, sagte Florence, »da Sie meine Auftraggeberin sind, ist es mir wichtig, brisante Dinge mit Ihnen zu besprechen.« Diese Botschaft kam bei der Bürgermeisterin an.

»Dann sagen Sie mir doch bitte jetzt sofort, worum es geht. Ich habe noch ein Familientreffen, ich habe später wirklich keine Zeit.«

»Gerne«, Florence entschied sich für eine direkte Frage. »Können Sie mir sagen, welches Geheimnis Sie und Gustav Moriell geteilt haben und was das große Gemälde damit zu tun hat, das hinter Ihrem Schreibtisch in Ihrem Büro hängt?«

Es dauerte eine Sekunde zu lang, bis die Antwort von Madame Delecour kam.

»Ich habe keine Ahnung, was Sie meinen«, sagte sie dann, verabschiedete sich und hängte auf.

Fünf Minuten später kam Madame Martin mit einem jungen Mann in den Lesegarten, der eine große Box aus Styropor auf einen der beiden Tische stellte und daraus ein vollständiges Mittagessen inclusive Geschirr und eine halbe Flasche Rosé herausbeförderte. Er kündigte an, in einer Stunde alles wieder abzuholen, auch das schmutzige Geschirr.

Nach einem für Florence höchst willkommenen und entspannenden gemeinsamen Essen hatte nicht nur sie, sondern vermutlich auch Madame Martin das Gefühl, dass dies der Beginn einer neuen Freundschaft werden könnte. Natürlich war man sich im Klaren darüber, dass heute noch eine große Hürde zu nehmen war, insbesondere für die Detektivin, und so wünschten sie sich noch gutes Gelingen für das heutige Vorhaben.

Madame Martin bot Florence an, den Nachmittag hier im Lesegarten oder auch gerne in der Bibliothek von Madame Picard zu verbringen, und Florence nahm das Angebot dankbar an.

Bevor sie sich nach oben in die Bibliothek zurückzog, hatte sie noch eine letzte Frage an Albertine Martin.

»Wissen Sie zufällig etwas über einen Maler aus dieser Gegend, der in der Art eines Paul Gauguin malt?«

»Aber natürlich. Er ist mittlerweile eine internationale Berühmtheit, aber erst seit er seinen völlig eigenen und eher abstrakten Stil entwickelt hat. Seine Werke werden für ein Vermögen gehandelt, aber er lebt noch immer in der Nähe von Simiane-la-Rotonde, er soll dort ein Haus in einer traumhaften Lage besitzen. Ein Platz, der angeblich ursprünglich nicht als Bauland vorgesehen war. Ein kleiner Fleck auf seiner sonst sehr weißen Weste! Er ist scheu und sehr eigen. Seine früheren Bilder will er gar nicht mehr verkaufen und angeblich versucht er, sie sogar zurückzukaufen, was auch deren Preise in die Höhe treibt. Es scheint ihm peinlich zu sein, dass er einmal in der Art von Paul Gauguin gemalt hat. Ich verstehe das nicht. Auch Picasso hat doch nicht immer abstrakt gemalt und schämte sich nicht für seine früheren gegenständlichen Bilder!«

Florence staunte. Der Zufall, das Schicksal oder vielleicht doch ihre Intuition hatten ihr noch eine Information zugespielt, die möglicherweise ein weiteres Rätsel in dem seltsamen Vexierspiel dieser drei Todesfälle zu lösen versprach.

Sie ging durch die Buchhandlung hinauf in die Bibliothek, fand dort ein Blatt Papier. Die Stichworte, die sie darauf notierte, würden vermutlich für niemanden, der es zufällig fand, verständlich sein. Ihr erschienen sie aber schließlich wie der Schlüssel zu einem Geheimtresor, in dem die Lösung eines komplizierten Rätsels aufbewahrt wurde.

Sie lauteten: Verschwörung und Verrat … Narzisstische Persönlichkeitsstörung, Mangel an Empathie und Erpressbarkeit … Geldgier, Überschätzung der eigenen Person und Suizid …

Idolisieren, Enttäuschung, Bücherdiebstahl und die Schuhe der englischen Königin … Alibi … Korruption und schöne Bilder … Verdrängung und Tod.

Das waren also die Zutaten für die Regie der heute geplanten Gedenkfeier, deren Ablauf noch einmal mit Dampierre, Leonie und Emilian zu besprechen war. Bezüglich der Beteiligung des Letzteren hatte sie die meisten Bedenken. Im Gegensatz zu Leonie war Emilian für den Einsatz in riskanten Situationen nicht geschult. Dampierre hatte aber versprochen, eine ausreichend große Einsatztruppe der Polizei in und vor der Bibliothek zu postieren.

Jetzt musste sie nur mehr versuchen, doch noch einmal die Bürgermeisterin zu erreichen – was nicht gelang – und hoffen, dass Leonie und Emilian die nicht ganz einfache Aktion, zu der sie sich noch bereit erklärt hatten, erfolgreich zu Ende bringen würden.

Für kurze Zeit erlaubte sie sich, die Angst zuzulassen, die angesichts dieser Herausforderung auch eine erprobte Ermittlerin wie sie ergriff, dann stimmte sie sich auf die einzige Option ein, die sinnvoll war: die Überzeugung, dass dieses Vorhaben gelingen musste und gelingen würde.

Mitten in diese Überlegungen hinein kam der Anruf von Dampierre. Er sei auf dem Weg nach Banon. Der Laptop von Faye Browne sei bei Leon Gonzales gefunden worden. Allerdings nicht in seiner Wohnung, sondern gut versteckt in einem Schrank seines Büros. Gonzales habe schließlich selbst den Hinweis gegeben, und er habe ihn verhaften müssen. Näheres wolle er ihr nicht am Telefon, sondern im *Café Les Voyageurs* bei ihrer letzten Besprechung vor der Veranstaltung mitteilen. Leon Gonzales werde, begleitet von einem Polizisten, der Einladung folgen.

40

Die Stimmung in der privaten Bibliothek der Madame Picard war zu Beginn der Gedenkveranstaltung so, wie man sie von Begräbnissen kannte. Freunde und Bekannte begrüßten sich mit gedämpfter Stimme, Fremde wurden verstohlen und neugierig beäugt. Als der Bürgermeister von Banon mit seiner Gattin zu der kleinen Gesellschaft stieß, änderte sich die Atmosphäre, denn in der Art des gelernten Politikers ging er auf alle zu, streckte jedem der Anwesenden seine Hand entgegen und begrüßte sie mit seinem übermäßig lauten und kräftigen Stimmorgan. Auch Florence kam in den Genuss einer kurzen und routinemäßigen Begrüßung.

»Wo ist eigentlich unser Gastgeber?«, fragte er dann und wandte sich an Kommissar Dampierre, der in Begleitung zweier Kollegen und gemeinsam mit Florence eingetroffen war. Dampierre gab dem Bürgermeister eine ausweichende Antwort. Er wollte nicht schon jetzt den wahren Grund dieser Veranstaltung verkünden. Abbé Vincent, der Pfarrer von Banon, der sich für diese Einladung hergegeben hatte, war nämlich nicht dazu bereit gewesen, seine Lügengeschichte so weit zu treiben, dass er hier zu Beginn auch noch die Feierstunde einleitete.

»Wie du dann wirklich vorgehst, lieber Dampierre«, hatte er schon gestern gesagt, »ist deine Sache. Ich weiß, dass du ein verantwortungsbewusster Mann bist und du wirst sicher ausreichend Vorsorge treffen, dass dort nichts passieren kann.«

Erfreulicherweise hatte sich aber Albertine Martin, die neue Chefin der Buchhandlung, dazu bereit erklärt, an Stelle des Pfarrers einige einleitende Worte zu sprechen und ihn beim Publikum zu entschuldigen, denn Florence hatte sie in den wahren Grund der Versammlung eingeweiht. Kurz bevor Florence zu ihrer Besprechung ins *Café Les Voyageurs* gegangen war, war Albertine Martin mit einem Helfer erschienen und hatte nach einer kurzen Besprechung mit ihr den Raum für die Gäste vorbereitet. Anstelle der vorher einzigen Sitzgelegenheit waren nun unterschiedliche Stühle locker im Zentrum der Bibliothek verteilt. Auch einige kleine Tischchen zum Abstellen von Gläsern und Tellern waren herbeitransportiert worden, gemeinsam mit alkoholfreien Getränken und kleinen Imbissen. Auf den in der Einladung angekündigten Champagner hatte man verzichtet.

Ein hochgestellter Bistrotisch stand für die Redner und Rednerinnen dieser Veranstaltung bereit.

Randolph Whitehall war unter den Ersten gewesen, die eingetroffen waren. Trotz der sommerlichen Hitze trug er über einem weißen Hemd ein braunes Tweedsakko mit ausgebeulten Taschen, ganz der englische Professor diesmal, der er ja auch war. Ohne jemandem Beachtung zu schenken, hatte er sogleich sein Interesse für die Bibliothek von Alice Picard bekundet und studierte seither die Bücher in den Regalen.

Nur einmal hatte er sich umgedreht und mit gerunzelter Stirn beobachtet, wie es zu einer kurzen Konfrontation zwischen Leonie Perrin und Leon Gonzales gekommen war. Dieser war in Begleitung eines Polizisten in Zivil erschienen und sofort auf Leonie zugesteuert. »Ich habe nichts verbrochen«, hatte er ihr zugezischt. »Aber Sie haben mich der Polizei ausgeliefert! Das werden Sie noch bereuen!« Er hatte seine Faust gegen sie erhoben, sein Begleiter hatte jedoch rasch reagiert, ihn am Arm gepackt und zur Seite gezogen.

Mittlerweile waren die meisten der geladenen Gäste eingetroffen: der Bürgermeister und seine Ehefrau, Randolph Whitehall und Leon Gonzales, Raymond Meyer und Lucille Durant. Gemeinsam mit Ernest Durant, Claire Fontaine und Ann Delecour, die noch fehlten, würden es neun Personen sein. Dazu kamen Florence und ihre beiden Assistenten sowie Kommissar Dampierre mit insgesamt drei Polizisten in Zivil und schließlich noch Albertine Martin, die neue Chefin der Buchhandlung.

Zwei Minuten vor dem angekündigten Beginn betraten auch Ernest Durant und Claire Fontaine die Bibliothek. Der Anblick von Claire Fontaine löste im Publikum einen ersten Schock aus. Selbst Florence, die diese zumindest von Fotos kannte, konnte sich ihrer Wirkung nicht entziehen, denn es war, als hätte sich soeben der Geist von Faye Browne materialisiert. Trotz der schon sichtbaren Schwangerschaft von Claire Fontaine war die Ähnlichkeit mit ihrer ermordeten Chefin verblüffend. Florence beschloss, dem Spuk ein Ende zu bereiten, und ging auf das Paar zu.

»Schön, dass Sie auch gekommen sind, Monsieur Durant. Würden Sie mich bitte Ihrer Freundin vorstellen.«

Ernest Durant tat wie geheißen, und für alle, die die Szene beobachteten, verwandelte sich die vermeintliche Faye Browne in die Verlobte von Ernest, was gleichfalls überraschend war.

Lucille Durant, die bereits Platz genommen hatte, winkte den beiden zu: »Kommt, setzt euch zu mir, Kinder. Alice würde sich freuen, wenn sie wüsste, dass auch ihr gekommen seid.«

Dann brach sie unvermutet in Tränen aus.

»Für mich kommt es einer Entweihung dieser Bibliothek gleich, wenn hier so viele Fremde anwesend sind«, sagte sie kurz darauf zu Florence. »Dieser Ort war seit jeher das Refugium von Alice. Sie hat sich hier lieber aufgehalten als in ihrer Wohnung und hat nie fremden Leuten den Zutritt gewährt.«

»Dann war vermutlich auch Faye Browne nie hier herinnen, obwohl ihre Bücher vollständig vertreten sind.«

»Das hat rein ökonomische Gründe, denn natürlich hat Alice gut an Faye Browne verdient. Hierher eingeladen hatte sie diese aber bestimmt nie. Sie mochten einander nicht, wie man leider sagen muss.«

Neben Florence räusperte sich Dampierre. »Wir sollten beginnen«, flüsterte er ihr zu und deutete auf seine Armbanduhr.

»Ja, Bernard«, flüsterte sie zurück, »die Bürgermeisterin von Simiane-la-Rotonde ist zwar noch nicht da, aber wir können nicht mehr warten.«

»Sonst sind wir aber vollzählig«, sagte Dampierre.

Florence sah sich um.

Albertine Martin hatte dem Bürgermeister den Lehnstuhl von Madame Picard als Sitzplatz angeboten und ihren Sessel zu seinem herangezogen. Sie wartete offensichtlich schon auf ein Zeichen, mit der Begrüßung beginnen zu können.

Rasch schrieb Florence noch ein SMS an Madame Delecour: »Liebe Madame Delecour, bitte kommen Sie noch zu unserer Veranstaltung. Wir brauchen Sie als Zeugin. Ich verspreche, dass ich ein bestimmtes Geheimnis sicherlich nicht verraten werde. Es hat keine Bedeutung für unsere aktuellen Ermittlungen.«

41

Mit wenigen, aber treffenden Worten hatte Albertine Martin das Publikum begrüßt und das bisherige Fernbleiben des Pfarrers entschuldigt. Er sei bei einem Krankenbesuch aufgehalten worden und stecke nun in einem durch ein Sommerfest ausgelösten Stau. Sobald es ihm möglich sei, werde er hier eintreffen. Er habe sie darum ersucht, mit der Veranstaltung und den ohnehin geplanten Reden zu beginnen.

Die Irritation, die durch die Gruppe der Anwesenden ging, als Madame Martin als ersten Redner Kommissar Dampierre ankündigte, war zu erwarten gewesen. Er erhob sich und kam sogleich zur Sache.

»*Mesdames et Messieurs*, dieses Treffen dient wie angekündigt dem Gedenken an Alice Picard. Dies ist aber nicht der einzige Grund, warum wir uns hier versammelt haben, denn das Haus, in dem wir uns befinden, ist Schauplatz eines schrecklichen Verbrechens geworden, und dieses hat eine Reihe von Ereignissen nach sich gezogen, die der dringenden Aufklärung bedürfen. Wir sind hier, um die Wahrheit zu finden!

Faye Browne, Gustav Moriell und Alice Picard haben auf tragische und noch ungeklärte Weise ihr Leben lassen müssen. Sie alle, die heute hier anwesend sind, haben mindestens eine oder alle drei Personen gekannt. Es ist nicht auszuschließen, dass einer oder eine von Ihnen mehr über die Umstände des Todes dieser Personen weiß, als er oder sie bisher berichtet haben. Deshalb ersuchen wir Sie um Ihre Mitarbeit bei der Aufklärung dieser Todesfälle.

Mein Name ist Bernard Dampierre, und ich bin der zuständige Beamte der Dienststelle der Police nationale in Manosque. Meine Kollegin, Madame Florence Beaumarie, stand früher im Dienste der Police nationale in Paris und gilt als eine der erfolgreichsten Pariser Ermittlerinnen. Sie hat mein vollstes Vertrauen! Gemeinsam mit mir ermittelt sie im Auftrag der betroffenen Gemeinden Banon und Simiane-la-Rotonde, und ich darf sie nun ersuchen, uns einen Überblick über das bisherige Geschehen zu geben.«

»*Merci*, Monsieur le Commissaire!« Auch Florence war jetzt aufgestanden und an die Seite des Kommissars getreten, und da es im Raum überraschend still geblieben war, kam sie sofort zur Sache.

»Wie Sie alle wissen und wie wir es soeben gehört haben, hat es nach dem brutalen Mord an Faye Browne noch zwei weitere Todesfälle gegeben. Der erste war der Tod von Gustav Moriell, ihrem Ehemann, von dessen Existenz vermutlich die wenigsten hier wussten. Er ist vor drei Tagen durch ein rasch wirkendes Gift ums Leben gekommen.« Ganz kurz ging ihr Blick zu Dampierre, dann fuhr sie auch schon fort.

»Wir fragen uns: Hat Gustav Moriell Selbstmord begangen, weil er seine Frau Faye Browne ermordet und ihn dann doch noch eine späte Reue erfasst hat? Gerne würden wir es glauben, denn immerhin hat er von ihrem Tod profitiert, und wir hätten zwei der Fälle mit einem Schlag aufgeklärt. Leider ist es aber nicht so einfach, denn Moriell hatte ein Alibi vorzuweisen, das durch mehrere Zeugen bestätigt wurde.

Auch der Tod von Alice Picard, welcher vermutlich die meisten der hier Anwesenden besonders erschüttert hat, könnte Selbstmord oder vielleicht sogar ein Unfall gewesen sein. Da sich der grausame Mord an Faye Browne jedoch ausgerechnet in der Buchhandlung von Madame Picard zugetragen hat, müssen wir uns die Frage stellen, ob es einen Zusammenhang zwischen diesen beiden Todesfällen gibt. Ist Madame Picard Zeugin der Bluttat geworden und musste sie deshalb ihr Leben lassen? Oder hatte sie sogar – auch diese Frage muss gestattet sein – selbst etwas mit dem Mord an Faye Browne zu tun? Ist sie zur Mörderin geworden und hat sie deshalb versucht, durch einen Sprung in die Tiefe dem Arm der Gerechtigkeit zu entgehen? Als Inhaberin der *Librairie Mistral* hätte sie immerhin die Möglichkeit und die Gelegenheit zur Tat gehabt und es wäre für sie vergleichsweise einfach gewesen, alles zu arrangieren. Ihr Alibi – eine Bridgerunde in ihrem Haus – ist lückenhaft, denn zumindest eine der Beteiligten glaubt sich zu erinnern, dass diese bereits eine Stunde bevor der Mord an Faye Browne geschah, zu Ende gegangen ist.«

»So ein Unfug!« Lucille Durant meldete sich empört zu Wort. »Auch Beatrice und Julie sind an diesem Tag erst um 22 Uhr nach Hause gegangen. Die sind wohl beide schon etwas vergesslich! Ich kann das jedenfalls beschwören, Madame Beaumarie!«

»Dann müssen wir Ihnen wohl glauben, Madame Durant«, antwortete Florence, »jedenfalls solang wir nicht das Gegenteil beweisen können. Wir wissen aber auch, dass Sie mit Madame Picard in einer besonderen Freundschaft verbunden waren und sie selbstverständlich in Schutz nehmen würden. Ob diese Freundschaft aber über den Tod hinaus zu reichen hat, müssen Sie selbst entscheiden.«

Lucille Durant sprang auf und hob ihre Hand.

»Ich schwöre bei allem, was mir heilig ist, dass ich mit Alice an jenem Abend bis 23 Uhr zusammen gewesen bin, und niemand, auch Sie nicht, werden jemals das Gegenteil beweisen können. Alice war keine Mörderin!«

Alle Blicke waren nun auf Lucille Durant gerichtet. Ihr Sohn, der neben ihr saß, berührte sie am Arm. »Setz dich wieder, Maman«, flüsterte er ihr zu.

»Beste Freundinnen hätten aber die Tat auch zusammen begehen können.«

Trocken und emotionslos waren diese Worte aus dem hinteren Teil des Raumes gekommen. Der Sprecher war sitzen geblieben, und als er sah, dass sich alle zu ihm umdrehten, erhob er sich von seinem Sessel und richtete seinen Blick direkt auf Madame Durant. Es war Raymond Meyer, der ungerührt fortfuhr.

»Es tut mir leid, Madame Durant, aber Sie haben sich bei mir doch schon so oft über Faye Browne beschwert. Ganz besonders hat es Sie geärgert, dass Ihre Freundin Alice ihr wunderbares Buch wieder aus den Regalen nehmen musste, nur um eine Bestsellerautorin nicht gegen sich aufzubringen, die eine kaprizierte Diva war. Noch dazu, wo Sie selbst rühmlich in diesem Buch erwähnt worden sind. Vielleicht haben Sie ja gemeinsam beschlossen, dass das – übrigens sehr empfehlenswerte – Buch eine Neuauflage erfahren und das Hindernis dafür, nämlich Faye Browne, aus dem Weg geräumt werden soll.«

Die Empörung von Lucille Durant war verständlich.

»Soll jetzt auch noch ich des Mordes bezichtigt werden?«, rief sie mit hochrotem Kopf. »Erst wird mein unschuldiger Sohn für einen Mörder gehalten und jetzt ich! Warum haben Sie es nur alle auf uns abgesehen? Bitte, Herr Bürgermeister, beenden Sie dieses unwürdige Schauspiel. Sie können doch damit nicht einverstanden sein!«

Auch der Bürgermeister war sichtlich unruhig geworden. Sein empörtes Kopfschütteln galt nicht Madame Durant, sondern eindeutig Florence, die wieder das Wort ergriff.

»Beruhigen Sie sich bitte, Madame Durant. Niemand, der unschuldig ist, braucht etwas zu befürchten. Das Einzige, was wir hier finden wollen, ist die Wahrheit, damit in dieser schönen Gegend endlich wieder alle ruhig schlafen können, und das ist, wie ich weiß, auch das berechtigte Interesse des hier anwesenden Bürgermeisters.«

Und an Monsieur Meyer gewandt ergänzte sie: »Bitte stellen Sie hier keine grundlosen Verdächtigungen an. Was wir benötigen sind Fakten und die Beobachtungen der hier anwesenden Personen.«

»So sehe ich das auch«, wurde sie von Dampierre unterstützt. »Halten wir einfach fest, dass Madame Picard prinzipiell die Gelegenheit gehabt hätte, sowohl die Bücher verschwinden zu lassen als auch später einen Teil davon auf und neben der Toten zu arrangieren.«

Alles blieb still, keiner der Anwesenden wagte sich in die Schusslinie, und so konnte Florence ihre Ausführungen fortsetzen und sich an jene anwesenden Personen wenden, welche die stärksten Motive für einen Mord an Faye Browne besaßen, und das waren unzweifelhaft Claire Fontaine, Leon Gonzales und Professor Whitehall. Ihn hob sie sich bis zum Schluss auf.

Claire Fontaine war, wie sich gleich darauf zeigte, durch keinerlei Anschuldigungen zu erschüttern. Sie gab zu, Gründe gehabt zu haben, Faye Browne zu hassen. Die von ihr anfangs so bewunderte Wissenschaftlerin, die selbst Mutter zweier Kinder war, hatte sie regelrecht gemobbt, als sie von ihrer Schwangerschaft erfuhr. Tatsächlich hatte Claire der Professorin bei ihrer Anstellung versprechen müssen, sich in den nächsten Jahren vollständig auf ihre wissenschaftliche Tätigkeit zu konzentrieren und nicht schwanger zu werden. Als dies jetzt dennoch geschah, hatte sie ihr schwere Vorwürfe gemacht und ihr eine freiwillige Kündigung nahegelegt. Claire hatte ihr diese Freude nicht gemacht. Getötet hätte sie Professor Browne aber deshalb gewiss nicht.

Florence war sich nicht sicher, ob Claire Fontaine den Unschuldsengel nur spielte oder es wirklich war. Die Polizei hatte es verabsäumt, sie nach einem Alibi zu fragen und dies holte Dampierre nun nach. Claire Fontaine gab zu, keines zu besitzen, da sie zum Zeitpunkt der Tat alleine zu Hause gewesen war.

Florence stellte ihr eine weitere Frage.

»Kennen Sie eigentlich Professor Whitehall, Madame Fontaine? Sind Sie schon einmal mit ihm zusammengetroffen?«

»Natürlich kenne ich ihn«, antwortete Claire mit einem Seitenblick zu Whitehall. »Schließlich ist er eine Berühmtheit, aber persönlich haben wir uns nie kennengelernt.«

»Und Sie, Monsieur Gonzales? Wie sieht es da bei Ihnen aus? Kennen Sie Professor Whitehall persönlich?«

Leon Gonzales, der gerade noch eine unbeteiligte Miene gemacht hatte, schreckte auf und schüttelte den Kopf. »Unser Institut«, sagte er, »hatte noch nie die Ehre eines Besuchs von Professor Whitehall. Er ist ohne Zweifel einer der ganz Großen in unserer Disziplin. Ich selbst durfte auf einem Fachkongress die Professorin vertreten und dabei auch einige Fragen an ihn stellen.«

»Haben Sie dort auch persönliche Gespräche mit ihm geführt?«

»Nein, das habe ich nicht!«

»Wie erklären Sie sich dann diese Bilder?«

Florence hatte die Ausdrucke der Fotos, die ihr Tante Blanche über das Handy geschickt hatte, aus ihrer Tasche gezogen und verteilte sie an Professor Whitehall, Claire Fontaine und Leon Gonzales. Während die drei überrascht auf die Bilder starrten, erklärte sie den Anwesenden, was darauf zu sehen war. Als sie das Foto beschrieb, auf dem Randolph Whitehall und Alice Picard gemeinsam zu sehen waren, meldete sich erneut Madame Durant zu Wort. Endlich gab es ein Thema, das nicht sie selbst oder ihren Sohn betraf.

»Auf das Seminar in Deauville hatte sich Alice sehr gefreut. Sie war dazu von einer Schriftstellerin eingeladen worden, die sie sehr bewunderte. Es war ein lang gehegter Traum von ihr, selbst Schriftstellerin zu werden.«

»Hat sie Ihnen berichtet, dass sie dort mit Professor Whitehall zusammengetroffen ist?«, fragte Florence.

Nur einen Augenblick zögerte Lucille Durant. »Ja, das hat sie«, sagte sie schließlich. »Ich hatte ihr versprochen, niemandem davon zu erzählen, aber …« Sie schwieg.

»Aber?«

»Weil es hier um die Wahrheitsfindung bezüglich ihres Todes geht, breche ich das Versprechen. Sie war so stolz darauf, den berühmten Zukunftsforscher kennengelernt und eine äußerst angenehme Nacht mit ihm verbracht zu haben. Was ihre eher kurzen Episoden mit Männern betroffen hat, war sie anfangs immer schwärmerisch, hatte jedoch meist rasch wieder das Interesse daran verloren.«

42

Die Wortmeldung von Madame Durant markierte für Florence den idealen Zeitpunkt, um das Publikum endlich mit dem Tathergang zu konfrontieren. Allzu lange würde die Ruhe im Raum nicht mehr anhalten. Dampierre hatte soeben die Bilder, die sie ausgeteilt hatte, wieder eingesammelt und überreichte sie ihr mit einem geflüsterten »es wird Zeit«.

»*Mesdames et Messieurs*«, Florence behielt die Fotos in der Hand und ging einen weiteren Schritt auf das Publikum zu. »Ich werde Ihnen nun berichten, auf welche Weise und von wem Faye Browne mit großer Wahrscheinlichkeit getötet worden ist. Ich bitte Sie alle, mich ab jetzt nicht mehr zu unterbrechen und erst am Ende Kommentare und gegebenenfalls Einsprüche anzubringen. Wie wir jetzt wissen, hat es zwischen dem 3. und 6. Mai dieses Jahres ein mehr oder weniger zufälliges Zusammentreffen mehrerer Personen im Hotel *Le Normandy* in Deauville gegeben. Wie dieses Treffen genau zustande gekommen ist, muss uns im Augenblick nicht interessieren. Die Bilder eines Pressefotografen beweisen uns, dass Monsieur Gonzales, seine Kollegin Claire Fontaine sowie Professor Whitehall im Rahmen dieser Tagung Kontakt miteinander hatten. Der Zufall wollte es, dass zur selben Zeit auch Madame Picard in diesem Hotel zu Gast war und Professor Whitehall ebenfalls näher kennenlernte.«

Sie wählte eines der Bilder aus und zeigte es dem Publikum.

»Hier zum Beispiel sehen wir, wie drei der genannten Personen ihre Köpfe in einer geradezu verschwörerischen Weise zusammenstecken. Es sieht ganz danach aus, dass die beiden Assistenten von Professor Browne gemeinsam mit dem bekannten Zukunftsforscher Professor Whitehall ein Komplott ausgeheckt hatten. Dass sie sich persönlich nicht kennen ist jedenfalls unwahr. Wir haben mehrere Gründe anzunehmen, dass Professor Whitehall, Monsieur Gonzales und Madame Fontaine sich zusammengetan haben, um dem destruktiven Verhalten von Faye Browne ein Ende zu setzen.«

Ab nun begab sich Florence mit ihrer Argumentation auf dünnes Eis. Das wussten auch die Betroffenen. Alle drei hatten ihre Lippen fest zusammengepresst, so als wollten sie verhindern, dass ihnen ein falsches Wort entschlüpfte. Sie waren klug genug, sich jetzt nicht durch eine unbedachte Äußerung in eine Lage zu bringen, aus der sie möglicherweise schwer wieder herausfinden würden.

»Wir können uns die Situation so vorstellen«, Florence legte Nachdruck in ihre Stimme,

»Monsieur Gonzales und Madame Fontaine sind in Deauville zufällig mit Professor Whitehall ins Gespräch gekommen oder haben dieses Gespräch absichtlich gesucht. Weder Leon Gonzales noch Claire Fontaine hatten zu diesem Zeitpunkt Anlass zur Hoffnung, von Professor Browne noch habilitiert zu werden oder eine fixe Anstellung am Institut zu erhalten. Sie haben sich bei Professor Whitehall vermutlich darüber beklagt, wie schlecht sie von Faye Browne behandelt wurden. Er hat sie angehört, denn sie hatten ihm auch etwas anzubieten, nämlich Informationen über Faye Browne und ihr geplantes Buch. Es sollte ihr Meisterwerk werden, und gleichzeitig hatte sie darin mit

Professor Whitehall abgerechnet. Monsieur Gonzales und Madame Fontaine kannten Teile des Manuskripts, denn sie waren von der Professorin zum Lesen von Korrekturen und zur Durchführung von Recherchen und Berechnungen herangezogen worden. Das ganze Manuskript hütete sie aber auf ihrem *iPad* wie ihren Augapfel. Dass sie es zur Sicherheit auch bei sich zu Hause ausgedruckt aufbewahrte, durfte man annehmen.«

Empörtes Kopfschütteln von allen drei Betroffenen, aber noch immer kein lautstarker Protest. Es wurde Zeit, den Mörder von Faye Browne aus der Reserve zu locken.

»Kommen wir zu den handfesten Ergebnissen, die die Ermittler in diesem Fall vorzuweisen haben. Bitte, Kommissar Dampierre, berichten Sie uns, was Sie heute bei der Durchsuchung des Büros von Monsieur Gonzales gefunden haben!«

»Gerne! Wir konnten dort heute das gestohlene *iPad* von Faye Browne sicherstellen. Eingeschlossen in einen Safe, der sich gut getarnt hinter Büchern befand. Auf diesem *iPad* befindet sich auch das Manuskript ihres neuen, nicht fiktionalen Buches. Madame Beaumarie hat es erwähnt. Wie erwartet hat sie darin massiv mit den Arbeiten von Professor Whitehall abgerechnet. Zusätzlich zu diesem Manuskript existiert auf diesem *iPad* aber auch noch ein zweiter, streng privater E-Mail Account von Faye Browne. Diesen konnte Madame Beaumarie heute noch genauer durchgehen. Bitte Madame …«

Wieder war Florence am Wort.

»Die E-Mails aus dem privaten Account belegen, dass Professor Whitehall von Faye Browne erpresst worden war und sie ihm gedroht hatte, mit ihrem Wissen über seine Machenschaften an die Öffentlichkeit zu gehen. Außerdem geht aus ihren E-Mails hervor, dass sie eine Gruppe von Leuten um sich geschart hatte, die ihre Zukunftsvisionen teilten und die man durchaus als Verschwörungstheoretiker bezeichnen kann. Einigen von ihnen hat die Professorin Jobs versprochen, übrigens auch die Jobs von Leon Gonzales und Claire Fontaine. Unsere drei Verschwörer hatten also Gründe, Madame Browne das Handwerk legen zu wollen, und der Plan dafür ist in Deauville entstanden. Er wurde schließlich am 7. Juli hier in der Buchhandlung in die Tat umgesetzt. Schon zuvor hatte jemand die Bücher von Faye Browne aus den Regalen entfernt, entsprechend der drei offensichtlichen Eskalationsstufen dieses Planes: Irritation und Verstörung des Opfers durch Buchdiebstahl, Attacke mittels Konfrontation im Vortragssaal und schließlich totale Unterwerfung oder sogar Mord.

Ob Madame Picard ebenfalls an der Tat beteiligt war, ist noch unbekannt. Dass sie und Professor Whitehall zu diesem Zeitpunkt ein Liebespaar waren, ist sicher. Die Möglichkeit zur unauffälligen Entfernung der Bücher hatte aber auch Ernest Durant, und er könnte damit seiner Freundin, Claire Fontaine, einen Liebesdienst erwiesen haben.« Die Unruhe im Raum war während der Worte von Florence größer geworden, doch Dampierre hatte ihr durch Gesten regelmäßig Einhalt geboten, und so konnte Florence zu einem ersten und vorläufigen Schluss kommen.

»Vielleicht eines noch: Lisette Gosselin, die Sekretärin von Professor Browne am Institut der Universität von Aix-en-Provence, hatte noch mit ihrer Chefin telefoniert, vermutlich das letzte Telefongespräch vor ihrer Ermordung. ›Bald werde ich wieder an meinem Buch arbeiten können‹, hatte sie zum ersten Mal seit Langem gut gelaunt zu Lisette Gosselin gesagt und berichtet, dass ihr gestohlenes *iPad* ausgerechnet in der *Librairie Mistral* wieder aufgetaucht sei. Madame Gosselin macht sich bis heute schreckliche Vorwürfe, dass sie ihre Chefin nicht davor gewarnt hat, ohne Begleitung hinzufahren. Denn das wurde ihr tatsächlich zum Verhängnis.«

Eine letzte kurze Spannungs- und Atempause für die Zuhörer. Dann endlich der Schlusssatz: »Faye Browne hat nach diesem Gespräch nicht mehr lange gewartet. Sie ist hingefahren und wurde von denen erwartet, die sich gegen sie verschworen hatten und von denen zumindest einer – wir tippen auf Monsieur Gonzales oder Professor Whitehall – zu ihrem Mörder wurde.«

43

Es war Leon Gonzales, der als Erster die Nerven verlor.

»Ich habe Faye Browne nicht getötet, ich bin kein Mörder!«, rief er. »Als ich und der Professor sie in diesem Raum zurückgelassen hatten, damit sie Zeit zum Nachdenken hat, hat er mich weggeschickt. Er sagte, er werde sie bestimmt alleine dazu bringen, das zu unterschreiben, was wir für sie vorbereitet hatten. Erst am nächsten Tag erfuhr ich, dass sie tot war, aber da war ich schon wieder in Deauville. Ich bin noch vor 22 Uhr los und fast die ganze Nacht durchgefahren. Es kann nur er gewesen sein, der sie umgebracht hat!«

Im Gegensatz zu Gonzales zeigte Randolph Whitehall keine sichtbare Erregung. Er war die ganze Zeit etwas abseits von den anderen vor einem der Bücherregale gestanden. Nun trat er einen Schritt nach vorne.

»*Don't worry*, Mister Gonzales«, sagte er, »ich werde den Anwesenden hier jetzt vortragen, wie es sich wirklich zugetragen hat.«

Er sah sich ganz kurz um, ging zum Schreibtisch von Alice Picard und setzte sich mit überschlagenen Beinen auf die Schreibfläche, ganz in der Manier eines Professors, der sich soeben anschickt, eine Vorlesung zu halten.

»Madame Beaumarie«, er machte eine kleine Verbeugung in Richtung Florence, »ich mache das nur, um Ihnen einen Gefallen zu tun, und das wiederum nur deswegen, weil meine Kinder von Ihrem Freund und dessen bezaubernder Tochter so begeistert und zum ersten Mal seit dem Tod ihrer Mutter wieder richtig fröhlich waren. Sie haben bei mir noch etwas gut! Da Sie keine Akademikerin sind, wissen Sie vermutlich nicht, dass man mit Vermutungen nicht so um sich werfen kann, wie Sie es soeben getan haben. Ihre sogenannten Beweise reichen aber nicht aus, um mich oder Leon Gonzales oder gar Claire Fontaine des Mordes an der Mutter meiner Kinder zu überführen. Einige Details dieser sogenannten Verschwörung haben Sie und Ihr Gehilfe, dieser Kommissar Dampierre, aber doch richtig erkannt. Die restlichen Fakten liefere ich Ihnen nun nach.« Dann wandte er sich an das Publikum.

Florence hätte sich nicht gewundert, wenn einige der Anwesenden jetzt Block und Bleistift herausgeholt hätten, um das, was der Professor vorzutragen beabsichtigte, mitzuschreiben. Auch sie war gespannt, welche Geschichte er ihnen nun auftischen würde.

»Es ist eine lange Geschichte, aber ich versuche, mich kurz zu halten. Keine Sorge, man hat uns hier schon lange genug festgehalten, und ja, mir haben diese beiden tüchtigen Assistenten von Faye leidgetan. Ich wusste mittlerweile, wie sie sein konnte, wenn es ihr darum ging, ihre Ziele zu verfolgen. Da konnte sie über Leichen gehen. Aber *sorry*, so wollte ich das nicht ausdrücken, denn dass sie nun selbst eine Leiche ist, bedauere ich wirklich, auch wegen meiner Kinder.

Mich hat sie erpresst, wie Sie es richtigerweise herausgefunden haben, Madame. Sie hat es zumindest versucht. Wirklich beweisen hätte sie es mir zwar nicht können, aber man weiß nicht, wem die Presse geglaubt hätte: der berühmten Bestsellerautorin oder dem kleinen Professor aus Oxford. Dann war da noch ihr Manuskript. Auch hier durfte man befürchten, dass eine breite Öffentlichkeit, die auf jede Schauergeschichte hereinfällt, ihre radikalen Zukunftsprognosen für wahrscheinlicher gehalten hätte als meine sorgfältig mit der Realität abgewogenen Voraussagen. Wir sind eine Zunft, die zwar hochinteressante und faszinierende Fragen stellt, aber unsere Prognosen werden angezweifelt so wie jene der Astrologen. Wir haben es also schwer genug und können nicht auch noch Kolleginnen gebrauchen, die das eigene wissenschaftliche Nest beschmutzen. *Sorry*, ich wollte es kurz machen.

Also mit einem Wort: Wir mussten ihr dringend ihr zerstörerisches Handwerk legen. Unsere sogenannte Verschwörung lief darauf hinaus, Faye dazu zu bewegen, eine Presseerklärung zu unterschreiben, nach der sie sich völlig aus ihrer wissenschaftlichen Tätigkeit zurückziehen und sich endgültig auf das Schreiben von Romanen verlegen würde.

Wenn sie auch noch eine Spur von Verstand besessen hätte, wäre das eine vernünftige Option für sie gewesen. Das war aber nicht mehr der Fall. Sie hat sich so verrückt aufgeführt, dass wir sie leider mit meiner Pistole bedrohen mussten, damit sie Ruhe gab. Ich hatte aber nicht vor, sie zu erschießen, ich kann kein Blut sehen. Monsieur Gonzales hat sie an den Sessel gefesselt. Wir hatten einige Druckmittel angewendet und sie alleine gelassen. Es stimmt, ich habe dann Gonzales gesagt, er solle schleunigst wieder nach Deauville fahren. Schließlich hatte er dort im Hotel noch für drei weitere Tage seine Anwesenheit vorgetäuscht. Ich hätte Faye aber noch dazu gebracht, diese Presseerklärung zu unterschreiben, wenn sie nicht vorher von jemand anderem ermordet worden wäre.«

Er machte eine Pause. Er verstand es, Spannung zu erzeugen. Auch wenn dies hier gar nicht mehr nötig war.

»Sie hatten also in mancher Hinsicht recht.« Erneut hatte er sich Florence zugewandt. »In einer Hinsicht haben Sie sich allerdings geirrt, Madame. Weder ich noch die beiden Assistenten von Faye haben ihre Bücher aus den Regalen verschwinden lassen. Das geht einzig und allein auf das Konto jenes Mannes, der ihr Mörder ist. Ich habe ihn in der Mordnacht gesehen, und er befindet sich hier im Raum.«

Wieder machte Whitehall eine Pause. Für einige Sekunden war es ganz still. Weder Florence noch Dampierre ergriffen das Wort, denn es war offensichtlich, dass noch eine aufsehenerregende Enthüllung bevorstand. Der Unruhe, die jetzt auszubrechen drohte, gebot er Einhalt, indem er von Neuem das Wort ergriff.

»Derjenige«, sagte er, »der die Tat begangen hat, hatte

sowohl die Gelegenheit, die Bücher von Faye aus den Regalen der Bibliothek zu entfernen, als auch das einzige Exemplar ihres neuesten Romans zu stehlen. Sie hatte es Ernest Durant, dem Freund von Claire Fontaine, zu lesen gegeben. Der Dieb musste jemand gewesen sein, der hier in der Buchhandlung arbeitet. Ich habe also an jenem Abend gesehen, wie er die Tür zu dem Raum öffnete, in dem sich die an ihren Stuhl gefesselte Faye befand. Ich hatte sie zum zweiten Mal alleine gelassen, um ihr eine letzte Bedenkzeit zu gewähren. Als ich wieder zurückkam, stand er vor der Tür. Glücklicherweise hat er mich nicht bemerkt. Ich konnte mich hinter einem der Bücherregale verstecken. Natürlich war ich in Panik. Ich befürchtete, dass er auf der Stelle Alarm schlagen würde, wenn er Faye entdeckte. Schon wollte ich mich auf ihn stürzen, aber da war er schon bei ihr drinnen. Er war clever, hatte den Schlüssel, der außen an der Tür steckte, abgezogen und dann die Tür von innen versperrt. Vielleicht wusste er ja auch schon längst, was ihn da drinnen erwartete. Er kam eine halbe Stunde lang nicht heraus. Was blieb mir anderes übrig, als abzuwarten? Der Raum ist schallisoliert, das wussten wir, sonst hätten wir ihn nicht für unser Vorhaben verwendet. Es fühlte sich für mich wie eine Ewigkeit an, bis sich die Tür wieder öffnete und der Mörder von Faye die Buchhandlung verließ. Ich blieb noch einige Minuten in meinem Versteck, dann erst ging ich zu ihr hinein und fand sie erschlagen auf dem Boden liegen. Was hätte ich tun sollen? Ich bin aus der Buchhandlung geflohen, in meinen Mietwagen gestiegen und habe Banon ebenfalls so schnell wie möglich in Richtung Calais verlassen.«

Jetzt hob Whitehall seinen Arm und deutete auf Raymond Meyer, dem langjährigen Mitarbeiter von Alice Picard und Betreuer Faye Brownes.

»Das ist er. Dieser Mann ist der Mörder der Mutter meiner Kinder!«

Emilian Pagnol, der nahe bei dem Beschuldigten stand, war der Erste, der eine Reaktion zeigte. Als er sah, dass Raymond Meyer, der stumm geblieben war, zu schwanken begann, war er sofort bei ihm. Er fasste seinen Arm, zog einen leeren Sessel zu ihm heran und ließ ihn sich setzen. Ein rascher Blick zu Florence und ein gemurmeltes »darf ich jetzt …?«, das sie bejahte. Dann wandte sich Emilian an Whitehall.

»Wieviel Uhr, Monsieur Whitehall, war es, als das, was Sie soeben geschildert haben, passierte?«

»Das kann ich Ihnen ziemlich genau sagen. Es war 22.45 Uhr, denn als ich die Buchhandlung verließ, schlug die Kirchturmuhr gerade 23 Uhr, und ich dachte mir, es ist das Beste, wenn ich gleich …« Er hatte seinen Satz nicht fertig gesprochen, denn erst jetzt schien er zu bemerken, wer ihm diese Frage stellte. »Wer sind Sie überhaupt?«

Anstelle einer Antwort wandte sich Emilian nun direkt an Dampierre: »Monsieur le Commissaire. Es ist mir heute gelungen, auf Anweisung meiner Chefin, Madame Beaumarie, den Taxifahrer ausfindig zu machen, der Raymond Meyer in der Mordnacht nach einem Konzert in Forcalquier zurück nach Banon gefahren hat. Ohne zu wissen, worum es geht, hat dieser Fahrer berichtet, dass er mit Monsieur Meyer erst um 1 Uhr früh in Banon eingetroffen ist, und sein Fahrtenbuch weist eine Fahrt auf dieser Strecke um genau diese Zeit auf. Das steht in einem gewissen Widerspruch zur soeben getätigten Aussage von Professor Whitehall.«

Emilian nickte Leonie zu, und nun sprach diese weiter.

»Außerdem, Professor Whitehall, haben wir uns heute mit der Firma unterhalten, bei der Sie in Calais Ihren

Mietwagen geliehen haben. Sie sind dort seit Jahren als Stammkunde bekannt, bestehen jedes Mal auf demselben Wagenmodell, einem SUV, und haben, wie wir ebenfalls in Erfahrung bringen konnten, zwei Tage vor dem Tod von Faye Browne dort wieder denselben Wagen in Empfang genommen und ihn einen Tag nach ihrer Ermordung kurz nach Mittag wieder zurückgebracht. Die Fahrt von Banon nach Calais dauert etwa zehn Stunden, und natürlich mussten sie sich dazwischen ausruhen. Als die Polizei nach Auffindung der Leiche mit ihren Ermittlungen begann, waren Sie also schon weit weg und auf dem Weg nach England. Wir vermuten, dass Madame Picard, mit der Sie ja in Deauville ein kleines Abenteuer hatten, erst viel später begonnen hatte, Sie zu verdächtigen. Nämlich erst an jenem Abend, an dem Sie mit den Kindern bei ihr in der Buchhandlung auftauchten und Alice Picard später von Florence Beaumarie danach gefragt wurde, ob sie wisse, welchen Wagen Professor Whitehall fährt. Erst da dürfte sie den Zusammenhang zwischen Ihnen und jenem Wagen hergestellt haben, den sie in der Nacht des Mordes gegen 2 Uhr morgens vom Parkplatz ihrer Buchhandlung wegfahren sah. Auch einiges andere dürfte ihr da klar geworden sein. Zum Beispiel, warum Sie bei dem letzten Treffen mit ihr ein so großes Interesse an den Räumlichkeiten Ihrer Buchhandlung gezeigt hatten.«

Nach einer Pause, die so kurz war, dass niemand anderer das Wort ergreifen konnte, fuhr sie fort.

»Am Abend vor ihrem Tod hatte Madame Picard aus sehr persönlichen Gründen noch eine Fahrt zum Colorado Provençal geplant, und Sie, Professor Whitehall, haben sich dort mit ihr getroffen. Der Colorado liegt ziemlich genau in der Mitte zwischen Viens, wo Sie sich bei Professor Atkins aufhielten, und Banon. Vermutlich hat sie Ihnen erzählt, dass sie in jener Nacht noch dort hin fahren würde und Sie haben ihr den Ort für ein Tête-à-Tête vorgeschlagen. Möglicherweise hat sie Ihnen dann mitgeteilt, dass sie Sie für den Mörder von Faye Browne hält, und Sie haben das Problem mittels eines kleinen Unfalls aus der Welt geschafft.«

Bevor Whitehall auf diese Anklage reagieren konnte, meldete sich Dampierre zu Wort:

»Ich denke, wir haben ausreichend Indizien, um Monsieur Whitehall des Mordes an Faye Browne anklagen zu können, und zwar hier in Frankreich, denn natürlich gilt im Falle einer Gewalttat nationales Recht. Professor Whitehall, ich verhafte Sie wegen des Mordes an Faye Browne und wegen möglicher weiterer Vergehen im Zusammenhang mit dieser Tat.«

Whitehall reagierte blitzschnell. Er zog eine Pistole aus der Tasche seines Tweedsakkos und richtete sie auf jene Person, die ihm am nächsten stand, und das war Emilian Pagnol.

»Hände hoch, und zwar alle hier herinnen, sonst muss dieser junge Mann sofort sterben.«

Die Hände sämtlicher Anwesender schossen in die Höhe, und jemand, der von draußen gerade zu den Fenstern der Buchhandlung hochblickte, hätte annehmen können, dass da drinnen gerade Turnstunde abgehalten wurde.

Mit dem, was der Professor gleich darauf zu Emilian sagte, hatte dann aber niemand gerechnet.

»Gehen Sie und öffnen Sie das große Fenster hinter Ihnen.«

Emilian musste gehorchen, und nachdem dies erledigt war, ließ sich der Professor erneut hören.

»*Mesdames et Messieurs*! Madame Beaumarie und Monsieur le Commissaire haben leider in fast allen Punkten recht. Ich bekenne mich des Mordes an Faye Browne schuldig. Für ihren Gatten, Gustav Moriell, müssen Sie sich jedoch einen anderen Täter suchen. Wer das ist, das müssen Sie selbst herausfinden. Am Tod von Alice Picard trifft mich ebenfalls keine Schuld, denn den hat sie ihrer eigenen Ungeschicklichkeit zu verdanken. Für meine armen Kinder tut es mir unendlich leid, aber sie sind stark und werden auch den Abschied von ihrem Vater verkraften. Einen Brief an sie finden Sie in dem Buch, das hinter mir auf dem Bücherregal liegt.«

Dann war er mit nur zwei großen Schritten am Fenster, schwang sich mit seinen langen Beinen über den niedrigen Fenstersims und sprang in den Tod.

44

In dem Aufruhr, der danach entstanden war, hatte außer Florence niemand bemerkt, dass die Bürgermeisterin von Simiane-la-Rotonde die Bibliothek betreten hatte. Sie trug ein schmales Paket in der Hand und hatte das Glück gehabt, zum Zeitpunkt des Todessprunges bereits auf dem Weg durch die Buchhandlung nach oben gewesen zu sein. So war ihr der entsetzliche Anblick erspart geblieben, der sich den Menschen bot, die sich zu diesem Zeitpunkt gerade auf dem Platz vor der Buchhandlung aufhielten.

Es waren gar nicht so wenige gewesen, die am späten Sonntagnachmittag noch einen Spaziergang gemacht hatten, ein Eis schleckten oder sich in einem der beiden Cafés mit Freunden oder Familie aufhielten. Eine friedliche und heitere sommerliche Szene hatte sich dort binnen Sekunden zu einem Ort des Entsetzens gewandelt. Einige wenige Leute in der Bibliothek waren dem Professor zum Fenster nachgelaufen und starrten auf den Tumult unter ihnen, der Rest war wie erstarrt stehen oder sitzen geblieben und hatte die hochgehaltenen Arme wieder gesenkt.

Die Anwesenheit mehrerer Mitglieder der Police nationale auf dem Platz, die von Dampierre zum Schutz der Veranstaltung hinbeordert worden waren, trug wenigstens dazu bei, dass der Unglücksort sofort abgesichert werden konnte und eine Ärztin rasch zur Stelle war.

Unvermeidlich war dennoch, dass beinahe binnen Sekunden einige Bilder auf *Facebook* und *Instagram* veröffentlicht wurden, die den am Boden liegenden toten Professor zeigten.

Das war auch der Grund, warum Dampierre Florence bat, als Allererstes den Freund des Toten, Professor Atkins, anzurufen, damit er Bescheid wusste und sich um die Kinder kümmern konnte. Er würde diese selbst baldmöglichst gemeinsam mit einer Psychologin aufsuchen.

Florence behielt Madame Delecour im Auge, die zunächst verständnislos auf die Szene blickte, die sie in der Bibliothek vorgefunden hatte, gleich darauf aber von ihrem Amtskollegen aus Banon erfuhr, was sich hier erneut Schreckliches zugetragen hatte. Auch in dieser Situation war er nicht in der Lage, seine laute Stimmen etwas zu dämpfen, sodass jeder mithören konnte, was er sagte.

Er konnte seine Erklärungen jedoch nicht bis zum Ende ausführen, denn Dampierre hatte sich nun vor die Leute gestellt und seine Stimme erhoben. Er bat, Ruhe zu bewahren und vorerst den Raum nicht zu verlassen. Zwei seiner Kollegen würden in Kürze mit jedem der Anwesenden ein Gespräch führen, sie um eine Unterschrift bitten und sie danach nach Hause entlassen. Dann fügte er diesen Anweisungen noch die folgenden Worte hinzu:

»Sie alle sind soeben Zeugen eines Mordgeständnisses mit tragischen Folgen geworden. Diese hatte niemand beabsichtigt und sie waren in keiner Weise vorherzusehen. Wir wissen nun, was wir schon zuvor geahnt haben, aber nicht beweisen konnten. Professor Whitehall hat sich des Mordes an der Mutter seiner Kinder schuldig gemacht. Seine letzten Worte lassen darauf schließen, dass er zumindest Zeuge des Todessturzes von Madame Picard geworden war. Ob er diesen Sturz mitverursacht hat, werden wir mit großer Wahrscheinlichkeit nicht mehr in Erfahrung bringen können. Seine Aussage, dass er keine Schuld am Tod von Monsieur Moriell trägt, haben wir alle vernommen. Auch hier wird es noch weitere Ermittlungen geben müssen.«

»Das wird nicht mehr nötig sein!«

Es war Anne Delecour, die die Rede von Dampierre unterbrach und sofort die ungeteilte Aufmerksamkeit aller Anwesenden hatte. Sie wandte sich an Florence, die ihr Telefongespräch mit Professor Atkins gerade beendet hatte und wieder an die Seite von Dampierre getreten war.

»Entschuldigen Sie, Madame Beaumarie, dass ich nicht, wie versprochen, rechtzeitig eingetroffen bin, aber ich wollte Ihnen nicht gegenübertreten, ohne gleichzeitig den Beweis dafür vorzulegen, dass sich Gustav Moriell selbst das Leben genommen hat. Ich musste noch zu seiner Lodge fahren um dort nach etwas zu suchen, was ich dann auch gefunden habe. In dieser Mappe befindet sich die Erklärung für das, was er demnächst zu tun beabsichtigte und wofür er mich auch mitverantwortlich machte.«

Sie nahm das Paket, das sie vor sich auf einem Sessel abgelegt hatte, riss das Papier auf und entnahm ihm ein kleinformatiges Gemälde sowie ein Schreiben, das sie Dampierre übergab. Dann fuhr sie fort.

»Ich gestehe, dass ich mich bereits vor mehreren Jahren des Amtsmissbrauchs schuldig gemacht habe und dass mich dieser Fehler nun eingeholt hat. Ich habe dem bedeutenden südfranzösischen Maler Jean Ozanne vor sieben Jahren geholfen, eine Baubewilligung für sein Haus zu erhalten, und zwar an einem Platz, der nicht als Bauland gewidmet war. Er hat mir dafür zwei seiner frühen noch gegenständlichen Gemälde überlassen, von dem das großformatige in meinem Büro hängt und das kleinformatige dieses hier ist. Gustav Moriell, der den Maler kannte und mich mit ihm zusammengebracht hatte, hat davon gewusst. Gustav war zuletzt in großen finanziellen Nöten. Er hat nicht nur diese sündteure Lodge in der Nähe von Cabrières-d'Avignon errichtet, sondern sich auch eine Jacht gekauft, die in Toulon vor Anker liegt. Um dies alles zu finanzieren, hat er im Auftrag einer kriminellen Organisation an seine Seminarteilnehmer Aufputschmittel und andere Drogen verkauft und dafür von dieser Organisation auch Kredit bekommen. Da er diesen nicht mehr zurückzahlen konnte, wurde er zuletzt mit dem Tod bedroht.«

Noch während die Bürgermeisterin ihren letzten Satz

gesprochen hatte, war die Tür aufgegangen und ein Polizist hatte seinen Kopf hereingesteckt.

»Monsieur le Commissaire, die Gerichtsmedizinerin ist eingetroffen und hätte Sie gerne gesprochen. Könnten Sie bitte nach unten kommen?«

»Sagen Sie ihr, ich bitte um Verständnis, ich bin in fünf Minuten bei ihr«, und leiser fügte er hinzu: »Wir haben hier gerade eine brisante Situation.«

Der Beamte nickte, und Dampierre wandte sich an Anne Delecour.

»Fahren Sie bitte fort, Madame le Maire.«

»Es gibt ohnedies nicht mehr viel zu sagen. Gustave wollte, dass ich das große Gemälde von Jean Ozanne verkaufe, damit er so zumindest einen Teil seiner Schulden begleichen konnte. Ich war großzügig und habe ihm das kleinere Bild gegeben. Aber wie man sieht, hat er es nicht verkauft, denn er wollte das sicher wesentlich wertvollere Gemälde aus meinem Büro. Er hat mir gedroht, den Deal mit dem Grundstück an die Öffentlichkeit zu bringen. Er hat jedoch nicht damit gerechnet, dass ich beschlossen hatte, in dieser Sache endlich mein Gewissen zu erleichtern und der Öffentlichkeit reinen Wein einzuschenken. Ich hatte mich deshalb geweigert, ihm das Bild zu geben. Offensichtlich hat er dann keinen Ausweg mehr gewusst und hat seinem Leben ein Ende gesetzt. So, Monsieur le Commissaire, wenn Sie wollen, können Sie mich jetzt verhaften.«

Sie brach in Tränen aus und legte die Hände vor ihr Gesicht.

»Das, Madame«, antwortete Dampierre, »werde ich nicht machen. Ich ersuche Sie aber, hier auf mich zu warten und mich und meine Kollegin«, er deutete auf eine Polizistin in Zivil, »noch zur Gendarmerie zu begleiten, wo Sie alles, was Sie hier schon vor Zeugen berichtet haben, zu Protokoll geben können.«

»Ich muss jetzt gehen«, fügte er hinzu, »deshalb bitte ich Madame Beaumarie, noch zu erklären, warum ich auch Monsieur Meyer auf der Gendarmerie erwarte. Monsieur, Sie haben Faye Browne zwar nicht getötet, sich aber einer Reihe von Vergehen schuldig gemacht, die möglicherweise auch zu deren Ermordung beigetragen haben.«

»Wir sehen uns gleich wieder«, sagte er zu Florence, und diese versuchte, sich kurz zu halten, denn das Drama, das sich hier abgespielt hatte, musste endlich zu einem Ende kommen.

»Monsieur Meyer!« Sie wandte sich an den Buchhändler, der noch immer zusammengesunken auf seinem Sessel saß.

»Wir wissen jetzt, dass Sie es waren, der die Bücher von Faye Browne aus den Regalen entfernt hat. Es ist niemandem aufgefallen, dass Sie diese in den beiden großen Containern im Veranstaltungsraum gelagert hatten. Kein Wunder, der Raum durfte ja zu dieser Zeit nicht benutzt werden. Sie haben auch das Exemplar des neuesten Romans, das Ernest Durant von der Autorin erhalten hat, gestohlen, und das alles, weil Sie Madame Browne zwei Dinge sehr übel genommen haben. Nämlich, dass sie permanent die von Ihnen so bewunderte englische Monarchie geschmäht und – wie sie meinen Assistenten erklärt hatten – auch noch deren Schuhe entweiht hat, aber auch, dass Madame Browne Sie aus einer Laune heraus durch Ernest Durant ersetzt hatte. Ihre Schmähreden auf die Queen haben Sie sich schon lange anhören müssen und Sie haben dazu meist geschwiegen, obwohl sie jedes Mal schwer gekränkt waren. Als Sie am Tag vor der Ermordung Faye Brownes erfuhren, dass Ihre Chefin nun eine Detektivin, nämlich mich, engagiert hat, um die verschollenen Bücher ausfindig zu machen, wussten Sie, dass Sie diese noch in derselben Nacht wieder in die Bücherregale zurückstellen mussten. So sind Sie nach Ihrer Rückkehr aus Forcalquier noch in die Buchhandlung gegangen. Professor Whitehall, der zu dieser Zeit schon in seinem Wagen saß und sich von dem, was passiert war, erst noch erholen musste, hat Sie dabei beobachtet. Sie haben dann im Vortragsraum eine grauenhafte Entdeckung gemacht. In dem Raum, in dem Sie Faye Brownes Bücher versteckt hatten, fanden Sie nun die Autorin ermordet vor. Dieser Anblick dürfte für Sie aber auch eine gewisse Genugtuung gewesen sein. Sie haben sich an eine Stelle in deren neuestem Roman erinnert, in der eine mumifizierte Leiche mit Büchern bedeckt auf dem Boden liegt, und nach dem ersten Schock haben Sie dann die Bücher von Faye Browne auf ihr und um sie herum arrangiert. Danach haben Sie ihr noch die Schuhe ausgezogen, denn sie trug die gleichen Schuhe wie die englische Queen, die diese ihr Leben lang von demselben Hersteller bezogen hatte. Einen Schuh haben Sie wie eine Trophäe an einen Baum vor der Buchhandlung gehängt. Den zweiten Schuh haben Sie mit nach Hause genommen, wo ihn meine beiden Mitarbeiter heute gesucht und gefunden haben. – War es so, Monsieur Meyer?«

Raymond Meyer nickte, und Florence wusste, dass ihre Aufgabe hiermit beendet war.

Es war nun Sache von Dampierre und seinem Team, auf die noch offenen Fragen eine Antwort zu finden. Anne Delecour, Leon Gonzales, Raymond Meyer und auch Claire Fontaine würden noch einiges zu erklären haben.

EPILOG

… gedacht für alle, die sich von Florence und Charles noch nicht verabschieden wollen!

45

»Kommt, Kinder, lasst uns auf ein besonderes Ereignis anstoßen.«

Tante Blanche erhob ihr Glas, das einen Fingerhut voll Champagner enthielt. Charles und Florence, beide ein gut gefülltes Glas mit dem prickelnden Getränk in der Hand, taten es ihr gleich.

»Auf deinen Erfolg als schlaue Detektivin, liebe Tante«, sagte Florence. »Dass du auf die Idee mit den Fotos von der Tagung hier in Deauville gekommen bist, hat maßgeblich dazu beigetragen, dass wir Professor Whitehall als Mörder von Faye Browne entlarven konnten.«

»Mir wäre es allerdings lieber, wenn die Dame noch am Leben wäre und dieser Professor friedlich seinen sicher bedeutungsvollen Forschungen in Oxford nachgehen könnte«, stellte die Tante fest. »Mit dem besonderen Ereignis meinte ich natürlich etwas anderes. Für mich ist es nämlich die reine Freude, dass meine Nichte ihr Versprechen, mich zu besuchen, wahr gemacht und noch dazu diesen charmanten Herrn hier mitgebracht hat. Mit dem Heiraten müsst ihr euch aber beeilen. Wer weiß, wie lange ich noch lebe, und die jüngste aller Bräute, bist du, liebe Florence, ja nun auch nicht mehr.«

Die drei saßen auf der Veranda in der Wohnung der Tante und blickten über eine ganze Armee von gefalteten Sonnenschirmen in allen Farben des Regenbogens hinweg auf einen stürmischen Atlantik. Trotz geschlossener Fensterflügel war der starke Wind zu spüren, der die Badegäste längst vom Strand weg und in Richtung Uferstraße und Promenade verblasen hatte. Die hohen Wellen, die sich in der Ferne mit majestätischen Schaumkronen brachen, liefen in langen Kaskaden auf dem hellen Strand aus und zeichneten Muster in den feinen Sand, welche mit den reich verzierten Villen aus der Blütezeit der Stadt harmonierten.

Florence und Charles waren vor zwei Stunden in Deauville angekommen und hatten ihr kleines Hotel in Strandnähe bezogen. Dann hatten sie die Tante aufgesucht, die sie in einem Rollstuhl auf ihrer Veranda empfing und nur mehr Augen für Charles hatte. »Endlich wieder einmal ein neues Gesicht«, hatte sie wie entschuldigend zu ihrer Nichte gesagt und sich ausgiebig nach seinen Lebensumständen erkundigt. Schließlich hatte sie ihre Pflegerin gebeten, den Champagner zu bringen, und während sie darauf warteten, hatte Charles den grandiosen Ausblick bewundert. Ja, hatte die Tante gesagt, diese Veranda sei ein Ort, an dem ihr kaum langweilig würde. Der Unterhaltungswert seiner Lage sei mittlerweile enorm. Ursprünglich habe sie ja vor allem den Blick auf das Meer geschätzt, aber nun, seit sie das Leben einer alten Schildkröte führen müsse, vergnügte sie sich tagelang damit, den Strand und die Strandpromenade zu beobachten, und das sei mindestens genauso spannend wie die Kriminalfälle, mit denen ihre Nichte beschäftigt sei. Eine Wohnung wie diese sei heutzutage für Normalsterbliche allerdings unbezahlbar geworden.

Florence kannte die Geschichte und hatte sie Charles bereits auf der Fahrt hierher erzählt. Als die Tante vor mehr als 30 Jahren als Bankangestellte in Pension gegangen war, hatte sie die von ihren Eltern geerbte und in einem weniger schönen Stadtviertel gelegene große Familienvilla verkauft. Schon damals hatte Blanche, die mit dem Nachnamen Thibeault hieß, gewusst, dass sie eines Tages mit Blick auf das Meer leben und, wie sie gerne betonte, auch sterben wollte. Die

Wohnung in einem Haus mit dem unnachahmlichen Flair des Jugendstils war damals mit dem Geld aus dem Verkauf des Familienbesitzes noch erschwinglich gewesen. All das Zeug, das sich in ihrem Elternhaus über Generationen angesammelt hatte, hatte die Tante auf Flohmärkten verscherbelt, sodass – wie sie gerne feststellte – seither vermutlich jeder zweite Haushalt in Deauville mit einem Souvenir aus dem Haus der alteingesessenen Familie Thibault versorgt war. Vom Rest des Geldes, das nach dem Kauf der Wohnung übrig geblieben war, konnte sie sogar noch eine schöne Schiffsreise machen, und danach war sie damit beschäftigt gewesen, ihre Wohnung so praktisch und so minimalistisch wie möglich einzurichten. Tante Blanche hasste vollgestopfte Räume. Als jetzt im Gästezimmer ihre sich abwechselnden Pflegerinnen eingezogen waren, musste sie diesbezüglich Kompromisse eingehen, und die Veranda war seither, wie sie es auszudrücken pflegte, zu ihrer letzten privaten Insel im Ozean des Lebens geworden.

Eine sofortige Antwort auf die Frage nach den Heiratsplänen von Florence und Charles hatte Blanche Thibeault nicht bekommen und eigentlich auch nicht erwartet. Amüsiert hatte sie deren erschrockene Mienen beobachtet, noch ein Schlückchen Champagner getrunken und sich dann einem anderen Thema zugewandt.

»Ich habe in der Zeitung gelesen, dass dieser Professor Whitehall und Alice Picard, die Buchhändlerin, tatsächlich ein Liebespaar waren. Bedauerlicherweise konnten sie selbst nicht mehr darüber Auskunft geben.«

Sie lehnte sich in ihrem Rollstuhl zurück und sah Florence fragend und auch ein wenig herausfordernd an: »Jetzt sag mal ehrlich, Florence, hättest du den Tod dieser zwei Menschen nicht verhindern können? Du hast doch noch rechtzeitig alle Informationen von mir bekommen.«

Florence beschloss, das Spiel mitzumachen.

»Wieso hast du so viel Mitgefühl mit einem Mörder? Es ist immerhin erwiesen, dass er Faye Browne ermordet hat – die noch dazu die Mutter seiner Kinder war.«

»Die armen Kinderchen. Die haben nun Mutter und Vater verloren. Aber sie haben ja noch die Großeltern, oder?«

»Ja, aber die Kinder wollen nicht zu ihnen. Am liebsten würden sie alleine im Haus ihrer Mutter in Simiane-la-Rotonde leben, das ihnen jetzt gehört. Sie haben ihre Wünsche klar geäußert. Sie wollen Professor Atkins als Vormund, und nach England bringen sie, wie sie sagen, keine zehn Pferde mehr. Man wird sehen, wie die Jugendbehörden entscheiden.«

»Na gut, hoffen wir, dass die Geschichte für die Kinder noch halbwegs gut ausgeht. Aber dennoch, was hast du zu diesem Professor gesagt, das ihn dazu veranlasste, sich gleich darauf in den Tod zu stürzen? Nach dem, was einige Zeitungen angedeutet haben, hattest du gemeinsam mit diesem Kommissar Dampierre wieder einmal eine reichlich riskante Sache durchgezogen.«

»Zu diesem Thema hat sich Florence auch mir gegenüber bisher in Schweigen gehüllt«, mischte sich Charles in das Gespräch. »Wenn ich gewusst hätte, dass du dich wieder auf so ein gefährliches Unternehmen einlässt, dann …«

»Was dann, Charles?«

»Ach nichts. Es geht mich ja nichts an. Außerdem war ich gerade zu der Zeit mit anderen Dingen beschäftigt und du in den Tagen danach damit, die Nachwehen dieser Geschichte zu verarbeiten.«

Florence seufzte: »So ist es, Charles, und ja, das Unternehmen, das ich gemeinsam mit Dampierre geplant und durchgeführt habe, war riskant, für ihn als Beamten der

Polizei noch mehr als für mich. Es hat noch einiges zum Aufarbeiten gegeben, aber letzten Endes haben der Ermittlungserfolg und die Tatsache, dass die Sache mehr oder weniger von oben gedeckt war, für uns gesprochen. Dampierre ist glimpflich davongekommen und wurde nun ironischerweise sogar als Leiter dieser Dienststelle eingesetzt. Etwas, was er nie wollte. Also ist es eigentlich eine Strafe für ihn.«

Tante Blanche mischte sich wieder ins Gespräch.

»Es würde mich schon interessieren, wer dieser Dampierre ist und wie sich das alles wirklich abgespielt hat. Aus der Presse habe ich bisher immer nur Bruchstücke erfahren, aber jetzt sitzt die Ermittlerin vor mir, und die könnte ihre Mitarbeiterin, also meine Wenigkeit, endlich vollständig ins Bild setzen.«

»Könntest du dich bitte für einen vollständigen Bericht noch bis morgen gedulden? Über Dampierre kann ich dir aber gerne noch Auskunft geben.«

»Ein Kommissar, inzwischen Leiter der Police nationale in Manosque, der ein, wie mir Florence erzählte, entzückendes Schlösschen besitzt«, fiel ihr Charles ins Wort und sah Florence herausfordernd an, »und damit, Tante Blanche, hast du auch eine Antwort darauf, warum Florence sich nicht zum Thema Hochzeit äußern will. Ich vermute, dass sie mittlerweile die Wahl zwischen einem bescheidenen Buchhändler aus Avignon und einem adeligen Schlossbesitzer hat.«

»Er scherzt«, sagte Florence, »er weiß genau, dass mein Herz nur ihm gehört, und wenn er den Beweis unbedingt braucht, dann werde ich ihn in Gottes Namen sogar heiraten.«

Charles sprang von seinem Sessel auf und veranstaltete einen Freudentanz auf der Veranda, die glücklicherweise groß genug dafür war.

»Sie hat es gesagt. Haben Sie es gehört, Tante Blanche, Sie sind Zeugin!«

»Ab jetzt einfach Blanche für dich, lieber Charles«, sagte die Tante und bat ihn, noch etwas Champagner nachzuschenken, denn angesichts der Verlobung ihrer Nichte müsse sie diesbezüglich eine Ausnahme machen.

»Spiele ich in der ganzen Angelegenheit überhaupt noch eine Rolle?« Die Frage kam von Florence.

»Die Hauptrolle«, sagte Charles, nahm seinen Korbsessel und stellte ihn so hin, dass er dem von Florence genau gegenüber stand. Dann nahm er wieder Platz und ergriff ihre Hände. »Keine Sorge, Florence, wir wollen nichts übereilen. Jetzt machen wir erst einmal unsere Reise in die Schweiz, und da haben wir Zeit genug, gemeinsam zu überlegen, wie wir die Sache angehen wollen.

»Schade«, sagte die Tante, »ich hätte euch schon morgen einen Termin am Standesamt hier verschaffen können. Ein bisschen Spaß kann ich nämlich in meinem Zustand durchaus gebrauchen.«

»Was hast du damit gemeint, Florence, als du sagtest, dass ich mich für die ganze Geschichte bis morgen gedulden soll«, fragte die Tante, als sie sich voneinander verabschiedeten.

»Das wollte ich dir gerade noch sagen. Wir sind noch bis übermorgen hier in Deauville, und morgen kommen mein ehemaliger Chef, Honoré Mordent, und seine Frau Hélène hierher, und wir werden zusammen in einem Restaurant zu Mittag essen. Vielleicht möchtest du mitkommen? Honoré würde dich sehr gerne kennenlernen.«

»Danke für die Einladung«, sagte die Tante und deutete auf ihren Rollstuhl. »Ich bewege mich in diesem Ding nur mehr in dringenden Fällen aus dem Haus und außerdem finde ich, dass ein schönes Essen in einem Restaurant wirklich nicht der geeignet Ort ist, um über Mord und Totschlag zu sprechen. Ich kann euch nur empfehlen, die Speisen bei netten und unverfänglichen Themen zu genießen und ausnahmsweise auf ein Dessert zu verzichten. Dann könnt ihr anschließend gemeinsam mit den Mordents hierher auf meine Veranda kommen. Bei einer Tasse Kaffee können wir uns dann deiner Geschichte zuwenden. Es wird ein wundervolles Dessert geben, und sollte deine alte Tante müde werden und einschlafen, steht euch meine Veranda gerne so lange ihr wollt zur Verfügung.«

46

Florence und Charles waren die ersten Gäste, die zur Verwunderung eines noch schläfrigen Hotelpersonals am nächsten Morgen zum Frühstück erschienen.

Immerhin hatte man in dem kleinen Hotel mit Meerblick bereits die Tische im Freien gedeckt, denn im Gegensatz zum gestrigen Tag war es heute vollkommen windstill.

Es war der erste Sonntag im August, der Himmel ungewöhnlich hell und die Morgenluft noch angenehm frisch.

Auch hier im Norden würde es ein heißer Sommertag werden. Wie bunte Blütenblätter entfalteten sich unten am Strand gerade die ersten Sonnenschirme. Charles stellte fest, dass um diese Tageszeit hauptsächlich Familien mit kleinen Kindern unterwegs waren.

»Ich nehme an, dass die Eltern dieser Kinder nicht ganz so freiwillig aufgestanden sind wie wir«, sagte Charles. »Ich habe jedenfalls wie ein Stein geschlafen und bin zu jeder Schandtat bereit, die sich die Meisterdetektivin an meiner Seite heute ausdenkt.«

»Im Augenblick würde ich lieber einmal nicht an meinen Beruf denken«, sagte Florence, »Honoré wird mich heute ohnedies noch mehr als genug daran erinnern.«

Sie streckte ihre Arme in die Höhe.

»Was für ein herrlicher Tag. Ich kann mir wirklich nichts Schöneres vorstellen, als hier mit dir auf dieser Terrasse zu frühstücken. Ich habe einen Riesenhunger! Wir haben gestern am Abend gar nichts mehr gegessen.«

»Was mir nicht geschadet hat.« Charles zeigte auf seinen leicht gerundeten Bauch. »Dieser Körperteil muss demnächst wieder in einen Hochzeitsanzug passen.«

»Ich dachte mir schon, dass das heute unser Gesprächsthema beim Frühstück werden würde, und deshalb schlage ich vor, dass wir uns jetzt erst einmal etwas zu essen holen und dann dieses Thema so schnell wie möglich hinter uns bringen. Denn eines ist doch klar, Charles, wenn wir schon heiraten, dann auf unsere Art und ohne großes Brimborium.«

»Dann sollten wir das Angebot von deiner Tante doch annehmen und noch heute zum Traualtar schreiten.«

»Du schreite jetzt lieber einmal zum Frühstücksbuffet. Ich lasse dir den Vortritt, denn ich habe noch keine Ahnung, was ich eigentlich frühstücken möchte.«

Charles nahm den Vorschlag an, und während er zum Buffet eilte, begann sich Florence ernsthafte Gedanken über die Hochzeit zu machen. Nach ihrem letzten Kriminalfall hallten die Folgen von unglücklichen und geheim gehaltenen Ehen noch immer in ihrem Kopf nach.

Wenn schon Hochzeit, dann mit den gebührenden Konsequenzen, dachte sie jetzt zu ihrer eigenen Überraschung. Das würde dann doch eine gemeinsame Wohnung in Avignon bedeuten. Dass Charles noch immer eine Person war, deren Privatleben von vielen Stadtbewohnern Avignons mit großem Interesse verfolgt wurde, hatte sie gerade in letzter Zeit wieder erfahren. Die Geschichten vom Fluch, der über seiner Familie lag, waren zwar lächerlich, aber in einer Zeit, in der das Licht der Aufklärung zunehmend wieder von einem esoterischen Obskurantismus überlagert wurde, war es besser, der städtischen Gerüchteküche jegliche Grundlage zu entziehen.

Die Vorstellung von sich selbst als Braut im weißen Kleid vor dem Traualtar war natürlich absurd. Insofern war der Vorschlag von Tante Blanche, sich möglichst rasch vor einem Standesbeamten das Jawort zu geben, tatsächlich nicht so falsch gewesen.

Jetzt, wo sie sich gerade an ihre neue Wohnung gewöhnt hatte, schon wieder umzuziehen, war zwar nicht angenehm, dennoch wurde es Teil des Plans, den sie Charles nach dem Frühstück unterbreiten wollte. Sie würde ihm eine Hochzeit im kleinen Freundeskreis in Paris vorschlagen, gefolgt von einem Empfang für Freunde und Bekannten in seinem Buchantiquariat in Avignon. In der Zwischenzeit könnten sie sich auf die Suche nach einer gemeinsamen Wohnung machen, die genügend Platz bot und nahe an ihren Arbeitsplätzen gelegen war. Bis zum Ende dieses Jahre könnte das alles über die

Bühne gegangen sein. Florence beglückwünschte sich selbst zu ihrer Flexibilität, und als sie bald darauf Charles ihren Plan unterbreitete, war er wie erwartet Feuer und Flamme.

Gleichfalls angetan von diesen Plänen waren Honoré und Hélène Mordent, die mittlerweile zu ihren engsten gemeinsamen Freunden zählten und bereits eintrafen, bevor sie ihr ausgiebiges Frühstück beendet hatten. Einfach wäre es für ihn nicht, stellte Honoré fest, noch weiterhin auf den endgültigen Bericht von Florence warten zu müssen, aber er wäre natürlich auch neugierig, die legendäre Tante Blanche kennenzulernen. Man entschloss sich zu einem ausgiebigen Spaziergang auf der langen Strandpromenade von Deauville, auf der man auf Schritt und Tritt den Spuren rühmlicher und unrühmlicher historischer Ereignisse begegnen konnte, und Charles ließ von der Rezeptionistin des Hotels einen Tisch in einem von der Tante empfohlenen Restaurant reservieren. Der zusätzlichen Empfehlung von Tante Blanche, dem erwartungsgemäß exzellenten Essen ohne aufregende Gespräche die ungeteilte Aufmerksamkeit zu widmen, wurde zu Mittag Folge geleistet, und aus demselben Grund wurde auf das Dessert verzichtet.

Auf dem Weg zur Wohnung von Blanche Thibeault widmete man sich erneut dem Thema Heiraten.

»Was meinst du, Hélène«, fragte Honoré seine Frau, »wäre das ehemals private Palais des Monsieur Lecomte im dritten Arrondissement in Paris die passende Location für unsere Turteltäubchen?«

»Das Stadtpalais des Monsieur Lecomte?« Florence horchte auf. »Hatten wir da nicht einmal diesen unfassbaren Betrugsskandal aufzuklären, im Zuge dessen ein Mitarbeiter des Besitzers ums Leben gekommen ist?«

»Allerdings! Das Palais ist aber mittlerweile in den Besitz einer Holding übergegangen, die dort einen schönen kleinen Veranstaltungssaal eingerichtet hat. Dort werden untertags Trauungen abgehalten, und am Abend gibt es von Zeit zu Zeit ein Konzertprogramm.«

»Ich erinnere mich genau. Ein Stadtpalais mit einem wunderschönen Innenhof. Also wenn du es schaffst, Honoré, dort die Trauung an einem Tag zu arrangieren, an dem wir am Abend mit unseren Gästen auch noch zu einem Konzert gehen könnten, wäre das perfekt.«

»Deine Ansprüche sind durchaus bescheiden, Florence. Dass du nicht einmal auf einem Konzert mit Barockmusik bestehst, ist erstaunlich. Oder sollte ich vielleicht doch versuchen, Charles Tochter als Solistin gewinnen?«

»Warum nicht? Dann zeig mal, was du zustande bringst!«

47

»Genug Lob für meine *Pavlova*«, sagte Tante Blanche. »Ich verdanke das Rezept einer Freundin aus Australien. Auch ich war beeindruckt von diesem prunkvollen Dessert, als sie mich einst damit überrascht hat. Das ist allerdings schon lange her. Ich habe ihr das Familienrezept abgeluchst. Ich finde, dass schon der Anblick Glücksgefühle auslöst, die sich beim Verzehr noch potenzieren, und wenn ich in eure Gesichter schaue, dann wird mir das gerade bestätigt.«

Sie musterte ihre vier Gäste und fuhr fort.

»Dann können wir aber jetzt endlich das Thema wechseln. Wir sind ja nicht nur zum Zuckerschlecken hier, was wir jetzt ohnedies erledigt haben, sondern weil wir wissen wollen, wie der Fall der Toten in der Buchhandlung gelöst werden konnte.«

Fragend blickte sie in die Runde, und es war Mordent, der jetzt das Wort ergriff.

»Also wenn Sie mich fragen, Madame …«„ sagte er, »dann ist es vor allem Ihrem detektivischen Spürsinn zu verdanken, dass die beiden Profis, also Florence und Dampierre, diesem Professor Whitehall auf die Spur gekommen sind. Dass Sie die Idee hatten, im Hotel nach Fotos zu suchen, war genial.«

Der Stolz war Tante Blanche ins Gesicht geschrieben.

»Jetzt lassen Sie aber einmal die Kirche im Dorf, junger Mann. Von genial kann hier wohl nicht die Rede sein. Eher von sehr neugierig, gepaart mit gelangweilt. Dass ich mich dabei aber für einen potenziellen Mörder interessiere, habe ich nicht geahnt. Also schieß los, Florence. Was hat es mit diesem Komplott auf sich, und warum wurde dieser Professor Whitehall zum Mörder?«

Florence war auf die Frage vorbereitet gewesen und schilderte noch einmal, wie sie auf Whitehall gestoßen war, wie er mehr und mehr ihr Hauptverdächtiger wurde und sie ihn schließlich tatsächlich als Täter entlarven konnten.

Dann schloss sie ihre Ausführungen mit den folgenden Worten:

»Es besteht kein Zweifel, dass Faye Browne, die immer schon eine besonders ehrgeizige Frau war, vor einiger Zeit begonnen hat, diesen Ehrgeiz auf die Spitze zu treiben. Ganz offensichtlich ging es ihr dabei darum, es allen zu beweisen, die ihr im Laufe ihrer Karriere einen Stein in den Weg gelegt hatten oder ihre Seriosität als Zukunftsforscherin infrage stellten. In ihrem Streben nach Macht und Anerkennung hat sie auf niemanden mehr Rücksicht genommen. Nicht auf die Interessen jener Menschen, die mit ihr zusammenarbeiteten, nicht auf ihre Verleger oder ihre Freunde, so sie welche hatte, und nicht einmal auf ihre Kinder, denen sie die gleiche strenge Internatserziehung zumutete, unter der sie selbst früher gelitten hatte.

Ich bin keine Psychologin, aber ich denke, dass sie letztlich doch von ihrer seltsamen und vermutlich traumatischen Kindheit im Buckingham Palast eingeholt worden war. Madame Delecour, die Bürgermeisterin von Simiane-la-Rotonde, hat Faye Browne besser als viele andere gekannt. Ihrer Meinung nach hat ihre Freundin Faye unbewusst ein Leben lang ein einziges Ziel verfolgt: Sie musste vor allem sich selbst, aber auch aller Welt beweisen, dass man auch ohne königliches Geburtsrecht zu einer Königin werden kann, zu einer Königin unter den Autorinnen oder auch unter den Wissenschaftlern ihrer Disziplin. Sie hatte zwar die englische Monarchie gehasst, aber dennoch die englische Königin insgeheim glühend beneidet. All das, so die Vermutung von Anne Delecour, ist ihr schließlich zum Verhängnis geworden.«

»*Très bien*«, bemerkte Tante Blanche. »Die Ursachen für die Tat werden also wieder einmal der Persönlichkeit des Opfers in die Schuhe geschoben. Mir sind im Leben einige Menschen begegnet, die mich oder andere mit ihrem Fanatismus und ihrer Selbstbezogenheit so gereizt haben, dass ich sie am liebsten ins Jenseits befördert hätte, aber natürlich wäre ich deshalb nie zur Mörderin geworden. Es bedarf offensichtlich immer einer besonderen Konstellation von Umständen, damit es zu einer Gewalttat kommt. Für eine Gewalttat wie diese darf es jedoch keine Entschuldigung geben. Weder für den Täter selbst noch für jene, die an dem Komplott beteiligt waren. Whitehall hat sich also selbst gerichtet. Er hat wohl nicht damit gerechnet, meine liebe Florence, dass eine wie du kommen und seine, wie er glaubte, raffinierte Vorgangsweise enträtseln würde.«

»Na ja«, sagte Florence, »er muss sich schon sehr von Faye bedroht gefühlt haben, sonst hätte er nicht zu solchen Mitteln gegriffen. Offensichtlich gibt es aber für einen Professor einer der berühmtesten Universitäten der Welt nichts Schlimmeres, als seine Reputation zu verlieren. Whitehall war ein Zyniker, der aufgrund seiner Herkunft und seines Freundeskreises annahm, unantastbar zu sein.«

»Mir ist aber immer noch unklar«, Honoré Mordent, der während des Berichtes von Florence mit einer Gabel noch die allerletzten Bröselchen seines Desserts aufgepickt hatte, schob seinen Teller zur Seite und sah Florence fragend an, »wie Whitehall ausgerechnet auf die Buchhandlung als Ort der Rache an Faye Browne gekommen ist. Es hätten sich vielleicht auch weniger riskante Orte angeboten, etwa die Universität oder ihr Wohnhaus. Haben du und Dampierre dafür noch eine Erklärung gefunden?«

Bevor Florence antworten konnte, mischte sich erneut die Tante ins Gespräch.

»Ich vermute, dass das mit der Romanze zwischen Whitehall und dieser Madame Picard zu tun hatte. Die Fotos aus Deauville sprechen für mich Bände! Was sagst du dazu, Florence?«

»Das kann durchaus sein. Faye Browne in ihrem eigenen Haus umzubringen war jedenfalls riskant. Die Buchhandlung lag nicht weit davon entfernt, und offensichtlich war der Professor mittlerweile gut über die Räumlichkeiten der *Librairie Mistral* und auch die Lebensgewohnheiten von Alice informiert. Leon Gonzales hat jedenfalls zu Protokoll gegeben, dass Professor Whitehall genau wusste, was er tat. Wie Dampierre es ausdrückte: Vonseiten des Professors war es der Persönlichkeitscocktail aus Angst vor Entlarvung und Selbstüberschätzung, die ihn zu dieser Tat getrieben hat.«

»Amen«, sagte Charles überraschend in die nun folgende allgemeine Stille hinein.

»Ich habe genug gehört. Mehr von alldem macht die Opfer dieser tragischen Verwicklungen auch nicht mehr lebendig. Was meinst du, Hélène?«, Charles wandte sich an Madame Mordent, »sollen wir unsere beiden Kriminalisten ersuchen, ihre vertiefenden Reflexionen ohne uns in einem Privatissimum weiterzuführen? Immerhin haben wir unsere Gastgeberin noch nicht über unsere aktuellen Heiratspläne informiert. Das dürfte dich doch mehr interessieren, Tante Blanche, als der Kriminalfall, auch wenn du zuletzt tatsächlich einen entscheidenden Beitrag zu dessen Aufklärung geleistet hast.«

»Du hast recht, Charles, ich habe jetzt tatsächlich genug gehört. Lassen wir die Vergangenheit ruhen und lasst uns an die Zukunft denken. An eure natürlich, die meine hat ja gewissermaßen vorhersehbare und naturgegebene Grenzen. Trotzdem wäre es schön, wenn wir alle uns demnächst noch bei einer Hochzeit – wo immer sie stattfindet – treffen würden, und ihr euch erst danach anlässlich meines Begräbnisses wiedersehen würdet. Ich werde jedenfalls mein Bestes tun, um dies möglich zu machen. Ich lege mich jetzt eine Weile aufs Ohr, denn ein guter Schlaf ist die beste Medizin.«

LISTE DER IM ROMAN AUFTRETENDEN PERSONEN

Bruno Amontero
Pianist

Reine-Marie Amontero
Kunstmalerin, Frau von Amontero

Florence Beaumarie
Inhaberin einer Detektivagentur in Avignon

Faye Browne
Wissenschaftlerin und Science Fiction Autorin

Jackie und John Browne
Kinder von Faye Browne

Bernard Dampierre
Kommissar der Police national in Manosque

Anne Delecour
Bürgermeisterin von Simiane-la-Rotonde

Ernest Durant
Angestellter in der Buchhandlung *Librairie Mistral*

Lucille Durant
Mutter von Ernest Durant

Chantal Florentin
Musikerin und Tochter von Charles Florentin

Charles Florentin
Lebensgefährte von Florence, Inhaber eines Buchantiquariats

Claire Fontaine
Assistentin von Faye Browne an der Universität in Aix-en-Provence

Lisette Gosselin
Sekretärin von Faye Browne

Leon Gonzales
Assistent von Faye Browne an der Universität in Aix-en-Provence

Albertine Martin
Angestellte in der Buchhandlung *Librairie Mistral*

Raymond Meyer
Angestellter in der Buchhandlung *Librairie Mistral*

Gustav Moriell
Outdoor Trainer und Ehemann von Faye Browne

Emilian Pagnol
Assistent von Florence Beaumarie

Leonie Perrin
Assistentin von Florence Beaumarie

Alice Picard
Buchhändlerin, Besitzerin der *Librairie Mistral*

Paul Poullain
Commandant der Police national in Manosque

Sylvie Ricard
Französische Verlegerin von Faye Brownes Romanen

Nancy Richard
Tutorin am Institut von Faye Browne

Blanche Thibeault
Tante von Florence Beaumarie

Ann Williams
Englische Verlegerin von Faye Brownes Romanen

Randolph Whitehall
Professor in Oxford und Vater von Faye Brownes Kindern

Andrew Winnicott
englisch-schottischer Unternehmer

GLOSSAR FRANZÖSISCHSPRACHIGER AUSDRÜCKE

La Vielle École
die alte Schule

Librairie
Buchhandlung

Mistral
rauer, meist trockener und kühler Fallwind in Südfrankreich

Enchanté
hocherfreut

Commandant
Polizeichef

Fermé
geschlossen

Surprice
Überraschung

Desolé
tut mir leid

Écrivaine
Schriftstellerin

Pétanque
beliebtes Kugelspiel in Südfrankreich

Le dernier secret
das letzte Geheimnis

Madame le Maire
Frau Bürgermeisterin

Mairie
Rathaus

Ma libraire préférée
meine bevorzugte/liebste Buchhändlerin

La lumière à la fin des temps
das Licht am Ende der Zeit

Habilitation à diriger des recherches (HDR)
wissenschaftliche Arbeit zur Qualifikation als Universitätsprofessor*in

DANK

Ich danke meinem Mann für seine beständige Ermutigung, seine liebevoll-humorvollen Anmerkungen sowie für das köstliche Essen, das er mir nach langen Stunden des Schreibens gekocht und serviert hat.

Ein großes Dankeschön an Susanne Bruckbacher, Elisabeth Grabner-Tesar, Resi und Alois Guger, Anneliese Heilinger und Irmgard Winkler! Ihr alle habt mich auf unterschiedliche und äußerst hilfreiche Weise ermutigt und unterstützt!

Ganz besonders danke ich meiner Freundin Erika Apfelbaum, die mir die Gegend des Luberon sowie dessen angrenzende Landschaften und Städte auf ihre besondere und unnachahmliche Weise nähergebracht hat.

Alle Bücher von Ingrid Walther:

Madame Beaumarie und der Winter in der Provence
ISBN 978-3-8392-0402-3

Madame Beaumarie und der Sommer in der Provence
ISBN 978-3-8392-0629-4